I0777090

HERMAN MELVILLE

ALEJANDRO DUMAS

DOS COLECCIONES DE GRANDES CUENTOS

ERANDIQUE

COLECCIÓN

HERMAN MELVILLE ALEJANDRO DUMAS
Dos colecciones de grandes cuentos

©Colección Erandique
Supervisión Editorial: Óscar Flores López
Diseño de portada: Andrea Rodríguez—Mariana Turcios
Administración: Tesla Rodas
Director Ejecutivo: José Azcona Bocock
Primera Edición
Tegucigalpa, Honduras—Julio 2025

ÍNDICE

HERMAN MELVILLE

BARTLEBY

Soy un hombre de cierta edad. En los últimos treinta años, mis actividades me han puesto en íntimo contacto con un gremio interesante y hasta singular, del cual, entiendo, nada se ha escrito hasta ahora: el de los amanuenses o copistas judiciales. He conocido a muchos, profesional y particularmente, y podría referir diversas historias que harían sonreír a los señores benévolos y llorar a las almas sentimentales. Pero a las biografías de todos los amanuenses prefiero algunos episodios de la vida de Bartleby, que era uno de ellos, el más extraño que yo he visto o de quien tenga noticia. De otros copistas yo podría escribir biografías completas; nada semejante puede hacerse con Bartleby. No hay material suficiente para una plena y satisfactoria biografía de este hombre. Es una pérdida irreparable para la literatura. Bartleby era uno de esos seres de quienes nada es indagable, salvo en las fuentes originales: en este caso, exiguas. De Bartleby no sé otra cosa que la que vieron mis asombrados ojos, salvo un nebuloso rumor que figurará en el epílogo.

Antes de presentar al amanuense, tal como lo vi por primera vez, conviene que registré algunos datos míos, de mis empleados, de mis asuntos, de mi oficina y de mi ambiente general. Esa descripción es indispensable para una inteligencia adecuada del protagonista de mi relato. Soy, en primer lugar, un hombre que desde la juventud ha sentido profundamente que la vida más fácil es la mejor. Por eso, aunque pertenezco a una profesión proverbialmente enérgica y a veces nerviosa hasta la turbulencia, jamás he tolerado que esas inquietudes conturben mi paz. Soy uno de esos abogados sin ambición que nunca se dirigen a un jurado o solicitan de algún modo el aplauso público. En la serena tranquilidad de un cómodo retiro realizo cómodos asuntos entre las hipotecas de personas adineradas, títulos de renta y acciones. Cuantos me conocen, me consideran un hombre eminentemente seguro. El finado Juan Jacobo Astor, personaje muy poco dado a poéticos entusiasmos, no titubeaba en declarar que mi primera virtud era la prudencia: la segunda, el método.

No lo digo por vanidad, pero registro el hecho de que mis servicios profesionales no eran desdeñados por el finado Juan Jacobo Astor; nombre que, reconozco, me gusta repetir porque tiene un sonido orbicular y tintinea como el oro acuñado. Espontáneamente agregaré que yo no era insensible a la buena opinión del finado Juan Jacobo Astor.

Poco antes de la historia que narraré, mis actividades habían aumentado en forma considerable. Había sido nombrado para el cargo, ahora suprimido en el Estado de Nueva York, de agregado a la Suprema Corte. No era un empleo difícil, pero sí muy agradablemente remunerativo. Raras veces me encojo; raras veces me permito una indignación peligrosa ante las injusticias y los abusos; pero ahora me permitiré ser temerario, y declarar que considero la súbita y violenta supresión del cargo de agregado, por la Nueva Constitución, como un acto prematuro, pues yo tenía por descontado hacer de sus gajes una renta vitalicia, y sólo percibí los de algunos años. Pero esto es al margen.

Mis oficinas ocupaban un piso alto en el n.º X de Wall Street. Por un lado, daban a la pared blanqueada de un espacioso tubo de aire, cubierto por una claraboya y que abarcaba todos los pisos.

Este espectáculo era más bien manso, pues le faltaba lo que los paisajistas llaman animación. Aunque así fuera, la vista del otro lado ofrecía, por lo menos, un contraste. En esa dirección, las ventanas dominaban sin el menor obstáculo una alta pared de ladrillo, ennegrecida por los años y por la sombra; las ocultas bellezas de esta pared no exigían un telescopio, pues estaban a pocas varas de mis ventanas para beneficio de espectadores miopes. Mis oficinas ocupaban el segundo piso; a causa de la gran elevación de los edificios vecinos, el espacio entre esta pared y la mía se parecía no poco a un enorme tanque cuadrado.

En el período anterior al advenimiento de Bartleby, yo tenía dos escribientes bajo mis órdenes, y un muchacho muy vivo para los mandados. El primero, Turkey; el segundo, Nippers; el tercero, Ginger. Éstos son nombres que no es fácil encontrar en las guías. Eran en realidad sobrenombres, mutuamente conferidos por mis empleados, y que expresaban sus respectivas personas o caracteres. Turkey era un inglés bajo, obeso, de mi edad más o menos, esto es, no lejos de los sesenta. De mañana, podríamos decir, su rostro era rosado, pero después de las doce —su hora de almuerzo— resplandecía como una hornalla de carbones de Navidad, y seguía resplandeciendo (pero con un descenso gradual) hasta las seis de la tarde; después yo no veía más al propietario de ese rostro, quien coincidiendo en su cenit con el sol, parecía ponerse con él, para levantarse, culminar y declinar al día siguiente, con la misma regularidad y gloria.

En el decurso de mi vida he observado singulares coincidencias, de las cuales no es la menor el hecho de que el preciso momento en que Turkey, con roja y radiante faz, emitía sus más vívidos rayos, indicaba el principio del período durante el cual su capacidad de trabajo quedaba seriamente afectada para el resto del día. No digo que se volviera absolutamente haragán u hostil al trabajo. Por el contrario, se volvía demasiado enérgico. Había entonces en él una exacerbada, frenética, temeraria y disparatada actividad. Se descuidaba al mojar la pluma en el tintero. Todas las manchas que figuran en mis documentos fueron ejecutadas por él después de las doce del día. En las tardes, no sólo propendía a echar manchas: a veces iba más lejos, y se ponía barullento. En tales ocasiones, su rostro ardía con más vívida heráldica, como si se arrojara carbón de piedra en antracita. Hacía con la silla un ruido desagradable, desparramaba la arena; al cortar las plumas, las rajaba impacientemente, y las tiraba al suelo en súbitos arranques de ira; se paraba, se echaba sobre la mesa, desparramando sus papeles de la manera más indecorosa; triste espectáculo en un hombre ya entrado en años. Sin embargo, como era por muchas razones mi mejor empleado y siempre antes de las doce el ser más juicioso y diligente, y capaz de despachar numerosas tareas de un modo incomparable, me resignaba a pasar por alto sus excentricidades, aunque, ocasionalmente, me veía obligado a reprenderlo. Sin embargo, lo hacía con suavidad, pues, aunque Turkey era de mañana el más cortés, más dócil y reverencial de los hombres, estaba predispuesto por las tardes, a la menor provocación, a ser áspero de lengua, es decir, insolente. Por eso, valorando sus servicios matinales, como yo lo hacía, y resuelto a no perderlos —pero al mismo tiempo, incómodo por sus provocadoras maneras después del mediodía— y corno hombre pacífico, poco deseoso de que mis amonestaciones provocaran respuestas impropias, resolví, un sábado a mediodía (siempre estaba peor los sábados), sugerirle, muy bondadosamente, que, tal vez, ahora que empezaba a envejecer, sería prudente abreviar sus tareas; en una palabra, no necesitaba venir a la oficina más que de mañana; después del almuerzo era mejor que se fuera a descansar a su casa hasta la hora del té. Pero no, insistió en cumplir sus deberes vespertinos. Su rostro se puso intolerablemente fogoso, y gesticulando con una larga regla, en el extremo de la habitación, me aseguró enfáticamente que, si sus servicios eran útiles de mañana, ¿cuánto más indispensables no serían de tarde?

—Con toda deferencia, señor —dijo Turkey entonces—, me considero su mano derecha. De mañana, ordeno y despliego mis columnas, pero de tarde me pongo a la cabeza, y bizarramente arremeto contra el enemigo, así —e hizo una violenta embestida con la regla.

—¿Y los borrones? —insinué yo.

—Es verdad, pero con todo respeto, señor, ¡contemple estos cabellos! Estoy envejeciendo. Seguramente, señor, un borrón o dos en una tarde calurosa no pueden reprocharse con severidad a mis canas. La vejez, aunque borronea una página, es honorable. Con permiso, señor, los dos estamos envejeciendo.

Este llamado a mis sentimientos personales resultó irresistible. Comprendí que estaba resuelto a no irse. Hice mi composición de lugar, resolviendo que por las tardes le confiaría sólo documentos de menor importancia.

Nippers, el segundo de mi lista era un muchacho de unos veinticinco años, cetrino, melenudo, algo pirático. Siempre lo consideré una víctima de dos poderes malignos: la ambición y la indigestión. Evidencia de la primera era cierta impaciencia en sus deberes de mero copista y una injustificada usurpación de asuntos estrictamente profesionales, tales como la redacción original de documentos legales. La indigestión se manifestaba en rachas de sarcástico mal humor, con notorio rechinamiento de dientes, cuando cometía errores de copia; innecesarias maldiciones, silbadas más que habladas, en lo mejor de sus ocupaciones, y especialmente por un continuo disgusto con el nivel de la mesa en que trabajaba. A pesar de su ingeniosa aptitud mecánica, nunca pudo Nippers arreglar esa mesa a su gusto. Le ponía astillas debajo, cubos de distinta clase, pedazos de cartón y llegó hasta ensayar un prolijo ajuste con tiras de papel secante doblado. Pero todo era en vano. Si para comodidad de su espalda, levantaba la cubierta de su mesa en un ángulo agudo hacia el mentón, y escribía como si un hombre usara el empinado techo de una casa holandesa como escritorio, la sangre circulaba mal en sus brazos. Si bajaba la mesa al nivel de su cintura, y se agachaba sobre ella para escribir, le dolían las espaldas. La verdad es que Nippers no sabía lo que quería. O, si algo quería, era verse libre para siempre de una mesa de copista. Entre las manifestaciones de su ambición enfermiza, tenía la pasión de recibir a ciertos tipos de apariencia ambigua y trajes rotosos a los que llamaba sus clientes. Comprendí que no sólo le interesaba la política parroquial: a veces hacía sus negocitos en los juzgados, y no era desconocido en las antesalas de la cárcel. Tengo buenas razones para creer, sin embargo, que un individuo que lo visitaba en mis oficinas, y a quien pomposamente insistía en llamar mi cliente, era sólo un acreedor, y la escritura, una cuenta. Pero con todas sus fallas y todas las molestias que me causaba, Nippers (como su compatriota Turkey) me era muy útil, escribía con rapidez y letra clara; y cuando quería no le faltaban modales distinguidos. Además, siempre estaba vestido como un caballero; y con esto daba tono a mi oficina. En lo que respecta a Turkey, me daba mucho trabajo evitar el descrédito que reflejaba sobre mí. Sus trajes parecían grasientos y olían a comida. En verano usaba pantalones grandes y bolsudos. Sus sacos eran execrables; el sombrero no se podía tocar. Pero mientras sus sombreros me eran indiferentes, ya que su natural cortesía y deferencia, como inglés subalterno, lo llevaban a sacárselo apenas entraba en el cuarto, su saco ya era otra cosa. Hablé con él respecto a su ropa, sin ningún resultado. La verdad era, supongo, que un hombre con renta tan exigua no podía ostentar al mismo tiempo una cara y una ropa brillantes.

Como observó Nippers una vez, Turkey gastaba casi todo su dinero en tinta roja. Un día de invierno le regalé a Turkey un sobre todo mío de muy decorosa apariencia: un sobre todo gris, acolchado, de gran abrigo, abotonado desde el cuello hasta las rodillas. Pensé que Turkey apreciaría el regalo, y moderaría sus estrépitos e imprudencias. Pero no; creo que el hecho de enfundarse en un sobre todo tan suave y acolchado, ejercía un pernicioso efecto sobre él —según el principio de que un exceso de avena es perjudicial para los caballos—. De igual manera que un caballo impaciente muestra la avena que ha comido, así Turkey mostraba su, sobre todo. Le daba insolencia. Era un hombre a quien perjudicaba la prosperidad.

Aunque en lo referente a la continencia de Turkey yo tenía mis presunciones, en lo referente a Nippers estaba persuadido de que, cualesquiera fueran sus faltas en otros aspectos, era por lo menos un joven sobrio. Pero la propia naturaleza era su tabernero, y desde su nacimiento le había suministrado un carácter tan irritable y alcohólico que toda bebida subsiguiente le era superflua. Cuando pienso que en la calma de mi oficina Nippers se ponía de pie, se inclinaba sobre la mesa, estiraba los brazos, levantaba todo el escritorio y lo movía, y lo sacudía marcando el piso, como si la mesa fuera un perverso ser voluntarioso dedicado a vejarlo y a frustrarlo, claramente comprendo que para Nippers el aguardiente era superfluo. Era una suerte para mí que, debido a su causa primordial —la mala digestión—, la irritabilidad y la consiguiente nerviosidad de Nippers eran más notables de mañana, y que de tarde estaba relativamente tranquilo. Y como los paroxismos de

Turkey sólo se manifestaban después de mediodía, nunca debí sufrir a la vez las excentricidades de los dos. Los ataques se relevaban como guardias. Cuando el de Nippers estaba de turno, el de Turkey estaba franco, y viceversa. Dadas las circunstancias era éste un buen arreglo.

Ginger Nut, el tercero en mi lista era un muchacho de unos doce años. Su padre era carrero, ambicioso de ver a su hijo, antes de morir, en los tribunales y no en el pescante. Por eso lo colocó en mi oficina como estudiante de derecho, mandadero, barredor y limpiador, a razón de un dólar por semana. Tenía un escritorio particular, pero no lo usaba mucho. Pasé revista a su cajón una vez: contenía un conjunto de cáscaras de muchas clases de nueces. Para este perspicaz estudiante, toda la noble ciencia del derecho cabía en una cáscara de nuez. Entre sus muchas tareas, la que desempeñaba con mayor presteza consistía en proveer de manzanas y de pasteles a Turkey y a Nippers.

Ya que la copia de expedientes es tarea proverbialmente seca, mis dos amanuenses solían humedecer sus gargantas con helados, de los que pueden adquirirse en los puestos cerca del Correo y de la Aduana. También solían encargar a Ginger Nut ese bizcocho especial —pequeño, chato, redondo y sazonado con especias— cuyo nombre se le daba. En las mañanas frías, cuando había poco trabajo, Turkey los engullía a docenas como si fueran obleas —lo cierto es que por un penique venden seis u ocho—, y el rasguido de la pluma se combinaba con el ruido que hacía al triturar las abizcochadas partículas. Entre las confusiones vespertinas y los fogosos atolondramientos de Turkey, recuerdo que una vez humedeció con la lengua un bizcocho de jengibre y lo estampó como sello en un título hipotecario. Estuve entonces en un tris de despedirlo, pero me desarmó con una reverencia oriental, diciéndome:

—Con permiso, señor, creo que he estado generoso suministrándole un sello a mis expensas.

Mis primitivas tareas de escribano de transferencias y buscador de títulos, y redactor de documentos recónditos de toda clase aumentaron considerablemente con el nombramiento de agregado a la Suprema Corte. Ahora había mucho trabajo, para el que no bastaban mis escribientes: requerí un nuevo empleado.

En contestación a mi aviso, un joven inmóvil apareció una mañana en mi oficina; la puerta estaba abierta, pues era verano. Reveo esa figura: ¡pálidamente pulcra, lamentablemente decente, incurablemente desolada! Era Bartleby.

Después de algunas palabras sobre su idoneidad, lo tomé, feliz de contar entre mis copistas a un hombre de tan morigerada apariencia, que podría influir de modo benéfico en el arrebatado carácter de Turkey, y en el fogoso de Nippers.

Yo hubiera debido decir que una puerta vidriera dividía en dos partes mis escritorios, una ocupada por mis amanuenses, la otra por mí. Según mi humor, las puertas estaban abiertas o cerradas. Resolví colocar a Bartleby en un rincón junto a la portada, pero de mi lado, para tener a mano a este hombre tranquilo, en caso de cualquier tarea insignificante. Coloqué su escritorio junto a una ventanita, en ese costado del cuarto que originariamente daba a algunos patios traseros y muros de ladrillos, pero que ahora, debido a posteriores construcciones, aunque daba alguna luz no tenía vista alguna. A tres pies de los vidrios había una pared, y la luz bajaba de muy arriba, entre dos altos edificios, como desde una pequeña abertura en una cúpula. Para que el arreglo fuera satisfactorio, conseguí un alto biombo verde que enteramente aislara a Bartleby de mi vista, dejándolo, sin embargo, al alcance de mi voz. Así, en cierto modo, se aunaban sociedad y retiro.

Al principio, Bartleby escribió extraordinariamente. Como si hubiera padecido un ayuno de algo que copiar, parecía hartarse con mis documentos. No se detenía para la digestión. Trabajaba día y noche, copiando, a la luz del día y a la luz de las velas. Yo, encantado con su aplicación, me hubiera encantado aún más si él hubiera sido un trabajador alegre. Pero escribía silenciosa, pálida, mecánicamente.

Una de las indispensables tareas del escribiente es verificar la fidelidad de la copia, palabra por palabra. Cuando hay dos o más amanuenses en una oficina, se ayudan mutuamente en este examen, uno leyendo la copia, el otro siguiendo el original. Es un asunto cansador, insípido y letárgico. Comprendo que, para temperamentos sanguíneos, resultaría intolerable. Por ejemplo, no me imagino al ardoroso Byron, sentado junto a Bartleby, resignado a cotejar un expediente de quinientas páginas, escritas con letra apretada.

Yo ayudaba en persona a confrontar algún documento breve, llamando a Turkey o a Nippers con este propósito. Uno de mis fines al colocar a Bartleby tan a mano, detrás del biombo, era aprovechar sus servicios en estas ocasiones triviales. Al tercer día de su estada, y antes de que fuera necesario examinar lo escrito por él, la prisa por completar un trabajito que tenía entre manos me hizo llamar súbitamente a Bartleby. En el apuro y en la justificada expectativa de una obediencia inmediata, yo estaba en el escritorio con la cabeza inclinada sobre el original y con la copia en la mano derecha algo nerviosamente extendida, de modo que, al surgir de su retiro, Bartleby pudiera tomarla y seguir el trabajo sin dilaciones.

En esta actitud estaba cuando le dije lo que debía hacer, esto es, examinar un breve escrito conmigo. Imaginen mi sorpresa, mi consternación, cuando sin moverse de su ángulo, Bartleby, con una voz singularmente suave y firme, replicó:

—Preferiría no hacerlo.

Me quedé un rato en silencio perfecto, ordenando mis atónitas facultades. Primero, se me ocurrió que mis oídos me engañaban o que Bartleby no había entendido mis palabras. Repetí la orden con la mayor claridad posible; pero con claridad se repitió la respuesta:

—Preferiría no hacerlo.

—Preferiría no hacerlo —repetí como un eco, poniéndome de pie, excitadísimo y cruzando el cuarto a grandes pasos—. ¿Qué quiere decir con eso? Está loco. Necesito que me ayude a confrontar esta página: tómela —y se la alcancé.

—Preferiría no hacerlo —dijo.

Lo miré con atención. Su rostro estaba tranquilo; sus ojos grises, vagamente serenos. Ni un rasgo denotaba agitación. Si hubiera habido en su actitud la menor incomodidad, enojo, impaciencia o impertinencia, en otras palabras, si hubiera habido en él cualquier manifestación normalmente humana, yo lo hubiera despedido en forma violenta. Pero, dadas las circunstancias, hubiera sido como poner en la calle a mi pálido busto en yeso de Cicerón.

Me quedé mirándolo un rato largo mientras él seguía escribiendo y luego volví a mi escritorio. Esto es rarísimo, pensé. ¿Qué hacer? Mis asuntos eran urgentes. Resolví olvidar aquello, reservándolo para algún momento libre en el futuro. Llamé del otro cuarto a Nippers y pronto examinamos el escrito.

Pocos días después, Bartleby concluyó cuatro documentos extensos, copias cuadruplicadas de testimonios, dados ante mí durante una semana en la cancillería de la Corte. Era necesario examinarlos. El pleito era importante y una gran precisión era indispensable. Teniendo todo listo llamé a Turkey, Nippers y Ginger Nut, que estaban en el otro cuarto, pensando poner en manos de mis cuatro amanuenses las cuatro copias mientras yo leyera el original. Turkey, Nippers y Ginger Nut estaban sentados en fila, cada uno con su documento en la mano, cuando le dije a Bartleby que se uniera al interesante grupo.

—¡Bartleby!, pronto, estoy esperando.

Oí el arrastre de su silla sobre el piso desnudo, y el hombre no tardó en aparecer a la entrada de su ermita.

—¿En qué puedo ser útil? —dijo apaciblemente.

—Las copias, las copias —dije con apuro—. Vamos a examinarlas. Tome —y le alargué la cuarta copia.

—Preferiría no hacerlo —dijo, y dócilmente desapareció detrás de su biombo.

Por algunos momentos me convertí en una estatua de sal, a la cabeza de mi columna de amanuenses sentados. Vuelto en mí, avancé hacia el biombo a indagar el motivo de esa extraordinaria conducta.

—¿Por qué rehúsa?

—Preferiría no hacerlo.

Con cualquier otro hombre, me hubiera precipitado en un arranque de ira, desdeñando explicaciones, y lo hubiera arrojado ignominiosamente de mi vista. Pero había algo en Bartleby que no sólo me desarmaba singularmente, sino que de manera maravillosa me conmovía y desconcertaba. Me puse a razonar con él.

—Son sus propias copias las que estamos por confrontar. Esto le ahorrará trabajo, pues un examen bastará para sus cuatro copias. Es la costumbre. Todos los copistas están obligados a examinar su copia. ¿No es así? ¿No quiere hablar? ¡Conteste!

—Prefiero no hacerlo —replicó melodiosamente. Me pareció que mientras me dirigía a él, consideraba con cuidado cada aserto mío; que comprendía por entero el significado; que no podía contradecir la irresistible conclusión; pero que al mismo tiempo alguna suprema consideración lo inducía a contestar de ese modo.

—¿Está resuelto, entonces, a no acceder a mi solicitud, solicitud hecha de acuerdo con la costumbre y el sentido común?

Brevemente me dio a entender que en ese punto mi juicio era exacto. Sí: su decisión era irrevocable.

No es raro que el hombre a quien contradicen de una manera insólita e irrazonable bruscamente descrea de su convicción más elemental. Empieza a vislumbrar vagamente que, por extraordinario que parezca, toda la justicia y toda la razón están del otro lado; si hay testigos imparciales, se vuelve a ellos para que de algún modo lo refuercen.

—Turkey —dije—, ¿qué piensa de esto? ¿Tengo razón?

—Con todo respeto, señor —dijo Turkey en su tono más suave—, creo que la tiene.

—Nippers. ¿Qué piensa de esto?

—Yo lo echaría a puntapiés de la oficina.

El sagaz lector habrá percibido que siendo mañana, la contestación de Turkey estaba concebida en términos tranquilos y corteses y la de Nippers era malhumorada. O para repetir una frase anterior, diremos que el malhumor de Nippers estaba de guardia y el de Turkey estaba franco.

—Ginger Nut —dije, ávido de obtener en mi favor el sufragio más mínimo—, ¿qué piensas de esto?

—Creo, señor, que está un poco chiflado —replicó Ginger Nut con una mueca burlona.

—Está oyendo lo que opinan —le dije, volviéndome al biombo— Salga y cumpla con su deber.

No condescendió a contestar. Tuve un momento de molesta perplejidad. Pero las tareas urgían. Y otra vez decidí postergar el estudio de este problema a futuros ocios. Con un poco de incomodidad llegamos a examinar los papeles sin Bartleby, aunque a cada página, Turkey, deferentemente, daba su opinión de que este procedimiento no era correcto; mientras Nippers, retorciéndose en su silla con una nerviosidad dispéptica, trituraba entre sus dientes apretados, intermitentes maldiciones silbadas contra el idiota testarudo de detrás del biombo. En cuanto a él (Nippers), ésta era la primera y última vez que haría sin remuneración el trabajo de otro.

Mientras tanto, Bartleby seguía en su ermita, ajeno a todo lo que no fuera su propia tarea.

Pasaron algunos días, en los que el amanuense tuvo que hacer otro largo trabajo. Su conducta extraordinaria me hizo vigilarlo estrechamente. Observé que jamás iba a almorzar; en realidad, que jamás iba a ninguna parte. Jamás, que yo supiera, había estado ausente de la oficina. Era un centinela perpetuo en su rincón. Noté que, a las once de la mañana, Ginger Nut solía avanzar hasta la apertura del biombo, como atraído por una señal silenciosa, invisible para mí. Luego salía de la oficina, haciendo sonar unas monedas, y reaparecía con un puñado de bizcochos de jengibre, que entregaba en la ermita, recibiendo dos de ellos como jornal.

Vive de bizcochos de jengibre, pensé; no toma nunca lo que se llama un almuerzo; debe ser vegetariano; pero no, pues no toma ni legumbres, no come más que bizcochos de jengibre. Medité sobre los probables efectos de un exclusivo régimen de bizcochos de jengibre. Se llaman así, porque el jengibre es uno de sus principales componentes, y su principal sabor. Ahora bien, ¿qué es el jengibre? Una cosa cálida y picante. ¿Era Bartleby cálido y picante? Nada de eso; el jengibre, entonces, no ejercía efecto alguno sobre Bartleby. Probablemente, él prefería que no lo ejerciera.

Nada exaspera más a una persona seria que una resistencia pasiva. Si el individuo resistido no es inhumano, y el individuo resistente es inofensivo en su pasividad, el primero, en sus mejores momentos, caritativamente procurará que su imaginación interprete lo que su entendimiento no puede resolver.

Así me aconteció con Bartleby y sus manejos. ¡Pobre hombre! pensé yo, no lo hace por maldad; es evidente que no procede por insolencia; su aspecto es suficiente prueba de lo involuntario de sus rarezas. Me es útil. Puedo llevarme bien con él. Si lo despido, caerá con un patrón menos indulgente, será maltratado y tal vez llegará miserablemente a morirse de hambre. Sí, puedo adquirir a muy bajo precio la deleitosa sensación de amparar a Bartleby; puedo adaptarme a su extraña terquedad; ello me costará poquísimo o nada y, mientras, atesoraré en el fondo de mi alma lo que finalmente será un dulce bocado para mi conciencia. Pero no siempre consideré, así las cosas. La pasividad de Bartleby solía exasperarme. Me sentía aguijoneado extrañamente a chocar con él en un nuevo encuentro, a despertar en él una colérica chispa correspondiente a la mía. Pero hubiera sido lo mismo tratar de encender fuego golpeando con los nudillos de mi mano en un pedazo de jabón Windsor.

Una tarde, el impulso maligno me dominó y tuvo lugar la siguiente escena:

—Bartleby —le dije—, cuando haya copiado todos esos documentos, los voy a revisar con usted.

—Preferiría no hacerlo.

—¿Cómo? ¿Se propone persistir en ese capricho de mula?

Silencio.

Abrí la puerta vidriera, y dirigiéndome a Turkey y a Nippers exclamé:

—Bartleby dice por segunda vez que no examinará sus documentos. ¿Qué piensa de eso, Turkey?

Hay que recordar que era de tarde.

Turkey resplandecía como una marmita de bronce; tenía empapada la calva; tamborileaba con las manos sobre sus papeles borroneados.

—¿Qué pienso? —rugió Turkey—. ¡Pienso que voy a meterme en el biombo y le voy a poner un ojo negro!

Con estas palabras se puso de pie y estiró los brazos en una postura pugilística. Se disponía a hacer efectiva su promesa cuando lo detuve, arrepentido de haber despertado la belicosidad de Turkey después de almorzar.

—Siéntese, Turkey —le dije—, y oiga lo que Nippers va a decir. ¿Qué piensa, Nippers? ¿No estaría plenamente justificado despedir de inmediato a Bartleby?

—Discúlpeme, esto tiene que decidirlo usted mismo. Creo que su conducta es insólita, y ciertamente injusta hacia Turkey y hacia mí. Pero puede tratarse de un capricho pasajero.

—¡Ah! —exclamé—, es raro ese cambio de opinión. Usted habla de él, ahora, con demasiada indulgencia.

—Es la cerveza —gritó Turkey—, esa indulgencia es efecto de la cerveza. Nippers y yo almorzamos juntos. Ya ve qué indulgente estoy yo, señor. ¿Le pongo un ojo negro?

—Supongo que se refiere a Bartleby. No, hoy no. Turkey —repliqué—, por favor, bajé esos puños.

Cerré las puertas y volví a dirigirme a Bartleby. Tenía un nuevo incentivo para tentar mi suerte. Estaba deseando que volviera a rebelarse. Recordé que Bartleby no abandonaba nunca la oficina.

—Bartleby —le dije—. Ginger. Nut ha salido; cruce al Correo, ¿quiere? —era a tres minutos de distancia— y vea si hay algo para mí.

—Preferiría no hacerlo.

—¿No quiere ir?

—Lo preferiría así.

Pude llegar a mi escritorio, y me sumí en profundas reflexiones. Volvió mi ciego impulso. ¿Habría alguna cosa capaz de procurarme otra ignominiosa repulsa de este necio tipo sin un cobre, mi dependiente asalariado?

—¡Bartleby!

Silencio.

—¡Bartleby! —más fuerte.

Silencio.

—¡Bartleby! —vociferé.

Como un verdadero fantasma, cediendo a las leyes de una invocación mágica, apareció al tercer llamado.

—Vaya al otro cuarto, y dígale a Nippers que venga.

—Preferiría no hacerlo —dijo con respetuosa lentitud, y desapareció mansamente.

—Muy bien, Bartleby —dije con voz tranquila, aplomada y serenamente severa, insinuando el inalterable propósito de alguna terrible y pronta represalia. En ese momento proyectaba algo por el estilo. Pero pensándolo bien, y como se acercaba la hora de almorzar, me pareció mejor ponerme el sombrero y caminar hasta casa, sufriendo con mi perplejidad y mi preocupación.

¿Lo confesaré? Como resultado final quedó establecido en mi oficina que un pálido joven llamado Bartleby tenía ahí un escritorio, que copiaba al precio corriente de cuatro céntimos la hoja (cien palabras), pero que estaba exento, permanentemente, de examinar su trabajo y que ese deber era transferido a Turkey y a Nippers, sin duda en gracia de su mayor agudeza; ítem, el susodicho Bartleby no sería llamado a evacuar el más trivial encargo; y si se le pedía que lo hiciera, se entendería que preferiría no hacerlo, en otras palabras, que rehusaría de modo terminante.

Con el tiempo, me sentí considerablemente reconciliado con Bartleby. Su aplicación, su falta de vicios, su laboriosidad incesante (salvo cuando se perdía en un sueño detrás del biombo), su gran calma, su ecuánime conducta en todo momento, hacían de él una valiosa adquisición. En primer lugar, siempre estaba ahí, el primero por la mañana, durante todo el día, y el último por la noche. Yo tenía singular confianza en su honestidad. Sentía que mis documentos más importantes estaban perfectamente seguros en sus manos. A veces, muy a pesar mío, no podía evitar el caer en espasmódicas cóleras contra él. Pues era muy difícil no olvidar nunca esas raras peculiaridades, privilegios y excepciones inauditas, que formaban las tácitas condiciones bajo las cuales Bartleby seguía en la oficina. A veces, en la ansiedad de despachar asuntos urgentes, distraídamente pedía a Bartleby, en breve y rápido tono, poner el dedo, digamos, en el nudo incipiente de un cordón colorado con el que estaba atando unos papeles. Detrás del biombo resonaba la consabida respuesta: preferiría no hacerlo; y entonces ¿cómo era posible que un ser humano dotado de las fallas comunes de nuestra naturaleza dejara de contestar con amargura a una perversidad semejante, a semejante sinrazón? Sin embargo, cada nueva repulsa de esta clase tendía a disminuir las probabilidades de que yo repitiera la distracción.

Debo decir que, según la costumbre de muchos hombres de ley con oficinas en edificios densamente habitados, la puerta tenía varias llaves. Una la guardaba una mujer que vivía en la buhardilla, que hacía una limpieza a fondo una vez por semana y diariamente barría y sacudía el departamento. Turkey tenía otra, la tercera yo solía llevarla en mi bolsillo, y la cuarta no sé quién la tenía.

Ahora bien, un domingo de mañana se me ocurrió ir a la iglesia de la Trinidad a oír a un famoso predicador, y como era un poco temprano pensé pasar un momento a mi oficina. Felizmente llevaba mi llave, pero al meterla en la cerradura, encontré resistencia por la parte interior. Llamé; consternado, vi girar una llave por dentro y, exhibiendo su pálido rostro por la puerta entreabierta, entreví a Bartleby en mangas de camisa, y en un raro y andrajoso deshabillé.

Se excusó, mansamente: dijo que estaba muy ocupado y que prefería no recibirme por el momento. Añadió que sería mejor que yo fuera a dar dos o tres vueltas por la manzana, y que entonces habría terminado sus tareas.

La inesperada aparición de Bartleby, ocupando mi oficina un domingo, con su cadavérica indiferencia caballeresca, pero tan firme y seguro de sí, tuvo tan extraño efecto, que de inmediato me retiré de mi puerta y cumplí sus deseos. Pero no sin variados pujos de inútil rebelión contra la mansa desfachatez de este inexplicable amanuense. Su maravillosa mansedumbre no sólo me desarmaba, me acobardaba. Porque considero que es una especie de cobarde el que tranquilamente permite a su dependiente asalariado que le dé órdenes y que lo expulse de sus dominios. Además, yo estaba lleno de dudas sobre lo que Bartleby podría estar haciendo en mi oficina, en mangas de camisa y todo deshecho, un domingo de mañana. ¿Pasaría algo impropio? No, eso quedaba descartado. No podía pensar ni por un momento que Bartleby fuera una persona inmoral. Pero ¿qué podía estar haciendo allí? ¿Copias? No, por excéntrico que fuera Bartleby, era notoriamente decente. Era la última persona para sentarse en su escritorio en un estado vecino a la desnudez. Además, era domingo, y había algo en Bartleby que prohibía suponer que violaría la santidad de ese día con tareas profanas.

Con todo, mi espíritu no estaba tranquilo; y lleno de inquieta curiosidad, volví, por fin, a mi puerta. Sin obstáculo introduje la llave, abrí y entré. Bartleby no se veía, miré ansiosamente por todo, eché una ojeada detrás del biombo; pero era claro que se había ido. Después de un prolijo examen, comprendí que por un tiempo indefinido Bartleby debía haber comido y dormido y haberse vestido en mi oficina, y eso sin vajilla, cama o espejo. El tapizado asiento de un viejo sofá desvencijado mostraba en un rincón la huella visible de una flaca forma reclinada.

Enrollada bajo el escritorio encontré una frazada; en el hogar vacío una caja de pasta y un cepillo; en una silla una palangana de lata, jabón y una toalla rotosa; en un diario, unas migas de bizcocho de jengibre y un bocado de queso. Sí, pensé, es bastante claro que Bartleby ha estado viviendo aquí.

Entonces, me cruzó el pensamiento: ¡Qué miserables orfandades, miserias, soledades, quedan reveladas aquí! Su pobreza es grande; pero, su soledad ¡qué terrible!

Los domingos, Wall Street es un desierto como la Arabia Pétrea; y cada noche de cada día es una desolación. Este edificio, también, que en los días de semana bulle de animación y de vida, por la noche retumba de puro vacío, y el domingo está desolado. ¡Y es aquí donde Bartleby hace su hogar, único espectador de una soledad que ha visto poblada, una especie de inocente y transformado Mario, meditando entre las ruinas de Cartago!

Por primera vez en mi vida una impresión de abrumadora y punzante melancolía se apoderó de mí. Antes, nunca había experimentado más que ligeras tristezas, no desagradables. Ahora el lazo de una común humanidad me arrastraba al abatimiento. ¡Una melancolía fraternal! Los dos, yo y Bartleby, éramos hijos de Adán. Recordé las sedas brillantes y los rostros dichosos que había visto ese día, bogando como cisnes por el Misisipí de Broadway, y los comparé al pálido copista, reflexionando: ah, la felicidad busca la luz, por eso juzgamos que el mundo es alegre; pero el dolor se esconde en la soledad, por eso juzgamos que el dolor no existe. Estas imaginaciones —quimeras, indudablemente, de un cerebro tonto y enfermo— me llevaron a pensamientos más directos sobre las rarezas de Bartleby. Presentimientos de extrañas novedades me visitaron. Creí ver la pálida forma del amanuense, entre desconocidos, indiferentes, extendida en su estremecida mortaja.

De pronto, me atrajo el escritorio cerrado de Bartleby, con su llave visible en la cerradura.

No me llevaba, pensé, ninguna intención aviesa, ni el apetito de una desalmada curiosidad, además, el escritorio es mío y también su contenido; bien puedo animarme a revisarlo. Todo estaba metódicamente arreglado, los papeles en orden. Los casilleros eran profundos; removiendo los legajos archivados, examiné el fondo. De pronto sentí algo y lo saqué. Era un viejo pañuelo de algodón, pesado y anudado. Lo abrí y encontré que era una caja de ahorros.

Entonces recordé todos los tranquilos misterios que había notado en el hombre. Recordé que sólo hablaba para contestar; que aunque a intervalos tenía tiempo de sobra, nunca lo había visto leer —no, ni siquiera un diario—; que por largo rato se quedaba mirando, por su pálida ventana detrás del biombo, al ciego muro de ladrillos; yo estaba seguro que nunca visitaba una fonda o un restaurante; mientras su pálido rostro indicaba que nunca bebía cerveza como Nippers, ni siquiera té o café como los otros hombres, que nunca salía a ninguna parte; que nunca iba a dar un paseo, salvo, tal vez ahora; que había rehusado decir quién era, o de dónde venía, o si tenía algún pariente en el mundo; que, aunque tan pálido y tan delgado, nunca se quejaba de mala salud. Y más aún, recordé cierto aire de inconsciente, de descolorida —¿cómo diré? — de descolorida altivez, digamos, o austera reserva, que me había infundido una mansa condescendencia con sus rarezas, cuando se trataba de pedirle el más ligero favor, aunque su larga inmovilidad me indicara que estaba detrás de su biombo, entregado a uno de sus sueños frente al muro.

Meditando en esas cosas, y ligándolas al reciente descubrimiento de que había convertido mi oficina en su residencia, y sin olvidar sus mórbidas cavilaciones, meditando en estas cosas, repito, un sentimiento de prudencia nació en mi espíritu. Mis primeras reacciones habían sido de pura melancolía y lástima sincera, pero a medida que la desolación de Bartleby se agrandaba en mi imaginación, esa melancolía se convirtió en miedo, esa lástima en repulsión.

Tan cierto es, y a la vez tan terrible, que hasta cierto punto el pensamiento o el espectáculo de la pena atrae nuestros mejores sentimientos, pero algunos casos especiales no van más allá. Se equivocan quienes afirman que esto se debe al natural egoísmo del corazón humano. Más bien proviene de cierta desesperanza de remediar un mal orgánico y excesivo. Y cuando se percibe que esa piedad no lleva a un socorro efectivo, el sentido común ordena al alma librarse de ella. Lo que vi esa mañana me convenció de que el amanuense era la víctima de un mal innato e incurable. Yo podía dar una limosna a su cuerpo; pero su cuerpo no le dolía; tenía el alma enferma, y yo no podía llegar a su alma.

No cumplí, esa mañana, mi propósito de ir a la Trinidad. Las cosas que había visto me incapacitaban, por el momento, para ir a la iglesia. Al dirigirme a mi casa, iba pensando en lo que haría con Bartleby. Al fin me resolví: lo interrogaría con calma, la mañana siguiente, acerca de su vida, etc., y si rehusaba contestarme francamente y sin reticencias (y suponía que él preferiría no hacerlo), le daría un billete de veinte dólares, además de lo que le debía, diciéndole que ya no necesitaba sus servicios; pero que en cualquier otra forma en que necesitara mi ayuda, se la prestaría gustoso, especialmente le pagaría los gastos para trasladarse al lugar de su nacimiento dondequiera que fuera. Además, si al llegar a su destino necesitaba ayuda, una carta haciéndomelo saber no quedaría sin respuesta.

La mañana siguiente llegó.

—Bartleby —dije, llamándolo comedidamente.

Silencio.

—Bartleby —dije en tono aún más suave— venga, no le voy a pedir que haga nada que usted preferiría no hacer. Sólo quiero conversar con usted.

Con esto, se me acercó silenciosamente.

—¿Quiere decirme, Bartleby, ¿dónde ha nacido?

—Preferiría no hacerlo.

—¿Quiere contarme algo de usted?

—Preferiría no hacerlo.

—Pero ¿qué objeción razonable puede tener para no hablar conmigo? Yo quisiera ser un amigo.

Mientras yo hablaba, no me miró. Tenía los ojos fijos en el busto de Cicerón, que estaba justo detrás de mí, a unas seis pulgadas sobre mi cabeza.

—¿Cuál es su respuesta, Bartleby? —le pregunté, después de esperar un buen rato, durante el cual su actitud era estática, notándose apenas un levísimo temblor en sus labios descoloridos.

—Por ahora prefiero no contestar —dijo, y se retiró a su ermita.

Tal vez fui débil, lo confieso, pero su actitud en esta ocasión me irritó. No sólo parecía acechar en ella cierto desdén tranquilo; su terquedad resultaba desagradecida si se considera el indiscutible buen trato y la indulgencia que había recibido de mi parte.

De nuevo me quedé pensando qué haría. Aunque me irritaba su proceder, aunque al entrar en la oficina yo estaba resuelto a despedirlo, un sentimiento supersticioso golpeó en mi corazón y me prohibió cumplir mi propósito, y me dijo que yo sería un canalla si me atrevía a murmurar una palabra dura contra el más triste de los hombres. Al fin, colocando familiarmente mi silla detrás de su biombo, me senté y le dije:

—Dejemos de lado su historia, Bartleby; pero permítame suplicarle amistosamente que observe en lo posible las costumbres de esta oficina.

Prométame que mañana o pasado ayudará a examinar documentos; prométame que dentro de un par de días se volverá un poco razonable, ¿verdad, Bartleby?

—Por ahora prefiero no ser un poco razonable —fue su mansa y cadavérica respuesta. En ese momento se abrió la puerta vidriera y Nippers se acercó. Parecía víctima, contra la costumbre, de una mala noche, producida por una indigestión más severa que las de costumbre. Oyó las últimas palabras de Bartleby.

—«¿Prefiere no ser razonable?» —gritó Nippers—. Yo le daría preferencias, si fuera usted, señor. ¿Qué es, señor, lo que ahora prefiere no hacer? —Bartleby no movió ni un dedo.

—Señor Nippers —le dije—, prefiero que, por el momento, usted se retire.

No sé cómo, últimamente, yo había contraído la costumbre de usar la palabra preferir. Temblé pensando que mi relación con el amanuense ya hubiera afectado seriamente mi estado mental. ¿Qué otra y quizá más honda aberración podría traerme? Este recelo había influido en mi determinación de emplear medidas sumarias.

Mientras Nippers, agrio y malhumorado, desaparecía, Turkey apareció, obsequioso y deferente.

—Con todo respeto, señor —dijo—, ayer estuve meditando sobre Bartleby, y pienso que, si él prefiriera tomar a diario un cuarto de buena cerveza, le haría mucho bien, y lo habilitaría a prestar ayuda en el examen de documentos.

—Parece que usted también ha adopta do la palabra —dije, ligeramente excitado.

—Con todo respeto. ¿Qué palabra, señor? —preguntó Turkey, apretándose respetuosamente en el estrecho espacio detrás del biombo y obligándome, al hacerlo, a empujar al amanuense.

—¿Qué palabra, señor?

—Preferiría quedarme aquí solo —dijo Bartleby, como si lo ofendiera el verse atropellado en su retiro.

—Esa es la palabra, Turkey, ésa es.

—¡Ah!, ¿preferir?, ah, sí, curiosa palabra. Yo nunca la uso. Pero señor, como iba diciendo, si prefiriera…

—Turkey —interrumpí—, retírese, por favor.

—Ciertamente, señor, si usted lo prefiere.

Al abrir la puerta vidriera para retirarse, Nippers desde su escritorio me echó una mirada y me preguntó si yo prefería papel blanco o papel azul para copiar cierto documento. No acentuó maliciosamente la palabra preferir. Se veía que había sido dicha involuntariamente. Reflexioné que era mi deber deshacerme de un demente, que ya, en cierto modo, había influido en mi lengua y quizá en mi cabeza y en las de mis dependientes. Pero juzgué prudente no hacerlo de inmediato.

Al día siguiente noté que Bartleby no hacía más que mirar por la ventana, en su sueño frente a la pared. Cuando le pregunté por qué no escribía, me dijo que había resuelto no escribir más.

—¿Por qué no? ¿Qué se propone? —exclamé—. ¿No escribir más?

—Nunca más.

—¿Y por qué razón?

—¿No la ve usted mismo? —replicó con indiferencia.

Lo miré fijamente y me pareció que sus ojos estaban apagados y vidriosos. Enseguida se me ocurrió que su ejemplar diligencia junto a esa pálida ventana, durante las primeras semanas, había dañado su vista.

Me sentí conmovido y pronuncié algunas palabras de simpatía. Sugerí que, por supuesto, era prudente de su parte el abstenerse de escribir por un tiempo; y lo animé a tomar esta oportunidad para hacer ejercicios al aire libre. Pero no lo hizo. Días después, estando ausentes mis otros empleados, y teniendo mucha prisa por despachar ciertas cartas, pensé que no teniendo nada que hacer, Bartleby seria menos inflexible que de costumbre y querría llevármelas al Correo. Se negó rotundamente y aunque me resultaba molesto, tuve que llevarlas yo mismo. Pasaba el tiempo. Ignoro si los ojos de Bartleby se mejoraron o no. Me parece que sí, según todas las apariencias. Pero cuando se lo pregunté no me concedió una respuesta. De todos modos, no quería seguir copiando. Al fin, acosado por mis preguntas, me informó que había resuelto abandonar las copias.

—¡Cómo! —exclamé—. ¿Si sus ojos se curaran, si viera mejor que antes, copiaría entonces?

—He renunciado a copiar —contestó y se hizo a un lado.

Se quedó como siempre, enclavado en mi oficina. ¡Qué! —si eso fuera posible— se reafirmó más aún que antes. ¿Qué hacer? Si no hacía nada en la oficina: ¿por qué se iba a quedar? De hecho, era una carga, no sólo inútil, sino gravosa. Sin embargo, le tenía lástima. No digo sino la pura verdad cuando afirmo que me causaba inquietud. Si hubiese nombrado a algún pariente o amigo, yo le hubiera escrito, instándolo a llevar al pobre hombre a un retiro adecuado. Pero parecía solo, absolutamente solo en el universo. Algo como un despojo en mitad del océano Atlántico. A la larga, necesidades relacionadas con mis asuntos prevalecieron sobre toda consideración. Lo más bondadosamente posible, le dije a Bartleby que en seis días debía dejar la oficina. Le aconsejé tomar medidas en ese intervalo para procurarse una nueva morada. Le ofrecí ayudarlo en este empeño, si él personalmente daba el primer paso para la mudanza.

—Y cuando usted se vaya del todo, Bartleby —añadí—, velaré para que no salga completamente desamparado. Recuerde, dentro de seis días.

Al expirar el plazo, espié detrás del biombo: ahí estaba Bartleby.

Me abotoné el abrigo, me paré firme; avancé lentamente hasta tocarle el hombro y le dije:

—El momento ha llegado; debe abandonar este lugar; lo siento por usted; aquí tiene dinero, debe irse.

—Preferiría no hacerlo —replicó—, siempre dándome la espalda.

—Pero usted debe irse.

Silencio.

Yo tenía una ilimitada confianza en su honradez. Con frecuencia me había devuelto peniques y chelines que yo había dejado caer en el suelo, porque soy muy descuidado con esas pequeñeces. Las providencias que adopté no se considerarán, pues, extraordinarias.

—Bartleby —le dije—, le debo doce dólares, aquí tiene treinta y dos; esos veinte son suyos ¿quiere tomarlos? —y le alcancé los billetes.

Pero ni se movió.

—Los dejaré aquí, entonces —y los puse sobre la mesa bajo un pisapapeles. Tomando mi sombrero y mi bastón me dirigí a la puerta, y volviéndome tranquilamente añadí:

—Cuando haya sacado sus cosas de la oficina, Bartleby, usted por supuesto cerrará con llave la puerta, ya que todos se han ido, y por favor deje la llave bajo el felpudo, para que yo la encuentre mañana. No nos veremos más. Adiós. Si más adelante, en su nuevo domicilio puedo serle útil, no deje de escribirme. Adiós Bartleby y que le vaya bien.

No contestó ni una palabra, como la última columna de un templo en ruinas, quedó mudo y solitario en medio del cuarto desierto.

Mientras me encaminaba a mi casa, pensativo, mi vanidad se sobrepuso a mi lástima. No podía menos de jactarme del modo magistral con que había llevado mi liberación de Bartleby. Magistral, lo llamaba, y así debía opinar cualquier pensador desapasionado. La belleza de mi procedimiento consistía en su perfecta serenidad. Nada de vulgares intimidaciones, ni de bravatas, ni de coléricas amenazas, ni de paseos arriba y abajo por el departamento, con espasmódicas órdenes vehementes a Bartleby de desaparecer con sus miserables bártulos. Nada de eso. Sin mandatos gritones a Bartleby —como hubiera hecho un genio inferior— yo había postulado que se iba, y sobre esa promesa había construido todo mi discurso. Cuanto más pensaba en mi actitud, más me complací en ella. Con todo, al despertarme la mañana siguiente, tuve mis dudas: mis humos de vanidad se habían desvanecido. Una de las horas más lúcidas y serenas en la vida del hombre es la del despertar. Mi procedimiento seguía pareciéndome tan sagaz como antes, pero sólo en teoría. Cómo resultaría en la práctica era lo que estaba por verse. Era una bella idea, dar por sentada la partida de Bartleby; pero, después de todo, esta presunción era sólo mía, y no de Bartleby. Lo importante era no que yo hubiera establecido que debía irse, sino que él prefiriera hacerlo. Era hombre de preferencias, no de presunciones.

Después del almuerzo, me fui al centro, discutiendo las probabilidades pro y contra. A ratos pensaba que sería un fracaso y que encontraría a Bartleby en mi oficina como de costumbre; y enseguida tenía la seguridad de encontrar su silla vacía. Y así seguí titubeando. En la esquina de Broadway y la calle del Canal, vi a un grupo de gente muy excitada, conversando seriamente.

—Apuesto a que… —oí decir al pasar.

—¿A que no se va? ¡Ya está! —dije—, ponga su dinero.

Instintivamente metí la mano en el bolsillo, para vaciar el mío, cuando me acordé de que era día de elecciones. Las palabras que había oído no tenían nada que ver con Bartleby, sino con el éxito o fracaso de algún candidato para intendente. En mi obsesión, ya había imaginado que todo Broadway compartía mi excitación y discutía el mismo problema.

Seguí, agradecido al bullicio de la calle, que protegía mi distracción. Como era mi propósito, llegué más temprano que de costumbre a la puerta de mi oficina. Me paré a escuchar. No había ruido. Debía de haberse ido. Probé el llamador. La puerta estaba cerrada con llave. Mi procedimiento había obrado como magia; el hombre había desaparecido. Sin embargo, cierta melancolía se mezclaba a esta idea: el éxito brillante casi me pesaba. Estaba buscando bajo el felpudo la llave que Bartleby debía haberme dejado cuando, por casualidad, pegué en la puerta con la rodilla, produciendo un ruido como de llamada, y en respuesta llegó hasta mí una voz que decía desde adentro:

—Todavía no; estoy ocupado.

Era Bartleby.

Quedé fulminado. Por un momento quedé como aquel hombre que, con su pipa en la boca, fue muerto por un rayo, hace ya tiempo, en una tarde serena de Virginia; fue muerto asomado a la ventana y quedó recostado en ella en la tarde soñadora, hasta que alguien lo tocó y cayó.

—¡No se ha ido! —murmuré por fin. Pero una vez más, obedeciendo al ascendiente que el inescrutable amanuense tenía sobre mí, y del cual me era imposible escapar, bajé lentamente a la calle; al dar vuelta a la manzana, consideré qué podía hacer en esta inaudita perplejidad. Imposible expulsarlo a empujones; inútil sacarlo a fuerza de insultos; llamar a la policía era una idea desagradable; y, sin embargo, permitirle gozar de su cadavérico triunfo sobre mí, eso también era inadmisible. ¿Qué hacer? o, si no había nada que hacer, ¿qué dar por sentado? Yo había dado por sentado que Bartleby se iría; ahora podía yo retrospectivamente asumir que se había ido. En la legítima realización de esta premisa, podía entrar muy apurado en mi oficina, y fingiendo no ver a Bartleby, llevarlo por delante como si fuera el aire. Tal procedimiento tendría en grado singular todas las apariencias de una indirecta. Era bastante difícil que Bartleby pudiera resistir a esa aplicación de la doctrina de las suposiciones. Pero repensándolo bien, el éxito de este plan me pareció dudoso. Resolví discutir de nuevo el asunto.

—Bartleby —le dije, con severa y tranquila expresión, entrando a la oficina—, estoy disgustado muy seriamente. Estoy apenado, Bartleby. No esperaba esto de usted. Yo me lo había imaginado de caballeresco carácter, yo había pensado que en cualquier dilema bastaría la más ligera insinuación —en una palabra— suposición. Pero parece que estoy engañado. ¡Cómo! —agregué, naturalmente asombrado—, ¿ni siquiera ha tocado ese dinero? —Estaba en el preciso lugar donde yo lo había dejado la víspera.

No contestó.

—¿Quiere usted dejarnos, sí o no? —pregunté en un arranque, avanzando hasta acercarme a él.

—Preferiría no dejarlos —replicó suavemente, acentuando el no.

—¿Y qué derecho tiene para quedarse? ¿Paga alquiler? ¿Paga mis impuestos? ¿Es suya la oficina?

No contestó.

—¿Está dispuesto a escribir ahora? ¿Se ha mejorado de la vista? ¿Podría escribir algo para mi esta mañana, o ayudarme a examinar unas líneas, o ir al Correo? En una palabra, ¿quiere hacer algo que justifique su negativa de irse?

Silenciosamente se retiró a su ermita.

Yo estaba en tal estado de resentimiento nervioso que me pareció prudente abstenerme de otros reproches. Bartleby y yo estábamos solos. Recordé la tragedia del infortunado Adams y del aún más infortunado Colt en la solitaria oficina de éste; y cómo el pobre Colt, exasperado por Adams, y dejándose llevar imprudentemente por la ira, fue precipitado al acto fatal, acto que ningún hombre puede deplorar más que el actor. A menudo he pensado que, si este altercado hubiera tenido lugar en la calle o en una casa particular, otro hubiera sido su desenlace. La circunstancia de estar solos en una oficina desierta, en lo alto de un edificio enteramente desprovisto de domésticas asociaciones humanas —una oficina sin alfombras, de apariencia, sin duda alguna, polvorienta y desolada— debe haber contribuido a acrecentar la desesperación del desventurado Colt. Pero cuando el resentimiento del viejo Adams se apoderó de mí y me tentó en lo concerniente a Bartleby, luché con él y lo vencí. ¿Cómo? Recordando sencillamente el divino precepto: Un nuevo mandamiento les doy: ámense los unos a los otros. Sí, esto fue lo que me salvó. Aparte de más altas consideraciones, la caridad obra como un principio sabio y prudente, como una poderosa salvaguardia para su poseedor. Los hombres han asesinado por celos, y por rabia, y por odio, y por egoísmo y por orgullo espiritual; pero no hay hombre, que yo sepa, que haya cometido un asesinato por caridad. La prudencia, entonces, si no puede aducirse motivo mejor, basta para impulsar a todos los seres hacia la filantropía y la caridad. En todo caso, en esta ocasión me esforcé en ahogar mi irritación con el amanuense, interpretando benévolamente su conducta. ¡Pobre hombre, pobre hombre!, pensé, no sabe lo que hace; y, además, ha pasado días muy duros y merece indulgencia.

Procuré también ocuparme en algo; y al mismo tiempo consolar mi desaliento. Traté de imaginar que en el curso de la mañana, en un momento que le viniera bien, Bartleby, por su propia y libre voluntad, saldría de su ermita, decidido a encaminarse a la puerta. Pero, no, llegaron las doce y media, la cara de Turkey se encendió, volcó el tintero y empezó su turbulencia; Nippers declinó hacia la calma y la cortesía; Ginger Nut mascó su manzana del mediodía; y Bartleby siguió de pie en la ventana en uno de sus profundos sueños frente al muro. ¿Me creerán? ¿Me atreveré a confesarlo? Esa tarde abandoné la oficina, sin decirle ni una palabra más.

Pasaron varios días durante los cuales, en momentos de ocio, revisé Sobre testamentos de Edwards y Sobre la necesidad de Priestley. Estos libros, dadas las circunstancias, me produjeron un sentimiento saludable. Gradualmente llegué a persuadirme de que mis disgustos acerca del amanuense estaban decretados desde la eternidad, y Bartleby me estaba destinado por algún misterioso propósito de la Divina Providencia, que un simple mortal como yo no podía penetrar. Sí, Bartleby, quedate ahí, detrás del biombo, pensé; no te perseguiré más; eres inofensivo y silencioso como una de esas viejas sillas; en una palabra, nunca me he sentido en mayor intimidad que sabiendo que estabas ahí. Al fin lo veo, lo siento; penetro el propósito predestinado de mi vida. Estoy satisfecho. Otros tendrán papeles más elevados, mi misión en este mundo, Bartleby, es proveerte de una oficina por el período que quieras. Creo que este sabio orden de ideas hubiera continuado, a no mediar observaciones gratuitas y maliciosas que me infligieron profesionales amigos, al visitar las oficinas. Como acontece a menudo, el constante roce con mentes mezquinas acaba con las buenas resoluciones de los más generosos. Pensándolo bien, no me asombra que a las personas que entraban a mi oficina les impresionara el peculiar aspecto del inexplicable Bartleby y se vieran tentadas de formular alguna siniestra observación. A veces un procurador visitaba la oficina y, encontrando solo al amanuense, trataba de obtener de él algún dato preciso sobre mi paradero; sin prestarle atención, Bartleby seguía inconmovible en medio del cuarto. El procurador, después de contemplarlo un rato, se despedía tan ignorante como había venido.

También, cuando alguna audiencia tenía lugar, y el cuarto estaba lleno de abogados y testigos, y se sucedían los asuntos, algún letrado muy ocupado, viendo a Bartleby enteramente ocioso le pedía que fuera a buscar en su oficina (la del letrado) algún documento. Bartleby, en el acto, rehusaba tranquilamente y se quedaba tan ocioso como antes. Entonces el abogado se quedaba mirándolo asombrado, le clavaba los ojos y luego me miraba a mí. Y yo ¿qué podía decir? Por fin, me di cuenta de que en todo el círculo de mis relaciones corría un murmullo de asombro acerca del extraño ser que cobijaba en mi oficina. Esto me molestaba ya muchísimo. Se me ocurrió que podía ser longevo y que seguiría ocupando mi departamento, y desconociendo mi autoridad y asombrando a mis visitantes; y haciendo escandalosa mi reputación profesional; y arrojando una sombra general sobre el establecimiento y manteniéndose con sus ahorros (porque indudablemente no gastaba sino medio real por día), y que tal vez llegara a sobrevivirme y a quedarse en mi oficina reclamando derechos de posesión, fundados en la ocupación perpetua. A medida que esas oscuras anticipaciones me abrumaban, y que mis amigos menudeaban sus implacables observaciones sobre esa aparición en mi oficina, un gran cambio se operó en mí. Resolví hacer un esfuerzo enérgico y librarme para siempre de esta pesadilla intolerable.

Antes de urdir un complicado proyecto, sugerí simplemente a Bartleby la conveniencia de su partida. En un tono serio y tranquilo, entregué la idea a su cuidadosa y madura consideración. Al cabo de tres días de meditación, me comunicó que sostenía su criterio original; en una palabra, que prefería permanecer conmigo.

¿Qué hacer?, dije para mí, abotonando mi abrigo hasta el último botón. ¿Qué hacer? ¿Qué debo hacer? ¿Qué dice mi conciencia que debería hacer con este hombre, o más bien, con este fantasma? Tengo que librarme de él; se irá, pero ¿cómo? ¿Echarás a ese pobre, pálido, pasivo mortal, arrojarás esa criatura indefensa? ¿Te deshonrarás con semejante crueldad? No, no quiero, no puedo hacerlo. Más bien lo dejaría vivir y morir aquí y luego emparedaría sus restos en el muro. ¿Qué harás entonces? Con todos tus ruegos, no se mueve. Deja los sobornos bajo tu propio pisapapeles, es bien claro que prefiere quedarse contigo.

Entonces hay que hacer algo severo, algo fuera de lo común. ¿Cómo, lo harás arrestar por un gendarme y entregarás su inocente palidez a la cárcel? ¿Qué motivos podrías aducir? ¿Es acaso un vagabundo? ¡Cómo!, ¿él, un vagabundo, un ser errante, él, que rehúsa moverse? Entonces, ¿porque no quiere ser un vagabundo, vas a clasificarlo como tal? Esto es un absurdo. ¿Carece de medios visibles de vida?, bueno, ahí lo tengo. Otra equivocación, indudablemente vive y ésta es la única prueba incontestable de que tiene medios de vida. No hay nada que hacer entonces. Ya que él no quiere dejarme, yo tendré que dejarlo. Mudaré mi oficina; me mudaré a otra parte, y le notificaré que si lo encuentro en mi nuevo domicilio procederé contra él como contra un vulgar intruso.

Al día siguiente le dije:

—Estas oficinas están demasiado lejos de la Municipalidad, el aire es malsano. En una palabra: tengo el proyecto de mudarme la semana próxima, y ya no requeriré sus servicios. Se lo comunico ahora, para que pueda buscar otro empleo.

No contestó y no se dijo nada más.

En el día señalado contraté carros y hombres, me dirigí a mis oficinas, y teniendo pocos muebles, todo fue llevado en pocas horas. Durante la mudanza el amanuense quedó atrás del biombo, que ordené fuera lo último en sacarse. Lo retiraron, lo doblaron como un enorme pliego; Bartleby quedó inmóvil en el cuarto desnudo. Me detuve en la entrada, observándolo un momento, mientras algo dentro de mí, me reconvenía.

Volví a entrar, con la mano en el bolsillo y mi corazón en la boca.

—Adiós, Bartleby, me voy, adiós y que Dios lo bendiga de algún modo, y tome esto —deslicé algo en su mano. Pero él lo dejó caer al suelo y entonces, raro es decirlo, me arranqué dolorosamente de quien tanto había deseado librarme.

Establecido en mis oficinas, por uno o dos días mantuve la puerta con llave, sobresaltándome cada pisada en los corredores. Cuando volvía, después de cualquier salida, me detenía en el umbral un instante, y escuchaba atentamente al introducir la llave. Pero mis temores eran vanos. Bartleby nunca volvió.

Pensé que todo iba bien, cuando un señor muy preocupado me visitó, averiguando si yo era el último inquilino de las oficinas en el n.º X de Wall Street.

Lleno de aprensiones, contesté que sí.

—Entonces, señor —dijo el desconocido, que resultó ser un abogado—, usted es responsable por el hombre que ha dejado allí. Se niega a hacer copias; se niega a hacer todo; dice que prefiere no hacerlo; y se niega a abandonar el establecimiento.

—Lo siento mucho, señor —le dije con aparente tranquilidad, pero con un temblor interior—, pero el hombre al que usted alude no es nada mío, no es un pariente o un meritorio, para que usted quiera hacerme responsable.

—En nombre de Dios, ¿quién es?

—Con toda sinceridad no puedo informarlo. Yo no sé nada de él. Anteriormente lo tomé como copista; pero hace bastante tiempo que no trabaja para mí.

—Entonces, lo arreglaré. Buenos días, señor.

Pasaron varios días y no supe nada más; y aunque a menudo sentía un caritativo impulso de visitar el lugar y ver al pobre Bartleby, un cierto escrúpulo, de no sé qué, me detenía.

Ya he concluido con él, pensaba, al fin, cuando pasó otra semana sin más noticias. Pero al llegar a mi oficina, al día siguiente, encontré varias personas esperando en mi puerta, en un estado de gran excitación.

—Este es el hombre, ahí viene —gritó el que estaba delante, y que no era otro que el abogado que me había visitado.

—Usted tiene que sacarlo, señor, en el acto —gritó un hombre corpulento adelantándose y en el que reconocí al propietario del n.º X de Wall Street—. Estos caballeros, mis inquilinos, no pueden soportarlo más; El señor B. —señalando al abogado— lo ha echado de su oficina, y ahora persiste en ocupar todo el edificio, sentándose de día en los pasamanos de la escalera y durmiendo a la entrada, de noche. Todos están inquietos; los clientes abandonan las oficinas; hay temores de un tumulto, usted tiene que hacer algo, inmediatamente.

Horrorizado ante este torrente, retrocedí y hubiera querido encerrarme con llave en mi nuevo domicilio. En vano protesté que nada tenía que ver con Bartleby. En vano: yo era la última persona relacionada con él y nadie quería olvidar esa circunstancia.

Temeroso de que me denunciaran en los diarios (como alguien insinuó oscuramente) consideré el asunto y dije que si el abogado me concedía una entrevista privada con el amanuense en su propia oficina (la del abogado), haría lo posible para librarlos del estorbo.

Subiendo a mi antigua morada, encontré a Bartleby silencioso, sentado sobre la baranda en el descanso.

—¿Qué está haciendo ahí, Bartleby? —le dije.

—Sentado en la baranda —respondió humildemente.

Lo hice entrar a la oficina del abogado, que nos dejó solos.

—Bartleby —dije—, ¿se da cuenta de que está ocasionándome un gran disgusto, con su persistencia en ocupar la entrada después de haber sido despedido de la oficina?

Silencio.

—Tiene que elegir. O usted hace algo, o algo se hace con usted. Ahora bien, ¿qué clase de trabajo quisiera hacer? ¿Le gustaría volver a emplearse como copista?

—No, preferiría no hacer ningún cambio.

—¿Le gustaría ser vendedor en una tienda de géneros?

—Es demasiado encierro. No, no me gustaría ser vendedor; pero no soy exigente.

—¡Demasiado encierro —grité—, pero si usted está encerrado todo el día!

—Preferiría no ser vendedor —respondió como para cerrar la discusión.

—¿Qué le parece un empleo en un bar? Eso no fatiga la vista.

—No me gustaría, pero, como he dicho antes, no soy exigente.

Su locuacidad me animó. Volví a la carga.

—Bueno, ¿entonces quisiera viajar por el país como cobrador de comerciantes? Sería bueno para su salud.

—No, preferiría hacer otra cosa.

—¿No iría usted a Europa, para acompañar a algún joven y distraerlo con su conversación? ¿No le agradaría eso?

—De ninguna manera. No me parece que haya en eso nada preciso. Me gusta estar fijo en un sitio. Pero no soy exigente.

—Entonces, quédese fijo —grité, perdiendo la paciencia. Por primera vez, en mi desesperante relación con él, me puse furioso—. ¡Si usted no se va de aquí antes del anochecer; me veré obligado, en verdad, estoy obligado, ¡a irme yo mismo! —dije, un poco absurdamente, sin saber con qué amenaza atemorizarlo para trocar en obediencia su inmovilidad. Desesperado de cualquier esfuerzo ulterior; precipitadamente me iba, cuando se me ocurrió un último pensamiento —uno ya vislumbrado por mí.

—Bartleby —dije, en el tono más bondadoso que pude adoptar; dadas las circunstancias— ¿usted no iría a casa conmigo? No a mi oficina, sino a mi casa, ¿a quedarse allí hasta encontrar un arreglo conveniente? Vámonos ahora mismo.

—No, por el momento preferiría no hacer ningún cambio.

No contesté; pero eludiendo a todos por lo súbito y rápido de mi fuga, hui del edificio, corrí por Wall Street hacia Broadway y saltando en el primer ómnibus me vi libre de toda persecución. Apenas vuelto a mi tranquilidad, comprendí que yo había hecho todo lo humanamente posible, tanto respecto a los pedidos del propietario y sus inquilinos, como respecto a mis deseos y mi sentido del deber; para beneficiar a Bartleby, y protegerlo de una ruda persecución. Procuré estar tranquilo y libre de cuidados; mi conciencia justificaba mi intento, aunque, a decir verdad, no logré el éxito que esperaba. Tal era mi temor de ser acosado por el colérico propietario y sus exasperados inquilinos, que entregando por unos días mis asuntos a Nippers, me dirigí a la parte alta de la ciudad, a través de los suburbios, en mi coche; crucé de Jersey City a Hoboken, e hice fugitivas visitas a Manhattanville y Astoria. De hecho, casi estuve domiciliado en mi coche durante ese tiempo. Cuando regresé a la oficina, encontré sobre mi escritorio una nota del propietario. La abrí con temblorosas manos. Me informaba que su autor había llamado a la policía, y que Bartleby había sido conducido a la cárcel como vagabundo. Además, como yo lo conocía más que nadie, me pedía que concurriera y que hiciera una declaración conveniente de los hechos. Estas nuevas tuvieron sobre mí un efecto contradictorio. Primero, me indignaron, luego casi merecieron mi aprobación. El carácter enérgico y expeditivo del propietario le había hecho adoptar un temperamento que yo no hubiera elegido; y, sin embargo, como último recurso, dadas las circunstancias especiales, parecía el único camino.

Supe después que cuando le dijeron al amanuense que sería conducido a la cárcel, éste no ofreció la menor resistencia. Con su pálido modo inalterable, silenciosamente asintió. Algunos curiosos o apiadados espectadores se unieron al grupo; encabezada por uno de los gendarmes, del brazo de Bartleby, la silenciosa procesión siguió su camino entre todo el ruido, y el calor, y la felicidad de las aturdidas calles al mediodía.

El mismo día que recibí la nota, fui a la cárcel. Buscando al empleado, declaré el propósito de mi visita, y fui informado que el individuo que yo buscaba estaba, en efecto, ahí dentro. Aseguré al funcionario que Bartleby era de una cabal honradez y que merecía nuestra lástima, por inexplicablemente excéntrico que fuera. Le referí todo lo que sabía, y le sugerí que lo dejaran en un benigno encierro hasta que algo menos duro pudiera hacerse —aunque no sé muy bien en qué pensaba. De todos modos, si nada se decidía, el asilo debía recibirlo. Luego solicité una entrevista.

Como no había contra él ningún cargo serio, y era inofensivo y tranquilo, le permitían andar en libertad por la prisión y particularmente por los patios cercados de césped. Ahí lo encontré, solitario en el más quieto de los patios, con el rostro vuelto a un alto muro, mientras alrededor; me pareció ver los ojos de asesinos y de ladrones, atisbando por las estrechas rendijas de las ventanas.

—¡Bartleby!

—Lo conozco —dijo sin darse vuelta— y no tengo nada que decirle.

—Yo no soy el que le trajo aquí, Bartleby —dije profundamente dolido por su sospecha—. Para usted, este lugar no debe ser tan vil. Nada reprochable lo ha traído aquí. Vea, no es un lugar tan triste, como podría suponerse. Mire, ahí está el cielo, y aquí el césped.

—Sé dónde estoy —replicó, pero no quiso decir nada más, y entonces lo dejé.

Al entrar de nuevo en el corredor; un hombre ancho y carnoso, de delantal, se me acercó, y señalando con el pulgar sobre el hombro, dijo:

—¿Ése es su amigo?

—Sí.

—¿Quiere morirse de hambre? En tal caso, que observe el régimen de la prisión y saldrá con su gusto.

—¿Quién es usted? —le pregunté, no acertando a explicarme una charla tan poco oficial en ese lugar.

—Soy el despensero. Los caballeros que tienen amigos aquí me pagan para que los provea de buenos platos.

—¿Es cierto? —le pregunté al guardián. Me contestó que sí.

—Bien, entonces —dije, deslizando unas monedas de plata en la mano del despensero—, quiero que mi amigo esté particularmente atendido. Dele la mejor comida que encuentre. Y sea con él lo más atento posible.

—Presénteme, ¿quiere? —dijo el despensero, con una expresión que parecía indicar la impaciencia de ensayar inmediatamente su urbanidad.

Pensando que podía redundar en beneficio del amanuense, accedí, y preguntándole su nombre, me fui a buscar a Bartleby.

—Bartleby, éste es un amigo, usted lo encontrará muy útil.

—Servidor; señor —dijo el despensero, haciendo un lento saludo, detrás del delantal—. Espero que esto le resulte agradable, señor; lindo césped, departamentos frescos, espero que pase un tiempo con nosotros, trataremos de hacérselo agradable. ¿Qué quiere cenar hoy?

—Prefiero no cenar hoy —dijo Bartleby, dándose vuelta—. Me haría mal; no estoy acostumbrado a cenar —con estas palabras se movió hacia el otro lado del cercado, y se quedó mirando la pared.

—¿Cómo es esto? —dijo el hombre, dirigiéndose a mí con una mirada de asombro—. Es medio raro, ¿verdad?

—Creo que está un poco desequilibrado —dije con tristeza.

—¿Desequilibrado? ¿Está desequilibrado? Bueno, palabra de honor que pensé que su amigo era un caballero falsificador; los falsificadores son siempre pálidos y distinguidos. No puedo menos que compadecerlos; me es imposible, señor. ¿No conoció a Monroe Edwards? —agregó patéticamente y se detuvo. Luego, apoyando compasivamente la mano en mi hombro, suspiró—: murió tuberculoso en Sing—Sing. Entonces, ¿usted no conocía a Monroe?

—No, nunca he tenido relaciones sociales con ningún falsificador. Pero no puedo demorarme. Cuide a mi amigo. Le prometo que no le pesará. Ya nos veremos.

Pocos días después, conseguí otro permiso para visitar la cárcel y anduve por los corredores en busca de Bartleby, pero sin dar con él.

—Lo he visto salir de su celda no hace mucho —intervino un guardián—. Habrá salido a pasear al patio. Tomó esa dirección.

—¿Está buscando al hombre callado? —dijo otro guardián, cruzándose conmigo—. Ahí está, durmiendo en el patio. No hace veinte minutos que lo vi acostado.

El patio estaba completamente tranquilo. A los presos comunes les estaba vedado el acceso. Los muros que lo rodeaban, de asombroso espesor; excluían todo ruido. El carácter egipcio de la arquitectura me abrumó con su tristeza. Pero a mis pies crecía un suave césped cautivo. Era como si en el corazón de las eternas pirámides, por una extraña magia, hubiese brotado de las grietas una semilla arrojada por los pájaros.

Extrañamente acurrucado al pie del muro, con las rodillas levantadas, de lado, con la cabeza tocando las frías piedras, vi al consumido Bartleby. Pero no se movió. Me detuve, luego me acerqué; me incliné, y vi que sus vagos ojos estaban abiertos; por lo demás, parecía profundamente dormido. Algo me impulsó a tocarlo. Al sentir su mano, un escalofrío me corrió por el brazo y por la medula hasta los pies.

La redonda cara del despensero me interrogó:

—Su comida está pronta. ¿No querrá comer hoy tampoco? ¿O vive sin comer?

—Vive sin comer —dije yo y le cerré los ojos.

—¿Eh?, está dormido, ¿verdad?

—Con reyes y consejeros —dije yo.

Creo que no hay necesidad de proseguir esta historia. La imaginación puede suplir fácilmente el pobre relato del entierro de Bartleby. Pero antes de despedirme del lector; quiero advertirle que si esta narración ha logrado interesarle lo bastante para despertar su curiosidad sobre quién era Bartleby, y qué vida llevaba antes de que el narrador trabara conocimiento con él, sólo puedo decirle que comparto esa curiosidad, pero que no puedo satisfacerla. No sé si debo divulgar un pequeño rumor que llegó a mis oídos, meses después del fallecimiento del amanuense. No puedo afirmar su fundamento; ni puedo decir qué verdad tenía. Pero, como este vago rumor no ha carecido de interés para mí, aunque es triste, puede también interesar a otros.

El rumor es éste: que Bartleby había sido un empleado subalterno en la Oficina de Cartas Muertas de Washington, del que fue bruscamente despedido por un cambio en la administración. Cuando pienso en este rumor; apenas puedo expresar la emoción que me embargó. ¡Cartas muertas!, ¿no se parece a hombres muertos? Conciban un hombre por naturaleza y por desdicha propenso a una pálida desesperanza. ¿Qué ejercicio puede aumentar esa desesperanza como el de manejar continuamente esas cartas muertas y clasificarlas para las llamas? Pues a carradas las queman todos los años. A veces, el pálido funcionario saca de los dobleces del papel un anillo —el dedo al que iba destinado, tal vez ya se corrompe en la tumba—; un billete de Banco remitido en urgente caridad a quien ya no come, ni puede ya sentir hambre; perdón para quienes murieron desesperados; esperanza para los que murieron sin esperanza, buenas noticias para quienes murieron sofocados por insoportables calamidades. Con mensajes de vida, estas cartas se apresuran hacia la muerte.

¡Oh Bartleby! ¡Oh humanidad!

EL VIOLINISTA

¡Así que mi poema es nefasto, y la fama inmortal no es para mí! ¡Voy a ser un don nadie por siempre jamás! ¡Intolerable destino!

Cogí mi sombrero, arrojé al suelo la crítica y salí a toda prisa a Broadway, donde multitudes entusiasmadas se agolpaban camino de un circo recién inaugurado en una calle lateral cercana y famoso por un estupendo payaso.

De pronto, se me acercó muy alborotado mi viejo amigo Standard.

—¡Qué suerte encontrarte, Helmstone, muchacho! ¡Ah!, ¿qué te pasa? ¿No habrás cometido un asesinato? ¿Estás huyendo de la justicia? ¡Tienes un aspecto terrible!

—Así que la has visto, ¿no? —dije yo, refiriéndome, por supuesto, a la crítica.

—Ah, sí; estuve en la función matinal. Un gran payaso, te lo aseguro. Pero ahí viene Hautboy. Hautboy…, Helmstone.

Sin tiempo ni ganas de ofenderme por un error tan humillante, me tranquilicé en el acto al contemplar el rostro de aquel nuevo conocido, presentado de un modo tan poco ceremonioso. Era bajo y rechoncho, y tenía un aire juvenil y animado. Su tez, ruralmente rubicunda; su mirada sincera, alegre y gris. Tan solo su pelo revelaba que no era un niño crecido. Por su pelo, le eché unos cuarenta o más.

—Vamos, Standard —le gritó alegremente a mi amigo—, ¿no vienes al circo? Dicen que el payaso es inimitable. Vamos, señor Helmstone, vénganse los dos; y después del circo nos tomaremos un buen estofado y un ponche en Taylor's.

El contento genuino, el buen humor y la expresión sincera de aquel nuevo conocido tan singular me afectaron como por arte de magia. Me pareció que aceptar la invitación de un corazón tan inequívocamente amable y honrado era un acto de mera lealtad a la naturaleza humana.

Durante la función circense me fijé más en Hautboy que en el famoso payaso. Para mí el espectáculo era Hautboy. Un disfrute tan genuino como el suyo me conmovió hasta el alma con una intuición de la esencia de eso que llamamos felicidad. Parecía saborear bajo la lengua las bromas del payaso como magnum bonums [frase latina que significa «un gran bien» y se aplica a diversas variedades de frutas y verduras] maduras. Recurría, ora a la mano, ora al pie, para dar pruebas de su agradecido aplauso. Ante cualquier agudeza que se saliera de lo corriente se volvía hacia Standard y hacia mí para ver si compartíamos su raro placer. En un hombre de cuarenta años, vi a un muchacho de doce; y todo sin que mi respeto por él disminuyera lo más mínimo. Como todo en él era tan sincero y natural, y todas sus expresiones y actitudes resultaban tan graciosas debido a su genuina afabilidad, la maravillosa frescura de Hautboy adoptaba una especie de aire divino e inmortal, como el de algún dios griego eternamente joven.

Pero, por mucho que contemplase a Hautboy, y por mucho que admirase su actitud, no acababa de quitarme de encima aquel humor desesperado con el que había salido de casa y que seguía irritándome con retornos momentáneos. Pero me recobraba de aquellas recaídas y miraba rápidamente por todo el amplio anfiteatro de rostros ávidamente interesados y dispuestos a aplaudir cualquier cosa. ¡Oíd!, aplausos, pataleos, gritos ensordecedores; todo el público parecía sumido en una aclamación frenética; y ¿qué ha provocado todo esto?, meditaba yo. Y el payaso esbozaba cómicamente una de sus enormes sonrisas.

Entonces recité para mis adentros aquel sublime pasaje de mi poema en el que Cleotemes el argivo defiende la justicia de la guerra. Sí, sí, me dije, si ahora saltase a la pista y recitase ese mismo pasaje, no, si les leyera todo el poema trágico, ¿aplaudirían al poeta como aplauden al payaso? ¡No! Me abuchearían, y me tildarían de loco o de extravagante. ¿Y eso qué demuestra? ¿Tu fatuidad o su insensibilidad? Quizá ambas cosas; pero sin duda la primera. Pero ¿a qué quejarse? ¿Buscas la admiración de los admiradores de un bufón? Recuerda al ateniense que, cuando vio aplaudir y vociferar al pueblo en el foro, le preguntó a su amigo con un susurro qué estupidez había dicho.

De nuevo, mi mirada recorrió el circo, y recayó en la rubicundez radiante del rostro de Hautboy. Pero su clara y franca jovialidad desdeñó mi desdén. Mi orgullo intolerante fue rechazado. Y, sin embargo, Hautboy ni siquiera imaginaba qué mágico reproche albergaba su risueña expresión para un alma como la mía. En el preciso instante en que sentí el dardo de la censura, sus ojos brillaron, sus manos se agitaron y su voz se elevó con jubiloso deleite ante otro chiste del inagotable payaso.

Al acabar el circo, fuimos a Taylor's. Nos sentamos, entre mucha más gente, a una de las mesitas de mármol para dar cuenta de nuestros estofados y nuestros ponches. Hautboy se sentó frente a mí. Aunque había contenido su anterior hilaridad, su rostro seguía brillando de júbilo.

Y, además, se le había añadido una cualidad que antes no era tan evidente: cierta expresión serena de un sentido común profundo y sosegado. En él, el buen sentido y el buen humor se daban la mano. A medida que se desarrolló la conversación entre el enérgico Standard y él —pues poco o nada dije yo—, me fue impresionando más y más el buen juicio que demostraba tener. En la mayoría de sus observaciones a propósito de temas muy diversos, Hautboy parecía acertar de manera intuitiva en la línea precisa entre el entusiasmo y la apatía. Estaba claro que, aunque Hautboy veía el mundo tal como era, teóricamente no se casaba ni con su lado más amable ni con el más siniestro. Rechazaba todas las soluciones, pero admitía los hechos. No impugnaba superficialmente la parte más triste del mundo, ni despreciaba cínicamente su parte más alegre, y disfrutaba agradecido de todo lo que le resultaba más grato. Era evidente —o al menos eso me pareció en aquel momento— que su extraordinaria alegría no era el producto de una deficiencia intelectual o sentimental.

Recordó de pronto que tenía una cita, cogió su sombrero, se inclinó agradablemente y se marchó.

—Y bien, Helmstone —dijo Standard, tamborileando los dedos de manera inaudible sobre el mármol—, ¿qué opinas de tu nuevo conocido?

Las dos últimas palabras resonaron con un significado nuevo y peculiar.

—Nuevo conocido, vaya que sí —repetí yo—. Standard, debo darte mil gracias por haberme presentado a uno de los hombres más singulares que he visto jamás. Haría falta la amplitud de miras de un hombre así para creer en la posibilidad de su existencia.

—Entonces es que te ha caído bien —dijo Standard con irónica sequedad.

—Le aprecio y le admiro enormemente, Standard. Ojalá fuera yo Hautboy.

—¿Ah? Eso es una pena. No hay más que un Hautboy en el mundo.

Esta última observación volvió a sumirme en mis pensamientos, y de algún modo revivió mi sombrío estado de ánimo.

—Imagino que su maravillosa jovialidad —me burlé yo con melancolía— se debe no solo a su feliz fortuna sino a su temperamento feliz. Su buen juicio es evidente; pero el buen juicio puede darse sin ir acompañado de dones sublimes. No, supongo que, en ciertos casos, el buen juicio se debe precisamente a la ausencia de estos: mucho más, la jovialidad. Al carecer de genio, es como si Hautboy estuviera bendito para siempre.

—¿Ah? Entonces ¿no le considerarías un genio extraordinario?

—¿Un genio? ¡Qué! ¡Ese hombrecillo gordito un genio! El genio, como Casio, es delgado.

—¿Ah? Pero ¿no se te ocurre que Hautboy pudiera haber tenido genio antes y que hubiese engordado tras tener la suerte de desembarazarse de él?

—Que un genio se libre de su genio es tan imposible como que un enfermo de tisis galopante se libre de ella.

—¿Ah? Hablas de manera muy categórica.

—Sí, Standard —grité yo cada vez más melancólico—, tu alegre Hautboy, después de todo, no es ningún modelo, ninguna lección para ti o para mí. Sus dotes son mediocres, sus opiniones claras, por limitadas; sus pasiones dóciles, porque son débiles; y su temperamento jovial, porque nació así. ¿Cómo iba a ser tu Hautboy un ejemplo razonable para un tipo cerebral como tú, o un soñador ambicioso como yo? Nada le tienta a ir más allá de los límites establecidos; no tiene que controlarse en nada. Su propia naturaleza le pone a salvo de cualquier daño moral. Si le picara la ambición; si hubiera oído por una vez los aplausos, o hubiese tenido que soportar el rechazo, tu Hautboy sería un hombre muy diferente. Tranquilo y satisfecho de la cuna a la tumba, obviamente se confunde con la multitud.

—¿Ah?

—¿Por qué dices «ah» de esa manera tan rara cada vez que hablo?

—¿Has oído hablar alguna vez del Maestro Betty?

—¿El gran prodigio inglés que, hace mucho tiempo, desbancó a Siddons y a los Kemble de Drury Lane y volvió loca de admiración a toda la ciudad?

—El mismo —dijo Standard, mientras volvía a tamborilear de manera inaudible sobre el mármol.

Le miré perplejo. Parecía guardar celosamente la clave de nuestra conversación, y haber sacado a relucir a su Maestro Betty solo para desconcertarme aún más.

—¿Qué puede tener que ver el Maestro Betty, el gran genio y prodigio, un inglesito de doce años de edad, con el pobre y ramplón Hautboy, un americano de cuarenta?

—Oh, nada en absoluto. Ni siquiera creo que se vieran nunca. Además, el Maestro Betty debe de llevar mucho tiempo muerto y enterrado.

—Entonces ¿por qué cruzar el océano y saquear su tumba para arrastrar sus restos mortales hasta esta discusión?

—Por despiste, supongo. Te pido perdón humildemente. Sigue con tus observaciones acerca de Hautboy. Crees que nunca tuvo genio alguno y que es demasiado satisfecho, gordo y feliz para eso, ¿no? No te parece un modelo para la humanidad, ¿eh? ¿Crees que no puede extraerse ninguna lección valiosa sobre el mérito desatendido, el genio ignorado, o la presunción impotente rechazada?, cosas que, en el fondo, vienen a ser lo mismo. Admiras su jovialidad, aunque desprecias la vulgaridad de su alma. ¡Pobre Hautboy, qué triste que tu propia alegría te traiga el desprecio de rebote!

—No he dicho que le desprecie; eres injusto. Simplemente digo que no es un modelo para mí.

Un ruido imprevisto a mi lado atrajo mi atención. Me di la vuelta y allí estaba otra vez Hautboy, que volvió a sentarse alegremente en la silla que había dejado vacía.

—Llegaba tarde a la cita —dijo Hautboy—, así que se me ocurrió volver con vosotros. Pero vamos, ya lleváis mucho tiempo aquí sentados. Vamos a mi casa. Está solo a cinco minutos andando.

—Iremos si prometes tocar el violín para nosotros —dijo Standard.

¡El violín!, o sea que es un rascatripas, pensé yo. No es raro que el genio rehúse marcarle el compás al arco de un violinista. Mi melancolía era cada vez mayor.

—Tocaré encantado hasta que os hartéis —le respondió Hautboy a Standard—. Vamos.

En pocos minutos nos encontramos en el quinto piso de una especie de almacén, en una calle transversal a Broadway. Estaba curiosamente amueblado con toda suerte de muebles extraños, que parecían haber sido adquiridos, uno a uno, en subastas de mobiliario anticuado. Pero todo estaba muy limpio y era acogedor.

Apremiado por Standard, Hautboy sacó su viejo y mellado violín, se sentó en un endeble taburete alto y tocó alegremente «Yankee Doodle» y otras melodías improvisadas, animadas y frívolas. Pero por vulgares que fueran aquellas tonadas, su estilo milagrosamente exquisito me dejó paralizado. Sentado allí, en aquel viejo taburete, con el raído sombrero hacia atrás y un pie colgando, manejaba el arco como un mago. Se volatilizó todo mi sombrío disgusto, hasta el último vestigio de malhumor. Mi alma entera capituló ante aquel violín mágico.

—Es una especie de Orfeo, ¿eh? —dijo Standard, dándome un codazo por debajo de la costilla izquierda.

—Y yo la fiera encantada —murmuré.

El violín calló. Una vez más, con curiosidad redoblada, miré al indiferente y campechano Hautboy. Pero desafiaba por completo cualquier tipo de inquisición.

Cuando, después de dejarlo, Standard y yo estuvimos otra vez en la calle, le pedí muy seriamente que me dijera quién, en verdad, era aquel maravilloso Hautboy.

—Pero ¿es que no lo has visto? ¿Y no diseccionaste toda su anatomía sobre la mesa de mármol de Taylor's? ¿Qué más quieres saber? Sin duda tu propia agudeza magistral te habrá puesto al tanto de todo.

—Te burlas de mí, Standard. Aquí se encierra algún misterio. Dime, te lo suplico, ¿quién es Hautboy?

—Un genio extraordinario, Helmstone —dijo Standard, con súbito ardor—, que, en su infancia, apuró hasta las heces el jarro de la gloria; cuyo deambular de ciudad en ciudad era un deambular de triunfo en triunfo. Uno que ha sido admirado por los más sabios; mimado por los más encantadores; que ha recibido el homenaje de miles y miles de personas corrientes. Pero que hoy se pasea por Broadway sin que nadie sepa quién es. Como a ti y como a mí, el codo del oficinista apresurado y el trole del implacable tranvía le obligan a hacerse a un lado. Él, que cientos de veces ha sido coronado de laureles, viste hoy, como ves, una chistera abollada. En un tiempo, la fortuna vertió una lluvia de oro en su regazo y lluvias de laureles en sus sienes. Hoy se gana la vida enseñando a tocar el violín de casa en casa. Henchido de fama en una ocasión, hoy se regocija sin ella. Con genio y sin fama, es más feliz que un rey. Más prodigioso ahora que nunca.

—¿Su verdadero nombre?

—Deja que te lo susurre al oído.

—¡Qué! Oh, Standard, si yo mismo de crío he gritado y aplaudido ese mismo nombre en el teatro.

—He oído que tu poema no ha sido muy bien recibido —dijo Standard, cambiando bruscamente de asunto.

—¡Ni una palabra más, por el amor de Dios! —grité yo—. Si Cicerón, al viajar por Oriente, encontró consuelo en contemplar la árida ruina de una ciudad antaño esplendorosa, ¿acaso no se reduce a la nada mi trivial asunto al ver en Hautboy a la viña y al rosal trepando por las columnas derruidas del hundido templo de la Fama?

Al día siguiente, rompí todos mis manuscritos, me compré un violín, y fui a que Hautboy me diera clases particulares.

BENITO CERENO

Corría el año 1799, cuando el capitán Amasa Delano, de Duxbury (Massachusetts), al mando de un gran velero mercante, ancló con un valioso cargamento en la ensenada de Santa María, una isla pequeña, desierta y deshabitada, situada hacia el extremo sur de la larga costa de Chile.

Había atracado allí para abastecerse de agua.

Al segundo día, poco después del amanecer, cuando aún se encontraba acostado en su camarote, su primer oficial bajó a informarle que una extraña vela estaba entrando en la bahía. Por aquel entonces, en esas aguas las embarcaciones no abundaban como ahora. Se levantó, se vistió y subió a cubierta.

El amanecer era característico de esa costa. Todo estaba mudo y encalmado; todo era gris. El mar, aunque cruzado por las largas ondas del oleaje, parecía fijo, con la superficie bruñida como plomo ondulado que se hubiera enfriado y solidificado en el molde de un fundidor. El cielo aparecía totalmente gris. Bandadas de aves de color gris turbio, estrechamente entremezcladas con jirones de vapores de un gris igualmente turbio, pasaban a rachas en vuelo rasante sobre las aguas, como golondrinas sobre un prado antes de una tormenta. Sombras presentes que anunciaban la llegada de sombras más profundas.

Para sorpresa del capitán Delano, el desconocido, visto a través del catalejo, no mostraba colores, a pesar de que mostrarlos al entrar en un puerto —por más deshabitadas que estuvieran sus orillas, donde pudiera encontrarse un solo barco— era costumbre entre marineros pacíficos de todas las naciones. Considerando la soledad y el desamparo del lugar, y la clase de historias que en aquellos días se asociaban a esos mares, la sorpresa del capitán Delano se hubiera trocado en intranquilidad, de no haber sido éste una persona de naturaleza singularmente confiada, que no tendía —excepto a causa de extraordinarios y reiterados motivos, y aun así difícilmente— a permitirse sentimientos de alarma que implicaran de alguna manera la imputación de perversa maldad en el prójimo. A la vista de todo lo que es capaz el género humano, mejor será dejar en manos de los entendidos determinar si tal característica supone, junto a un corazón benevolente, algo más que la normal rapidez y precisión en la percepción intelectual.

Pero, cualesquiera que fueran los temores que hubiera suscitado la presencia del desconocido en la mente de cualquier marinero, se habrían casi desvanecido al observar que la nave, al entrar navegando en la ensenada, se aproximaba demasiado a tierra para evitar un escollo sumergido que se divisaba cerca de su proa. Ello parecía probar que era realmente un extraño, no tan sólo para el velero, sino también respecto a la isla; por lo tanto, no podía tratarse de ningún filibustero habitual de esas aguas. Sin perder interés, el capitán Delano siguió observándolo, tarea que en nada facilitaban los vapores que cubrían el casco, a través de los cuales la lejana luz matinal del camarote fluía con considerable ambigüedad; al igual que el sol, que empezaba a mostrar su truncada esfera sobre la línea del horizonte, aparentando acompañar al desconocido que entraba en la ensenada, y que, velado por esas mismas nubes bajas y errantes, aparecía de forma no muy distinta al siniestro único ojo de una intrigante de Lima acechando la plaza desde la rendija india de su oscura saya y manta.

Podía haber sido tan sólo un engaño de la niebla, pero cuanto más tiempo se le observaba, tanto más singulares parecían las maniobras de aquel velero. Poco después resultaba difícil conjeturar si se proponía entrar o no, qué quería o qué pretendía hacer. El viento, que había arreciado un poco durante la noche, era ahora extremadamente suave y variable, lo cual aumentaba la aparente inseguridad de sus movimientos.

Suponiendo finalmente que podía tratarse de un barco en apuros, el capitán Delano ordenó que lanzaran al agua su barca ballenera, y, a pesar de la cautelosa oposición de su primer oficial, se preparó para abordarlo y, por lo menos, dirigirlo a puerto. La noche anterior, una partida de marineros había ido de pesca a bastante distancia, a unas rocas algo alejadas, fuera de la vista del velero, y, una o dos horas antes del amanecer, habían vuelto con un botín mayor de lo esperado. Presumiendo que el navío desconocido podía haber pasado mucho tiempo en aguas más profundas, el bueno del capitán puso en la barca unos cuantos cestos de pescado, para ofrecérselos como obsequio, y partió. Viendo que proseguía demasiado cerca del escollo hundido y considerándolo en peligro, mandó a sus hombres que se apresuraran para poder advertir a los de a bordo de su situación. Pero, poco antes de que la barca se acercara, el viento, aunque suave, habiendo cambiado de dirección, había alejado la nave, además de haber disipado en parte las brumas que la rodeaban.

Al obtener una vista menos remota, cuando la nave se hizo destacadamente visible sobre la cresta de un oleaje plomizo, con jirones de niebla aquí y allá cubriéndola como harapos, apareció como un monasterio de blancas paredes, tras una terrible tormenta, asomando sobre un peñasco pardo en el corazón de los Pirineos. Pero no era una semejanza puramente imaginaria lo que entonces, por un momento, llevó al capitán Delano casi a pensar que un barco repleto de monjes se hallaba ante sus ojos. Mirando por encima de los macarrones, se encontraba lo que realmente semejaba un tropel de capuchas oscuras, al tiempo que, saliendo a tongadas a través de las portillas abiertas, se divisaban tenuemente otras oscuras figuras móviles, como frailes negros deambulando por los claustros.

Al ir acercándose, esta apariencia se fue modificando y se hizo patente la auténtica índole de la nave: se trataba de un buque mercante español de primera clase, que, entre otras valiosas mercancías, transportaba un cargamento de esclavos negros de un puerto colonial a otro. Un voluminoso y, en su momento, excelente navío de los que aún se podían encontrar en aquellos días, de vez en cuando, por esos mares. Naves anticuadas, cargadas de tesoros de Acapulco, o fragatas retiradas de la armada real española, que, como arruinados palacios italianos, a pesar de la decadencia de sus propietarios, conservaban todavía vestigios de su apariencia original.

Al acercarse más y más con la barca ballenera, la causa del singular aspecto blanqueado que presentaba el extraño se hacía patente en el descuidado abandono que lo invadía. Los palos, cuerdas y gran parte de los macarrones parecían recubiertos de lana a causa de la larga ausencia de contacto con la rasqueta, la brea y el escobón. La quilla parecía desarmada, las cuadernas rejuntadas, y la propia nave, botada desde el «Valle de los Huesos Secos» de Ezequiel.

Pese a la misión para la que actualmente estaba siendo utilizado, el modelo y aparejo del navío en general no parecían haber sufrido ninguna modificación del diseño bélico y Froissart original. Sin embargo, no se veían armas.

Las cofas eran grandes y estaban cercadas por lo que había sido una red octagonal, todo ahora en triste desorden. Dichas cofas colgaban allá arriba cual tres pajareras ruinosas, en una de las cuales se veía, colgando de un flechaste, un Anous stolidus blanco, ave extraña así denominada por su carácter aletargado y sonámbulo, siendo frecuentemente atrapada a mano en el mar. Maltrecho y enmohecido, el almenado castillo de proa parecía un antiguo torreón, tomado por asalto en el pasado y más tarde abandonado. Hacia la popa, dos galerías laterales elevadas, las balaustradas cubiertas aquí y allá de musgo marino seco como yesca, abriéndose desde la desocupada cabina de mando, cuyas claraboyas, a causa del clima templado, se hallaban herméticamente cerradas y calafateadas; estos balcones sin inquilino colgaban por encima del mar como si fuera el Gran Canal de Venecia. Pero la principal reliquia de su grandeza venida a menos era el amplio óvalo de la pieza de popa, intrincadamente tallado con los escudos de Castilla y León, enmarcados por grupos de emblemas de tema mitológico o simbólico, y en cuya parte central superior aparecía un oscuro sátiro enmascarado pisando la doblada cerviz de una contorsionada figura, también enmascarada. No estaba del todo claro si el barco tenía un mascarón de proa, o tan sólo el simple espolón, a causa de las velas que envolvían esa parte, bien para protegerla en el proceso de restauración, bien para esconder decentemente su deterioro. Rudimentariamente pintada o escrita con tiza, como por un capricho de marinero, a lo largo de la parte delantera de una especie de pedestal bajo las velas, se hallaba la frase: «Seguid a vuestro jefe»; mientras que sobre la deslucida empavesada del beque aparecía, en majestuosas mayúsculas que en tiempos habían sido doradas, el nombre del barco: San Dominick, con cada letra corroída por los finos regueros de orín que bajaban desde los clavos de cobre; al mismo tiempo, como algas de luto, oscuros adornos de hierbas marinas barrían viscosamente el nombre de aquí para allá con cada fúnebre balanceo del casco.

Cuando, finalmente, la barca fue amarrada por babor al portalón central del barco, la quilla, todavía separada unas pulgadas del casco, rozó ásperamente como sobre un arrecife de coral sumergido. Resultó ser un enorme ramo de percebes adherido como un quiste al costado del barco por debajo del agua, testimonio de vientos variables y calmas prolongadas transcurridas en alguna parte de esos mares.

Habiendo subido por el costado, el visitante fue inmediatamente rodeado por una clamorosa multitud de blancos y negros, los últimos en mayor número que los primeros, bastante más de lo que podía esperarse en un barco de transporte de negros, como este desconocido de la bahía. Sin embargo, unos y otros, en una misma lengua y con voz unánime, empezaron a referir un mismo relato de los sufrimientos padecidos, en lo que las negras, de las que había no pocas, superaban a los demás en su dolorosa vehemencia. El escorbuto, junto con las fiebres, había barrido gran número de ellos, más especialmente de españoles. Saliendo del cabo de Hornos, habían escapado por poco del naufragio; luego, sin viento, habían quedado inmovilizados durante días enteros; iban cortos de provisiones y casi desprovistos de agua; sus labios, en aquel momento, estaban acartonados.

Mientras el capitán Delano se convertía de esta manera en el blanco de todas aquellas lenguas impacientes, sólo una mirada, la suya, también impaciente, observaba todas las caras y los objetos que las rodeaban.

Siempre que se aborda por primera vez un barco grande y populoso en medio del mar, especialmente si es extranjero, con una tripulación desconocida como los lascars o los hombres de Manila, se siente una impresión peculiar, distinta de la que se produce al entrar por primera vez en una casa extraña, con extraños habitantes, en una tierra extraña. Ambos, la casa y el barco, una con sus muros y postigos, el otro con sus macarrones, altos como murallas, ocultan a la vista su interior hasta el último instante, pero en el caso de este barco había algo más: el vivo espectáculo que contenía, al revelarse súbita y totalmente, producía, en contraste con el vacío océano que lo rodeaba, un efecto parecido al de un encantamiento. El barco parecía irreal: aquellas extrañas costumbres, gestos y rostros, como un fantasmagórico retablo viviente apenas emergido de las profundidades, que habrán de recobrar sin tardanza lo que nos han ofrecido.

Posiblemente fue un influjo parecido al que se ha intentado describir más arriba lo que, en la mente del capitán Delano, le hizo pasar por alto aquello que, observado sensatamente, podía haber parecido poco normal, especialmente las notables figuras de cuatro viejos negros de pelo cano, con cabezas como copas de sauces negros y temblorosos, quienes, en venerable contraste con el tumulto que se encontraba más abajo, se hallaban acomodados, cual esfinges, uno sobre la serviola de estribor, el otro a babor, y los otros dos cara a cara en los macarrones de enfrente, por encima de las cadenas principales. Cada uno de ellos tenía en las manos algunos pedazos destrenzados de cuerdas viejas y, con una especie de estoica satisfacción, iban recogiendo los restos de cuerda en un montoncillo de estopa que tenían a su lado. Acompañaban su tarea con un continuo, grave y monótono canto, murmurando y moviéndose como tantos canosos gaiteros al interpretar una marcha fúnebre.

El alcázar sobresalía por encima de una amplia y elevada popa, sobre cuyo borde delantero, a unos ocho pies por encima de la multitud general, como los recogedores de estopa, sentados con las piernas cruzadas, alineados a intervalos regulares, se encontraban otros seis negros, cada uno con un hacha oxidada en la mano, que, con un pedazo de piedra y un trapo, se atareaban en fregar como marmitones, al tiempo que entre cada dos de ellos se hallaba un montoncillo de hachas, con los filos oxidados vueltos hacia arriba, esperando una operación similar. Si bien, ocasionalmente, los cuatro recogedores de estopa se dirigían brevemente a alguna persona, o a varias, de las que se congregaban abajo, los seis pulidores de hachas ni hablaban con otros ni intercambiaban un solo susurro entre ellos, sino que se hallaban entregados a su tarea, salvo en contadas ocasiones, en las que, de dos en dos, con el típico amor de los negros por aunar trabajo y pasatiempo, hacían chocar sus hachas, que sonaban como címbalos, con bárbaro estrépito. Aquellos seis, al contrario del resto, conservaban su tosco aspecto africano.

Pero aquella mirada general, que comprendía esas diez figuras, con resultados menos notables, se demoró tan sólo un instante sobre todos ellos, ya que, impaciente a causa de la barahúnda de voces, el visitante se puso en búsqueda de quien fuera que estuviese al mando de la nave.

Pero como si estuviera dispuesto a dejar que la naturaleza siguiera su propio curso entre la sufrida carga, o quizá desesperado por contenerla momentáneamente, el capitán español, un hombre de noble apariencia, reservado, y bastante joven a los ojos de un extraño, vestido con singular riqueza, pero mostrando claras secuelas de una reciente falta de sueño a causa de inquietudes y sobresaltos, esperaba pasivamente, apoyado en el palo mayor, lanzando en un momento dado una triste, desencantada mirada sobre su enervada gente, para volverla luego, melancólicamente, hacia su visitante. Se hallaba a su lado un negro de baja estatura, en cuyo rudo rostro, que ocasionalmente levantaba en silencio, como lo hace el perro de un pastor, para mirar al español, se mezclaban por igual la pena y el afecto.

Abriéndose paso entre la multitud, el norteamericano avanzó hacia el español dándole muestras de su solidaridad y ofreciéndole toda la ayuda que estuviera a su alcance, a lo que el español respondía tan sólo con graves y formales muestras de agradecimiento, empañada su ceremoniosidad hispánica por un taciturno estado de ánimo mezclado con un precario estado de salud.

Pero, sin perder tiempo en meros cumplidos, el capitán Delano, volviendo al portalón, mandó subir el cesto de pescado, y como el viento seguía siendo suave, por lo que deberían pasar por lo menos algunas horas antes de que pudieran llevar el barco al fondeadero, ordenó a sus hombres que volvieran al velero y trajeran tanta agua como pudiera transportar la barca ballenera, junto a todo el pan tierno que tuviera el mayordomo, todas las calabazas que quedaran a bordo, una caja de azúcar y una docena de sus botellas de sidra personales.

Pocos minutos después de que partiera el bote, para colmo de contrariedades, el viento amainó completamente, y, con la marea, el barco empezó a moverse sin remedio mar adentro. Mas, convencido de que la situación no se prolongaría demasiado, el capitán Delano procuró, con palabras esperanzadoras, levantar el ánimo de los extraños, sintiéndose muy satisfecho porque, gracias a sus frecuentes viajes a lo largo de los mares de España, podía conversar con cierta soltura en su lengua nativa con personas en tan difícil situación.

Estando a solas con ellos, no le llevó mucho tiempo observar algunos detalles que tendían a confirmar sus primeras impresiones; pero su sorpresa se trocó en lástima, tanto hacia los españoles como hacia los negros, al encontrar ambos contingentes evidentemente reducidos a causa de la falta de agua y provisiones, del mismo modo que el sufrimiento largo y sostenido parecía haber hecho aflorar las cualidades menos benévolas de los negros, al tiempo que deterioraba la autoridad de los españoles sobre ellos. Sólo que, precisamente en estas condiciones, debía haberse previsto que las cosas llegarían a tal estado. En lo que respecta a ejércitos, armadas, ciudades o familias, incluso en la misma naturaleza, nada relaja tanto las buenas costumbres como la miseria. Sin embargo, el capitán Delano tenía la idea de que si Benito Cereno hubiera sido un hombre más enérgico, el desorden no habría llegado a tal extremo. Pero la debilidad del capitán español, ya fuera constitucional o provocada por las dificultades físicas y mentales, era demasiado obvia para ser pasada por alto. Presa de un abatimiento permanente, como si —habiendo sido burlado largo tiempo por la esperanza— no pudiera admitirla ahora que la burla había cesado, la perspectiva de fondear aquel mismo día o aquella noche a mucho tardar, disponiendo de abundante agua para su gente y con un fraternal capitán para aconsejarle y ofrecerle su amistad, no le animara de manera perceptible. Su mente parecía trastornada o quizás aun más seriamente afectada. Encerrado entre aquellas paredes de roble, encadenado a un aburrido círculo de mando cuya incondicionalidad le hartaba; cual hipocondríaco abad se paseaba lentamente, parando a veces súbitamente, volviendo a caminar, con la mirada fija, mordiéndose el labio, mordiéndose las uñas, ruborizándose, empalideciendo, pellizcándose la barba, y con otros síntomas de tener la mente ausente o abatida. Ese espíritu enfermizo se alojaba, como ya antes se ha esbozado, en una estructura igual de enfermiza. Era bastante alto, pero no parecía haber sido nunca robusto y ahora, con los nervios destrozados, se había quedado esquelético. Parecía habérsele confirmado recientemente cierta tendencia a las complicaciones pulmonares. Su voz era como la de alguien a quien le falta la mitad de los pulmones, áspera y contenida, como un ronco susurro. No era de extrañar, en tal estado, que se tambaleara, ni que su criado personal lo siguiera sin perderlo nunca de vista. De vez en cuando, el negro ofrecía el brazo a su amo, o sacaba un pañuelo del bolsillo para dárselo, cumpliendo estas y similares funciones con ese celo afectuoso que convierte en algo filial o fraterno aquellos actos que en sí mismos no son más que una muestra de servilismo, y que les ha valido a los negros la reputación de ser los ayudas de cámara más satisfactorios del mundo, y con los que su amo no se ve obligado a mostrarse frío y superior, sino que puede tratarlos con amistosa confianza, más que como a un sirviente, como a un fiel compañero.

Al tiempo que observaba la ruidosa indisciplina de los negros en general, así como lo que parecía una taciturna incompetencia de los blancos, no sin cierta humanitaria complacencia, el capitán Delano fue testigo de la correcta y firme conducta de Babo.

Aunque la buena conducta de Babo parecía despertar de su nebulosa languidez al medio lunático don Benito más efectivamente que el mal comportamiento de algunos otros, no era ésta precisamente la impresión que había causado el español en la mente de su visitante, que, en aquel momento, consideró la agitación del español tan sólo como una característica propia de la aflicción general que reinaba en el barco. Sin embargo, el capitán Delano se sentía no poco preocupado por lo que, por el momento, no podía evitar considerar una poco amistosa actitud de don Benito hacia su persona. La actitud del español, además, daba la impresión de un amargo y triste desdén, que no parecía esforzarse en disimular. Pero el norteamericano lo atribuyó caritativamente a los molestos efectos de la enfermedad, ya que, en otras ocasiones, se había dado cuenta de que existen determinados temperamentos, en los que el sufrimiento prolongado parece anular todo instinto social de afabilidad, como si, por el hecho de estar ellos forzados a vivir de pan negro, consideraran equitativo que toda persona que se les acercase estuviera indirectamente obligada a compartir su suerte mediante algún desprecio o afrenta.

Pero poco después se convencía de que, si bien al principio había sido indulgente al juzgar al español, quizá, después de todo, no había sido lo bastante caritativo. En el fondo, era la reserva de don Benito lo que le disgustaba, pero lo cierto era que mostraba la misma reserva para con su fiel asistente personal. Incluso los informes oficiales que, según es costumbre en el mar, le eran regularmente transmitidos por algún insignificante subordinado, ya fuera blanco, mulato o negro, a duras penas tenía la paciencia de escucharlos, sin dar muestras de despectiva aversión. Su actitud en tales ocasiones era, salvando las distancias, un tanto parecida a la que se suponía debía ser la de su real compatriota Carlos V, justo antes de dejar el trono para partir a su anacorético retiro.

Esa melancólica falta de interés por su cargo se evidenciaba en casi todas las funciones propias de éste. Tan orgulloso como atribulado, no se rebajaba a dar órdenes personalmente. Si era necesario dar alguna orden especial, lo hacía a través de su sirviente, quien la transfería a su destino final por medio de correos, espabilados muchachos españoles o jóvenes esclavos, que, como pajes o peces piloto, estaban siempre a punto, moviéndose continuamente en torno a don Benito. Tanto era así que, de haber contemplado a este impávido inválido que flotaba, inapetente y silencioso, ningún hombre de tierra adentro hubiera podido imaginar que dentro de sí albergaba una dictadura fuera de la cual, mientras estuviera en el mar, no existía ningún apetito terrenal.

Así pues, el español, a la vista de su reserva, parecía ser víctima involuntaria de algún trastorno mental. Aunque, de hecho, esa reserva podía haber sido, hasta cierto punto, intencionada. De ser así, se pondría de manifiesto el patológico punto culminante de esa gélida pero concienzuda norma que, en mayor o menor grado, adoptan todos los comandantes de grandes navíos, la cual, excepto en notables emergencias, elimina por igual toda demostración de superioridad, así como cualquier muestra de sociabilidad, transformando al hombre en una especie de monolito, o más bien en un cañón cargado, que no tiene nada que decir hasta que aparece una amenaza.

Mirándolo desde este punto de vista, parecía tan sólo una secuela del obstinado hábito provocado por una larga trayectoria de autorrepresión, por la que, a pesar de las condiciones actuales del barco, el español persistía aún en una conducta que, aunque inofensiva e incluso apropiada en un buque tan bien equipado como debió de haberlo sido el San Dominick al empezar su viaje, era, en el momento presente, cualquier cosa menos juiciosa. Pero, posiblemente, el español pensaba que con los capitanes sucedía como con los dioses: la reserva debía seguir siendo su guía en cualquier caso. Aunque probablemente esta apariencia de inactivo autocontrol podía ser un intento de disfrazar una estulticia de la que era consciente (no unos principios profundos, sino una estratagema superficial). Mas, sea lo que fuere, tanto si la actitud de don Benito era intencionada como si no, cuanto más notaba el capitán Delano que se empecinaba en su reserva, tanto menos incómodo se sentía ante cualquier demostración concreta de esa reserva hacia su persona.

De todas maneras, sus pensamientos no estaban relacionados tan sólo con el capitán. Acostumbrado al tranquilo orden que reinaba en la confortable familia que formaba la tripulación del velero, la ruidosa confusión de los sufridos tripulantes del San Dominick provocaba repetidamente su atención, pudiendo observar algunas infracciones relevantes, ya no tan sólo de la disciplina, sino incluso de la decencia. El capitán Delano sólo pudo atribuirlas, principalmente, a la ausencia de esos oficiales subordinados de cubierta a los cuales, entre otras funciones, se les confía lo que vendría a ser como el departamento de policía de un barco muy populoso. En realidad, los recogedores de estopa aparecían alguna vez para ejercer el papel de guardia y guía de sus compatriotas, los negros, pero aunque ocasionalmente conseguían apaciguar insignificantes enfrentamientos que se producían de vez en cuando entre los hombres, poco o nada podían hacer para establecer la tranquilidad general. Las condiciones en las que se hallaba el San Dominick eran las de un transatlántico de emigrantes, entre cuya multitud de carga viviente se encontraban, indudablemente, algunos individuos que causaban tan pocos problemas como las cajas y fardos, pero los amistosos reproches de éstos hacia sus compañeros más rudos no eran tan efectivos como el poco amistoso brazo del primer oficial. Lo que necesitaba el San Dominick era algo que normalmente tiene un barco de emigrantes: unos severos oficiales superiores. Mas en aquellas cubiertas no se columbraba a nadie que pasara de cuarto oficial.

La curiosidad del visitante aguzaba el deseo de conocer los pormenores de los acontecimientos que habían provocado tal ausencia y sus consecuencias, ya que, aunque de las lamentaciones que al llegar había recibido como salutación podía entresacar una vaga impresión sobre el viaje, no conseguía hacerse una clara idea de los detalles. El mejor relato de lo acaecido podría ofrecerlo, sin lugar a dudas, el capitán. Aunque, en principio, el visitante se hallaba poco predispuesto a preguntarle, por miedo a provocar un distante desaire. Pero, armándose de coraje, se acercó finalmente a don Benito, renovando las demostraciones de su bienintencionado interés y añadiendo que si él (el capitán Delano) pudiera conocer los pormenores de los infortunios sufridos por el barco, tal vez podría ser capaz de aliviarlos. Es decir, si don Benito le confiaba toda la historia. Don Benito titubeó, luego, como un sonámbulo al que hubieran despertado repentinamente, miró con desconcierto a su visitante y acabó mirando hacia abajo, hacia la cubierta. Tanto rato se mantuvo en esta actitud, que el capitán Delano, casi tan desconcertado como él e, involuntariamente, casi tan descortés, se giró súbitamente, dejando de mirarle y caminando hacia adelante para acercarse a uno de los marineros españoles a fin de recabar la deseada información. Mas, antes de que hubiera dado cinco pasos, don Benito, con extraña urgencia, le invitó a volver, lamentando su momentánea distracción y manifestando que estaba dispuesto a complacerle.

Mientras se iba desarrollando la mayor parte del relato, los dos capitanes permanecieron de pie en la parte de popa de la cubierta principal, un lugar privilegiado, sin otra compañía que el sirviente.

—Hace ahora ciento noventa días —empezó el español en un ronco susurro— que este barco, bien equipado de oficialidad y marinería, con algunos pasajeros de camarote, unos cincuenta españoles en total, zarpó de Buenos Aires hacia Lima con el cargamento habitual: ferretería, té de Paraguay y cosas por el estilo —señaló hacia la proa—, y esa partida de negros, que ahora no son más de ciento cincuenta, como puede ver, pero que entonces eran más de trescientas almas. Enfrente del cabo de Hornos encontramos fuertes vendavales.

»En un momento dado, por la noche, tres de mis mejores oficiales, con quince marineros, desaparecieron bajo las aguas junto con la verga principal, golpeando la percha bajo ellos, en las eslingas, mientras intentaban, a empujones, esquivar la vela helada. Para aligerar el casco, los sacos de mate más pesados fueron arrojados al agua, así como la mayor parte de barriles de agua que en aquel momento se hallaban amarrados en cubierta. Y fue esta última necesidad, combinada con las prolongadas detenciones que sufrimos después, lo que, a la larga, acarreó las causas principales de nuestra desgracia. Cuando...»

Le sobrevino aquí un repentino ataque de tos que lo hizo desmayarse, a causa, sin duda, de su estado de agotamiento mental. Su criado lo sostuvo y, sacando una medicina de uno de sus bolsillos, se la puso en los labios. Volvió algo en sí. Pero, no queriendo todavía dejarlo sin sostén ya que aún no estaba perfectamente restablecido, el negro seguía rodeando a su amo con un brazo, al tiempo que mantenía la mirada fija en su rostro, como buscando el primer signo de recuperación, o de recaída, según se diera el caso.

El español continuó, pero de manera oscura y fragmentada, como entre sueños.

—¡Oh, Dios mío! Antes que pasar por lo que he pasado, habría acogido con júbilo los más terribles vendavales; pero…

Su tos reapareció aún con mayor violencia; cuando ésta se calmó, con los labios enrojecidos y los ojos cerrados, se desplomó en brazos de su criado.

—Su mente desvaría. Pensaba en la peste que se abatió sobre nosotros tras los vendavales —susurró quejumbrosamente el sirviente—. ¡Mi pobre, pobre amo! —retorciendo una mano y secándose la boca con la otra—. Pero tenga paciencia, señor —volviéndose otra vez hacia el capitán Delano—, estos ataques no le duran mucho; el amo se recobrará enseguida.

Don Benito, volviendo en sí, prosiguió; mas como esta parte del relato fue narrada de forma muy fragmentada, tan sólo se hará constar la esencia.

Al parecer, después de que las tormentas empujaran la nave lejos del Cabo durante muchos días, hizo su aparición el escorbuto, llevándose la vida de gran número tanto de blancos como de negros. Cuando, finalmente, consiguieron adentrarse en el Pacífico, los mástiles y las velas estaban tan dañados y tan inadecuadamente manejados por los marineros supervivientes, muchos de los cuales habían quedado inválidos, que, incapaz de mantener su rumbo hacia el norte, a causa del fuerte viento, la inmaniobrable nave fue empujada en dirección noroeste, donde la brisa la abandonó repentinamente, en aguas desconocidas, a merced de una calma sofocante. La ausencia de barriles de agua se reveló tan fatal para la supervivencia como antes había amenazado serlo su presencia. Provocada, o por lo menos agravada, por la más que escasa provisión de agua, una fiebre maligna sucedió al escorbuto, que, junto al excesivo calor de la interminable calma, consiguió barrer en poco tiempo y como a oleadas, familias enteras de africanos y un número aún mayor, proporcionalmente, de españoles, incluyendo, por infortunada fatalidad, todos los oficiales que quedaban a bordo. Así pues, con los repentinos vientos del oeste que, finalmente, siguieron a la calma, las velas ya rasgadas, al tener que dejarlas simplemente caer por no poderlas replegar, habían quedado reducidas a los harapos que eran ahora.

Con la intención de encontrar quien reemplazara a los marineros que había perdido, además de provisiones de agua y velas, el capitán, en cuanto le fue posible, puso rumbo a Valdivia, el puerto civilizado más meridional de Chile y de toda América, pero al acercarse, la bruma no le permitió ni tan siquiera avistar dicho puerto. A partir de entonces, casi sin tripulación, casi sin velas y casi sin agua, y, de tiempo en tiempo, librando al mar el creciente número de muertos, el San Dominick había sido zarandeado por vientos contrarios, arrastrado por corrientes y recubierto de algas durante los períodos de calma. Como un hombre perdido en un bosque, más de una vez había avanzado en círculos.

—Pero durante todas estas calamidades —continuó con voz ronca don Benito, girándose a duras penas mientras su criado lo mantenía medio abrazado—, debo agradecer a estos negros que ve, quienes, aunque a sus ojos sin experiencia parezcan ingobernables o revoltosos, se han comportado, ciertamente, con menor turbulencia de la que su propio dueño hubiera creído posible en tales circunstancias.

En este punto volvió a perder el conocimiento. Su mente volvió a desvariar. Pero se rehízo y prosiguió con más claridad.

—Sí, su dueño llevaba razón al asegurarme que con estos negros los grilletes no serían necesarios; tanto es así que no sólo han permanecido siempre en cubierta, sin ser echados a la bodega como a los hombres de Guinea, como es habitual en este tipo de transporte, sino que se les ha permitido moverse libremente, con ciertas limitaciones, como a su aire.

Una vez más, se desmayó, su mente divagó, pero, recuperándose, terminó diciendo:

—Pero es a Babo, aquí presente, a quien debo no tan sólo mi propia preservación, sino que también es a él más que a nadie a quien debo el mérito de poder tranquilizar a sus hermanos más ignorantes, cuando, a veces, se sentían tentados a quejarse.

—¡Ay, amo! —suspiró el negro, bajando la cara—. No hable de mí, Babo no es nada, lo que ha hecho Babo era sólo su deber.

—¡Qué fiel compañero! —exclamó el capitán Delano—. Don Benito, lo envidio por tener tan buen amigo, pues no puedo llamarle esclavo.

Teniendo ante sí al hombre y a su amo, el negro sosteniendo al blanco, el capitán Delano no pudo sino percatarse de la belleza de una relación que ofrecía tal espectáculo de fidelidad por una parte y de confianza por la otra. Realzaba la escena el contraste de sus vestiduras que ponía de manifiesto sus relativas posiciones.

El español llevaba una amplia chaqueta chilena de terciopelo oscuro; calzones cortos blancos y medias, con hebillas de plata en la rodilla y en el empeine; un sombrero de alta copa, realizado en fino lino de China; una delgada espada, montada en plata, colgando del nudo de su faja, la última a modo accesorio, más por su utilidad que como ornamento, casi indispensable en la indumentaria de un caballero sudamericano de la época. Excepto cuando sus ocasionales contorsiones nerviosas provocaban algún desorden, había en su vestimenta una segura precisión que contrastaba curiosamente con el impresentable desorden del entorno, especialmente en el descuidado sector, por delante del palo mayor, ocupado enteramente por los negros.

El criado llevaba tan sólo unos pantalones anchos que, por ser toscos y estar llenos de remiendos, parecían hechos de gavia vieja; no obstante, estaban limpios y se los ataba a la cintura con un pedazo de cuerda destrenzada, y, junto a su aire de compostura y a veces de lamentación, le conferían un cierto parecido con un fraile mendicante de la Orden de San Francisco.

Aunque inapropiado para el lugar y el momento, al menos al franco parecer del norteamericano y sobreviviendo extrañamente a través de todas sus aflicciones, el acicalamiento de don Benito, en lo que respecta a la moda, no podía ser más del estilo del momento entre los sudamericanos de su clase. Aunque en el presente viaje había zarpado de Buenos Aires, se había declarado nativo y residente de Chile, cuyos habitantes no habían aceptado, por lo general, el vulgar abrigo y los pantalones en otro tiempo plebeyos, sino que, con las convenientes modificaciones, habían conservado su típica vestimenta, pintoresca como ninguna otra en el mundo. De todos modos, a tenor de la pálida historia de su viaje y de la misma palidez de su propio rostro, parecía haber algo tan incongruente en el atavío del español que casi sugería la imagen de un cortesano enfermo tambaleándose por las calles de Londres en tiempos de la peste.

La parte del relato que posiblemente despertaba mayor interés, además de sorpresa, considerando las latitudes en cuestión, era la de las largas calmas de las que había hablado, y más en particular, el largo tiempo que el barco había permanecido a la deriva. Sin comunicar su opinión, por supuesto, el norteamericano no pudo menos que imputar, por lo menos, parte de los períodos de inmovilidad tanto a una impericia marinera como a una defectuosa navegación. Observando las menudas y pálidas manos de don Benito, cayó fácilmente en la cuenta de que el joven capitán no había llegado a comandante a través del agujero del ancla, sino desde la ventana del camarote; y, si ello era así, ¿cómo extrañarse de su incompetencia, siendo joven, enfermo y aristócrata al mismo tiempo?

Pero, ahogando su crítica en compasión, tras renovar otra vez su simpatía, el capitán Delano, habiendo oído su historia, no sólo se propuso, como al principio, ver a don Benito y a su gente atendidos en sus más inmediatas necesidades físicas, sino que, además de todo ello, le prometió ayudarlo a procurarse un buen abastecimiento duradero de agua, al igual que velas y aparejo, y aunque a él le iba a provocar una situación embarazosa, le prestaría a tres de sus mejores marinos para que, provisionalmente, le sirvieran como oficiales de cubierta y que así, sin más dilación, el barco pudiera continuar hasta Concepción, donde podría ser reparado completamente y después llegar a Lima, su puerto de destino.

Tal generosidad tuvo su efecto, incluso sobre el enfermo. Su rostro se iluminó; impaciente y febril, buscó la honesta mirada de su visitante. Parecía vencido por la gratitud.

—Esta excitación es mala para el amo —susurró el criado cogiéndolo del brazo y llevándolo poco a poco aparte con palabras tranquilizadoras.

Cuando don Benito volvió, el norteamericano observó con tristeza que la ilusionada esperanza de aquél, al igual que el repentino fulgor en sus mejillas, había sido sólo algo febril y transitorio.

Poco después, con semblante apagado, mirando hacia la popa, el anfitrión invitó a su huésped a acompañarle allí, para aprovechar la brisa que pudiera levantarse.

Como, durante el relato de lo acontecido, el capitán Delano se había sobresaltado más de una vez con el ocasional sonido de platillos que producían los pulidores de hachas, se extrañó de que fueran permitidas tales interrupciones, especialmente en esa parte del navío y a oídos de un enfermo; y, además, como la visión de las hachas no resultaba muy atractiva y aún menos la de aquellos que las manipulaban, el caso fue que, a decir verdad, no sin cierta temerosa reticencia, o incluso puede que con cobardía, el capitán Delano, aparentando complacencia, aceptó la invitación de su anfitrión. Y aún fue peor cuando, por un inoportuno capricho de cumplir con el protocolo, que resultaba aún más penoso por su aspecto cadavérico, don Benito, con castellanas reverencias, insistió solemnemente en que su huésped le precediera para subir la escalerilla que conducía a lo alto, donde, uno a cada lado del último peldaño, a modo de portaestandartes o centinelas, se hallaban sentados dos miembros de aquella hilera siniestra. El buen capitán pasó con cautela entre ellos y, al instante de haberlos dejado atrás, como quien ha escapado a un peligro, sintió que las pantorrillas se le contraían de inquietud.

Mas, cuando al girarse vio la hilera completa de centinelas que, como muchos organilleros, todavía estúpidamente absortos en su tarea, no eran conscientes de nada ajeno a ella, no pudo más que sonreírse ante su anterior inquieto pánico.

En aquel momento, mientras se hallaba de pie junto a su anfitrión, mirando al frente por encima de las cubiertas inferiores, fue sorprendido por uno de esos casos de insubordinación a los que hemos aludido anteriormente. Tres muchachos negros y dos muchachos españoles estaban sentados juntos sobre las escotillas, limpiando una burda fuente de madera en la que recientemente se había cocinado una escasa cantidad de rancho. De pronto, uno de los muchachos negros, enfurecido por una palabra que había proferido uno de sus compañeros, agarró una navaja y, aunque uno de los recogedores de estopa lo instara a contenerse, golpeó al joven en la cabeza, infligiéndole una herida de la que fluyó la sangre.

Sorprendido, el capitán Delano preguntó qué significaba aquello. A lo que el pálido don Benito murmuró con voz apagada que se trataba meramente de una diversión del muchacho.

—Una diversión más bien grave, por cierto —respondió el capitán Delano—. Si algo semejante hubiera ocurrido en el Bachelor's Delight, se habría impuesto un castigo inmediato.

Al oír estas palabras, el español lanzó al norteamericano una de sus repentinas, fijas y medio enloquecidas miradas, para después, volviendo a caer en su aletargamiento, contestarle:

—Indudablemente, señor, indudablemente.

«¿No resultará —pensó el capitán Delano— que este desventurado es uno de esos capitanes de paja que he conocido, cuya política consiste en hacer la vista gorda ante aquello que no son capaces de reprimir con su sola autoridad? No conozco visión más triste que la de un comandante que sólo ejerce su mando nominalmente.»

—Es mi parecer, don Benito —dijo ahora, mirando al recogedor de estopa que había intentado interponerse entre los muchachos—, que le sería muy ventajoso mantener atareados a todos los negros, especialmente a los más jóvenes, sin que importe lo que suceda en el barco. Porque, incluso con mi pequeño grupo, me resulta indispensable este proceder. Una vez mantuve a mi tripulación en el alcázar sacudiendo alfombrillas para mi camarote, cuando, durante tres días, había dado por perdido mi barco —hombres, alfombrillas y todo lo demás—, a causa del vendaval, por cuya violencia no podíamos hacer otra cosa que dejarnos conducir a su merced.

—Indudablemente, indudablemente —murmuró don Benito.

—Pero —siguió diciendo el capitán Delano, mirando de nuevo a los recogedores de estopa y luego a los cercanos pulidores de hachas—, veo que, por lo menos, tiene atareada a alguna de su gente.

—Sí —fue la también vaga respuesta.

—Esos viejos de ahí, lanzando sus discursos desde sus púlpitos —continuó el capitán Delano, señalando a los recogedores de estopa—, parecen representar el papel de viejos maestros de escuela ante los demás, aunque por lo que se ve, sus advertencias son poco atendidas. ¿Lo hacen por su propia voluntad, don Benito, o les ha mandado que hicieran de pastores de su rebaño de ovejas negras?

—Los puestos que ocupan los he ordenado yo —replicó el español en tono mordaz, como ofendido por una reflexión pretendidamente irónica.

—¿Y esos otros, esos conjuradores ashanti de ahí —continuó el capitán Delano, bastante intranquilo al mirar el acero que blandían los pulidores de hachas, a las que habían sacado brillo en algunas partes—, no resulta curioso que tengan esa tarea, don Benito?

—Durante las galernas que encontramos —respondió el español— lo que de nuestro cargamento general no se tiró por la borda, resultó muy dañado por la salmuera del aire. Desde que entramos en un tiempo más tranquilo, he hecho que se subieran varias cajas de cuchillos y hachas para revisar y limpiar.

—Una idea prudente, don Benito. Supongo que es, en parte, dueño del barco y del cargamento, pero no de los esclavos, ¿no es así?

—Soy dueño de todo lo que ve —contestó don Benito con impaciencia—, excepto de la mayoría de los negros, los cuales pertenecían a mi difunto amigo Alejandro Aranda.

La mención de este nombre provocó en él una actitud de desolación: le temblaron las rodillas y su criado tuvo que sostenerlo.

Creyendo intuir la causa de tan insólita emoción, con la idea de confirmar su suposición, el capitán Delano, tras una pausa, dijo:

—Y ¿puedo preguntar, don Benito, si, ya que hace un momento ha hablado de unos pasajeros de camarote, el amigo cuya pérdida tanto lo aflige, acompañaba a los negros al empezar el viaje?

—Sí.

—Pero ¿murió de la fiebre?

—Murió de la fiebre. Oh, si yo hubiera podido…

Estremeciéndose de nuevo, el español hizo una pausa.

—Perdóneme —dijo el capitán Delano en voz baja—, pero creo que, por haber pasado por una experiencia similar, puedo intuir, don Benito, lo que le causa mayor dolor en su aflicción. Una vez tuve la mala fortuna de perder, en el mar, a un querido amigo, a mi propio hermano, que era entonces sobrecargo. Seguro del bienestar de su alma, puedo sobrellevar su partida como un hombre, pero… esa mano honesta, esa mirada honesta que tan a menudo habían encontrado las mías y ese buen corazón, todo, ¡todo!, como sobras para los perros… ¡todo lanzado a los tiburones! Fue entonces cuando me prometí no volver a llevar a un ser querido como compañero de viaje, a no ser que, sabiéndolo él, hubiera proveído todo lo indispensable para embalsamar sus restos mortales y poderlos enterrar al llegar a tierra. Si los restos de su amigo estuvieran ahora a bordo del barco, don Benito, no le afectaría tanto oír mencionar su nombre.

—¿A bordo de este barco? —repitió el español. Luego, con gestos de horror, como alejando un espectro, cayó inconsciente en los atentos brazos de su asistente, el cual, con un gesto silencioso hacia el capitán Delano, pareció suplicarle que no abordara un tema tan terriblemente angustioso para su amo.

«Este pobre hombre es ahora —pensó, bastante apenado, el norteamericano—, víctima de esa triste superstición que asocia la idea de duendes en el interior del cuerpo vacío de un hombre, como fantasmas en una casa abandonada. ¡Cuán distintos somos unos y otros! La sola mención de lo que para mí, en el mismo caso, hubiera significado una solemne satisfacción, horroriza al español hasta el punto de ponerlo en este trance. ¡Pobre Alejandro Aranda! Qué diría si pudiera ver aquí a su amigo, —quien, en pasados viajes, cuando usted se había quedado atrás durante meses, me atrevo a decir que a menudo habría deseado y deseado poder verlo siquiera unos segundos—, ahora traspuesto de terror al menor pensamiento de tenerlo, en algún modo, cerca de él.»

En aquel momento, con el triste tañido de una campana de cementerio anunciando el duelo, la campana del castillo de proa del navío, golpeada por uno de los canosos recogedores de estopa, anunciaba las diez en punto a través de la densa calma, cuando llamó la atención del capitán Delano la móvil figura de un negro gigantesco que emergía de la multitud de abajo y, lentamente, avanzaba hacia la elevada popa.

Alrededor del cuello llevaba una argolla de hierro de la que pendía una cadena enrollada tres veces a su cuerpo, los últimos eslabones sujetos con un candado a una ancha banda de hierro que le servía de cinturón.

—Atufal se mueve como un mudo —murmuró el criado.

El negro subió los peldaños hacia la popa y, como un valiente prisionero que subiera a recibir sentencia, se plantó con impertérrita mudez ante don Benito, ya recuperado de su ataque.

En cuanto lo vio acercarse, don Benito se estremeció, una sombra de resentimiento pasó por su rostro y, como si le asaltara repentinamente el recuerdo de un inútil arrebato de ira, sus blancos labios permanecieron pegados.

«Debe de ser un terco amotinado», pensó el capitán Delano examinando, no sin una mezcla de admiración, la talla colosal del negro.

—Vea, señor, espera su pregunta —dijo el criado.

Así advertido, don Benito, esquivando con nerviosismo su mirada, como rehuyendo anticipadamente una respuesta rebelde, con voz desconcertada, habló de esta manera:

—Atufal, ¿me pedirás perdón ahora?

El negro no dijo nada.

—Otra vez, amo —murmuró el criado mirando a su compatriota con rencorosa censura—. Otra vez, amo, ahora sí que se someterá al amo.

—Contesta —dijo don Benito, esquivando aún su mirada—, di tan sólo la palabra perdón y haré que te quiten las cadenas.

Al oír estas palabras, el negro, levantando lentamente ambos brazos, los dejó caer después sin fuerza, haciendo sonar sus cadenas, y bajó la cabeza, para luego decir:

—No, estoy bien así.

—¡Vete! —dijo don Benito con reprimida y desconocida emoción.

Pausadamente, como había venido, el negro obedeció.

—Perdón, don Benito —dijo el capitán Delano—, esta escena me sorprende, ¿podría decirme qué significa?

—Significa que ese negro, él solo, de entre todo el grupo, me ha infligido una particular ofensa. Lo he hecho encadenar. Yo…

Aquí hizo una pausa, llevándose la mano a la cabeza, como si algo nadara allí dentro, o una súbita perplejidad hubiera embargado su memoria, pero al encontrar la mirada de aquiescencia de su criado pareció sentirse más seguro y prosiguió:

—No podía mandar azotar semejante corpulencia. Pero le dije que debía pedirme perdón. Todavía no lo ha hecho. Por orden mía debe presentarse ante mí cada dos horas.

—¿Y desde cuándo dura esto?

—Desde hace unos sesenta días.

—¿Es obediente en todo lo demás? ¿Y respetuoso?

—Sí.

—Entonces, a mi parecer —exclamó el capitán Delano, impulsivamente—, el interior de ese sujeto alberga un espíritu regio.

—Puede que tenga algún derecho a ello —repuso don Benito con amargura—. Dice que era rey en su tierra.

—Sí —dijo el criado tomando la palabra—, esas hendiduras que tiene Atufal en las orejas habían llevado aretes de oro; pero el pobre Babo, en su tierra natal, no era más que un pobre esclavo; Babo era esclavo de un negro como ahora lo es de un blanco.

Un tanto enojado por esas familiaridades en la conversación, el capitán Delano observó con curiosidad al asistente, luego miró inquisitivamente a su amo; pero, como si ya estuviera acostumbrado a esas pequeñas informalidades, ni el hombre ni su amo parecieron entenderlo.

—Dígame, por favor, don Benito, ¿cuál fue la ofensa de Atufal? —inquirió el capitán Delano—. Si no fue nada muy serio, acepte el consejo de un bobo y, en vista de su docilidad general, además de un cierto respeto natural hacia su coraje, levántele el castigo.

—No, el amo no hará eso jamás —murmuró entonces para sí el criado—; el orgulloso Atufal debe pedir primero el perdón del amo. Ese esclavo lleva el candado, pero el amo posee la llave.

Dirigida su atención por estas palabras, el capitán Delano advirtió por primera vez que, del cuello de don Benito, suspendida a un fino cordón de seda, colgaba una llave. De pronto, pensando en las palabras que había mascullado el criado, intuyendo la finalidad de la llave, sonrió y dijo:

—De modo, don Benito, que... candado y llave..., símbolos bien significativos, realmente.

Aunque el capitán Delano, hombre por cuya natural simplicidad era incapaz de cualquier sátira o ironía, había pronunciado jovialmente el comentario que aludía al señorío, singularmente evidenciado, del español sobre el negro, pareció de alguna manera que el hipocondríaco lo había tomado como una reflexión maliciosa acerca de su confesada incapacidad, hasta el momento, para doblegar, al menos por requerimiento verbal, la atrincherada voluntad del esclavo. Deplorando este supuesto malentendido, al tiempo que se esforzaba en corregirlo, el capitán Delano cambió de tema, pero, encontrando a su compañero más ensimismado que nunca, como si todavía estuviera digiriendo amargamente el poso de la supuesta afrenta arriba mencionada, poco a poco, el capitán Delano también fue adoptando una actitud menos locuaz, abrumado, contra su voluntad, por lo que parecía ser la secreta venganza del enfermizamente susceptible español. Pero el buen marino, por su talante más bien opuesto, se abstuvo, por su parte, no sólo de mostrarse, sino incluso de sentirse ofendido, y si se mantenía en silencio era tan sólo por contagio.

A continuación, el español, ayudado por su criado, pasó por delante de su huésped de forma un tanto descortés, proceder que, a decir verdad, podía haber sido considerado como un capricho de su mal humor, si no hubiera sido porque amo y criado, quedándose en la esquina de la alta claraboya, empezaron a murmurar en voz baja, lo cual no dejaba de ser desagradable. Es más, la enojada actitud del español, que a veces había mostrado con valetudinaria majestuosidad, parecía ahora muy poco digna, al tiempo que la sumisa familiaridad del criado perdía su originario encanto de inocente estima.

Hallándose en una situación embarazosa, el visitante volvió la cara hacia el otro lado del barco. Al hacerlo, su mirada recayó accidentalmente sobre un joven marinero español que, con un rollo de cuerda en la mano, se dirigía en aquel momento desde la cubierta al primer círculo del aparejo de mesana.

Posiblemente, el hombre no habría merecido mayor atención, de no ser porque había sido él quien, durante su ascenso a una de las vergas, había fijado la mirada en el capitán Delano, y, a continuación, como por instinto, en el par de murmuradores.

Al volver a dirigir su atención hacia esta zona, el capitán Delano se sobresaltó ligeramente. Algún detalle del comportamiento de don Benito en aquel momento hizo pensar al visitante que, al menos en parte, era él mismo el objeto de la consulta que se desarrollaba al margen, conjetura tan poco agradable para el invitado como poco elogiosa para el anfitrión.

Las extrañas idas y venidas entre cortesía y mala educación por parte del capitán español resultaban inexplicables, salvo por causa de uno de dos supuestos: inocente demencia o perversa impostura.

Pero la primera idea, aunque se le podría haber ocurrido de forma natural a un observador indiferente, y, de alguna manera, no hubiera sido, hasta el momento, completamente ajena a la mente del capitán Delano; no obstante, ahora que, de forma incipiente, empezaba a considerar la conducta del extraño como una especie de afrenta intencionada, ciertamente la idea de locura quedaba virtualmente descartada. Mas, si no era un loco, ¿qué era, entonces? En estas circunstancias, ¿representaría un caballero o en cualquier caso un honesto patán el papel que ahora interpretaba su anfitrión? Aquel hombre era un impostor. Algún aventurero de poca monta, disfrazado de grande de los océanos, pero ignorante de los requisitos básicos de la más simple caballerosidad hasta el punto de ofrecer muestras de tan notable indecoro. Esa extraña ceremoniosidad puesta de manifiesto también otras veces parecía propia de alguien que interpreta un personaje por encima de su auténtico rango. Benito Cereno... don Benito Cereno... un nombre muy acertado. Un apellido, además, nada desconocido en esa época entre los sobrecargos y capitanes de barco que comerciaban a lo largo de los mares españoles y perteneciente a una de las más emprendedoras y extensas familias de comerciantes de todas esas provincias, algunos de cuyos miembros poseían títulos nobiliarios; una especie de Rothschild de Castilla, con un hermano o primo noble en cada gran ciudad comercial de Sudamérica. El supuesto don Benito era un hombre joven, alrededor de los veintinueve o treinta años. Adoptar el tipo de vida errante de un cadete encargado de los asuntos marítimos de tan importante familia... ¿qué treta podía ser más apetecible para un joven bribón con talento y vitalidad? Pero el español era un pálido enfermo... ¿Y qué? Es bien sabido que más de un malhechor ha llegado incluso al punto de simular una enfermedad mortal, con tal de lograr su cometido. Y pensar que, bajo ese aspecto de debilidad infantil, podían albergarse los más salvajes propósitos… esos melindres del español no eran sino la piel de cordero tras la que se esconde el lobo.

Tales fantasías no provenían de ninguna línea de pensamiento, ni profunda ni superficial; así también, súbitamente y todas de vez, se desvanecían tan deprisa como la escarcha cuando el suave sol de la afable naturaleza del capitán Delano volvía a alcanzar su meridiano.

Observando una vez más a su anfitrión, cuyo rostro, visto por encima de la claraboya, se encontraba ahora medio vuelto hacia él, se sorprendió ante la pureza de corte de su perfil, aún más afinada por la incidental delgadez causada por la enfermedad y ennoblecido, además, el mentón por la barba. ¡Fuera sospechas! Era un auténtico vástago de un auténtico hidalgo Cereno.

Aliviado por estos pensamientos y otros aún mejores, el visitante, tarareando suavemente una canción, empezó ahora a pasearse con indiferencia por la popa, como para no dar a entender a don Benito que, de algún modo, había desconfiado de su cortesía y mucho menos de su identidad; ya que esa desconfianza estaba por probar si era ilusoria o debida a hechos concretos, aunque la circunstancia que la había provocado quedara sin explicar. Pero el capitán Delano pensó que, cuando ese pequeño misterio se hubiera aclarado, podría arrepentirse en extremo si dejaba que don Benito se enterara de que se le habían ocurrido sospechas tan poco generosas. En pocas palabras, que, con todo lo que había sufrido del español, era mejor, por un tiempo, concederle el beneficio de la duda.

Por ahora, con el rostro lívido, espasmódico y ensombrecido, el español, todavía sostenido por su asistente, se acercó a su huésped y, con un azoramiento aún mayor del acostumbrado, y una extraña forma de intrigante entonación en su ronco susurro, comenzó la siguiente conversación:

—Señor, ¿puedo preguntarle cuánto tiempo lleva anclado en esta isla?

—Pues, tan sólo un día o dos, don Benito.

—¿Y de qué puerto venían?

—De Cantón.

—Y allí, señor, ¿intercambiaron sus pieles de foca por té y sedas, creo que dijo?

—Sí. Sedas más que nada.

—¿Y el remanente, lo recibió en metálico, supongo?

El capitán Delano, un poco intranquilo, contestó:

—Sí, algo de plata, aunque no demasiada.

—Ah, bien. ¿Puedo preguntarle cuántos hombres tiene, señor?

El capitán Delano se estremeció levemente, pero contestó:

—Unos… cinco y veinte, en total.

—¿Y actualmente todos a bordo, supongo?

—Todos a bordo, don Benito —contestó el capitán, ahora con satisfacción.

—¿Y lo estarán esta noche, señor?

Ante esta última pregunta, después de tantas y tan pertinaces, el capitán Delano no pudo evitar mirar con gran seriedad a quien se la hacía, el cual, en vez de sostener la mirada, dando muestra de cobarde inquietud, bajó los ojos hacia la cubierta, lo que ofrecía un indigno contraste con la actitud de su criado, quien, en aquel momento, se encontraba de rodillas a sus pies, ajustándole una hebilla suelta del zapato, mientras que, con humilde curiosidad, volvió su aparentemente distraída mirada abiertamente hacia arriba para observar el abatimiento de su amo.

El español, aún con una desordenada expresión de culpabilidad, repitió su pregunta:

—Y… ¿y estarán esta noche?

—Sí, que yo sepa —contestó el capitán Delano—, aunque mejor dicho —recobró la compostura para decir la verdad sin temor— algunos hablaron de salir para otra partida de caza hacia la medianoche.

—¿Sus barcos, generalmente, van… van más o menos armados, creo, señor?

—Bueno… uno o dos cañones del seis, para casos de emergencia —fue la intrépidamente indiferente respuesta— con una pequeña provisión de mosquetes, arpones para focas y chafarotes, ya usted sabe.

Habiendo así contestado, el capitán Delano miró otra vez a don Benito, pero los ojos de este último miraban hacia otro lado, mientras, cambiando abrupta e inoportunamente de tema, se refería displicentemente a la calma y luego, sin excusarse, se retiró una vez más con su asistente a los macarrones opuestos, donde continuaron murmurando.

En aquel momento, y antes de que el capitán Delano pudiera empezar a reflexionar fríamente sobre lo que acababa de ocurrir, vio al joven marinero español antes mencionado descendiendo del aparejo. Durante la acción de inclinarse para saltar sobre la cubierta, su voluminoso, amplio vestido, o camisa, de lana ordinaria, muy manchado de alquitrán, se abrió hasta muy por debajo del pecho, dejando ver una ropa interior sucia que parecía de lino de la mejor calidad, ribeteado, a la altura del cuello, por una estrecha cinta azul, deplorablemente descolorida y desgastada. En ese momento, la mirada del joven marinero volvió a fijarse en los murmuradores y el capitán Delano creyó observar en ello un secreto significado, como si silenciosas señales, de alguna especie de francmasonería, hubieran sido intercambiadas en aquel instante.

Ello impulsó nuevamente su mirada hacia don Benito y, como la vez anterior, no pudo sino deducir que el tema de la conferencia era él mismo. Se detuvo. El sonido de los pulidores de hachas atrajo su atención. Lanzó otra rápida mirada disimulada a los dos. Tenían todo el aire de estar conspirando. Unidas al anterior interrogatorio y al incidente del joven marinero, todas estas cosas engendraron ahora con tal fuerza la reaparición de una involuntaria sospecha que la extraordinaria inocencia del norteamericano no la pudo tolerar; forzando una alegre y animada expresión se acercó rápidamente a los dos diciendo:

—Vaya, don Benito, vuestro negro parece ser realmente de vuestra confianza, una especie de consejero privado, ciertamente.

Ante estas palabras, el criado levantó la mirada con una amable sonrisa, pero el amo se estremeció como si hubiera sufrido una venenosa mordedura. Transcurrieron uno o dos instantes antes de que el español se sintiera suficientemente recuperado para contestar, lo cual hizo, finalmente, con fría reserva.

—Sí, señor, confío en Babo.

Aquí Babo, cambiando su anterior gran sonrisa de mero carácter animal por una sonrisa inteligente, miró a su amo no sin gratitud.

Viendo que ahora el español permanecía silencioso y reservado, como si, involuntaria o intencionadamente, quisiera dar a entender que la proximidad de su huésped era inconveniente en ese momento, el capitán Delano, sin querer parecer descortés incluso ante la descortesía en persona, hizo un frívolo comentario y se marchó dándole vueltas una y otra vez en la mente a la misteriosa conducta de don Benito Cereno.

Había descendido desde popa y, absorto en sus pensamientos, pasaba cerca de una oscura escotilla que llevaba al entrepuente, cuando, al percibir movimiento allí dentro, miró para ver qué era lo que se movía. En aquel instante percibió un resplandor en la sombría escotilla y vio a uno de los marineros españoles que rondaba por allí apresurándose en meter la mano dentro de la pechera de su vestido, como si escondiera algo. Antes de que el hombre pudiera estar seguro de la identidad de quien pasaba por allí, éste se alejó furtivamente hacia abajo. Aunque se vio lo suficiente de él para convencerse de que era el mismo marinero visto anteriormente en el aparejo.

¿Qué era aquello que brillaba tanto? —pensó el capitán Delano—. No era ninguna lámpara… Ninguna cerilla… Ningún carbón encendido. ¿Podría haber sido una joya? ¿Pero cómo iban a tener joyas los marineros?… ¿O tener camisetas ribeteadas de seda? ¿Habría estado robando los calzones de los pasajeros de camarote que habían muerto? Aunque, si así fuera, difícilmente llevaría uno de los artículos robados estando a bordo del barco. Vaya, vaya… Si ahora resulta que era, realmente, una señal secreta lo que he visto pasarse entre este tipo sospechoso y su capitán hace un rato…; si tan sólo pudiera estar seguro de que mis sentidos, en mi nerviosismo, no me han engañado, entonces…

En este punto, pasando de una sospecha a otra, daba vueltas en su mente a las extrañas preguntas que se le habían formulado respecto a su barco.

Por una curiosa coincidencia, a cada punto que recordaba, resonaba un golpe de las hachas de los viejos brujos de Ashanti; como un siniestro comentario a los pensamientos del extraño blanco. Presionado por tales enigmas y presagios, hubiera sido algo antinatural que no se hubieran impuesto, incluso en el más escéptico de los corazones, tan desagradables sentimientos.

Observando el barco, irremediablemente arrastrado por una corriente, con las velas como hechizadas, dirigiéndose con creciente rapidez mar adentro, y dándose cuenta de que a causa de una prominencia de la tierra, el velero quedaba escondido, el tenaz marinero empezó a temblar con pensamientos que no se atrevía a confesarse a sí mismo. Más que nada, empezó a sentir un fantasmagórico temor hacia don Benito. Y, al mismo tiempo, cuando recobró el ánimo, con el pecho dilatado y ya seguro sobre sus piernas, lo consideró fríamente: ¿a santo de qué hacerse tantos fantasmas?

Si el español tuviera algún plan siniestro, debería ser no tanto respecto a él (el capitán Delano) sino respecto a su navío (el Bachelor's Delight). Por lo tanto, el actual alejamiento de un barco respecto al otro, en vez de propiciar ese posible plan, era, al menos por ahora, opuesto a él. Estaba claro que cualquier sospecha que combinara tales contradicciones debía ser forzosamente ilusoria. Además, parecía absurdo pensar que una nave en apuros, una nave donde la enfermedad había dejado la tripulación casi sin hombres, una nave cuyos habitantes estaban muertos de sed; parecía mil veces absurdo que tal vehículo pudiera ser, en el presente, de carácter pirata; o que su comandante albergara algún deseo para sí mismo o para sus subordinados, que no fuera el de obtener rápido alivio y refresco. Por otra parte, ¿podían ser fingidas la angustia en general y la sed en particular? ¿Y no podía ser que la misma tripulación española, que supuestamente había perecido hasta no quedar más que unos pocos, estuviera, toda ella, en ese mismo momento, acechando a la espera? Con el angustioso pretexto de suplicar una taza de agua fría, demonios con forma humana se habían escondido a veces en solitarias moradas, para no retirarse hasta que se hubiera llevado a cabo un secreto designio. Además, entre los piratas malayos no era nada inusual el hecho de persuadir a los barcos para que les siguieran a sus traicioneros puertos, o el de atraer a los tripulantes de un reconocido adversario con el triste espectáculo de hombres demacrados y cubiertas vacías, bajo los cuales acechaban centenares de lanzas y de brazos amarillos preparados para lanzarlas a lo alto a través de las esteras. No es que el capitán Delano hubiera dado crédito enteramente a tales hechos. Había oído hablar de ellas… y ahora, como historias, le rondaban por la cabeza. El destino actual del barco era el fondeadero. Allí estaría cerca de su propio navío. Una vez conseguida esa proximidad, ¿no podría el San Dominick, como un volcán inactivo, liberar repentinamente las fuerzas que ahora escondía?

Recordó la actitud del español mientras contaba su propia historia, sus titubeos y sus sombríos subterfugios. Era precisamente la forma en que uno se inventa un cuento, con malvados propósitos, al tiempo que lo va contando. Pero si esa historia no era cierta, ¿cuál era la verdad? ¿Que el barco había llegado ilícitamente a manos del español? Sin embargo, en muchos de los detalles, especialmente los referidos a las mayores calamidades, como las bajas entre los marineros, el consiguiente y prolongado barloventear, los sufrimientos soportados a causa de las obstinadas calmas y el aún no aliviado sufrimiento causado por la sed… En todas estas cuestiones, y también en otras, la historia de don Benito había sido corroborada no tan sólo por las exclamaciones de lamento de la caótica multitud, negros y blancos, sino también —cosa que parecía imposible de falsificar— por la misma expresión y aspecto de cada uno de los rasgos humanos que el capitán Delano podía observar.

Si la historia de don Benito era, de principio a fin, una invención, entonces cada alma de a bordo, incluso la de la más joven negra, era un recluta suyo cuidadosamente adiestrado para el complot: una conclusión increíble. Y, no obstante, si había fundamento para desconfiar de su veracidad, esa conclusión era legítima.

Sólo que… esas preguntas del español… Eso sí que daba que pensar… ¿No parecían formuladas con el mismo objetivo con el que un ladrón o asesino inspecciona durante el día las paredes de una casa? Aunque… recabar información tan abiertamente, con malas intenciones, de la persona que corre más peligro y, de esta manera, ponerla en guardia, ¿qué improbable proceder era ése? Por lo tanto, era absurdo suponer que las preguntas habían sido incitadas por planes perversos. De esta manera, la misma conducta que había provocado la alarma, sirvió para disiparla. En pocas palabras, cualquier sospecha o preocupación, por más evidentemente razonable que pareciera en su momento, era descartada de inmediato por el exceso de evidencia.

Finalmente empezó a reírse de sus anteriores presentimientos, y a reírse del extraño navío para, dentro de lo que cabe, ponerse de alguna forma a su favor, por así decirlo; y a reírse también del extraño aspecto de los negros, en particular de esos viejos afiladores de tijeras, los Ashanti, y de esas viejas mujeres haciendo ganchillo postradas en cama, los recogedores de estopa; y casi incluso del propio español misterioso, el mayor espantajo de todos ellos.

Por lo demás, cualquier cosa que, considerada seriamente, parecía enigmática, era ahora afablemente justificada por la idea de que, la mayoría de las veces, el pobre enfermo a duras penas sabía lo que se hacía; tanto respecto a sus demostraciones de mal humor como respecto a sus ociosas preguntas sin objeto ni sentido. Obviamente, por el momento, el hombre no se encontraba en condiciones de asumir el mando del navío. Retirándole del mando con alguna excusa de ayuda mutua, el capitán Delano debía, no obstante, enviar la nave a Concepción, a cargo de su segundo oficial, un plan tan conveniente para el San Dominick como para don Benito, ya que, liberado de toda ansiedad, quedándose el resto del viaje en su camarote, el enfermo, bajo los buenos cuidados de su criado, al final de la travesía, probablemente, habría recuperado hasta cierto punto su salud, y con ella recuperaría también su autoridad.

Tales eran los pensamientos del norteamericano. Tranquilizadores. No era lo mismo imaginar a don Benito manejando secretamente el destino del capitán Delano que al capitán Delano solucionando abiertamente el de don Benito. De todas formas, el buen marino no dejó de sentir un cierto alivio en aquel momento al divisar en la distancia su barca ballenera. Su ausencia se había prolongado a causa de una imprevista retención junto al velero, además de que su viaje de vuelta se había prolongado a causa del continuo alejamiento del objetivo.

El punto que avanzaba era observado por los negros. Sus gritos atrajeron la atención de don Benito, quien, recobrando la cortesía y acercándose al capitán Delano, expresó su satisfacción por la llegada de las provisiones, aunque fueran por fuerza escasas y temporales.

El capitán Delano respondió, pero, mientras lo hacía, algo que sucedía en la cubierta inferior atrajo su atención: entre la multitud que se encaramaba a los macarrones del costado de tierra, mirando ansiosamente la barca que se acercaba, dos negros que, al parecer, habían sido accidentalmente incomodados por uno de los marineros, empujaron violentamente a éste hacia un lado, y, como el marinero se había quejado de alguna manera, lo estamparon contra la cubierta a pesar de los ardientes gritos de los recogedores de estopa.

—Don Benito —dijo inmediatamente el capitán Delano—, ¿ve usted lo que está sucediendo ahí? ¡Mire!

Pero, encogido por un nuevo ataque de tos, el español se tambaleaba con ambas manos en la cara, a punto de caerse. El capitán Delano habría acudido en su ayuda, pero el criado estaba más alerta y, mientras con una mano sostuvo a su amo, con la otra le aplicó la medicina. Al recuperarse don Benito, el negro dejó de sostenerlo apartándose ligeramente hacia un lado pero manteniéndose sumisamente atento al más leve susurro.

Se evidenciaba aquí tal discreción, que borraba, al parecer del visitante, cualquier mancha de deshonestidad que pudiera haber sido atribuida al asistente a causa de las indecorosas conversaciones antes mencionadas, mostrando, además, que si el criado fuera culpable, lo sería más por culpa de su amo que por la suya propia, ya que, por sí mismo, era capaz de comportarse tan correctamente.

Distraída su mirada del espectáculo de desconcierto hacia otro más agradable como el que tenía ante sí, el capitán Delano no pudo abstenerse de felicitar nuevamente a su anfitrión por el hecho de poseer tal criado, el cual, aunque de cuando en cuando era tal vez un poco descarado, debía de ser, por lo general, inestimable para alguien en la situación del enfermo.

—Dígame, don Benito —añadió con una sonrisa—, me gustaría tener a este hombre a mi servicio, ¿qué me pediría por él? ¿Le parecería correcto cincuenta doblones?

—El amo no se separaría de Babo ni por mil doblones —murmuró el negro, al oír la oferta, y no sólo tomándola con la mayor seriedad sino también despreciando tan insignificante valoración llevada a cabo por un desconocido con la extraña vanidad del fiel esclavo apreciado por su amo. Pero don Benito, aparentemente aún no del todo recuperado, y nuevamente interrumpido por la tos, dio tan sólo una respuesta entrecortada.

Pronto su angustia llegó a tal punto, afectando aparentemente también a su mente que, como intentando esconder el triste espectáculo, el criado condujo lentamente a su amo hacia abajo.

Al quedarse solo, el norteamericano, para matar el tiempo hasta que llegara su barca, se habría acercado amablemente a alguno de los marineros españoles que vio, pero recordando algo que había mencionado don Benito sobre su incorrecto comportamiento, se abstuvo de hacerlo, como corresponde a un capitán de barco que no está dispuesto a aprobar la cobardía o la falta de lealtad en los subordinados.

Mientras, con estos pensamientos, permanecía de pie observando abiertamente aquel pequeño grupo de marineros; de repente, le pareció que uno o dos de ellos le dirigían una mirada cargada de intención. Se frotó los ojos y volvió a mirar, pero nuevamente le pareció ver lo mismo. Bajo una nueva forma, pero más misteriosa que cualquier otra anterior, volvió a su mente la antigua sospecha, pero, al no estar presente don Benito, con menos sobresalto que antes. A pesar de todo lo malo que le habían contado sobre los marineros, el capitán Delano se acercó decididamente a uno de ellos. Descendiendo por la popa, se hizo paso entre los negros, provocando su movimiento un extraño grito de los recogedores de estopa, incitados por el cual, los negros, apartándose a empujones, le abrieron paso, pero, como con curiosidad por ver cuál era el objeto de su deliberada visita al ghetto, acercándose por detrás en un orden tolerable, siguieron al forastero blanco. Siendo su avance proclamado como por heraldos a caballo y escoltado como por la guardia de honor de un cafre, el capitán Delano, adoptando una actitud amistosa e informal, siguió avanzando, dirigiendo de vez en cuando una palabra jovial a los negros, y examinando curiosamente con la mirada los rostros blancos espaciadamente mezclados aquí y allá entre los negros, como dispersas piezas blancas de ajedrez que ocuparan osadamente las posiciones de las piezas del oponente.

Mientras pensaba en cuál escogería para su propósito, se fijó por casualidad en un marinero sentado en cubierta, atareado en embrear la correa de un gran aparejo de poleas con un círculo de negros a su alrededor, que observaban con curiosidad el procedimiento.

La humilde tarea de aquel hombre contrastaba con algo en su aspecto físico que denotaba superioridad. Había un extraño contraste entre su mano, negra por el continuo sumergirla en el cubo de brea que le sostenía un negro, y su rostro, un rostro que habría sido de muy noble apariencia de no ser por su aspecto ojeroso. Si ese aspecto ojeroso era producto de una actividad criminal, era algo imposible de determinar, ya que, del mismo modo que el calor o el frío intensos producen sensaciones similares, al igual la inocencia y la culpabilidad, cuando, casualmente unidas a un sufrimiento mental, dejan una marca visible, usan un mismo sello, un sello hiriente.

No es que tal reflexión se le ocurriera al capitán en ese momento, siendo, como era, un hombre caritativo. Era más bien otra idea. Porque, observando tan singular aspecto ojeroso combinado con una mirada misteriosa, que se hacía esquiva como con preocupación y vergüenza, y recordando de nuevo la mala opinión que don Benito confesaba tener de su tripulación, insensiblemente se dejó influenciar por ciertas opiniones generalizadas que, al tiempo que disocian el dolor y el abatimiento de la virtud, los asocian irremediablemente con el vicio.

«Si realmente existe maldad a bordo de este barco —pensó el capitán Delano—, seguro que ese hombre de ahí se ha ensuciado en ella la mano del mismo modo que ahora se la ensucia en la brea. No quiero acercarme a él. Hablaré con este otro, este viejo marinero que está aquí, en el cabrestante.»

Se dirigió hacia un viejo marinero de Barcelona, que lucía calzones rojos y harapientos y un gorro sucio, mejillas llenas de surcos y curtidas por el sol, bigote espeso como un seto de espino. Sentado entre dos africanos de aspecto soñoliento, este marinero, como su más joven compañero de a bordo, estaba trabajando en un aparejo, empalmando un cable, desempeñando los negros de aspecto soñoliento la inferior función de sostenerle las partes exteriores de la cuerda.

Al acercarse el capitán Delano, el hombre inclinó la cabeza de sopetón, más abajo del nivel en que la tenía, o sea, el necesario para su trabajo. Pareció como si deseara aparentar estar absorto en su tarea con más fidelidad que de costumbre. Al ser interpelado, levantó la vista, pero con lo que parecía ser una furtiva, tímida actitud, que resultaba bastante extraña en su cara maltratada por el clima, del mismo modo que si un oso pardo, en vez de gruñir y morder, sonriera bobamente y pusiera cara de oveja. Se le preguntaron varias cuestiones acerca del viaje, que se referían intencionadamente a varias peculiaridades de la narración de don Benito que no habían sido corroboradas anteriormente por los impulsivos gritos con los que había sido recibido el visitante cuando había llegado a bordo. Las preguntas fueron contestadas con brevedad, confirmando todo lo que quedaba por confirmar de la historia. Los negros que se encontraban en el cabrestante se unieron al viejo marinero, pero, a medida que ellos intervenían en la conversación, él se iba quedando silencioso hasta quedarse bastante taciturno, y con un cierto mal humor, parecía poco predispuesto a contestar más preguntas, aunque todo el tiempo se mezclaban en él el aspecto de oso con el de oveja.

Desesperado por entablar una conversación más distendida con esa especie de centauro, el capitán Delano, tras echar una ojeada a su alrededor en busca de un semblante más halagüeño, aunque sin encontrar ninguno, habló amablemente con los negros haciéndose paso, y así, entre varias sonrisas y muecas, volvió a la popa, sintiéndose un poco raro al principio, sin saber muy bien por qué, pero, en suma, habiendo recobrado la confianza en Benito Cereno.

Con qué claridad —pensaba— aquel bigotudo había puesto en evidencia su mala conciencia. «Sin duda, al ver que me acercaba, había temido que yo, enterado por su capitán de la general mala conducta de la tripulación, fuera a reprenderle, y, por lo tanto, había bajado la cabeza. Y sin embargo..., sin embargo, ahora que lo pienso, ese mismo viejo, si no me equivoco, era uno de aquellos que parecían mirarme seriamente aquí arriba, hace un momento. Ay... estas corrientes hacen que a uno le dé vueltas la cabeza casi tanto como el mismo barco. Vaya, ahí se ve ahora una agradable y alegre escena, y bastante sociable, además.»

Su atención se había dirigido hacia una negra que se hallaba profundamente dormida, parcialmente a la vista por entre las redes de cuerda de un aparejo, acostada, con sus jóvenes miembros dispuestos de cualquier manera, al socaire de los macarrones, como una joven cierva a la sombra de una roca del monte. Repanchigado en el seno de su regazo, se encontraba su cervatillo bien despierto, completamente desnudo, el cuerpecillo negro medio incorporado desde la cubierta, entrecruzado con sus diques; sus manos, como dos patas, trepando por ella, buscando sin efecto por todas partes, con la boca y la nariz, para llegar a su objetivo. Emitía, al mismo tiempo, un ruidoso semigruñido que se mezclaba con el sosegado ronquido de la negra.

La insólita fuerza del niño acabó por despertar a la madre. Se incorporó bruscamente de cara al capitán Delano, que se encontraba algo más allá. Pero, como si no le preocupara en absoluto la actitud en que había sido sorprendida, levantó gozosamente al niño en sus brazos, y, con efusión maternal, lo cubrió de besos.

«He aquí a la naturaleza desnuda, pura terneza y amor» —pensó el capitán Delano con gran satisfacción.

Este incidente lo incitó a fijarse en otras negras con más interés que antes. Se sentía complacido por su forma de hacer: como la mayoría de las mujeres sin civilizar, parecían ser al mismo tiempo tiernas de corazón y fuertes de constitución, dispuestas por igual a morir por sus hijos que a luchar por ellos. Salvajes como panteras y tiernas como palomas. «¡Ah! —pensó el capitán Delano—, éstas son, posiblemente, algunas de las mismas mujeres que vio Ledyard en África y de quienes hizo tan noble relato.»

Estas espontáneas escenas, de una u otra manera, reforzaron inconscientemente su confianza y tranquilidad. Por fin miró para ver cómo le iba a su barca, pero aún se encontraba bastante lejos. Se giró para ver si había regresado don Benito, pero no lo había hecho.

Para cambiar de escenario, además de para darse el gusto de observar ociosamente la llegada de la barca, pasando por encima de las cadenas de mesana, se encaramó hasta uno de esos balcones abandonados de aspecto veneciano de los que ya hemos hablado, apartados de la cubierta. Al pisar el musgo marino, medio húmedo, medio seco, que alfombraba el lugar, sintió en su mejilla la espectral caricia de un soplo aislado de brisa, llegado sin previo aviso y del mismo modo desaparecido; y su mirada se posó en la hilera de menudas claraboyas redondas, todas cerradas con rodelas de cobre como los ojos de un muerto en su ataúd, y en la puerta del camarote de oficiales que antes conectaba con la galería, al igual que las claraboyas, que en su tiempo la miraban desde arriba y que ahora veía que estaban selladas a cal y canto, como la tapa de un sarcófago, y el entrepaño, umbral y travesaño, alquitranados y de color negro violáceo; y se le ocurrió pensar en el tiempo en que en ese camarote de oficiales habían resonado las voces de los oficiales del rey de España y en que las figuras de las hijas del virrey de Lima se habían asomado a ese balcón, posiblemente en el mismo lugar en que ahora se hallaba él; mientras éstas y otras imágenes revoloteaban en su mente, como la ligera brisa durante la calma, sintió que, progresivamente, lo sobrecogía una inquietud ensoñadora, como la de aquel que, hallándose solo en una llanura, le embarga el desasosiego tras el reposo del mediodía.

Se apoyó en la labrada balaustrada, mirando nuevamente a lo lejos, hacia su barca, pero su mirada tropezó con unas cintas de hierba marina que formaban una larga estela a lo largo de la línea de flotación del barco, rectas como un seto de boj verde y con unos arriates de algas, anchos óvalos y medias lunas, flotando aquí y allá con lo que parecían elegantes alamedas entre ellos, cruzando las hileras de oleaje y curvándose como si se dirigieran a las grutas del fondo y, suspendida por encima de todo ello, se encontraba la balaustrada que él tenía junto a sí, la cual, en parte manchada por la brea y en parte estampada en relieve por el musgo, semejaba la ruina calcinada de una quinta de veraneo en medio de un gran jardín largo tiempo incultivado.

Intentando romper un hechizo, había sido hechizado de nuevo. Aunque se hallaba sobre el ancho mar, parecíale encontrarse en algún lejano país tierra adentro, prisionero en un castillo abandonado, condenado a contemplar campos vacíos y asomarse para ver caminos solitarios por los que no pasaba jamás ningún carro ni caminante.

Pero esos encantamientos se desencantaron un poco cuando vio las corroídas cadenas principales. De estilo antiguo, deformes y oxidados los eslabones, argollas y tornillos, parecían todavía más acordes con la presente utilización del barco que con aquel para el que había sido creado.

En aquel momento, pensó que algo se movía cerca de las cadenas. Se frotó los ojos y miró con atención. Arboledas de aparejo envolvían las cadenas, y allí, asomándose por detrás de una gran estay, como un indio detrás de una cicuta, pudo ver a un marinero español, con un pasador en la mano, que hacía lo que parecía ser un gesto inacabado en dirección al balcón, pero inmediatamente, como alarmado por un ruido de pasos sobre la cubierta, desapareció entre los escondrijos del bosque de cáñamo, como un cazador furtivo.

¿Qué significaba aquello? Aquel hombre había intentado comunicar algo, sin que nadie lo supiera, ni siquiera su capitán. ¿Tenía relación ese secreto con algo desfavorable a don Benito? ¿Iban acaso a confirmarse los anteriores presentimientos del capitán Delano? ¿O tal vez, en su asustadizo actual estado de ánimo, había tomado como una señal de aviso significativa lo que no era sino un movimiento hecho al azar y sin intención por aquel hombre que parecía estar ocupado en reparar el estay?

Algo desorientado, buscó nuevamente su barca con la mirada. Pero ésta se encontraba temporalmente escondida por las rocas de un espolón de la isla. Al inclinarse hacia delante con cierta impaciencia para avistar la salida del rostro de la barca, la balaustrada cedió ante él como carbón vegetal. De no haberse agarrado a una cuerda que sobresalía, habría caído al mar. El choque, aunque débil, y la caída, aunque sorda, de los fragmentos podridos, por fuerza habían de ser oídos. Miró hacia arriba. Mirándolo desde arriba con comprensible curiosidad, se encontraba uno de los recogedores de estopa, que resbaló desde su peligrosa posición hasta una botavara exterior, mientras que, por debajo del negro, invisible para él, avizorando desde una portilla como un zorro desde la boca de su guarida, se agazapaba nuevamente el marino español. Por algo que le sugirió repentinamente la actitud del hombre, la loca idea de que la indisposición de don Benito, al retirarse abajo, no era más que un falso pretexto, se disparó en la mente del capitán Delano: que su colega se hallaba atareado urdiendo su plan, y que el marinero, habiendo concebido algún tipo de sospecha, estaba dispuesto a poner sobre aviso al extraño, incitado posiblemente por la gratitud, tras haber oído sus amables palabras al subir al barco. ¿Era quizá en previsión de una interferencia como ésta por lo que don Benito había dado tan negativas referencias de sus marineros, al tiempo que había elogiado a los negros, aunque, de hecho, los primeros parecían tan dóciles como rebeldes los últimos?

También era cierto que los blancos eran, por naturaleza, la raza más perspicaz. Un hombre que tramaba un plan maléfico, ¿no alabaría la estupidez que es ciega a su depravación, al tiempo que difamaría la inteligencia ante la que no puede esconderse? Posiblemente no resultaría extraño.

Pero si los blancos poseían oscuros secretos en relación a don Benito… ¿acaso éste podía actuar de alguna manera en complicidad con los negros? Aunque ellos eran demasiado estúpidos. Además, ¿dónde se ha visto que un blanco pueda ser tan renegado como para prácticamente abjurar de su propia especie, aliándose con los negros en contra de él? Estos apuros le recordaron otros precedentes. Perdido en sus laberintos, el capitán Delano, quien ahora había vuelto a cubierta, iba avanzando intranquilo por ella cuando se fijó en una cara que no había visto antes, un viejo marinero sentado con las piernas cruzadas cerca de la escotilla principal. Las arrugas encogían su piel como la bolsa vacía de un pelícano, su pelo era blanco, su rostro grave y sosegado. Tenía las manos llenas de cuerdas con las que hacía un gran nudo. A su alrededor se encontraban algunos negros que, servicialmente, le metían los cabos aquí y allá, según mandaban las exigencias de la operación.

El capitán Delano cruzó hacia él y se quedó en silencio contemplando el nudo; su mente, a causa de una agradable transición, pasó de sus propios enredos a los del cáñamo. Nunca había visto un nudo tan rebuscado en ningún barco norteamericano, ni, de hecho, en ningún otro. El viejo parecía un sacerdote egipcio realizando nudos gordianos para el templo de Amón. El nudo parecía una combinación de un doble nudo de bolina, uno triple de corona, un nudo de pozo hecho con el revés de la mano, un as de guía y un barrilete.

Finalmente, desconcertado en cuanto al significado de tal nudo, el capitán Delano se dirigió al anudador:

—¿Qué estás anudando ahí, amigo?

—El nudo —fue su breve respuesta, sin levantar la mirada.

—Eso parece, pero ¿para qué es?

—Para que alguien lo desanude —murmuró al contestar el viejo, sin dar a sus dedos menos descanso que nunca y a punto de completar el nudo.

Mientras el capitán Delano se quedaba mirándolo, de repente, el viejo lanzó el nudo hacia él diciendo, en inglés chapucero, el primero que oía a bordo, algo así como:

—Deshágalo, córtelo, deprisa.

Lo dijo despacio, pero de una forma tan abreviada que las largas, lentas palabras en español que le precedieron y sucedieron operaron casi como una cobertura del breve inglés entremezclado.

Por un momento, con un nudo en las manos y otro nudo en la mente, el capitán Delano se quedó mudo, mientras, sin prestarle más atención, el viejo se ponía a trabajar en otras cuerdas. En aquel momento se produjo una leve agitación detrás del capitán Delano. Al volverse, vio al negro encadenado, Atufal, de pie, en silencio.

Al instante siguiente, el viejo marinero se levantó murmurando y, seguido por sus subordinados negros, volvió a la parte delantera del barco, donde desapareció entre la multitud.

Un anciano negro, vestido con un sayo como de niño y con cabeza de mulato y un cierto aire de abogado, se acercó en ese momento al capitán Delano. En un español pasable y con un afable guiño de complicidad, le informó que el negro anudador era un poco flojo de mollera, pero inofensivo, y que a menudo realizaba sus raros trucos. El negro concluyó pidiéndole el nudo ya que, evidentemente, el extranjero no debía desear ser molestado con algo así. Inconscientemente, se lo entregó. Con una especie de congé, el negro tomó el nudo y, girándose, se puso a revolverlo todo como un detective de aduanas buscando cuerdas de contrabando. En seguida, con una expresión africana que equivalía a ¡bah!, tiró el nudo por la borda.

«Todo esto es muy raro», pensó el capitán Delano, con un cierto sentimiento de aprensión, pero, como quien siente un mareo incipiente, se esforzó, ignorando los síntomas, en acabar con el malestar. Una vez más miró a lo lejos, hacia la barca. Se alegró al ver que volvía a estar a la vista, dejando a popa las rocas del espolón.

La sensación que experimentó con ello, tras haber aliviado su intranquilidad, pronto empezó a eliminarla con imprevista eficacia. La visión menos distante de esa bien conocida barca, que ahora podía ver claramente y no como antes, mezclándose a medias con la neblina, sino con el perfil definido, hacía que su personalidad, como la de un hombre, quedase de manifiesto; esa barca, de nombre Rover, que, aunque actualmente estuviera en mares extraños, a menudo había estado varada en la playa donde se hallaba la casa del capitán Delano y había sido llevada hasta el umbral para ser reparada, permaneciendo allí, familiarmente, como un perro de Terranova; la vista de esa barca doméstica evocó mil asociaciones agradables, las cuales, en contraste con las anteriores sospechas, provocaron en él no tan sólo una alegre confianza sino también, en cierta forma, burlones autorreproches por su anterior desconfianza.

«¿Cómo iba yo, Amasa Delano, el Marinero de la Playa, como me llamaban de joven; yo, Amasa, que con la cartera del colegio bajo el brazo iba chapoteando por la orilla hasta la escuela, construida en un viejo buque; yo, pequeño Marinero de la Playa, que iba a buscar bayas con el primo Nat y los demás, tenía que ser asesinado aquí, en el confín del mundo, ¿a bordo de un barco pirata encantado? ¿Tendría que ser asesinado, digo, por un horrible español? ¡Vaya idea más descabellada! ¿Quién iba a matar a Amasa Delano? Su conciencia está limpia. Hay alguien allá arriba. ¡Marinero de la Playa, chico malo! Eres realmente un niño; un niño en su segunda infancia; me temo que empiezas a chochear y babear.»

Ligero de corazón y de pies, se dirigió a popa y allí encontró al criado de don Benito, el cual, con una expresión agradable que se avenía con sus presentes sentimientos, le informó que su amo se había recuperado de los efectos de su ataque de tos y le acababa de ordenar que fuera a presentar sus cumplidos a su buen huésped, don Amasa, y decirle que él (don Benito) tendría pronto la satisfacción de volver a su lado.

«¿Ves lo que te decía? —pensó otra vez el capitán Delano, caminando por popa—. Qué zoquete he sido. Este amable caballero que me envía sus cumplidos es de quien pensaba hace diez minutos que estaba, oscura linterna en mano, escondiendo alguna vieja piedra de afilar en la bodega, sacándole filo a un hacha destinada a mí. Hay que ver; estas largas calmas producen un efecto malsano en la mente, como había oído a menudo, aunque hasta ahora no lo había creído. Vaya —dijo, mirando hacia la barca—, allí está Rover, un buen perro, con un hueso blanco en la boca, un hueso bastante grande, en verdad, me da la impresión… ¿Qué? Sí, se ha puesto a malas con esta burbujeante resaca. Y encima se la lleva en dirección contraria, por el momento. Paciencia.»

Ya era cerca de mediodía, aunque por el matiz gris que lo teñía todo, más bien parecía que estuviera llegando el atardecer.

La calma acabó de confirmarse. En la lejana distancia, libre del influjo de la tierra, el plomizo océano parecía terso y emplomado, su curso extinguido, sin alma, difunto. Pero la corriente que provenía de la costa, donde se encontraba la embarcación, cobró mayor fuerza, llevándosela silenciosamente más y más lejos hacia las hipnotizadas aguas de mar adentro.

Sin embargo, el capitán Delano, por su conocimiento de estas latitudes, abrigaba todavía la esperanza de que, de un momento a otro, se dejaría sentir el soplo de una brisa fresca y prometedora, y a pesar de las presentes perspectivas, contaba optimistamente con poder llevar el San Dominick a anclar en lugar seguro antes de la noche. La distancia recorrida no importaba, ya que, con buen viento, en diez minutos de navegar a la vela, recuperaría más de sesenta minutos de deriva. Mientras tanto, girándose ahora a ver cómo le iba a Rover en su lucha contra la resaca y volviéndose al cabo de un minuto para ver si se acercaba don Benito, siguió caminando por popa.

Sintió que la impaciencia lo iba invadiendo progresivamente a causa del retraso de su barca, impaciencia que pronto se convirtió en inquietud, hasta que finalmente, recayendo continuamente su mirada, como desde el palco de proscenio sobre la platea, en la multitud que se hallaba delante y debajo de él, y, de cuando en cuando, reconociendo entre ella el rostro, ahora sosegado hasta la indiferencia, del marinero español que había creído que le hacía señas desde la cadena principal, parte de sus anteriores turbaciones regresaron a su mente.

«¡Ah —se dijo, bastante gravemente—, esto es como la fiebre de la malaria: el hecho de que haya desaparecido no significa que no vaya a reaparecer!»

Aunque avergonzado por la reincidencia de su turbación, no consiguió dominarla completamente, por lo que, forzando al máximo su buen talante, transigió inconscientemente:

«Sí, es ésta una extraña nave, con una extraña historia, además, y con extrañas gentes. Pero… eso es todo.»

Con la intención de mantener su pensamiento alejado de ideas maliciosas mientras llegaba la barca, intentó ocupar su mente a base de darle vueltas y más vueltas, de forma puramente especulativa, a las peculiaridades menores del capitán y de su tripulación.

Entre otros, cuatro puntos curiosos se repetían en su memoria: Primero, el asunto del joven español que había sido atacado con un cuchillo por un muchacho negro; acto ante el que don Benito había hecho la vista gorda. Segundo, la tiranía con que don Benito trataba a Atufal, el negro, como un niño llevando a un toro del Nilo por la argolla de su hocico. Tercero, el marinero que había sido pisoteado por dos negros, un acto de insolencia que había sido pasado por alto sin ni tan siquiera reñirles por ello. Cuarto, la servil sumisión a su amo por parte de todos los subordinados del navío, en su mayoría negros, como si a la más mínima distracción temieran provocar su despótico enojo.

En su conjunto, estos cuatro puntos parecían algo contradictorios. «Mas… ¿qué importa? —pensó el capitán Delano mirando hacia la barca que ahora se acercaba—, ¿qué más da? A fin de cuentas, don Benito no es más que un comandante caprichoso. Pero no es el primero que encuentro de esta clase, aunque, a decir verdad, supera con creces a cualquier otro. Ahora bien, como nación —continuó él en sus fantasías—, estos españoles son una gente bien rara; la propia palabra "español" tiene una curiosa resonancia a conspiración, que recuerda a Guy Fawkes. Sin embargo, me atrevería a decir que, por lo general, los españoles son tan buena gente como cualquier habitante de Duxbury, en Massachusetts. ¡Vaya, fantástico, al fin ha llegado Rover!»

En cuanto la barca, con su bienvenido cargamento, tocó el costado, los recogedores de estopa, con venerables ademanes, intentaron reprimir a los negros, quienes, al ver las tres barricas repletas de agua en su fondo y un montón de calabazas secas en su proa, se colgaron de los macarrones en medio de un alborotado jolgorio.

Don Benito, con su criado, apareció en ese momento, apresurado, tal vez, su regreso por el ruido.

El capitán Delano le pidió permiso para distribuir el agua, para que todos la compartieran por igual y que nadie se indispusiera a causa de un injusto exceso. Pero, aunque la proposición era prudente y, según don Benito, amable, fue recibida con una aparente impaciencia; como si, consciente de su carencia de autoridad, don Benito, con los celos propios de la debilidad, tomara como una afrenta cualquier injerencia ajena. Por lo menos eso fue lo que dedujo el capitán Delano.

Al cabo de un momento, mientras izaban las barricas a bordo, algunos negros más impacientes que los demás empujaron accidentalmente al capitán Delano, que se encontraba junto al portalón, ante lo cual, sin tener en cuenta a don Benito y dejándose llevar por el impulso del momento, con amable autoridad, ordenó a los negros que se mantuvieran más atrás, reforzando sus palabras con un gesto entre divertido y amenazador. Inmediatamente, se detuvieron todos en el lugar en que se hallaban, inmovilizándose cada negro o negra en la postura en que la orden los había sorprendido; y así se mantuvieron durante unos segundos, al tiempo que una sílaba desconocida se iba transmitiendo de hombre en hombre entre los recogedores de estopa, situados en su posición más elevada, como si fueran estaciones de telégrafo. Mientras el visitante fijaba su atención en esta escena, los pulidores de hachas se incorporaron repentinamente y se oyó un rápido grito de don Benito.

Creyendo que, a la señal del español, iba a ser asesinado, el capitán Delano estuvo a punto de saltar hacia su barca, pero se detuvo, al ver que los recogedores de estopa, saltando entre la multitud con firmes exclamaciones, forzaban a retirarse tanto a blancos como a negros, al tiempo que, con gestos amistosos y familiares, casi jocosos, los exhortaban a que no hicieran tonterías. Simultáneamente, los pulidores de hachas volvieron a sus asientos mansamente, como si de sastres se tratara, y acto seguido, como si nada hubiera ocurrido, se reanudó la tarea de izar los toneles, cantando al unísono blancos y negros junto a la polea.

El capitán Delano miró hacia don Benito. Al ver su exigua figura esforzándose por incorporarse entre los brazos de su criado, en los que el agotado enfermo había caído, no pudo sino asombrarse del pánico que se había apoderado de él al suponer precipitadamente que un comandante como éste, que perdía el control de sí mismo ante un incidente tan trivial, incluso intrascendente, como ahora se veía, iba a provocar su muerte con tan enérgica iniquidad.

Hallándose ya los barriles sobre cubierta, el capitán Delano recibió unas cuantas jarras y tazas de manos de los ayudantes del camarero, quien, en nombre de su capitán, le rogó que hiciera lo que había propuesto: distribuir el agua.

Él hizo lo que se le pedía, ajustándose con republicana imparcialidad a ese ideal republicano según el cual debe siempre buscarse un término medio, es decir, sirviendo al blanco más viejo la misma cantidad que al negro más joven, a excepción, claro está, del pobre don Benito, cuya condición, si no su rango, exigía una ración suplementaria. A él, en primer lugar, ofreció el capitán Delano una buena jarra del líquido elemento, pero el español, aunque sediento, no sorbió ni una gota sin antes haber llevado a cabo varias reverencias y solemnes saludos, intercambio de cortesías que los africanos, encantados con la escena, aclamaron con aplausos.

Dos de las calabazas menos resecas fueron reservadas para la mesa del capitán y las demás fueron desmenuzadas allí mismo y distribuidas para deleite general. Pero el pan tierno, el azúcar y la sidra embotellada, el capitán Delano se los habría dado solamente a los blancos, especialmente a don Benito; mas este último se opuso con un desinterés que complació no poco al norteamericano; se repartieron, pues, bocados por igual tanto a blancos como a negros, a excepción de una botella de sidra, que Babo insistió en apartar para su amo.

Conviene aquí observar que, de la misma manera que en la primera visita de la barca el norteamericano no había permitido que sus hombres subieran a bordo, tampoco lo había hecho ahora, a fin de no ocasionar mayor confusión en la cubierta.

Influenciado hasta cierto punto por el buen humor general que prevalecía en el momento, olvidando por el momento cualquier pensamiento que no fuera benévolo, el capitán Delano, quien, por los últimos indicios, contaba con una brisa en una o dos horas a lo sumo, mandó que la barca regresara al velero, con órdenes de que todos los hombres disponibles se dedicaran inmediatamente a llevar botes con barriles a donde manaba el agua y llenarlos. Asimismo, mandó que transmitieran a su primer oficial la orden de que si, a pesar de las presentes expectativas, no llevaban la nave a anclar antes del crepúsculo, no debía preocuparse, ya que esa noche iba a haber luna llena y él (el capitán Delano) se quedaría a bordo, dispuesto a pilotar la nave en cuanto llegase el viento.

Mientras los dos capitanes permanecían de pie observando la barca que partía y el criado, que había detectado una mancha en la manga de terciopelo de su amo, se hallaba atareado limpiándola en silencio, el norteamericano se lamentó de que el San Dominick no tuviera por lo menos una sola barca, a excepción de la innavegable lancha ruinosa que, deforme como el esqueleto de un camello en el desierto y blanqueada casi de la misma manera, se encontraba boca abajo como un perol, algo ladeada, proporcionando una especie de madriguera subterránea a los grupos familiares de negros, en su mayoría mujeres y criaturas, los cuales, sentados sobre lo que habían sido las esterillas del fondo, o encaramados en los asientos bajo la oscura bóveda, vistos desde cierta distancia semejaban un grupo de murciélagos refugiados en una acogedora gruta; de tiempo en tiempo, se alzaba un revuelo de ébano cuando niños y niñas de tres o cuatro años, enteramente desnudos, entraban y salían correteando por la boca de la madriguera.

—Si ahora tuvieran tres o cuatro barcas, don Benito —dijo el capitán Delano—, me parece que, manejando los remos, sus negros podrían ser de utilidad. ¿Dejaron el puerto ya sin barcas, don Benito?

—Se desfondaron durante los vendavales, señor.

—¡Qué lástima! También perdió muchos hombres en esos momentos. Hombres y barcas. Debieron ser muy fuertes los vendavales, don Benito.

—Algo inenarrable —dijo el español, encogiéndose.

—Dígame, don Benito —prosiguió su colega con renovado interés— dígame, ¿encontró los vendavales inmediatamente después del Cabo de Hornos?

—¿Cabo de Hornos? ¿Quién ha hablado del Cabo de Hornos?

—Usted mismo, cuando me relató su viaje —respondió el capitán Delano, viendo casi con el mismo asombro que al español le carcomían sus propias palabras de la misma manera que otras veces le carcomían sus propios sentimientos—, usted mismo, don Benito, habló del Cabo de Hornos —repitió con énfasis.

El español se giró, adoptando una actitud encorvada y manteniéndola un instante como aquel que se dispone a llevar a cabo, zambulléndose, un cambio de elemento: del aire al agua.

En ese momento, pasó corriendo un grumete blanco, llevando al castillo de proa, en el normal cumplimiento de sus funciones de mensajero, el aviso de que había transcurrido media hora en el reloj del camarote, para que se hiciera sonar en la gran campana del barco.

—Amo —dijo el criado, interrumpiendo su tarea en la manga de la chaqueta y dirigiéndose al ensimismado capitán con esa especie de tímido recelo de quien debe cumplir con un deber cuya ejecución prevé que resultará fastidiosa para la misma persona que lo ha impuesto y en cuyo provecho ha de redundar—, el amo me dijo que, sin importar dónde estuviera o en qué se hallara ocupado, le recordara siempre el instante en que había llegado la hora de afeitarse. Miguel ha ido a hacer sonar las doce y media del mediodía. Es decir, ahora, amo. ¿Irá el amo al salón?

—Ah… sí… —contestó el español, aturdido, como volviendo de un sueño a la realidad; luego, volviéndose hacia el capitán Delano, le dijo que más tarde continuarían la conversación.

—Pero si el amo quiere hablar más con don Amasa —dijo el criado—, ¿por qué no permite que don Amasa se siente al lado del amo en el salón, y el amo puede hablar, y don Amasa puede escuchar mientras Babo va enjabonando y suavizando?

—Sí —dijo el capitán Delano, nada descontento con una proposición tan afable—, sí, don Benito, si no le importa iré con usted.

—Que así sea, señor.

Mientras los tres pasaban a popa, el norteamericano no pudo abstenerse de pensar que eso de que lo afeitaran con tan insólita puntualidad a la mitad del día era otro extraño ejemplo del caprichoso talante de su anfitrión. Pero consideró que era muy probable que la ansiosa fidelidad del criado tuviera algo que ver con el asunto, teniendo en cuenta que la oportuna interrupción había servido para que su amo se sobrepusiera del estado de ánimo que, evidentemente, le había estado afectando.

El lugar al que llamaban salón era un luminoso camarote de cubierta dispuesto en el lado de popa, a manera de buhardilla del gran camarote sobre el que se hallaba. Parte de éste había constituido en el pasado los alojamientos de los oficiales, pero tras la muerte de éstos se habían echado abajo todos los tabiques y todo el interior había sido convertido en un único espacioso y aireado salón marinero; por la ausencia de mobiliario elegante y el pintoresco desorden de inútiles accesorios, más bien hacía pensar en el amplio y desordenado salón de la hacienda de un excéntrico terrateniente soltero de esos que cuelgan el chaquetón y la bolsa del tabaco en los cuernos de un ciervo y guardan la caña de pescar, las tenazas y el bastón en el mismo rincón.

Realzaban la similitud, si no es que la sugerían desde el principio, las perspectivas del mar que los rodeaba, ya que, en algunos aspectos, el campo y el océano parecen primos hermanos.

El suelo del salón se hallaba alfombrado. Junto al techo, cuatro o cinco viejos mosquetes se alojaban en sendas ranuras horizontales practicadas a lo largo de las vigas. A un lado se encontraba una mesa con patas en forma de garra, amarrada a la cubierta, sobre ella un misal manoseado, y algo más arriba, fijado al mamparo, un menudo, exiguo crucifijo. Bajo la mesa, podían verse uno o dos chafarotes abollados y un arpón mellado, entre tristes restos de aparejo, semejantes a un montón de cintos de fraile. Había también dos largos canapés de caña de Malaca, angulosos, ennegrecidos por el paso del tiempo y a simple vista tan incómodos como potros de tortura de un inquisidor, y un enorme y destartalado butacón, el cual, provisto de un vulgar apoyacabezas de barbero sujeto con un tornillo, semejaba también un grotesco aparato de tortura. Situado en una esquina, un armario de banderas, abierto, mostraba su contenido: lanillas de diversos colores, enrolladas las unas, las otras a medio enrollar; algunas, incluso, tiradas por el suelo. Enfrente, se alzaba un embarazoso aguamanil de caoba, de una sola pieza, sostenido por un pedestal como si de una pila bautismal se tratara, y, sobre él, un estante con barandilla contenía peines, cepillo y otros accesorios de baño. Una desgarrada hamaca de rafia teñida se columpiaba cerca de allí, las sábanas revueltas y la almohada arrugada como un ceño fruncido, como si el que durmiera allí lo hiciera malamente, alternativamente asaltado por tristes pensamientos y negras pesadillas.

El extremo más alejado de dicho salón, que sobresalía por encima de la popa del barco, se hallaba perforado por tres aberturas, ora ventanas, ora portillas, según asomara por ellas un hombre o un cañón, ora sociables, ora insociables. En aquel momento no se veían ni hombres ni cañones, aunque enormes cáncamos y otros herrumbrosos accesorios guardaban memoria de cañones del veinticuatro.

Al entrar, el capitán Delano echó una mirada a la hamaca y dijo:

—¿Duerme usted aquí, don Benito?

—Así es, señor, desde que reina el buen tiempo.

—Este lugar, don Benito, parece una mezcla de dormitorio, salón, taller de velas, capilla, armería y guardarropa privado —añadió el capitán Delano mirando a su alrededor.

—Cierto, señor, los acontecimientos no han permitido que pudiera poner mis cosas en orden.

Aquí el criado, con un paño en el brazo, se movió para hacer notar que se hallaba a la espera de una indicación de su amo. Don Benito le indicó que se hallaba dispuesto, por lo cual, ayudándolo a sentarse en el sillón de Malaca y colocando ante él uno de los sofás para acomodo de su huésped, el criado comenzó su tarea echando para atrás el cuello de la camisa de su amo y aflojándole la corbata.

Hay algo especial en los negros que los hace particularmente aptos para las tareas de asistente personal. La mayoría de los negros son ayudas de cámara o peluqueros natos y manejan el peine y el cepillo como si fueran castañuelas y, aparentemente, casi con la misma satisfacción. Poseen, además, una gentil discreción en la forma de desempeñar su tarea, junto a una maravillosa, silenciosa, deslizante presteza tan grácil en sus maneras que resulta singularmente grata para el que lo contempla y aun más para aquel que es objeto de tales manipulaciones.

Y, sobre todo, poseen el gran don del buen humor. Lo cual, en este caso, no significaba ni una mera sonrisa ni una simple carcajada. Ello hubiera resultado inadecuado. Era más bien una cierta alegría natural, una armonía en cada gesto y cada mirada, como si Dios hubiera dotado al hombre negro de una alegre melodía.

Cuando a ello se le suma la docilidad que surge de la humilde complacencia de una mente limitada y esa propensión a encariñarse ciegamente que es, a veces, innata en seres indiscutiblemente inferiores, se hace fácil comprender por qué esos hipocondríacos, Johnson y Byron, posiblemente bastante parecidos al hipocondríaco don Benito, se encariñaron de sus criados negros, Barber y Pletcher, casi hasta la total exclusión de la raza blanca. Entonces, si hay en el negro algo que le libra de que las mentes más cínicas o insanas le inflijan su resentimiento, ¿cómo influirán en una mente benévola sus más atractivas cualidades? Y cuando las cuestiones externas se hallaban en armonía, la mente del capitán Delano no es que fuera benévola, era familiar y jovialmente benévola. En su casa, a menudo, había tenido la poco común satisfacción de sentarse junto a la puerta y observar a algún liberto de color en su tarea o sus juegos.

Si, por casualidad, en alguno de sus viajes tenía algún marinero negro, invariablemente se mostraba franco y distendido con él. De hecho, como la mayoría de los hombres de alegre y buen corazón, al capitán

Delano le caían bien los negros, pero no por filantropía, sino por simpatía, como a otros hombres les caen bien los perros de Terranova.

Hasta aquel momento, las condiciones en que había encontrado el San Dominick habían reprimido esa tendencia. Pero allí, en el salón, libre de sus anteriores preocupaciones y más dispuesto, por varias razones, a mostrarse sociable que en cualquier anterior momento del día, al ver al criado de color, con el paño al brazo, tan elegante y solícito con su amo y, además, desempeñando una tarea tan familiar como era afeitarlo, renació en él su vieja debilidad por los negros.

Entre otras cosas, le divertía aquella afición de los africanos por los colores brillantes y las exhibiciones vistosas, de la que el negro dio un singular ejemplo sacando del armario, con gran desenvoltura, un buen trozo de lanilla multicolor y ajustándola con gran ceremonial bajo la barbilla de su amo a modo de delantal.

La manera de afeitarse de los españoles difiere ligeramente de la de otros países. Utilizan una jofaina a la que denominan específicamente bacía de barbero y que tiene una escotadura en el borde que se ajusta con precisión a la barbilla y donde ésta queda bien apoyada para el enjabonado, lo cual no se lleva a cabo con una brocha, sino mojando el jabón en el agua de la jofaina y frotándolo por la cara.

En el presente caso, a falta de algo mejor, el agua era salada, y tan sólo fueron enjabonados el labio superior y la zona inferior de la garganta, conservando todo el resto una espesa barba.

Por ser los preliminares algo insólitos para el capitán Delano, éste se quedó observándolos con gran curiosidad, por lo que no se terció conversación alguna, ni parecía que, por el momento, don Benito estuviera dispuesto a reanudar la anterior.

Dejando la jofaina en el suelo, el negro se puso a buscar entre las cuchillas como si quisiera elegir la más afilada y, habiéndola encontrado, la aguzó algo más suavizándola con pericia sobre la firme, suave y grasienta piel de su palma bien abierta; hizo entonces ademán de empezar, mas se detuvo un instante a medio camino, sosteniendo la navaja en alto con una mano y humedeciendo expertamente con la otra las burbujas de jabón del largo y delgado cuello del español. Turbado por la visión de la proximidad del reluciente acero, don Benito se estremeció nerviosamente; su habitual palidez parecía aún más intensa por efecto del jabón, cuya espuma se veía aún más blanca por contraste con el cuerpo del criado, negro como el hollín. Entre una cosa y otra, la escena resultaba algo singular para el capitán Delano, quien, al verles en tal actitud, tampoco pudo sustraerse a la fantasía de ver al negro como a un verdugo y al blanco como a un hombre con la cabeza en el tajo. Pero fue uno de esos caprichosos espejismos que aparecen y se desvanecen en un abrir y cerrar de ojos y de los que, posiblemente, incluso las mentes más cuerdas no siempre están exentas.

Con todo ello, en su agitación, el español había aflojado un tanto la lanilla que lo cubría, de manera que un ancho pliegue se había deslizado hasta el suelo cubriendo el brazo del sillón como un cortinaje, mostrando, entre una profusión de barras heráldicas y campos de color negro, azul y amarillo, un castillo en campo rojo vivo en diagonal con un león rampante sobre campo blanco.

—¡El castillo y el león! —exclamó el capitán Delano—. ¡Don Benito, pero si lo que está utilizando aquí es la bandera de España! Es una suerte que sea yo y no el rey quien lo está viendo —añadió con una sonrisa—, pero, total —prosiguió volviéndose hacia el negro— qué más da, supongo, con tal de que los colores sean alegres... —jocoso comentario que no dejó de divertir al negro.

—Vamos, amo —dijo éste, volviendo a ajustar la bandera y reclinando suavemente la cabeza de su amo sobre el apoyacabezas del respaldo—, vamos, amo.

Y el acero volvió a brillar junto a la garganta. De nuevo, don Benito se estremeció ligeramente.

—No debe temblar así, amo. Como don Amasa puede ver, el amo siempre tiembla cuando lo afeito. Y, sin embargo, el amo sabe bien que nunca lo he hecho sangrar, aunque la verdad es que si el amo tiembla así, puede ocurrir algún día. Vamos, amo —volvió a decir—. Y ahora, don Amasa, siga, por favor, con su charla sobre el vendaval y todo eso; el amo lo escuchará y, de tiempo en tiempo, el amo podrá contestarle.

—Ah, sí, esos vendavales —dijo el capitán Delano—. Cuanto más pienso en su viaje, don Benito, más me extraño, no por los vendavales, que debieron de ser terribles, sino por el desastroso período que los siguió, ya que, desde entonces, según su relato, han pasado dos meses o más, dirigiéndose hacia Santa María, una distancia que yo mismo, con buen viento, he navegado en pocos días. Es verdad que habéis encontrado calmas, y muy prolongadas, pero permanecer inmovilizado durante dos meses es, por lo menos, poco habitual. Porque, don Benito, si cualquier otro caballero me hubiera contado tal historia, me habría sentido un tanto predispuesto a no acabar de darle crédito.

En aquel momento asomó al rostro del español una expresión involuntaria, similar a la que había mostrado en cubierta poco antes y, ya fuera a causa de su estremecimiento, ya fuera por un brusco y torpe cabeceo del casco en medio de la calma, o por una momentánea vacilación de la mano del criado, por la razón que fuese, en aquel momento la cuchilla hizo brotar la sangre y unas gotas mancharon de rojo el cremoso jabón que cubría la garganta; en seguida, el barbero retiró el acero y, manteniendo su actitud profesional, de espaldas al capitán Delano y de cara a don Benito, levantó la goteante cuchilla diciendo con una especie de tragicómica compunción:

—Ve, amo, temblaba tanto que aquí está la primera sangre que le hace Babo.

Ninguna espada desenfundada ante Jacobo I de Inglaterra, ningún asesinato perpetrado en presencia de ese tímido rey, podrían haber provocado mayor expresión de terror que la que mostraba don Benito en ese momento.

«Pobrecillo —pensó el capitán Delano—, es tan nervioso, que ni siquiera puede soportar la visión de la sangre de un rasguño de navaja; y ese hombre enfermo y trastornado, ¿es posible que yo haya podido imaginar que quisiera derramar toda mi sangre, cuando no es capaz de soportar la visión de una gotita de la suya? No cabe duda, Amasa Delano, no estás hoy en tus cabales. Más vale que, cuando vuelvas a casa, no se lo cuentes a nadie, bobo de Amasa. ¡Sí, hombre, o sea, que parece un asesino, no me digas! Más bien parece como si fuera él mismo quien está acabado. Pues bien, la experiencia de hoy me va a servir de lección.»

Mientras tanto, al tiempo que estos pensamientos discurrían por la mente del honesto marino, el criado había tomado el paño que llevaba en el brazo y le decía a don Benito:

—Pero, amo, por favor, responda a don Amasa mientras limpio esta cosa fea de la navaja y la vuelvo a afilar.

Cuando pronunciaba estas palabras, volvió a medias el rostro, de manera que fuera visible al mismo tiempo para el español y para el norteamericano, y parecía, por su expresión, dar muestras de que, animando a su amo a proseguir la conversación, lo que deseaba era desviar oportunamente su atención del enojoso accidente que acababa de tener lugar. Como si le alegrara poder hacer uso del alivio que se le ofrecía, don Benito reanudó la conversación reiterando al capitán Delano que no sólo las calmas habían tenido una duración insólita, sino que, además, el barco había sido presa de repetidas corrientes, y añadió otras circunstancias, algunas de las cuales no eran más que repeticiones de afirmaciones anteriores, para explicar cómo había sido posible que el trayecto desde el Cabo de Hornos hasta Santa María se hubiera prolongado de manera tan excesiva, todo ello salpicado de ocasionales elogios, ahora menos profusos que los anteriores, hacia los negros, por la buena conducta general. La narración de estos pormenores no se llevó a cabo de manera consecutiva, ya que el criado, en los momentos adecuados, utilizaba la navaja, por lo cual, durante los intervalos del rasurado, relato y panegírico se sucedían con más ronquera de lo habitual.

Según la imaginación del capitán Delano, que volvía a no sentirse del todo tranquilo, había algo tan vacío en el comportamiento del español y, aparentemente, tal recíproca vaciedad en el oscuro comentario silencioso del sirviente, que, súbitamente, le asaltó la idea de que era posible que aquel hombre y su amo, con un propósito desconocido, estuvieran representando ante él, tanto con sus palabras como con sus actos, a pesar del gran tembleque de los miembros de don Benito, algún juego malabar. Tal sospecha de confabulación no carecía de aparente evidencia, ya que también estaban los parlamentos en voz baja, anteriormente mencionados. Pero, si ello era así, ¿con qué objetivo representaban ante él esta farsa del barbero? Al final, considerando dicha idea como un capricho de la imaginación, posiblemente sugerido de manera inconsciente por el aspecto teatral de don Benito con su bandera arlequinada, el capitán Delano la desechó rápidamente.

Una vez concluido el afeitado, el criado empezó a evolucionar con un botellín de agua de olor, echando unas gotas sobre la cabeza de su amo y frotándola luego tan diligentemente que la vehemencia del ejercicio le provocó en los músculos de la cara una extraña contracción.

La siguiente operación la llevó a cabo con tijeras, peine y cepillo, girando hacia un lado y hacia otro, alisando un rizo aquí, recortando un pelo rebelde de las patillas allá, retocando grácilmente el mechón sobre la sien y otros improvisados toques que ponían de manifiesto su maestría, mientras don Benito, del mismo modo que se resigna cualquier caballero en manos del barbero, lo soportaba todo con una intranquilidad, por lo menos, mucho menor que cuando lo había afeitado; a decir verdad, se le veía ahora tan pálido y rígido que el negro semejaba un escultor nubio dando los últimos toques a la cabeza de una estatua blanca.

Habiendo concluido por fin su tarea, el negro recogió el estandarte español, lo enrolló de cualquier manera y lo guardó de nuevo en el armario de las banderas, sopló con su cálido aliento algún pelo que pudiera haber quedado bajo el cuello de su amo, reajustó el cuello de la camisa y la corbata, retiró con la escobilla una pizca de hilas de la solapa de terciopelo, y, habiendo llevado a cabo todo esto, se retiró un poco y se detuvo con una expresión de discreta complacencia, observando durante un momento a su amo, como si éste fuera, en lo tocante al aseo personal, una creación de sus propias expertas manos.

El capitán Delano le dirigió un jovial cumplido por su buena labor, al tiempo que felicitaba a don Benito.

Pero ni el agua de olor, ni el enjabonado, ni la fidelidad, ni la afabilidad alegraban al español. Viendo que recaía en su lóbrego mal humor y que aún permanecía sentado, el capitán Delano, suponiendo que su presencia no era deseada en ese momento, se retiró con la excusa de ir a comprobar si, como había predicho, era visible algún indicio de brisa.

Dirigiéndose hacia el palo mayor, se detuvo a reflexionar sobre la escena anterior, no sin un cierto recelo, cuando oyó un ruido cerca del salón y, al girarse, vio al negro con la mano en la mejilla. Al acercarse, el capitán Delano pudo observar que la mejilla estaba sangrando. Cuando iba ya a preguntar la causa, el quejumbroso soliloquio del negro se la desveló:

—¡Ah! ¿Cuándo se repondrá el amo de su enfermedad? Es tan sólo su amarga enfermedad la que le agria el corazón y hace que trate así a Babo, cortando a Babo con la navaja porque Babo le había hecho, sin querer, un pequeño arañazo y, además, por primera vez en tantos días. ¡Ah, ah, ah! —profirió manteniendo la mano en la cara.

«¿Será posible? —pensó el capitán Delano—. ¿Fue para descargar a solas todo su despecho español sobre este pobre amigo suyo por lo que don Benito, con su hosco comportamiento, me indujo a retirarme? ¡Ah, cuán feas pasiones crean la esclavitud en los hombres! ¡Pobre tipo!»

Cuando estaba a punto de expresar sus simpatías al negro, éste, con tímida desgana, volvió a entrar en el salón.

A continuación salieron el hombre y su amo, don Benito apoyado en el criado como si nada hubiera sucedido.

«Al fin y al cabo —pensó el capitán Delano—, no era más que una especie de riña de enamorados.»

Se acercó a don Benito y anduvieron juntos lentamente. Habrían dado unos cuatro pasos cuando el camarero, un mulato alto con aires de rajá, ataviado a la manera oriental, con un turbante en forma de pagoda formada por tres o cuatro pañuelos de Madrás enrollados de forma gradual alrededor de la cabeza, se aproximó y, con una reverencia, anunció que el almuerzo estaba servido en el camarote.

En su camino hacia allí, los dos capitanes fueron precedidos por el mulato, el cual, volviéndose al tiempo que avanzaba, con repetidas sonrisas y reverencias, les hizo pasar al camarote; tal despliegue de elegancia hacía aún más patente la insignificancia de Babo, pequeño y con la cabeza al descubierto, quien, no ignorando su inferioridad, observaba con desconfianza al elegante camarero. Pero el capitán Delano atribuyó, en parte, su celosa forma de mirarlo a ese especial sentimiento que albergan los hombres de pura sangre africana hacia los de sangre mezclada. En cuanto al camarero, si bien su porte no mostraba una gran dignidad en su amor propio, sí que evidenciaba su extremo deseo de satisfacer, lo cual era doblemente meritorio, tanto como ser al mismo tiempo cristiano y habitante de las islas Chesterfield.

El capitán Delano observó con interés que, mientras que la tez del mulato era de tono mestizo, sus facciones eran europeas, incluso clásicas.

—Don Benito —susurró— me alegra ver a este chambelán de la vara de oro; verle refuta una observación que me hizo una vez un plantador de las Barbados, según la cual cuando un mulato posee un rostro de europeo común hay que desconfiar de él porque se trata de un demonio. Pero ya ve, este camarero suyo posee facciones más europeas que el rey Jorge de Inglaterra y, sin embargo, ahí lo tiene, inclinando la cabeza, haciendo reverencias y sonriendo; es verdaderamente un rey, el rey de los corazones bondadosos y de los hombres corteses. Y, además, qué agradable es su voz...

—Es cierto, señor.

—Pero dígame: ¿le ha dado muestras siempre, desde que lo conoció, de ser un buen sujeto, digno de confianza? —dijo el capitán Delano, deteniéndose mientras el camarero, con una genuflexión final, desaparecía hacia el interior del camarote—, dígame, ya que, por la razón que acabo de mencionar, tengo curiosidad por saberlo.

—Francesco es un buen hombre —respondió don Benito con desgana, como un flemático experto en arte que eludiera tanto la crítica como el elogio.

—¡Ah, eso pensaba yo! Ya que sería realmente extraño, y no muy halagüeño para nosotros, los de piel blanca, que una porción de nuestra sangre mezclada con la de los africanos pudiera, lejos de mejorar la calidad de la última, provocar el triste efecto de verter vitriolo en el caldo negro, mejorando tal vez el color, pero no así la salubridad.

—Sin duda, señor, sin duda —dijo don Benito mirando a Babo—, pero, para no hablar de los negros, el comentario de su plantador lo he oído yo aplicado al mestizaje entre españoles e indios de nuestras provincias, aunque poco sé yo sobre este tema —añadió con indiferencia.

Y entonces entraron en el camarote.

El almuerzo era frugal. Algo del pescado fresco y las calabazas del capitán Delano, galletas y cecina, la botella de sidra que habían reservado y la última botella del vino de Canarias del San Dominick.

Cuando entraron, Francesco, junto a dos o tres ayudantes de color, iba dando vueltas alrededor de la mesa, dando los últimos toques. Al percibir a su amo se retiraron; Francesco realizó un sonriente congé y el español, sin dignarse a prestarle atención, comentó a su acompañante, con recompuesto remilgo, que le resultaba molesto el exceso de sirvientes.

Ya sin compañía, anfitrión y huésped tomaron asiento, como un matrimonio sin hijos, a ambos extremos de la mesa, ya que don Benito, agitando el brazo, indicó al capitán Delano dónde debía sentarse y, aun estando él tan débil, insistió en que el caballero se situara frente a él.

El negro colocó una alfombrilla bajo los pies de don Benito y un cojín tras su espalda, y luego se quedó detrás, no de la silla de su amo, sino de la del capitán Delano. Al principio, este último se sorprendió ligeramente, pero pronto se hizo evidente que, tomando esa posición, el negro mostraba nuevamente fidelidad a su amo, puesto que, teniéndole de cara, podría anticiparse más deprisa a su más imperceptible requerimiento.

—Este individuo suyo es de lo más inteligente, don Benito —susurró el capitán Delano a través de la mesa.

—Dice verdad, señor.

Durante la comida, el invitado volvió a referirse a algunos momentos de la historia de don Benito, pidiendo nuevos detalles aquí y allá. Quiso saber cómo había sido que la fiebre y el escorbuto habían perpetrado tal mortandad entre los blancos, y en cambio se habían llevado tan sólo a la mitad de los negros. Como si estas palabras reprodujeran todas las escenas de la peste ante los ojos del español, recordándole miserablemente su soledad en un camarote donde antes le habían rodeado tantos amigos y oficiales, le tembló la mano, su rostro empalideció, y de su boca escaparon palabras entrecortadas; pero, enseguida, esos mismos recuerdos del pasado parecieron ser sustituidos por desquiciados terrores del presente. Sus ojos aterrorizados se quedaron mirando fijamente ante sí en el vacío, pues nada podía verse allí, salvo la mano de su criado que le acercaba el vino de Canarias. Eventualmente, unos pocos sorbos sirvieron para recuperarle parcialmente. Se refirió, sin orden ni concierto, a las diferencias de constitución que permitían a unas razas hacer frente a la enfermedad mejor que otras. Era esta idea algo nuevo para su compañero.

En aquellos momentos, el capitán Delano, que tenía la intención de discutir con su anfitrión algunos aspectos pecuniarios relativos a los servicios que se había comprometido a prestarle, especialmente dado el hecho de que debía rendir cuentas a sus armadores en lo tocante al nuevo velamen y otras cosas de este tipo, y como prefería, lógicamente, llevar tales asuntos en privado, estaba deseoso de que el criado se retirara, e imaginaba que don Benito podría prescindir por unos minutos de su ayudante. No obstante, aguardó un rato, convencido de que, a medida que avanzara la conversación, don Benito se daría cuenta, sin necesidad de sugerírselo, de la conveniencia de tomar tal medida.

Pero no fue así. Finalmente, llamando la atención de su anfitrión, el capitán Delano señaló hacia atrás con un leve gesto del pulgar, y susurró:

—Don Benito, excúseme, pero hay algo que me impide expresar con total libertad lo que debo decirle.

Al oírlo, el rostro del español cambió de expresión, cosa que el norteamericano atribuyó a un cierto resquemor por la indirecta, como si, de alguna manera, se tratara de un reproche hacia su criado. Tras una corta pausa, aseguró a su invitado que podía ser de utilidad que el criado se quedara con ellos, ya que desde que había perdido a sus oficiales, había hecho de Babo (cuya función original había sido, al parecer, la de capitán de los esclavos) no sólo su sirviente y compañero permanente, sino su confidente en todos los asuntos.

Tras esto, nada más podía decirse, pero el capitán Delano no pudo evitar sin dificultad un cierto grado de irritación al ver que no era satisfecho tan nimio deseo, por parte de alguien, además, a quien se disponía a prestar tan importante servicio. «De todas maneras, sólo se trata de su talante quejumbroso», pensó, y, llenándose el vaso, procedió a negociar.

Fijaron el precio de las velas y otros objetos. Pero, mientras lo hacían, el norteamericano observó que si bien su oferta original había sido recibida con febril urgencia, ahora que se había reducido a una simple transacción comercial, hacían acto de presencia la apatía y la indiferencia. De hecho, don Benito parecía avenirse a entrar en detalles más por respeto a las buenas maneras que porque le causaran alguna impresión las grandes ventajas que todo ello suponía para él mismo y para su viaje.

Pronto, su actitud se tornó aún más reservada. Cualquier esfuerzo por conseguir que entablara una sociable conversación fue en vano. Atormentado por su enojadizo estado de ánimo, se quedó sentado, pellizcándose la barba, mientras la mano de su criado, en vano, le acercaba lentamente el vino de Canarias.

Acabado el almuerzo, se sentaron en el yugo acolchado y el criado colocó un cojín detrás de su amo. La larga persistencia de la calma había alterado la atmósfera. Don Benito suspiró profundamente, como queriendo recuperar el aliento.

—¿Por qué no nos trasladamos al salón? —propuso el capitán Delano—. Allí corre más el aire.

Pero don Benito continuó inmóvil y silencioso.

Mientras, el criado se arrodilló ante él con un gran abanico de plumas. Y Francesco, entrando de puntillas, entregó al negro una tacita de agua aromatizada con la que, a intervalos, iba frotando la frente de su amo, alisándole el pelo de las sienes como hace una nodriza con un niño. No pronunciaba ni una palabra. Tan sólo mantenía la mirada fija en la de su amo, como si, en medio de todo el pesar de don Benito, la silenciosa visión de su fidelidad pudiera levantarle un poco el ánimo.

En ese momento, la campana del barco dio las dos en punto y, a través de las ventanas del camarote, pudo percibirse una ligera ondulación del mar, y en la dirección deseada.

—¡Ea! —exclamó el capitán Delano—. ¡Qué le había dicho, don Benito, mire!

Se había puesto en pie, frente a una vista que hubiera debido levantar el ánimo de su compañero. Pero, aunque la cortina carmesí de la ventana de popa que tenía cerca batía en aquel momento junto a su pálida mejilla, pareció acoger la brisa aún con peor humor que la calma.

«Pobrecito —pensó el capitán Delano—, la amarga experiencia le ha enseñado que un soplo no hace viento, al igual que una golondrina no hace verano. Pero esta vez se equivoca. Le llevaré su barco a puerto y se lo demostraré.»

Aludiendo discretamente a su débil estado de salud, pidió a su anfitrión que permaneciera tranquilo donde se encontraba, ya que él (el capitán Delano), se haría gustosamente responsable de sacarle el mayor provecho al viento.

Cuando salía a cubierta, el capitán Delano se estremeció al encontrar inesperadamente a Atufal, plantado en el umbral como una enorme estatua, al igual que uno de esos porteros esculpidos en mármol negro que montan guardia a la entrada de las tumbas egipcias.

Pero esta vez, posiblemente, el estremecimiento fue puramente físico. La presencia de Atufal, dando fe de su docilidad de manera singular incluso estando resentido, quedaba contrastada con la de los pulidores de hachas que, pacientemente, daban muestra de su laboriosidad; mientras ambos espectáculos mostraban que, por negligente que fuera la autoridad de don Benito, todavía, cuando fuera que decidiese ejercerla, ningún hombre, por salvaje o colosal que fuera, podía dejar de doblegarse ante ella de una u otra manera.

Cogiendo un tornavoz que colgaba de los macarrones, el capitán Delano avanzó con paso ligero hacia el borde delantero de la popa, dando órdenes en su mejor español. Los pocos marineros y los numerosos negros, todos igualmente complacidos, se dispusieron obedientemente a dirigir el barco hasta el puerto.

Mientras daba instrucciones sobre cómo izar una arrastradera, de repente, el capitán Delano oyó una voz que repetía fielmente sus órdenes. Al volverse, vio a Babo, que ahora representaba temporalmente su papel original de capitán de los esclavos, bajo las órdenes del piloto. Esta ayuda le resultó muy valiosa. Velas hechas jirones y vergas empalmadas pronto estuvieron en su lugar. Y no hubo braza ni driza que no fueran tensadas al ritmo alegre de las canciones de los ardorosos negros.

«Buenos tipos —pensó el capitán Delano—, con un poco de formación se convertirán en buenos marineros. Porque, ya ves, incluso las mujeres halan y cantan. Deben de ser algunas de esas negras ashanti que he oído decir que resultan tan buenos soldados. Pero ¿quién gobierna el timón? Necesito tener ahí a alguien que sepa lo que se hace.»

Fue a verlo.

El San Dominick se gobernaba mediante una incómoda caña de timón sujeta a grandes poleas horizontales. Al extremo de cada polea se hallaba un subalterno negro; entre ellos, al frente del timón, en el puesto de mayor responsabilidad, un marinero español cuyo rostro expresaba cómo compartía la esperanza y confianza generales que había traído la llegada de la brisa.

Resultó ser el mismo hombre que se había comportado de forma tan tímida junto al molinete.

—¡Vaya, con que eres tú! —exclamó el capitán Delano—. Bien, se acabó poner ojos de cordero; ahora mira hacia adelante y mantén el barco en esa dirección. ¿Sabes hacerlo, verdad? ¿Y quieres que entremos en el puerto, no es cierto?

El hombre asintió con una risilla de conejo, empuñando firmemente el timón. En eso, sin que el norteamericano se apercibiera de ello, los dos negros observaron atentamente al marinero.

Habiéndolo encontrado todo correcto en el timón, el piloto se encaminó hacia el castillo de proa para ver cómo iban las cosas por allí.

La nave llevaba ahora velocidad suficiente para afrontar la corriente.

Con la llegada del atardecer, era seguro que la brisa iba a soplar más recia.

Hecho todo lo necesario por el momento, el capitán transmitió sus últimas órdenes a los marineros y volvió de nuevo a popa para informar a don Benito, en su camarote, de la situación, quizá más deseoso de reunirse con él por la esperanza de poder conversar un momento en privado mientras el criado se hallaba atareado en la cubierta.

Bajo la popa, se encontraban dos accesos al camarote, uno a cada lado, y uno más hacia proa que otro, comunicándose, por tanto, por un pasadizo más largo. Convencido de que el criado seguía arriba, el capitán Delano, tomando la entrada más cercana —la anteriormente citada y en cuyo portal se encontraba todavía Atufal—, se apresuró hasta llegar al umbral del camarote, donde se paró un instante, un poco para recobrarse de sus prisas. Luego, ya con las palabras del asunto que quería tratar en los labios, entró. Cuando se acercaba hacia el español, aún sentado, oyó otro ruido de pasos que resonaban al mismo tiempo que los suyos. Por la puerta opuesta, bandeja en mano, avanzaba también el criado.

«Maldito criado y su fidelidad —pensó el capitán Delano—. ¡Qué coincidencia más fastidiosa!»

Posiblemente, el fastidio podría haberse convertido en algo peor de no ser por la vigorosa confianza que le inspiraba la brisa. A pesar de ello, sintió un leve remordimiento al asociar en su mente, de manera súbita e indefinida, a Babo con Atufal.

—Don Benito —dijo—, le traigo buenas noticias; la brisa se mantendrá y ganará fuerza. A propósito, su enorme reloj humano, Atufal, se encuentra ahí afuera. Supongo que por orden suya.

Don Benito se encogió como respondiendo a la punzada de una leve sátira, tan hábilmente aderezada con aparente cortesía que no dejaba lugar a réplica.

«Es como si lo hubieran despellejado vivo —pensó el capitán Delano—, ¿dónde se le podría tocar sin provocarle un estremecimiento?»

El criado se situó delante de su amo para arreglarle un almohadón; recobrando su cortesía, el español respondió fríamente:

—Tiene razón. El esclavo se encuentra donde lo ha visto cumpliendo mis órdenes, las cuales especifican que si a la hora indicada estoy aquí abajo, él debe quedarse ahí y aguardar mi llegada.

—Perdóneme, pues, pero eso es realmente tratar al pobre sujeto como a un ex rey. ¡Ah, don Benito! —dijo sonriendo—. A pesar de la libertad que usted permite en algunos aspectos, mucho me temo que, en el fondo, sea un amo implacable.

Don Benito se estremeció de nuevo, y esta vez, según pensó el buen marinero, a causa de un auténtico remordimiento de conciencia.

La conversación volvió a enfriarse. En vano el capitán Delano le hizo notar el ya perceptible movimiento de la quilla surcando suavemente el mar; con la mirada apagada, don Benito respondió con pocas y discretas palabras.

Entretanto, el viento que se había ido levantando gradualmente sin dejar de soplar en dirección al puerto, arrastraba velozmente al San Dominick. Al doblar un saliente, el velero apareció en la distancia.

Mientras, el capitán Delano había vuelto a trasladarse a la cubierta, permaneciendo en ella unos momentos. Finalmente, tras haber modificado el rumbo de la nave para evitar encontrar el arrecife, volvió abajo por unos instantes.

«Esta vez conseguiré que mi pobre amigo levante el ánimo», pensó.

—Vamos cada vez mejor, don Benito —pregonó mientras volvía a entrar con aire alegre—, pronto acabarán sus preocupaciones, al menos por algún tiempo. Pues, como ya sabe, cuando, tras un largo y triste viaje, se echa el ancla en el puerto, parece aligerar el corazón del capitán de todo su enorme peso. Navegamos de mil maravillas, don Benito. Ya tenemos mi barco a la vista. Mírelo a través de esta puerta. ¡Ahí lo tiene, con todo su aparejo! El Bachelor's Delight, mi buen amigo. Ah, cómo levanta el ánimo este viento. ¡Ea!, esta noche habrá de tomar una taza de café conmigo. Mi viejo mayordomo le preparará un café mejor que el que haya probado nunca ningún sultán. ¿Qué me dice, don Benito, vendrá?

Al principio, el español alzó los ojos febrilmente, lanzando una ansiosa mirada hacia el velero, mientras el criado, con silencioso interés, le miraba cara a cara. De pronto, reapareció su viejo ataque de fríos temblores y, dejándose caer sobre los almohadones, guardó silencio.

—¿No me responde? Vamos, ha sido mi anfitrión durante todo el día, ¿no querrá que la hospitalidad se ejerza sólo por una parte?

—No puedo ir —fue su respuesta.

—¿Cómo así? Si ello no le causará fatiga alguna... Los barcos estarán fondeados tan cerca como sea posible sin colisionar con el balanceo. Será poco más que pasar de cubierta a cubierta, como si fuera de una habitación a otra. ¡No es para tanto! No puede rehusar...

—No puedo ir —repitió don Benito con decisión y repelencia.

Renunciando a todo intento de ser cortés, con una especie de rigidez cadavérica y mordiéndose hasta la carne las delgadas uñas, lanzó una feroz mirada a su invitado, como si temiera que la presencia de un extraño pudiera impedirle abandonarse por completo a su retraimiento.

Mientras esto sucedía, a través de las ventanas llegaba el sonido cada vez más gorgoteante y alegre de las aguas al ser surcadas, como reprochándole su tétrico mal humor, como advirtiéndole que, por más mohíno que se sintiera, y aunque ello lo hiciera enloquecer, a la naturaleza la tenía sin cuidado, ya que ¿de quién era la culpa, si podía saberse?

Pero su terrible estado de ánimo había tocado fondo, del mismo modo que el suave viento había llegado a su apogeo.

Había algo ahora en aquel hombre que ultrapasaba lo que hasta entonces había sido mera acritud o falta de sociabilidad, hasta el punto de que su invitado, a pesar de su paciente buen carácter, no pudo soportarlo más. Incapaz de comprender el motivo de tal conducta y juzgando que la enfermedad, aun en el peor de los casos, no era excusa para la excentricidad, y convencido, además, de que nada en su propia conducta podía tampoco justificarla, el orgullo del capitán Delano empezó a resentirse. También él se volvió reservado. Pero ello traía sin cuidado al español. En consecuencia, dejándolo por imposible, el capitán Delano volvió una vez más a cubierta.

La nave se hallaba ahora a menos de dos millas del velero. Entre ambos se veía avanzar la barca ballenera.

En pocas palabras, gracias a la destreza del piloto, al cabo de poco los dos navíos se encontraban anclados uno junto al otro, como buenos amigos.

Antes de regresar a su propio barco, el capitán Delano había pensado comunicar a don Benito los detalles menores de los servicios que se proponía prestarle. Pero tal como estaban las cosas, y sin ningún deseo de volver a sufrir más desaires, decidió, ahora que el San Dominick se encontraba fondeado en lugar seguro, dejarlo inmediatamente, sin más alusiones a la hospitalidad ni a los negocios. Posponiendo indefinidamente sus planes ulteriores, regularía sus acciones futuras según las circunstancias futuras. Su barca estaba lista para recibirlo, pero su anfitrión todavía permanecía rezagado allí abajo. «Pues bien —pensó el capitán Delano—, si él apenas posee educación, mayor motivo para que yo muestre la mía». Descendió al camarote para despedirse ceremoniosamente y, a ser posible, en tono de tácita reprobación. Pero, para su mayor satisfacción, don Benito, como si empezara a sentir el peso del trato con el que su desairado huésped se vengaba de él, aunque fuera de forma decorosa, se puso de pie, sostenido por su criado, y tomando la mano del capitán Delano, se quedó en pie, tembloroso, demasiado emocionado para poder hablar. Mas el buen presagio que había suscitado tal actitud se esfumó súbitamente cuando, recayendo en su anterior reserva, con aún más lúgubre aspecto, y esquivando a medias la mirada, volvió a sentarse silenciosamente en los cojines. Habiendo ello enfriado nuevamente sus propios sentimientos, el capitán Delano hizo una reverencia y se retiró.

Apenas había recorrido la mitad del estrecho corredor, sombrío como un túnel, que llevaba del camarote a las escaleras, cuando un ruido, parecido al redoble que anuncia una ejecución en el patio de una prisión, vino a retumbar en sus oídos. Era el eco de la resquebrajada campana de a bordo que daba la hora, resonando lúgubremente bajo aquella bóveda subterránea. Al instante, por una fatalidad irresistible, su ánimo, en respuesta a tal presagio, se vio invadido por un sinfín de supersticiosas sospechas. Se detuvo. En imágenes mucho más aceleradas que estas frases, desfilaron por su mente los más minuciosos detalles de sus anteriores presentimientos.

Hasta entonces, su crédula buena fe lo había predispuesto en demasía a disipar con excusas sus temores más que razonables. ¿Por qué motivo el español, tan exageradamente remilgado en otras ocasiones, despreciaba ahora la más elemental cortesía, al no acompañar a su huésped hasta el costado en el momento de su partida? ¿Se lo impedía su indisposición? Sin embargo, esa misma indisposición no le había impedido realizar esfuerzos más penosos a lo largo de aquella jornada. El capitán Delano recordó la ambigua actitud con que acababa de comportarse don Benito. Se había puesto en pie, había tomado la mano de su huésped, había esbozado un gesto hacia su sombrero; y, un instante después, todo se había diluido en un mutismo lúgubre y siniestro. ¿Acaso ello significaba que, en un breve arrebato de compasión, se había arrepentido, en el último momento, de algún inicuo complot, volviendo enseguida a él sin remordimiento alguno?

Su última mirada parecía expresar un conmovedor y al tiempo resignado adiós para siempre al capitán Delano. ¿Por qué había rechazado la invitación para visitar el velero esa noche? ¿O es que el español estaba menos endurecido que aquel judío que no se abstuvo de cenar en la mesa de aquel a quien pensaba traicionar esa misma noche? ¿A qué venían todos esos enigmas y contradicciones a lo largo de la jornada a no ser que pretendieran encubrir un golpe proyectado a hurtadillas? Atufal, el supuesto amotinado, pero también puntual sombra, estaba escondido en aquel momento en la parte de afuera del umbral. Parecía un centinela, o quizás algo más. ¿Quién, según su propia confesión, le había ordenado mantenerse en aquel lugar? ¿Esperaría ahora el negro al acecho?

Tenía al español detrás, a su criatura delante: sin detenerse a pensar, escogió correr hacia la luz.

Un instante después, contrayendo la mandíbula y los puños, pasó junto a Atufal y se encontró, indemne, al aire libre.

Al ver su elegante velero anclado pacíficamente, casi al alcance de una simple llamada; al ver su propia barca, poblada de rostros tan familiares, alzándose y hundiéndose entre las breves olas, al lado del San Dominick; y mirando, luego, en torno a sí, sobre la cubierta donde se hallaba, vio a los recogedores de estopa, tan serios, que continuaban moviendo incansablemente los dedos, y oyó el grave y vibrante sonido y el laborioso canturreo de los pulidores de hachas que seguían en su incesante tarea; y, sobre todo, al comprobar el benigno aspecto de la naturaleza, que gozaba del inocente reposo del anochecer, con el sol ya oculto tras el apacible horizonte del Oeste, brillando como el suave resplandor de la tienda de Abraham; cuando sus ojos y sus oídos, hechizados, captaron todas estas cosas al mismo tiempo que la encadenada figura del negro, la crispación de puños y mandíbula disminuyó. Una vez más sonrió ante los fantasmas que le habían hecho víctima de sus burlas y sintió algo parecido a una punzada de remordimiento, como si, por haberlos albergado siquiera un momento, hubiera descubierto en sí mismo una atea falta de confianza en la eternamente vigilante Providencia celestial.

Hubo unos minutos de demora, mientras, obedeciendo sus órdenes, la barca era enganchada a lo largo del portalón. Durante este intervalo, una especie de desilusionada satisfacción se adueñó del capitán Delano al pensar en los bienintencionados servicios que había prestado ese día a un extraño. «¡Ah! —pensó—, tras haber llevado a cabo una buena acción, la conciencia de uno no se muestra nunca ingrata, por mucho que lo sea la parte beneficiada».

Ahora se disponía ya a descender a la barca, vuelto de cara hacia adentro, mirando a la cubierta; su pie pisaba el primer peldaño de la escala del costado. En ese mismo instante, oyó pronunciar su nombre cortésmente y, con agradable sorpresa, vio a don Benito acercándose con inusitada energía en su ademán, como si, en el último momento, pretendiera enmendar su reciente descortesía. Con su instintiva amabilidad, el capitán Delano, retirando el pie de la escala, se volvió hacia el español y se dirigió a su encuentro. Al observar esto, la nerviosa precipitación de don Benito se acrecentó, pero su vitalidad desfalleció, por lo que, para sostenerle mejor, su criado, colocando la mano del amo sobre su hombro desnudo, y sujetándola suavemente, formó con su cuerpo una especie de muleta.

Cuando los dos capitanes se encontraron, el español volvió a coger con fervor la mano del norteamericano, al tiempo que lo miraba insistentemente a los ojos, pero, como antes, demasiado aturdido para hablar.

«Lo he juzgado mal —pensó el capitán Delano, reprochándoselo—; su aparente frialdad me ha engañado, en ningún momento ha pretendido ofenderme.»

Mientras tanto, como si temiera que, si la escena se prolongaba, su amo pudiera trastornarse demasiado, el criado parecía ansioso de que ésta tocara a su fin. De manera que, sin dejar de hacer de muleta, y andando entre los dos capitanes, se acercó con ellos al portalón; mientras don Benito, desbordando afectuosa contrición, rehusaba soltar la mano del capitán Delano y la retenía en la suya, por delante del cuerpo del negro. Pronto estuvieron junto a la borda, mirando hacia la barca, cuya tripulación levantaba la mirada hacia ellos con curiosidad. Esperando un momento a que el español le soltara la mano, el capitán Delano, con un cierto embarazo, levantó el pie para cruzar el umbral del portalón abierto, pero don Benito seguía reteniéndole la mano. Finalmente, dijo con voz agitada:

—No puedo ir más lejos; aquí debo despedirme. Adiós, mi muy querido don Amasa. ¡Vaya, vaya! —Le soltó de repente la mano—. ¡Vaya, y que Dios lo guarde mejor que a mí, mi buen amigo!

Algo conmovido, el capitán Delano se hubiera demorado un momento más, pero, al encontrar la mirada sumisamente admonitoria del criado, se despidió precipitadamente y descendió a la barca, seguido por los incesantes adioses de don Benito, que permanecía como enraizado en el portalón.

Tomando asiento en la popa, el capitán Delano, tras el último saludo, ordenó que la barca se alejara. La tripulación ya tenía los remos en alto. Los proeles empujaron la barca a una distancia suficiente para que los remos pudieran hundirse en el agua en toda su longitud. Pero en el instante en que la maniobra se llevaba a cabo, don Benito saltó por encima de los macarrones, yendo a parar a los pies del capitán Delano; al tiempo que saltaba, dio voces hacia el barco, pero de modo tan frenético que nadie en la barca pudo entenderle. No obstante, como si ellos sí le entendieran, tres marineros se lanzaron al mar desde tres puntos del barco distintos y distantes entre sí, nadando tras su capitán como si trataran de rescatarle.

El asombrado oficial de la barca preguntó con impaciencia qué significaba aquello. A lo cual el capitán Delano, dirigiendo una desdeñosa sonrisa al incomprensible español, respondió que, por lo que a él respectaba, nada sabía ni le importaba, pero que le parecía como si a don Benito se le hubiera ocurrido hacer creer a su gente que los de la barca intentaban secuestrarle.

—Dicho de otra manera: ¡Remen! ¡Remen por sus vidas! —añadió como un loco, sobresaltándose ante la estruendosa barahúnda que se oía en el barco, de entre la que sobresalía el toque a rebato de los pulidores de hachas. Y asiendo a don Benito por el cuello, añadió—: ¡Este pirata conspirador pretende que nos maten!

Entonces, aparentemente corroborando estas palabras, pudo verse al criado, puñal en mano, sobre la borda del barco, suspendido en el aire, saltando, como si, con desesperada fidelidad, intentara amparar a su amo hasta el último momento; al mismo tiempo, con la aparente intención de ayudar al negro, los tres marineros blancos se esforzaban por trepar a la obstaculizada proa. Mientras tanto, la hueste de negros al completo, como si se hubiera inflamado al ver a su capitán en peligro, se arremolinaba, amenazante, sobre los macarrones como una avalancha de hollín.

Todo esto, así como lo que precedió y siguió, sucedió con tan intrincada rapidez que pasado, presente y futuro parecían una sola cosa.

Al ver venir al negro, el capitán Delano había apartado bruscamente al español, casi en el mismo momento en que lo asía por el cuello y, cambiando de posición en un inconsciente movimiento de retroceso, levantó los brazos y cogió al vuelo al criado en su caída que, con el puñal apuntando al corazón del capitán Delano, parecía que había saltado a propósito para hacer blanco en él. Pero el arma le fue arrebatada y el asaltante arrojado al fondo de la barca, la cual en ese momento, liberados ya los remos, empezaba a correr velozmente a través de las olas.

En esta coyuntura, la mano izquierda del capitán Delano asió de nuevo a don Benito, medio derrumbado, sin reparar en que se hallaba desfallecido y sin habla, mientras con el pie derecho, en el lado opuesto, mantenía al negro postrado en el suelo; con el brazo derecho empuñaba el remo trasero para conseguir mayor velocidad y, mirando hacia adelante, animaba a sus hombres a remar con todas sus fuerzas.

Pero entonces el oficial de la barca, que por fin había conseguido deshacerse de los tres marineros que llevaba a remolque y que ahora, con el rostro vuelto hacia popa, estaba ayudando al proel con su remo, llamó de repente al capitán Delano para que viera lo que hacía el negro, al tiempo que un remero portugués le gritaba que prestara atención a lo que estaba diciendo el español.

Mirando a sus pies, el capitán Delano vio la mano libre del criado empuñando un segundo puñal, tan diminuto que había podido esconderlo entre su ropa, con el que se retorcía como una serpiente desde el fondo de la barca hacia el corazón de su amo, y cuya expresión furiosamente vengativa reflejaba el propósito que se arremolinaba en su alma; mientras, el español, casi sin aliento, se encogía intentando en vano alejarse, con un ronco murmullo, incomprensible para todos excepto para el portugués.

En ese momento, un destello revelador cruzó la mente del capitán Delano, tanto tiempo oscurecida, iluminando con claridad imprevista el misterioso comportamiento de su anfitrión, cada uno de los enigmáticos incidentes de la jornada y toda la historia de la travesía del San Dominick. Golpeó la mano de Babo, abatiéndola, pero su corazón lo golpeó aún con mayor dureza. Con infinita compasión soltó a don Benito. No era al capitán Delano sino a don Benito a quien había querido apuñalar el negro cuando había saltado a la barca.

Le sujetaron ambas manos al negro, al tiempo que, levantando la vista hacia el San Dominick, el capitán Delano, caído el velo que tenía ante sus ojos, veía a los negros ya no como faltos de gobierno, no como tumultuosos, ni ansiosamente inquietos por causa de don Benito, sino, libres ya de su máscara, blandiendo hachas y cuchillos en una feroz revuelta de piratas. Cual delirantes derviches negros, los seis ashanti bailaban en la popa. Habiéndoles impedido sus enemigos saltar al agua, los grumetes españoles trepaban apresuradamente hasta las perchas más altas, mientras a otros de los pocos marineros españoles que, menos avispados, no se habían lanzado al mar, se les podía ver en la cubierta desamparados en medio de los negros.

Entretanto, el capitán Delano llamaba a voces a los de su barco y les ordenaba levantar las portillas y sacar fuera los cañones. Pero mientras lo hacía, alguien había cortado el cable del San Dominick, y el latigazo de la cuerda había arrastrado la lona que cubría el espolón, dejando de pronto al descubierto, cuando el blanqueado casco viraba hacia mar abierto, a la muerte como mascarón de proa, en forma de esqueleto humano, calcáreo comentario sobre las palabras escritas con tiza: «SEGUID A VUESTRO JEFE».

Al verlo, don Benito, cubriéndose la cara, gimió:

—¡Es él! ¡Mi amigo Aranda, asesinado y sin enterrar!

Al llegar al velero, pidiendo unas cuerdas, el capitán Delano ató al negro, que no ofreció resistencia, y ordenó que lo izaran a cubierta. Se dispuso entonces a ayudar a don Benito, ya casi desfallecido, pero don Benito, lívido como estaba, se negó a moverse o a que lo trasladaran, hasta que el negro hubiera sido bajado a la bodega, fuera de su vista. Cuando estuvo seguro de ello, ya no temió subir a bordo.

Inmediatamente, la barca fue enviada de vuelta para recoger a los tres marineros que seguían en el agua. Mientras tanto, se pusieron a punto los cañones, aunque, a causa de que el San Dominick había virado un poco hacia la popa del velero, sólo pudieron apuntar con la última pieza de popa. Con ella hicieron seis disparos con la intención de inutilizar el barco fugitivo, abatiendo los mástiles, pero sólo consiguieron alcanzar unas pocas jarcias de escasa importancia. Pronto el barco quedó fuera del alcance del cañón, virando claramente hacia la salida de la bahía, con los negros arremolinándose en torno al bauprés, primero profiriendo insultos contra los blancos, saludando después con los brazos en alto los páramos del océano, ahora ya en sombras, graznando como cuervos huidos de la mano del pajarero.

El primer impulso fue el de largar amarras y darle caza. Pero, pensándolo mejor, pareció más prometedor darles alcance con la barca ballenera y la yola.

Cuando el capitán Delano preguntó a don Benito qué armas de fuego tenían a bordo, éste le respondió que no había ninguna que pudiera ser utilizada, ya que, al principio del motín, un pasajero de camarote, muerto entonces, había inutilizado en secreto los cerrojos de los pocos mosquetes que había. No obstante, don Benito, concentrando las pocas fuerzas que le quedaban, suplicó a los norteamericanos que no les dieran caza ni con el barco ni con los botes, ya que los negros habían dado tales muestras de ser capaces de todo que, en caso de producirse ahora un asalto, sólo podía esperarse una total masacre de los blancos. A pesar de ello, considerando que esta advertencia provenía de alguien cuyo coraje había sido destrozado por la adversidad, el norteamericano no quiso abandonar su propósito.

Fueron dispuestas y armadas las barcas. El capitán Delano ordenó a sus hombres que tomaran lugar en ellas. Él mismo se disponía a marchar cuando don Benito le sujetó el brazo.

—¿Cómo es posible, señor, que después de salvarme la vida vaya ahora a malversar la suya?

Los oficiales, teniendo en cuenta sus propios intereses, los del viaje y su responsabilidad ante los armadores, se opusieron firmemente a que su comandante partiera. Tras sopesar un momento sus objeciones, el capitán se sintió obligado a permanecer a bordo; en consecuencia, puso en cabeza de la expedición a su primer oficial, hombre atlético y decidido, que había sido la mano derecha de un corsario.

Para mejor alentar a los marineros, se les dijo que el capitán español daba por perdida su nave; que ésta y su cargamento, incluyendo algo de oro y plata, valían más de mil doblones. Si la capturaban, una buena parte sería para ellos. Los marineros respondieron con una gran aclamación.

Poco faltaba para que los fugitivos se perdieran de vista. Era casi de noche, pero estaba saliendo la luna. Tras un duro y prolongado esfuerzo, las barcas lograron aproximarse a los costados de la nave, entrando los remos a distancia adecuada para disparar sus mosquetes. A falta de balas, los negros respondieron con alaridos, pero, tras la segunda descarga, arrojaron violentamente sus hachas, al estilo indio. Una de ellas se llevó los dedos de un marinero. Otra fue a parar a la proa de la barca ballenera, cortando la cuerda y quedándose clavada como el hacha de un leñador. El oficial la arrancó, aún vibrante, de donde se había alojado, y la arrojó de vuelta. Repelida como un desafío, se hundió ahora en la destrozada galería de popa y allí se quedó.

Ante el recibimiento tan excesivamente caluroso que les deparaban los negros, los blancos optaron por mantener una distancia más prudente. Evolucionando entonces al límite del alcance de las hachas que les lanzaban, en previsión del apretado encuentro que se avecinaba, los marineros intentaron inducir a los negros a desprenderse totalmente de las armas más mortíferas en una lucha cuerpo a cuerpo, arrojándolas tontamente al mar, como proyectiles, sin alcanzar su objetivo. Pero en cuanto advirtieron la estratagema, los negros desistieron de su empeño, aunque muchos ya no habían tenido más remedio que reemplazar las hachas perdidas por espeques, cambio que, más tarde, resultó favorable para dos asaltantes, tal como habían previsto.

Mientras, gracias al viento favorable, el barco seguía surcando las aguas, en tanto que las barcas se dejaban distanciar y, a intervalos, se volvían a acercar para lanzar nuevas descargas.

El fuego iba dirigido principalmente a popa, ya que era allí donde, por el momento, se replegaban la mayor parte de los negros. Sin embargo, el objetivo no era matar ni mutilar a los negros. El objetivo era capturarlos junto con el barco. Para conseguirlo era necesario abordar la nave, y ello no podía llevarse a cabo con las barcas mientras el San Dominick navegase a aquella velocidad.

En aquel momento, al oficial se le ocurrió una idea. Observando a los grumetes españoles que continuaban encaramados en la arboladura, tan alto como les había sido posible llegar, les gritó que descendieran hasta las vergas y cortaran las velas para que el barco quedara a la deriva. Y así lo hicieron. Entonces, por causas que más tarde serían explicadas, dos españoles en traje de marinero y que se mostraban como para llamar la atención, fueron muertos, no por una de las descargas, sino por los disparos deliberados de un francotirador; mientras, como se vio más tarde, en una de las descargas generales, Atufal, el negro, y el español que se hallaba en el timón también fueron muertos. Por lo cual, en aquel momento, habiendo perdido sus velas y sus pilotos, el barco escapó por completo al control de los negros.

Con los mástiles rechinando, orzó pesadamente al viento; la proa viró lentamente hasta ponerse a la vista de las barcas y mostrar su esqueleto, que brillaba con el reflejo horizontal de la luna y proyectaba sobre las aguas una gigantesca sombra ondulante. Un brazo extendido del fantasma parecía hacer señas a los españoles, llamándolos a la venganza.

—¡Seguid a vuestro jefe! —gritó el primer oficial.

Y las barcas, una por cada costado, abordaron la nave. Arpones y chafarotes se cruzaron contra hachas y espeques. Apiñadas sobre el bote volcado en medio del barco, las mujeres negras entonaron una salmodia de lamentos, a la que servía de coro el rechinar del acero.

Durante un tiempo, el ataque se mantuvo indeciso. Los negros se apiñaban para repelerlo y los marineros, rechazados a medias, sin haber podido aún ganar posiciones, combatían como soldados a caballo, pasando una pierna de medio lado por encima de la borda y la otra fuera, manejando sus chafarotes como látigos de carretero. Pero era en vano. Casi los habían vencido cuando, replegándose en un grupo compacto, como un solo hombre, lanzando un grito de ánimo, saltaron hacia adentro donde, en medio de la trifulca, se volvieron a separar involuntariamente. Tras un breve respiro, se produjo un rumor vago, sofocado, proveniente del interior, como de peces espada precipitándose de un lugar a otro bajo el agua entre bancos de negras anguilas. Enseguida, reagrupados y reforzados por los marineros españoles, los blancos volvieron a la superficie, empujando irremediablemente a los negros hacia la popa. Pero, junto al palo mayor, de lado a lado, había sido levantada una barricada de sacos y barriles.

En ella los negros pudieron hacer frente a sus enemigos y, aunque desdeñaban la paz o la tregua, habían acogido gustosamente un respiro. Pero, sin pausa alguna, los acorralaron otra vez. Exhaustos, los negros luchaban ya a la desesperada; de sus oscuras bocas, a semejanza de los lobos, pendían sus rojas lenguas. Pero los claros dientes de los marineros continuaban apretados; no se dijo ni una sola palabra y, al cabo de tan sólo cinco minutos, el barco había sido tomado.

Cerca de una veintena de negros habían sido muertos. Sin incluir a los heridos por las balas, muchos quedaron mutilados; sus heridas, infligidas en su mayoría por arpones de filo largo, se parecían a los limpios cortes de los ingleses en Preston Pans, causados por las largas guadañas de los Highlanders. Nadie murió en el otro bando, aunque fueron varios los heridos, algunos de gravedad, entre ellos el primer oficial. Los negros que sobrevivieron fueron maniatados provisionalmente, y el barco, remolcado de vuelta a la ensenada, fue anclado de nuevo a medianoche.

Omitiendo los incidentes y las medidas que luego siguieron, bastará decir que, tras dedicar dos días a recomponerlas, las naves zarparon juntas rumbo a Concepción, en Chile, y desde allí a Lima, en Perú, donde, ante los tribunales del virrey, todo el asunto, desde su inicio, se sometió a investigación.

Aunque, a mitad del trayecto, el desdichado español, liberado ya de su cohibición, dio señales de recuperar su salud con la libertad de movimiento, sin embargo, de acuerdo con sus propias previsiones, poco después de llegar a Lima, recayó en su anterior estado, llegando a quedar tan debilitado que tuvo que ser llevado a tierra en brazos.

Tras conocer su historia y su inquietante estado, una de las muchas instituciones religiosas de la Ciudad de los Reyes le ofreció hospitalaria acogida, donde médicos y sacerdotes le prodigaron sus cuidados, y un miembro de la orden se ofreció voluntariamente a prestarle compañía y consuelo de día y de noche.

Los siguientes extractos, traducidos de uno de los documentos oficiales en español, arrojarán, así lo esperamos, alguna luz sobre el precedente relato, del mismo modo que revelarán, en primer lugar, de qué puerto zarpó en realidad el San Dominick y cuál fue la verdadera historia de su travesía hasta el momento en que llegó a la isla de Santa María.

Pero antes de ofrecer dichos extractos, no estaría de más hacer unas observaciones, a modo de prólogo.

El documento escogido, de entre muchos otros, para ser parcialmente traducido, contiene la declaración de don Benito, la primera que se tomó en este caso. Algunas de las afirmaciones que contiene fueron, en su momento, puestas en duda por razones tanto naturales como eruditas. El tribunal se inclinó a suponer que el declarante, algo trastornado por los recientes sucesos, imaginaba en su delirio algunos hechos que nunca podían haber ocurrido. Pero las sucesivas declaraciones de los marineros supervivientes, confirmando las afirmaciones de su capitán sobre varios de los más extraños pormenores, dieron crédito a todo lo demás. De manera que el tribunal, en su resolución final, basó sus sentencias de muerte en deposiciones que, de no ser por su confirmación, hubieran sido consideradas como inadmisibles.

«Yo, DON JOSÉ DE ABOS Y PADILLA, Notario de Su Majestad para la Hacienda de la Corona, e Interventor de esta Provincia, y Notario Público de la Santa Cruzada de este Obispado, etcétera,

» Certifico y declaro, conforme a lo exigido por la ley, que en la causa criminal incoada el día veinticuatro del mes de septiembre del año mil setecientos noventa y nueve, contra los negros de la nave San Dominick, se llevó a cabo ante mí la siguiente declaración:

» Declaración del primer testigo, DON BENITO CERENO.

»En ese mismo día, mes y año, Su Señoría, el doctor Juan Martínez de Rozas, consejero de la Real Audiencia de este Reino, y conocedor de las leyes de esta Intendencia, mandó comparecer al capitán del barco San Dominick, don Benito Cereno, quien lo hizo en su camilla, asistido por el monje Infelez, y que prestó juramento por Dios Nuestro Señor y la Señal de la Cruz, bajo el cual prometió decir toda la verdad sobre lo que supiera o se le preguntara. Y al ser amablemente interrogado, a tenor del acto que dio lugar al proceso, declaró que el pasado veinte de mayo zarpó con su nave del puerto de Valparaíso rumbo al de Callao, llevando a bordo diversos productos del país, además de treinta cajas de ferretería y ciento sesenta negros de ambos sexos, la mayor parte pertenecientes a don Alejandro Aranda, hidalgo de la ciudad de Mendoza; que la tripulación de la nave estaba compuesta por treinta y seis hombres, además de las personas que viajaban en calidad de pasajeros; y que los negros eran principalmente los que se registran a continuación:»

(Aquí, en el original, sigue una lista de unos cincuenta nombres, con sus descripciones y edades, establecida según ciertos documentos de Aranda recuperados y también conforme a los recuerdos del declarante, de la cual sólo hemos extraído unos fragmentos.)

»Un negro, de unos dieciocho o diecinueve años, llamado José, que era el hombre que se ocupaba de su amo y que, habiéndole servido durante cuatro o cinco años, habla bien el español; [...] un mulato, llamado Francisco, mayordomo de camarote, de buena estatura y voz potente, que había cantado en las iglesias de Valparaíso, natural de la provincia de Buenos Aires, de unos treinta y cinco años de edad; [...] un astuto negro, de nombre Dago, que había sido sepulturero entre los españoles durante muchos años, de cuarenta y seis años de edad; [...] cuatro ancianos negros, oriundos de África, con edades entre los sesenta y los setenta, pero que conservan bien sus facultades, calafates de oficio, cuyos nombres son los siguientes: el primero se llamaba Mun y fue muerto; así como su hijo, llamado Diamelo; el segundo, Nacta; el tercero, Yola, también muerto; el cuarto, Ghofan; y seis negros adultos, de edades comprendidas entre los treinta y los cuarenta y cinco años, todos salvajes y nacidos entre los ashanti: Matiluqui, Yan, Lecbe, Mapenda, Yanbaio, Akim, cuatro de los cuales resultaron muertos; [...] un negro robusto, llamado Atufal, que se suponía había sido jefe de tribu en África y que su propietario tenía en gran estima; [...] y un negrito del Senegal, pero que llevaba algunos años entre españoles, de unos treinta años de edad, cuyo nombre de negro era Babo; [...] que no recuerda los nombres de los demás, pero que, como aún tiene la esperanza de que sea encontrado el resto de los papeles de don Alejandro, podrá entonces rendir debida cuenta de todos ellos y remitiría al tribunal; [...] y treinta y nueve mujeres y niños de todas las edades.»

(Acabada la lista, continúa la declaración.)

«... Que todos los negros dormían sobre cubierta, como es costumbre en estos viajes, y ninguno llevaba grilletes, ya que el dueño, su amigo Aranda, le dijo que todos ellos eran dóciles; [...] que el séptimo día después de salir de puerto, a las tres en punto de la madrugada, cuando estaban dormidos todos los españoles, excepto los dos oficiales de guardia, o sea, el contramaestre Juan Robles y el carpintero Juan Bautista Gayete, y el timonel y su ayudante, los negros se sublevaron de repente, hirieron gravemente al contramaestre y al carpintero y, a continuación, mataron a dieciocho de los hombres que dormían en cubierta, a unos con espeques y hachas, a otros arrojándolos vivos por la borda, tras haberlos atado; que, de los españoles que se encontraron en cubierta, dejaron unos siete, cree recordar, vivos y atados, para que maniobraran el barco, y que tres o cuatro más se escondieron, salvando así la vida; que, a pesar de que en el transcurso de la revuelta los negros se habían apoderado de la escotilla, seis o siete hombres malheridos la cruzaron para dirigirse a la cabina de mando, sin que les cortaran el paso; que durante la revuelta, el primer oficial y otra persona, cuyo nombre no recuerda el declarante, habían intentado subir por la escotilla, pero que, habiendo sido heridos al momento, se habían visto obligados a regresar al camarote; que, al amanecer, el declarante decidió subir por la escala de la cámara, donde se encontraban el negro Babo, cabecilla del motín, y Atufal, su asistente, y, hablando con ellos, les exhortó a que cesaran de cometer tales atrocidades, preguntándoles al mismo tiempo qué deseaban e intentaban hacer, ofreciéndose él mismo a obedecer sus órdenes; que, a pesar de ello, lanzaron en su presencia a tres hombres, vivos y atados, por la borda; que dijeron al declarante que subiera, asegurándole que no le iban a matar; que, habiendo subido, el negro Babo le preguntó si había por esos mares algún país negro a donde pudieran ser conducidos, y él había respondido que no; que el negro Babo le dijo entonces que los condujera a Senegal o a las cercanas islas de San Nicolás, y él contestó que ello no era posible teniendo en cuenta la mucha distancia, la necesidad de haber de doblar el Cabo de Hornos, las malas condiciones de la nave, la falta de provisiones de velas y de agua; pero que el negro Babo le respondió que debía llevarles de todos modos, que obrarían en todo conforme a las instrucciones del declarante respecto a las raciones de comida y bebida; que, después de conferenciar largamente, viéndose obligado sin remedio a complacerles, ya que amenazaban con matar a todos los blancos si no los llevaba al Senegal por el motivo que fuere, les dijo que lo más indispensable para el viaje era el agua, que se acercarían a la costa para abastecerse y que, desde allí, proseguirían su ruta; que el negro Babo estuvo de acuerdo, y el declarante puso rumbo a los puertos intermedios con la esperanza de encontrar algún navío español o extranjero que pudiera salvarles; que, al cabo de unos diez días, avistaron tierra y prosiguieron su rumbo bordeando la costa en las cercanías de Nazca; que entonces el declarante observó que los negros daban muestras de inquietud y rebeldía porque no se efectuaba el abastecimiento de agua, y el negro Babo exigió con amenazas que se llevara a cabo sin falta al día siguiente; él le dijo que podía ver claramente que la costa era escarpada y que no lograba localizar los ríos señalados en el mapa, y otras razones adecuadas a las circunstancias, que lo mejor que podían hacer era dirigirse a la isla de Santa María, como hacían los extranjeros, ya que, por ser ésta una isla desierta, podían allí abastecerse de agua tranquilamente; que el declarante no se dirigió a Pisco, que se encontraba cerca, ni a ningún otro puerto de la costa, porque el negro Babo le había dado a entender en repetidas ocasiones que mataría a todos los blancos en el momento en que percibiera cualquier ciudad, pueblo o asentamiento en las costas hacia las que navegaban; que, habiendo decidido ir a la isla de Santa María como el declarante había planeado, con la intención de procurar encontrar, durante la travesía o en la misma isla, algún navío que pudiera socorrerles o ver si podía escapar en un bote hasta la cercana costa de Arauco, con la intención de adoptar las medidas necesarias, por lo cual cambió inmediatamente su rumbo, dirigiéndose a la isla; que los negros Babo y Atufal mantenían conversaciones todos los días discutiendo sobre si sería necesario, para su plan de regresar a Senegal, matar a todos los españoles, y en particular al declarante; que ocho días después de partir desde la costa de Nazca, cuando el declarante estaba de guardia poco después del amanecer y después de que los negros celebraran su consejo, el negro Babo llegó al lugar donde se encontraba el declarante y le notificó que había decidido matar a su amo, don Alejandro Aranda, porque, de lo contrario, ni él ni sus compañeros podían estar seguros de su libertad, y que para mantener sometidos a los marineros, se proponía advertirles acerca de lo que les podía ocurrir si ellos, o algunos de ellos, oponían resistencia, y que la advertencia que podía surtir mayor efecto era la muerte de don Alejandro, pero que del significado de esta última frase, el declarante no comprendió en su momento sino que se pretendía dar muerte a don Alejandro; además, el negro Babo propuso al declarante que llamara al oficial Raneds, que dormía en el camarote, antes de que se llevara a cabo el asunto, por temor, según entendió el declarante, a que el oficial, que era un experto marinero, fuera muerto con don Alejandro y los demás; que el declarante, que era amigo de don Alejandro desde su juventud, rogó y suplicó, pero todo fue inútil, y a lo que el negro Babo le contestó que era inevitable, y que todos los españoles arriesgaban la vida si intentaban oponerse a su voluntad en este u otro asunto; que, ante tal dilema, el declarante llamó al oficial Raneds, que fue obligado a permanecer al margen, e, inmediatamente, el negro Babo ordenó al ashanti Matiluqui y al ashanti Lecbe que fueran a ejecutar aquel crimen; que esos dos hombres, provistos de hachas, bajaron al camarote de don Alejandro y que, mutilado y agonizante, lo llevaron a rastras por la cubierta; que, en este estado lo iban a arrojar por la borda, pero el negro Babo los detuvo, ordenando que lo remataran en cubierta, delante de él, lo cual así se hizo y después, por mandato suyo, el cuerpo fue llevado abajo, a la proa; que el declarante no supo nada de él durante tres días; [...] que don Antonio Sidonia, un hombre de edad que residía habitualmente en Valparaíso y había sido nombrado recientemente para ocupar un cargo civil en Perú, para donde había tomado pasaje, se encontraba en aquel momento durmiendo en su camarote frente al de don Alejandro; que al despertarse sorprendido por los gritos y ver a los negros armados con las hachas ensangrentadas, se arrojó al mar por una ventana que tenía cerca y se ahogó sin que el declarante pudiera socorrerle o izarle; que, poco después de haber dado muerte a Aranda, subieron a cubierta a su primo hermano, de mediana edad, don Francisco Masa, de Mendoza, y al joven don Joaquín, marqués de Aramboalaza, recientemente llegados de España, con su criado español, Ponce, y los tres jóvenes auxiliares de Aranda: José Mozain, Lorenzo Bargas y Hermenegildo Gandix, todos ellos de Cádiz; que el negro Babo dejó con vida, por motivos que se conocieron más tarde, a don Joaquín y a Hermenegildo Gandix, pero que de don Francisco Masa, José Mozain y Lorenzo Bargas, con el criado, Ponce, junto al contramaestre, Juan

Robles, dos ayudantes, Juan Viscaya y Rodrigo Hurta y cuatro de los marineros, el negro Babo ordenó que se los lanzara vivos al mar, aunque ellos no habían opuesto resistencia alguna ni habían reclamado más que un poco de misericordia; que el contramaestre Juan Robles, que sabía nadar, se mantuvo a flote más tiempo que los demás, rezando actos de contrición y siendo las últimas palabras que pronunció para encargar al declarante que mandara decir unas misas por su alma a Nuestra Señora del Socorro; [...] que, durante los tres días que siguieron, el declarante, dudando del destino acontecido a los restos de don Alejandro, preguntó con frecuencia al negro Babo dónde se encontraban y, en caso de que se hallaran todavía a bordo, si iban a ser conservados para darles sepultura en tierra, suplicándole que así lo ordenara; que el negro Babo no le dio respuesta hasta el cuarto día, cuando, al amanecer, al subir a cubierta el declarante, el negro Babo le mostró un esqueleto el cual había reemplazado al auténtico mascarón de proa, la figura de Cristóbal Colón, el descubridor del Nuevo Mundo; que el negro Babo le preguntó de quién era ese esqueleto y que si, viendo su blancura, no creía que fuera el de un blanco, que, como se cubriera el rostro, el negro Babo, acercándose mucho, le habló de esta suerte: "No quieras engañar a los negros de aquí hasta Senegal, de lo contrario tu alma irá tras tu jefe como lo hace ahora tu cuerpo", al tiempo que señalaba la proa; [...] que esa misma mañana, el negro Babo condujo uno tras otro a todos los españoles hasta proa y les preguntó de quién era aquel esqueleto y que si no les parecía que era el de un blanco, que cada uno de los españoles se cubrió el rostro; que luego a cada cual el negro Babo le repitió las palabras que había dirigido en primer lugar al declarante; [...] que estando los españoles reunidos en popa, el negro Babo les arengó diciéndoles que ya había hecho todo lo que se proponía; que el declarante (como piloto de los negros) podía proseguir su viaje, advirtiéndoles a él y a todos los demás que acabarían como don Alejandro si los veía (a los españoles) hablar o conspirar contra ellos (los negros), amenaza que fue reiterada diariamente; que antes de los sucesos mencionados en último lugar, habían atado al cocinero para tirarlo por la borda, por no se sabe qué cosa que le habían oído decir, pero que al final el negro Babo le perdonó la vida, a petición del declarante; que, unos días después, el declarante, con la intención de que no quedara ningún cabo suelto a fin de salvaguardar las vidas de los blancos que quedaban, exhortó a los negros a mantener la paz y la tranquilidad y se avino a redactar un documento, firmado por el declarante y por los marineros que podían escribir, así como por el negro

Babo, en su nombre y en el de todos los negros, por el cual el declarante se comprometía, a condición de que no mataran a nadie más, a cederles formalmente el barco, con su cargamento, tras lo cual quedaron tranquilos y satisfechos por el momento […] Sin embargo, al día siguiente, para tener mayor seguridad de que los marineros no escaparan, el negro Babo ordenó que fueran destrozadas todas las barcas a excepción del bote, que ya no podía navegar, y de un cúter en buenas condiciones, el cual, sabiendo que todavía haría falta para transportar los barriles de agua, ordenó bajar a la bodega.

(Se detallan aquí varios pormenores de la prolongada e insólita travesía que llevaron a cabo, con los incidentes de una desastrosa calma, de cuya relación se ha extraído el pasaje siguiente:)

«…Que durante el quinto día, víctimas todos a bordo del calor y la falta de agua, y habiendo muerto cinco hombres en medio de ataques de demencia y convulsiones, los negros empezaron a mostrarse irritables, y que, a causa de un gesto sin importancia que hizo el primer oficial, Raneds, hacia el declarante al entregarle un cuadrante, mataron a dicho oficial; pero que más tarde se arrepintieron de haberlo hecho, ya que éste era el único piloto que quedaba a bordo, aparte del declarante.

«…Que, omitiendo otros sucesos que ocurrían a diario, y que tan sólo servirían para evocar inútilmente conflictos e infortunios pretéritos, tras sesenta y tres días de navegación, es decir, desde que zarparon de Nazca, durante los cuales fueron asolados por las calmas antes mencionadas y tuvieron que soportar una escasa ración de agua, llegaron finalmente a la vista de Santa María, el día diecisiete del mes de agosto, hacia las seis de la tarde, hora en que echaron anclas muy cerca del navío norteamericano Bachelor's Delight, que se encontraba en la misma bahía bajo el mando del generoso capitán Amasa Delano; pero que a las seis de la mañana ya habían avistado la ensenada y que los negros se habían intranquilizado tan pronto como habían divisado el barco en la distancia, ya que no esperaban encontrar ninguno por aquel lugar; que el negro Babo los calmó, asegurándoles que no había nada que temer; que enseguida ordenó que la figura de proa fuera cubierta con una lona, como si la estuvieran reparando, y mandó que ordenaran un poco las cubiertas; que, durante un rato, el negro Babo y el negro Atufal conversaron en privado; que el negro Atufal quería alejarse del lugar, pero que el negro Babo no quiso y, decidiendo por su cuenta, dio las órdenes oportunas; que finalmente se acercó al declarante y le propuso que dijera e hiciera todo cuanto el declarante afirma haber dicho y hecho en presencia del capitán norteamericano; […] que el negro Babo le advirtió que si se desviaba en lo más mínimo, pronunciaba cualquier palabra o lanzaba alguna mirada que pudiera dejar entrever lo que había sucedido o cuál era la situación actual, le mataría al instante, así como a todos sus compañeros y, mostrándole un puñal que llevaba escondido, dijo algo que, según entendió el declarante, significaba que aquel puñal estaría tan alerta como su propia mirada; que el negro Babo expuso entonces el plan a todos sus compañeros y que a éstos les agradó; y que después, para disfrazar mejor la verdad, planeó varias estratagemas, algunas de las cuales aunaban el propósito de defenderse con el de engañar; que de este género era la estratagema de los seis ashanti antes mencionados, los cuales eran sus esbirros; que les mandó situarse al borde de la popa simulando limpiar unas hachas (dentro de unas cajas que formaban parte del cargamento), pero que en realidad eran para utilizarlas y distribuirlas si se hacía necesario, en cuanto oyeran cierta palabra que él les indicó; que, entre otras estratagemas, se encontraba la de presentar a Atufal, su mano derecha, como encadenado, pero cuyas cadenas podían ser soltadas en un instante; que informó al declarante de cada detalle del papel que debía representar en cada estratagema y de la historia que debía contar en cada ocasión, siempre amenazándole con matarle inmediatamente si se desviaba en lo más mínimo; que, consciente de que muchos de los negros podían sentirse agitados, el negro Babo encargó a los cuatro negros de edad, que eran calafates, que mantuvieran el máximo de orden en las cubiertas, entre los suyos; que, una y otra vez, arengó a los españoles y a los suyos, informándoles de sus intenciones y sus estratagemas y de la historia ficticia que el declarante debería referir, advirtiéndoles de lo que pasaría si tan sólo uno de ellos se desviaba un ápice de esa historia; que estas disposiciones se adoptaron y se completaron en las dos o tres horas que transcurrieron entre el primer avistamiento del barco y la llegada a bordo del capitán Amasa Delano; que ésta tuvo lugar cerca de las siete y media de la mañana, que el capitán Delano llegó en su barca y todos le recibieron con gran alegría; que el declarante representó entonces, lo mejor posible, el papel de principal propietario y de capitán libre del barco y le explicó al capitán Amasa Delano, cuando éste se lo preguntó, que venía de Buenos Aires y se dirigía a Lima con trescientos negros; que frente al cabo de Hornos y a causa de una epidemia, habían fallecido muchos de los negros; que también todos los oficiales de a bordo y la mayor parte de la tripulación habían perdido la vida en similares circunstancias.»

(Y así prosigue la declaración, volviendo a contar, pormenorizándola, la falsa historia dictada por Babo al declarante, con la cual, por medio del declarante, fue embaucado el capitán Delano, refiriendo también el amistoso ofrecimiento del capitán Delano, entre otras cosas, todas las cuales se omiten aquí. Después de la falsa historia, etc., la declaración continúa así:)

Que el generoso capitán Delano se quedó a bordo todo el día, hasta dejar el barco anclado a las seis en punto de la tarde, relatándole siempre al declarante sus supuestos infortunios según las condiciones antes mencionadas, sin haber podido decirle una sola palabra ni hacerle la menor insinuación que le pusiera en conocimiento del verdadero estado de las cosas, ya que el negro Babo, interpretando el papel de un fiel sirviente con todas las apariencias de sumisión de un humilde esclavo, no dejó solo al declarante ni un momento; que ello fue para observar todos sus gestos y palabras, ya que el negro Babo entiende bien el español; que, además, había siempre cerca otros negros que los vigilaban constantemente y que también entendían el español; [...] que, en una ocasión, mientras el declarante se hallaba en cubierta, conversando con Amasa Delano, el negro Babo le hizo una señal secreta para que se apartara de aquél, de manera que pareciera que lo hacía por voluntad propia; que entonces, habiéndose retirado ambos, el negro Babo le propuso que obtuviera de Amasa Delano una información detallada sobre su barco, tripulación y armas; que el declarante le preguntó "¿Para qué?"; que el negro Babo le contestó que ya se lo podía imaginar; que, afectado ante la perspectiva de lo que podía ocurrirle al generoso capitán Amasa Delano, el declarante, al principio, se negó a formular las preguntas requeridas y utilizó todos los argumentos posibles para intentar que el negro Babo renunciara a su nuevo proyecto; que el negro Babo le mostró la punta de su puñal; que, tras haber obtenido la información, el negro Babo volvió a llevarle aparte para decirle que esa misma noche, él (el declarante) iba a ser capitán de dos navíos, en vez de uno, ya que, como la mayoría de la tripulación del norteamericano iba a estar pescando, los seis ashanti, sin otra ayuda, podrían tomar el barco fácilmente; que en ese mismo momento le dijo otras cosas al respecto y que no le viniera con súplicas; que antes de que Amasa Delano subiera a bordo no se había dicho nada en relación con la captura del barco norteamericano; que el declarante no tenía medios para impedir tal proyecto; [...] que en algunas cuestiones su memoria está confusa, ya que no puede recordar con precisión cada momento; [...] que tan pronto hubieron echado anclas, a las seis de la tarde, como se ha afirmado anteriormente, el norteamericano se despidió para regresar a su nave; que, en un impulso repentino, que el declarante cree proveniente de Dios y de sus ángeles, después de despedirse, acompañó al generoso capitán Amasa Delano hasta la misma borda, donde se quedó, con el pretexto de darle el último adiós, hasta que Amasa Delano se hubo sentado en su barca; que, en el momento en que iban a partir, el declarante saltó por la borda hacia la barca y cayó dentro, no sabe cómo, bajo el amparo divino; que […]»

(Aquí, en el original, sigue el relato de lo que ocurrió más tarde, durante la huida, de cómo fue recobrado el San Dominick, y del trayecto hasta la costa, incluyendo numerosas expresiones de «eterna gratitud para con el generoso capitán Amasa Delano». La Declaración procede ahora a añadir algunos comentarios recapitulatorios y un nuevo censo parcial de 105 negros, concretando datos sobre la participación de cada uno de ellos en los sucesos acaecidos, con el fin de facilitar, siguiendo las indicaciones del tribunal, la información en que se basa el pronunciamiento de las sentencias criminales. De esta parte se extrae lo que sigue:)

«… Que, a su entender, todos los negros, aunque desconocieron al principio el proyecto de rebelión, lo aprobaron cuando se puso en práctica; […] que el negro José, de dieciocho años, y al servicio personal de don Alejandro, fue quien informó al negro Babo acerca del estado de cosas en el camarote antes de la revuelta; que esto se deduce del hecho de que, en las medianoches anteriores, solía dejar la litera, que se hallaba bajo la de su amo, en el camarote, y acudir a cubierta donde se encontraban el cabecilla y sus secuaces; y que mantuvo conversaciones secretas con el negro Babo, siendo visto varias veces por el primer oficial; que una noche el primer oficial le mandó abajo en dos ocasiones; […] que ese mismo negro, José, sin que el negro Babo le ordenara que lo hiciera, como lo había ordenado a Lecbe y Matiluqui, apuñaló a su amo, don Alejandro, después de que hubiera sido arrastrado, moribundo, hasta cubierta; […] que el camarero mulato, Francesco, formaba parte del primer grupo de rebeldes y que fue, en todo momento, la criatura y el instrumento del negro Babo; que, para adularle, justo antes de la comida en el camarote, propuso al negro Babo envenenar uno de los platos destinados al generoso capitán Amasa Delano; que esto lo sabe y lo cree porque lo dijeron los negros, pero que el negro Babo, abrigando otros propósitos, no se lo permitió a Francesco; […] que el ashanti Lecbe era uno de los peores, ya que, el día en que la nave fue recuperada, se sirvió, para la defensa de ésta, de dos hachas, una en cada mano, con una de las cuales hirió en el pecho al primer oficial de Amasa Delano, en el momento en que subía a bordo; que todos conocían este hecho; que, en presencia del declarante, Lecbe había golpeado con un hacha a don Francisco Masa cuando, por orden del negro Babo, lo arrastraba para arrojarlo vivo por la borda, además de haber participado en el asesinato de don Alejandro Aranda y el de otros pasajeros de camarote; que, a pesar de la furia con la que los ashanti lucharon en el enfrentamiento con las barcas, tan sólo Lecbe y Yan sobrevivieron; que Yan era tan malvado como Lecbe; que Yan había sido el hombre que, por orden de Babo, había preparado de buena gana el esqueleto de don Alejandro del modo que más tarde los negros revelaron al declarante, pero que él nunca podría divulgar, mientras estuviera en su sano juicio; que Yan y Lecbe fueron quienes, una noche, durante una calma, colgaron el esqueleto en la proa; que esto también se lo contaron los negros; que fue el propio Babo quien trazó la inscripción bajo el esqueleto; que el negro Babo fue el instigador de la sedición del principio al fin; él ordenó cada asesinato y fue el timón y la quilla de toda la rebelión; que Atufal fue su lugarteniente en todo momento, pero que ni él ni el negro Babo cometieron ninguno de los homicidios por su propia mano; […] que Atufal fue muerto de un disparo en el combate con las barcas, antes del abordaje; que las negras, mayores de edad, sabían de la revuelta y se mostraron satisfechas por la muerte de su amo, don Alejandro; que, de no habérselo impedido los negros, habrían torturado hasta la muerte, en vez de matarlos simplemente, a los españoles ejecutados por orden del negro Babo; que las negras utilizaron toda su influencia para que se deshicieran del declarante; que, mientras se perpetraban aquellos crímenes, entonaron diversos cánticos y danzaron, no con júbilo, sino solemnemente, y que, antes del encuentro con las barcas, así como durante la acción, entonaron para los negros tristes cánticos, y que ese tono melancólico los exaltaba más que cualquier otro, y que ésta era la intención con que cantaban; que todo esto se supone cierto porque lo han dicho los negros; […] que, de los treinta y seis hombres de la tripulación, con exclusión de los pasajeros (muertos todos entonces), de los que el declarante tenía conocimiento, sólo sobrevivieron seis, además de cuatro muchachos asistentes de camarote y grumetes, no incluidos en la tripulación; […] que los negros le rompieron el brazo a uno de los asistentes de camarote y le golpearon a hachazos.»

(Siguen a continuación diversas revelaciones referentes a distintos períodos cronológicos. Se han extractado las siguientes:)

«… Que, durante la estancia del capitán Amasa Delano a bordo, los marineros llevaron a cabo diversos intentos, uno de ellos a iniciativa de Hermenegildo Gandix, para darle a entender indirectamente cuál era la verdadera situación, pero tales intentos resultaron inútiles debido al riesgo mortal que conllevaban y, sobre todo, a causa de las estratagemas que contradecían la situación real, así como la generosidad y el espíritu caritativo de Amasa Delano, incapaz de adivinar tanta maldad; […] que Luys Galgo, un marinero de unos sesenta años de edad, que había servido en la Armada Real, fue uno de los que trataron de proporcionar indicios al capitán Delano; pero que, si bien no descubrieron su intento, sí que algo sospecharon, por lo que, con un pretexto cualquiera, fue apartado de cubierta y, finalmente, fue asesinado en la bodega. Que este hecho lo refirieron los negros más tarde; […] que a uno de los grumetes, abrigando una cierta esperanza de liberación, inspirada por la presencia del capitán Amasa Delano, se le escapó imprudentemente alguna palabra que reveló sus expectativas, que, al ser oída y entendida por un joven esclavo con el que compartía su comida en ese momento, éste último le golpeó en la cabeza con su cuchillo, infligiéndole una profunda herida de la cual el grumete se está recuperando actualmente; que, de forma parecida, poco antes de anclar el barco, uno de los marineros que lo gobernaban en aquel momento se encontró en un apuro al notar los negros una expresión en su rostro que delataba cierta esperanza por el motivo antes citado, pero este marinero, gracias a su prudente conducta posterior, salió indemne de la situación; […] que estas declaraciones tienen por objeto mostrar al tribunal que, desde el principio hasta el fin de la rebelión, fue imposible para el declarante y para sus propios hombres actuar de otro modo al que lo hicieron; […] que el tercer escribiente, Hermenegildo Gandix, que al principio se había visto forzado a vivir con los marineros, vestir ropas de marinero y que, en todos los aspectos, parecía serlo en aquel momento, fue muerto por una bala de mosquete disparada por error desde las barcas antes del abordaje, cuando, aterrorizado, había trepado al aparejo de mesana gritando hacia las barcas "¡No abordéis!" por temor a que los negros le mataran en el abordaje; que, induciendo esto a los norteamericanos a creer que, de alguna forma, él estaba del lado de los negros, le dispararon dos balas, por lo que cayó herido desde el aparejo y se ahogó en el mar; [...] que el joven don Joaquín, marqués de Aramboalaza, al igual que Hermenegildo Gandix, el tercer escribiente, fue degradado a las funciones y apariencia externa de simple marinero; que, en cierta ocasión en que don Joaquín se negó a hacer algo que le repugnaba, el negro Babo ordenó al ashanti Lecbe que cogiera alquitrán, lo calentara y lo vertiera sobre las manos de don Joaquín; [...] que don Joaquín resultó muerto a causa de otro error de los norteamericanos, error, por otra parte, imposible de evitar, ya que, al acercarse las barcas, los negros obligaron a don Joaquín a situarse visiblemente sobre los macarrones, con un hacha levantada y con el filo hacia fuera, atada a la mano, por lo que, al verle blandir un arma y en una actitud equívoca, le dispararon tomándole por un marinero renegado; que sobre la persona de don Joaquín se encontró oculta una joya, la cual, según documentos posteriormente descubiertos, resultó ser una ofrenda votiva destinada al santuario de Nuestra Señora de la Merced, en Lima, preparada y guardada de antemano, con la intención de testimoniar su gratitud, al desembarcar en Perú, su destino final, por la feliz conclusión de toda la travesía desde España; [...] que la joya, con los demás efectos personales del difunto don Joaquín, se halla bajo custodia de los hermanos del Hospital de Sacerdotes, en espera de lo que disponga el ilustre tribunal; [...] que, debido al estado del declarante y a las prisas con que las barcas partieron para el ataque, los norteamericanos no fueron advertidos de que, entre la tripulación, se hallaba un pasajero y uno de los escribientes disfrazados por obra del negro Babo; [...] que, además de los negros muertos en la acción, algunos lo fueron tras la captura y mientras se volvía a anclar por la noche, encontrándose encadenados a las anillas de cubierta; que estas muertes fueron cometidas por los marineros antes de que pudieran impedírselo. Que en cuanto fue informado de ello el capitán Amasa Delano ejercitó toda su autoridad y, en especial, derribó con sus propias manos a Martínez Gola, quien, al encontrar una navaja de afeitar en el bolsillo de una vieja chaqueta suya que llevaba puesta uno de los negros encadenados, la apuntaba hacia la garganta de éste; que el noble capitán Amasa Delano también arrebató de la mano de Bartolomeo Barlo un puñal, ocultado durante la masacre de los blancos, con el cual estaba apuñalando a un negro encadenado que, aquel mismo día, con ayuda de otro negro, le había derribado y pisoteado; [...] que, de todos los sucesos acaecidos durante el largo tiempo en que la nave había estado en poder del negro Babo, no puede dar cuenta por el momento, pero que lo que ha dicho es lo más importante de lo que ahora recuerda, y que todo ello es cierto de acuerdo con el juramento prestado, declaración que firma y ratifica tras haberle sido leída. Declaró que tenía veintinueve años y que se sentía física y moralmente destrozado y que, cuando, finalmente, el tribunal le permitiera marcharse, no volvería a su casa en Chile, sino que se trasladaría al monasterio del Monte Agonía; y firmó y se santiguó y, de momento, tal como había venido, en litera y en compañía del monje Infelez, partió hacia el Hospital de Sacerdotes.»

»BENITO CERENO
»DOCTOR ROZAS

Si esta declaración ha servido de llave para abrir la cerradura de las complicaciones que la precedieron, en este caso, como una tumba cuya puerta hubiera sido apartada, queda hoy abierto el casco del San Dominick.

Hasta ahora, la naturaleza de esta narración, aparte de hacer inevitable la reproducción de las complicaciones del principio, ha requerido, en mayor o menor grado, que gran número de hechos, en vez de ser referidos en el orden en que ocurrieron, hayan sido presentados en forma retrospectiva o irregular. Así ocurre con los siguientes pasajes, que concluirán el relato:

En el transcurso del prolongado y tranquilo viaje hacia Lima, hubo, como ya se mencionó anteriormente, un período durante el cual el enfermo recuperó un poco su salud o, por lo menos en parte, su propia tranquilidad. Antes de la definitiva recaída que sobrevino más tarde, los dos capitanes pudieron conversar cordialmente en ocasiones, contrastando su notable franqueza con las antiguas reticencias.

Una y otra vez repitió el español lo difícil que le había resultado representar el papel que le había impuesto el negro Babo.

—¡Ah, mi querido amigo! —dijo una vez don Benito—. En aquellos momentos en que me creía tan hosco e ingrato, en los que incluso, como ahora reconoce, llegó a pensar que planeaba asesinarlo, en aquellos mismos momentos estaba mi corazón helado; no podía mirarlo pensando en la amenaza que, tanto a bordo de este barco como del suyo, pendía, de otras manos, sobre mi generoso benefactor. Y, ¡vive Dios, don Amasa!, que no sé si por velar tan sólo por mi seguridad habría tenido valor para saltar a su barca, si no hubiera sido por la idea de que si volvía a su barco ignorándolo todo, usted, mi buen amigo, y aquellos que con usted estuvieran, aquella misma noche, sorprendidos durmiendo en las hamacas, no habrían despertado nunca más a la luz de este mundo. Piense tan sólo en cómo caminaba por esta cubierta, cómo tomaba asiento en este camarote, cuando cada pulgada de terreno bajo sus pies estaba minada como un panal. Si hubiera intentado sugerirle lo más mínimo, si hubiera dado el menor paso para darle a entender algo, la muerte, una muerte explosiva, la suya y la mía, habría puesto fin a la escena.

—Así es, así es —exclamó el capitán Delano, estremeciéndose—, usted salvó mi vida; y, además, la salvó sin que yo lo supiera ni lo hubiera pedido.

—Más bien, amigo mío —replicó el español, cortés incluso en cuestiones de religión—, fue Dios quien salvó milagrosamente su vida, pero la mía la salvó usted. Cuando pienso en algunas de las cosas que hizo, sus sonrisas, sus murmullos, sus gestos temerarios… Por mucho menos que eso fue asesinado mi primer oficial, Raneds; pero a usted lo guió, a buen seguro, el Príncipe de los Cielos por entre todas las emboscadas.

—Sí, ya sé que todo es obra de la Providencia, pero aquella mañana, mi ánimo era más plácido de lo acostumbrado, y el espectáculo de tanto sufrimiento, más aparente que real, unió a mi buen talante la compasión y la caridad, entrelazándolas felizmente a lastres. De lo contrario, sin duda, como usted insinúa, algunas de mis intervenciones habrían acabado de forma bastante desagradable. Además, esos sentimientos de los que le he hablado me permitieron superar mi momentánea desconfianza, en circunstancias en que una mayor agudeza me hubiera podido costar la vida sin poder salvar la de los demás. Sólo al final me ganaron las sospechas y ya sabe cuán lejos resultaron estar de la realidad.

—Bien lejos, ciertamente —dijo tristemente don Benito—. Estuvo conmigo todo el día, se sentó junto a mí, hablándome, mirándome, comiendo y bebiendo conmigo, y, a pesar de ello, su último gesto fue tomar por un monstruo, no sólo a un inocente, sino al más digno de compasión de todos los hombres. Hasta tal punto pueden imponerse las malignas maquinaciones y engaños. Hasta tal punto puede llegar a confundirse incluso el más bueno de los hombres al juzgar la conducta ajena si desconoce los más profundos entresijos de su situación. Sólo que usted no tuvo más remedio que juzgar así y, en aquel momento, se sentía desengañado. Ambas cosas podrían sucederle a cualquier hombre.

—Usted generaliza, don Benito, y muy lúgubremente. Pero lo pasado, pasado está. ¿Por qué moralizar sobre ello? Olvídelo. Vea: el radiante sol ya todo lo ha olvidado, y también el cielo y el mar, tan azules; ellos ya han vuelto nuevas páginas.

—Porque no tienen memoria —replicó sin ánimo—, porque no son humanos.

—Pero ¿y el suave soplo de los alisios que acaricia ahora su mejilla, don Benito? ¿No le trae un alivio casi humano? Son los alisios amigos cálidos y constantes.

—Con su constancia no hacen sino empujarme hacia mi tumba, señor —fue su profética respuesta.

—¡Se ha salvado, don Benito! —exclamó entonces el capitán Delano, cada vez más asombrado y entristecido—. Se ha salvado, ¿qué es, pues, lo que proyecta tal sombra sobre usted?

—El negro.

Se hizo el silencio mientras el melancólico don Benito permanecía sentado, envolviéndose lenta e inconscientemente en su capa, como en un sudario.

Aquel día ya no conversaron más.

Pero si a veces la melancolía del español acababa por convertirse en mutismo cuando se abordaban temas como el precedente, existían otros sobre los que no hablaba absolutamente nunca; sobre ellos, realmente, se alzaban como un castillo todas sus reservas. Omitamos lo peor y, sólo como ejemplo, citemos uno o dos detalles al respecto: el atuendo, tan costoso y rebuscado, que llevaba el día en que tuvieron lugar los sucesos relatados, no se lo había puesto por su voluntad; en cuanto a la espada de montura de plata, símbolo aparente de un poder despótico, no era, en realidad, tal espada, sino un espectro de ella: la vaina, artificialmente rígida, estaba vacía.

En lo que se refiere al negro, cuyo cerebro, no su cuerpo, había tramado y liderado la rebelión y el complot, su frágil complexión, desproporcionada con lo que contenía, había cedido en seguida, en la barca, ante la superior fuerza muscular de su capturador. Viendo que todo había terminado, no soltó ni una palabra, ni se le pudo forzar a que lo hiciera. Su apariencia parecía decir: «Ya que no me es posible actuar, tampoco me harán hablar». Aherrojado en la bodega con los demás, fue conducido a Lima. Durante la travesía, don Benito no fue a verle. Ni entonces, ni más tarde, llegó siquiera a mirarle. Delante del tribunal se negó a hacerlo. Instado por los jueces, se desmayó. La identidad legal de Babo sólo se pudo determinar por el testimonio de los marineros.

Unos meses después, arrastrado al cadalso a la cola de un mulo, el negro encontró su mudo final. Su cuerpo fue quemado hasta reducirlo a cenizas. Pero su cabeza, esa colmena de astucias, permaneció durante muchos días clavada de un poste en la plaza, desafiando, indómita, las fieras miradas de los blancos. Y, a través de la plaza, sus ojos miraban hacia la iglesia de San Bartolomé, en cuya cripta reposaban entonces, como hoy, los huesos rescatados de Aranda, y, a través del puente del Rímac, su mirada se dirigía hacia el monasterio del Monte Agonía, donde, tres meses después de que el tribunal le permitiera retirarse, don Benito Cereno, llevado en un ataúd, siguió, efectivamente, a su jefe.

EL CAMPANARIO

«Como negros, esos poderes pertenecen
malhumoradamente al hombre; atentos a su amo
superior; mientras sirven, planean su venganza.»

«El mundo es apoplético con la vida lujosa de
la ambición; y la apoplejía tiene su caída.»

«Buscando conquistar una libertad más amplia,
el hombre no hace más que extender el
imperio de la necesidad.»
De un manuscrito privado

En el sur de Europa, cerca de una antes lozana capital, hoy con el húmedo moho gangrenando su esplendor, en el centro de una llanura, se alza lo que, desde la distancia, parece el negro y musgoso tocón de algún inconmensurable pino, caído, en días olvidados, con Anak y el Titán.

Como en todas partes donde cae un pino, su disolución deja un musgoso montículo…, la última sombra arrojada por el tronco que ha perecido; nunca alargándose, nunca encogiéndose; insensible a las aleteantes falsedades del sol; una sombra inmutable, y una auténtica medida que procede de la postración…, así que, hacia el oeste, de lo que parece el muñón, una recia lanza de ruina llena de líquenes cruza la llanura.

Desde la copa de ese árbol, qué nidada de extraños pájaros campanilleó con sus plateadas gargantas. Un pino de piedra; un aviario metálico en su copa: el Campanario, erigido por el gran mecánico, el profano expósito, Bannadonna.

Como la de Babel, su base se aposentó sobre una elevación de tierra renovada, subsiguiente al segundo diluvio, cuando las aguas de las Eras Oscuras se secaron y el verdor apareció de nuevo. No es extraño que, después de una inmersión tan larga y profunda, la jubilosa expectación de la raza flotara, como los hijos de Noé, hacia la aspiración de Shinar.

En su firme resolución, ningún hombre de aquel período fue más allá que Bannadonna en Europa. Enriquecido por el comercio con el Levante, el Estado donde vivía votó disponer del más noble Campanario de Italia. Su reputación hizo que fuera asignado como arquitecto del mismo.

Piedra a piedra, mes tras mes, se alzó la torre. Alta, más alta; con lentitud de caracol en su paso, pero antorcha o cohete en su orgullo.

Después de irse los albañiles, el constructor, de pie a solas en la siempre ascendente cima, al cierre de cada día, observaba que cada vez dominaba desde más arriba muros y árboles. Permanecía allí hasta altas horas de la noche, envuelto en planes de otros y aún más encumbrados empeños. Aquéllos en torno a los cuales se reunirían las multitudes los días de precepto —colgándose de los bastos postes del andamiaje, como marineros en las velas, o abejas en las ramas, sin importar el polvo y el barro, ni las esquirlas de piedra que caían—, en un homenaje que le inspiraría aún más hacia su autoestima.

Y, finalmente, llegó la fiesta de la Torre. Al sonido de las violas, la última piedra se elevó lentamente en el aire y, en medio de los disparos de ordenanza, fue depositada en el nicho final por las propias manos de Bannadonna. Luego, subiendo sobre ella, se mantuvo erguido, solo, con los brazos cruzados contemplando las blancas cimas de los azules Alpes de tierra adentro, y las aún más blancas crestas de los Alpes aún más azules junto a la orilla…, un espectáculo invisible desde la llanura. Invisible también desde allí desde el momento en que volvió sus ojos hacia abajo cuando, como el resonar de cañones, llegó hasta él el estallido de los aplausos de la gente. Lo que más les había agitado había sido ver con qué serenidad el constructor permanecía de pie allí, a cien metros de altura, sobre una percha sin ninguna protección. Aquello, nadie excepto él se había atrevido a hacerlo. Pero él había hecho lo mismo a cada estadio de la construcción, mientras la roca crecía bajo sus pies…, y esa disciplina había dado ahora su último fruto.

Ya poco quedaba excepto las campanas. Éstas, en todos sus aspectos, tenían que corresponder a su receptáculo.

Las más pequeñas fueron fundidas sin problemas. Les siguió una altamente adornada, de singular construcción, prevista para ser colgada de una manera desconocida hasta entonces. La finalidad de aquella campana, su movimiento rotatorio, y su conexión con la maquinaria del reloj, ejecutada también al mismo tiempo, serán mencionados más adelante.

En la erección, campanario y torre del reloj se unieron en una sola cosa, aunque, antes de aquel período, tales estructuras habían sido comúnmente construidas separadas, como atestiguan el Campanile y la Torre de L'Orologio de San Marcos.

Pero era en la gran campana ceremonial donde el fundidor deseaba reunir su más atrevida habilidad. En vano le previnieron algunos de los menos entusiastas magistrados, diciendo que, aunque realmente la torre era titánica, debía señalarse un límite al peso de sus masas oscilantes. Sin dejarse amilanar, preparó su gigantesco molde, dentado con figuras mitológicas; alimentó sus fuegos de pino balsámico; fundió su estaño y su cobre; y, arrojando en ellos mucha plata, contribuida por el espíritu público de los nobles, soltó la marea.

Los metales liberados aullaron como jaurías. Los trabajadores se echaron hacia atrás. A través de su alarma, se temió un daño fatal para la campana. Valiente como Sadrac, Bannadonna, corriendo hacia el resplandor, golpeó con fuerza al principal culpable con el poderoso cucharón de la colada. De la parte herida saltó una astilla, que fue a parar a la bullente masa, donde se fundió inmediatamente.

Al día siguiente fue descubierta cuidadosamente una parte del trabajo. Todo parecía correcto. La tercera mañana, con idéntica satisfacción, fue descubierta hasta un poco más abajo.

Al final, como si fuera algún antiguo rey de Tebas, toda la masa enfriada fue desenterrada. Todo estaba bien excepto en un extraño punto. Pero, como no permitía que nadie le ayudara en estas inspecciones, ocultó la imperfección con una preparación que nadie mejor que él sabía cómo hacer.

El vaciado de una masa tan enorme significaba un triunfo no pequeño precisamente para el vaciador; uno, también, que el Estado no desdeñaba en compartir. El homicidio fue pasado por alto. Caritativamente, fue imputado a un repentino transporte de pasión estética, no a una cualidad infame. Una coz de un corcel árabe; ningún signo de maldad, solo sangre.

Rechazada su felonía por el juez, recibida la absolución por el sacerdote, ¿qué más hubiera podido desear nunca la conciencia más enfermiza?

Honrando la torre y a su constructor con otra fiesta, la República fue testigo de la colocación de las campanas y el reloj entre una pompa y un espectáculo superiores al anterior.

Siguieron por parte de Bannadonna algunos meses de soledad más acentuada que lo habitual. No era desconocido que se dedicaba a algo para el campanario, quería completarlo, hacer algo superior a todo lo que se había hecho hasta entonces. La mayoría de la gente imaginó que el diseño implicaría un vaciado como las campanas. Pero aquellos que se creían poseedores de más perspicacia agitaban la cabeza, señalando que no por nada mantenía el mecánico tan en secreto el asunto. Mientras tanto, su reclusión hacía que su trabajo se viera rodeado más o menos por ese tipo de misterio perteneciente a lo prohibido. Al cabo de poco tiempo, hizo que un pesado objeto fuera subido al campanario, envuelto en un saco o tela oscura…, un procedimiento que empleaba a veces en el caso de una elaborada pieza de escultura o estatua que, pensada para adornar la fachada de un nuevo edificio, el arquitecto no deseaba exponer a los ojos críticos hasta instalarla, todo terminado, en su lugar correspondiente. Ésa misma era la impresión ahora. Pero, a medida que el objeto ascendía, los que estaban presentes observaron, o creyeron hacerlo, que no era enteramente rígido, sino que, en cierta manera, se doblaba. Finalmente, cuando el oculto objeto alcanzó su altura final y, visto imprecisamente desde abajo, pareció casi entrar por sí mismo en el campanario, como si necesitara poca asistencia de la cabria, un viejo y taimado herrero que estaba presente aventuró la sospecha de que no era otra cosa que un hombre vivo. Aquella suposición fue considerada estúpida, mientras el interés general no conseguía hallar otra.

No sin reparos por parte de Bannadonna, el magistrado jefe de la ciudad, con un asociado —ambos viejos—, siguieron a lo que parecía una imagen torre arriba. Pero, llegados al campanario, tuvieron poca recompensa. Amparándose plausiblemente detrás de los misterios concedidos de su arte, el mecánico se negó a dar ninguna explicación. Los magistrados miraron hacia el envuelto objeto que, para su sorpresa, parecía haber cambiado ahora su actitud, o quizás ésta había quedado oculta antes por el violento soplar del viento. Ahora parecía sentado sobre alguna especie de armazón, o silla, contenida dentro del dominó. Observaron que cerca de la parte superior, en una especie de cuadrado, el entramado de la tela, ya fuera por accidente o a propósito, tenía su doblez parcialmente caído, y por el cruce asomaban algunos hilos aquí y allá, como si formaran una especie de entramado propio. Si era a causa del ligero viento que se agitaba a través de la piedra o no, o solo sus propias imaginaciones perturbadas, es inseguro, pero creyeron discernir una especie de tembloroso movimiento, como de muelles, en el dominó. Nada, ya fuera incidental o insignificante, escapaba a sus intranquilos ojos. Entre otras cosas, descubrieron, en un rincón, un tazón de barro, medio corroído y parcialmente incrustado, y uno susurró al otro que aquel tazón era como el que uno ofrecería, burlonamente, a los labios de alguna estatua de bronce, o quizás aún peor.

Pero, al ser interrogado, el mecánico dijo que el tazón era usado simplemente en sus fundiciones, y describió su finalidad; en pocas palabras, un tazón para probar las condiciones de los metales en fusión. Añadió que había ido a parar al campanario por pura casualidad.

De nuevo, y de nuevo, contemplaron el dominó, como si ocultara alguna sospechosa incógnita..., una máscara veneciana. Se vieron agitados por todo tipo de vagas aprensiones. Incluso llegaron a temer que, cuando ellos descendieran, el mecánico, aunque sin ningún compañero de carne y hueso con él, no quedara solo a sus espaldas.

Afectando una cierta alegría ante su inquietud, el mecánico les suplicó que le disculparan, y extendió una burda tela de lona entre ellos y el objeto.

Mientras tanto, trató de interesarles en su otro trabajo; y, ahora que el dominó estaba fuera de su vista, ya no permanecieron insensibles a las maravillas artísticas que yacían a su alrededor; maravillas vistas ya anteriormente, pero en un estado aún no terminado; porque, desde la instalación de las campanas, nadie excepto el fundidor había entrado en el campanario. Era un rasgo característico suyo el que, incluso en los detalles, no permitiera que otra persona hiciera lo que podía hacer él sin demasiada pérdida de tiempo. Así, durante las últimas semanas, había dedicado todas las horas que no empleaba en su secreto diseño a elaborar las figuras en las campanas.

La campana del reloj, particularmente, atrajo ahora su atención. Bajo un paciente cincel, la latente belleza de sus adornos, antes oscurecidos por la incidencia enturbiadora del vaciado —aquella belleza en su más tímida gracia—, había sido ahora revelada. Rodeando toda la campana, doce figuras de alegres muchachas con guirnaldas, cogidas de la mano, danzaban en un anillo coral..., las propias Horas encarnadas.

—Bannadonna —dijo el jefe—, esta campaña supera a todas las demás. Nada podría ya mejorarla. ¡Hey! —oyendo un ruido—. ¿Fue eso el viento?

—El viento, Excellenza —fue la tranquila respuesta—. Pero las figuras no dejan de tener sus fallos. Todavía necesitan algunos retoques. Cuando ésos les hayan sido dados y... el bloque de allá —señalando hacia la lona—, cuando Haman, así es como le llamo..., ¿le?; lo, quiero decir..., cuando Haman sea colocado en este altivo árbol, entonces, caballeros, me sentiré enormemente feliz de recibiros de nuevo aquí.

La equívoca referencia al objeto causó un cierto regreso de la inquietud. Sin embargo, por su parte, los visitantes eludieron cualquier otra alusión a ello, no deseosos, quizá, de dejar que el expósito viera lo fácilmente que podía, con su arte plebeyo, agitar la plácida dignidad de los nobles.

—Bien, Bannadonna —dijo el jefe—; ¿cuánto falta para que estéis preparado para poner en marcha el reloj, de modo que suenen las horas? Nuestro interés en vos, no menos que en el propio trabajo, hace que nos sintamos ansiosos por asegurar vuestro éxito. La gente también…, observad, están gritando ahora. Decid la hora exacta en que estaréis preparado.

—Mañana, Excellenza; si escucháis…, o aunque no lo hagáis, no importa…, oiréis una extraña música. Al golpe de la una sonará por primera vez la campana —señaló la campana adornada con las muchachas y las guirnaldas—, y el golpe será dado aquí, donde la mano de Una sujeta la de Dua. El golpe de la una incidirá sobre este amoroso contacto. Mañana, pues, a la una en punto, mientras el golpe incide aquí, exactamente aquí —adelantándose y apoyando su dedo sobre el lugar exacto—, este pobre mecánico se sentirá una vez más enormemente feliz de rendir vasallaje a su audiencia, en ésta su desordenada tienda. Adiós hasta entonces, ilustres magníficos, y estad atentos al primer golpe de vuestro vasallo.

Ocultando en su inmóvil y volcánico rostro el ardiente resplandor que brillaba dentro de él como una fragua, avanzó con ostentosa deferencia hacia la trampilla, como para escoltar su salida. Pero el magistrado más joven, un hombre de buen corazón, turbado ante lo que le parecía un cierto desdén sardónico que asomaba acechante debajo del porte humilde del expósito, y con su simpatía cristiana más inquieta por él que por sí mismo, imaginando nebulosamente lo que podía ser el destino final de aquel cínico solitario —no quizás influenciado por lo extraño en general de todas las cosas que le rodeaban—, aquel buen magistrado miró tristemente de reojo, apartando la vista del otro, y su ojo captó la expresión del inalterable rostro de la Hora Una.

—¿Cómo es esto, Bannadonna? —preguntó modestamente—. Una parece distinta de sus hermanas.

—En el nombre de Cristo, Bannadonna —saltó impulsivamente el jefe, atraída por primera vez su atención hacia la figura por la observación de su ayudante—. El rostro de Una se parece exactamente al de Débora, la profetisa, tal como fue pintada por el florentino Del Fonca.

—Seguramente, Bannadonna —siguió diciendo modestamente el otro magistrado—, vos teníais la intención de hacer que las doce Horas exhibieran el mismo aire de alegre abandono. Pero ved, la sonrisa de Una parece más bien fatal. Es diferente.

Mientras su afable ayudante hablaba, el jefe miraba, inquisitivamente, de él al fundidor, como si se sintiera ansioso por averiguar cómo era explicada la discrepancia. Mientras, su pie rozaba la trampilla de salida.

Bannadonna dijo:

—Excellenza, ahora que, siguiendo vuestro inquisitivo ojo, contemplo el rostro de Una, percibo de hecho alguna pequeña diferencia. Pero mirad en torno a toda la campana, y no descubriréis dos rostros que se correspondan exactamente. Porque hay una ley en el arte…, pero el frío viento se está levantando; esta celosía es una pobre defensa. Permitidme, oh magníficos, que os conduzca, al menos, durante parte de vuestro camino. Aquellos que se ocupan del bienestar del público deben ser cuidadosamente atendidos.

—Respecto a la expresión de Una, estabais diciendo, Bannadonna, que había una cierta ley en el arte —observó el jefe, mientras los tres descendían ahora por la escalera de piedra—. Por favor, decidme, entonces…

—Perdón; en otra ocasión, Excellenza…, la torre es un lugar húmedo.

—No, descansaremos un poco aquí, y quiero oírlo. Aquí hay un descansillo amplio y, pese a estas rendijas a sotavento, no hay aire, y sí bastante luz. Habladnos de vuestra ley; y detalladamente.

—Puesto que insistís, Excellenza, sabed que hay una ley en el arte que prohíbe la posibilidad de duplicados. Hace algunos años, puede que lo recordéis, grabé un pequeño sello para vuestra República, que llevaba, como divisa principal, la cabeza de vuestro propio antepasado, su ilustre fundador. Puesto que era necesario, para el uso normal, tener innumerables impresiones para balas y cajas, grabé toda una placa, que contenía un centenar de esos sellos. Aunque, por supuesto, mi intención era hacer ese centenar de cabezas iguales, y me atrevo a decir que la gente piensa que lo son, si las examináis atentamente veréis que ninguno de estas cinco veintenas de rostros, puestos lado a lado, son exactos. El aspecto es grave en todos ellos, pero también diverso. En algunos, benévolo; en otros, ambiguo; en dos o tres, tras un atento escrutinio, incipientemente maligno, sin que sea necesario más que la variación de la sombra de unos pelos en torno a la boca para conseguir eso. Ahora, Excellenza, transmutad la gravedad general en alegría, y limitad esas variaciones a las doce que he descrito, y decidme: ¿No tendréis aquí mis Horas, y Una será una de ellas? Pero me gustaría…

—¡Hey! ¿No ha sido eso… una pisada arriba?

—El mortero, Excellenza, a veces cae al suelo del campanario de la arcada, de allá donde la sillería no ha sido revestida. Tendré que ocuparme de ello. Como iba a decir: Por una parte me gusta esta ley que prohíbe los duplicados. Evoca espléndidas personalidades. Sí, Excellenza, esa extraña y, para vos, incierta sonrisa, y esos ojos de Una que miran a lo lejos, encajan muy bien con Bannadonna.

—¡Hey!… ¿Estáis seguro de que no queda ningún alma arriba?

—Ningún alma, Excellenza, podéis estar seguro, ningún alma… De nuevo el mortero.

—No cayó mientras nosotros estuvimos allí.

—Oh, en vuestra presencia, Excellenza, sabía muy bien cuál era su lugar —sonrió suavemente Bannadonna.

—Pero Una —dijo el otro magistrado— parecía miraros intensamente; hubiera jurado que os había elegido a vos, de entre nosotros tres.

—Si lo hizo, posiblemente debió ser debido a su delicada percepción, Excellenza.

—¿Cómo, Bannadonna? No os comprendo.

—No importa, no importa, Excellenza…, pero el viento ha cambiado, y está soplando a través de las aberturas. Permitidme que os escolte un poco más; y luego, os suplico perdón, pero el trabajador tiene que volver a su trabajo.

—Puede que sea estúpido, signor —dijo el magistrado más joven mientras, desde el tercer rellano, iniciaban su descenso sin escolta—, pero, de algún modo, nuestro gran mecánico me emociona de una forma extraña. Bien, hace apenas un instante, cuando respondió de una forma tan arrogante, su expresión parecía la de Sísera, el miserable enemigo de Dios en el cuadro de Del Fonca. Y esa joven Débora esculpida, también. Ah, y ese…

—¡Vamos, vamos, signor! —replicó el jefe—. Un simple capricho. ¿Débora? ¿Dónde está Jael, por favor?

—Ah —dijo el otro, mientras salían de la torre—. Ah, signor, veo que habéis dejado tras de vos vuestros temores junto con el frío y la penumbra; pero los míos, incluso en este soleado aire, permanecen. ¡Hey!

Se había producido un sonido justo detrás de la puerta de la torre de donde habían emergido. Se volvieron, y vieron que se cerraba.

—Se ha deslizado detrás de nosotros y nos ha encerrado fuera —sonrió el jefe—. Pero ésta es su costumbre.

Se hizo la proclama de que al día siguiente, a la una después del mediodía, el reloj golpearía por primera vez y —gracias al poderoso arte del mecánico— con inhabituales acompañamientos. Pero cuáles serían ésos era algo que nadie podía decir todavía. El anuncio fue recibido con vítores.

Para aquellos que decidieron acampar en torno a la torre toda la noche, hubo luces brillando a través de la celosía del campanario en la parte superior, que solo desaparecieron con la llegada del sol matutino. Se oyeron también extraños sonidos, detectados por aquellos que, observando ansiosamente, no se dejaron trastornar mentalmente..., sonidos no solo de resonar de herramientas sino también —al menos eso se dijo— gritos y lamentos medio reprimidos, como los que podían brotar de alguna máquina fantasmal sobrecargada.

El día vino lentamente; parte de la concurrencia pasaba el tiempo con canciones y juegos, hasta que, al fin, el gran sol rodó impreciso, como una pelota de fútbol, sobre la llanura.

Al mediodía, la nobleza y los principales ciudadanos acudieron en cabalgada de la ciudad, y también una guardia de soldados con música, para mejor honrar la ocasión.

Solo una hora más. La impaciencia creció. Los hombres sujetaban febrilmente sus relojes entre sus manos, mirando atentamente sus esferas, luego echando el cuello hacia atrás y mirando hacia el campanario, como si el ojo pudiera predecir lo que solo sería captado por el oído; porque todavía no había ninguna esfera en el reloj de la torre.

La manecilla de las horas de un millar de relojes convergía ahora hacia la cifra 1, de la que solo la separaba el grosor de un cabello. Un silencio, como la expectativa de algún Shiló, invadía la hormigueante llanura. De pronto, un apagado e impreciso sonido —parecido a un campanilleo; apenas audible, de hecho, a los círculos exteriores de la gente— descendió pesadamente del campanario. Al mismo momento, cada hombre miró inexpresivamente a su vecino. Todos los relojes se alzaron. Todas las manecillas de las horas estaban en —habían pasado ya— la cifra 1. Ningún sonido de campanas llegó desde la torre. La multitud se volvió tumultuosa.

Tras aguardar unos instantes, el magistrado jefe, después de ordenar silencio, llamó al campanario, para saber qué cosa imprevista había ocurrido allí.

Ninguna respuesta.

Gritó de nuevo, y luego una tercera vez.

Todo siguió en silencio.

A su orden, los soldados abrieron por la fuerza la puerta de la torre; después, estacionando guardias para defenderles de la ahora excitada multitud, el jefe, acompañado de su anterior asociado, ascendió por las retorcidas escaleras. A media ascensión, se detuvieron para escuchar. Ningún sonido. Subieron más aprisa, y alcanzaron el campanario; pero, en el umbral, se sobresaltaron ante el espectáculo que se ofreció a sus ojos. Un spaniel que, sin que ellos se dieran cuenta, les había seguido hasta allí, permanecía estremecido junto a sus pies, como si se hallara delante de algún acechante monstruo desconocido: o, más bien, como si hubiera husmeado unos pasos que conducían a algún otro mundo. Bannadonna estaba allí tendido, postrado y sangrante, en la base de la campana que había adornado con muchachas y guirnaldas. Estaba al pie de la hora Una; su cabeza coincidía, en línea vertical, con su mano izquierda, unida a la de la hora Dua. Con el rostro abatido cerniéndose sobre él, como el de Jael sobre el de Sísara en su tienda con la estaca clavada en la sien, estaba el dominó; ahora ya no envuelto.

Tenía piernas, y parecía de arcilla escamosa, lustrosa como la quitina de un escarabajo dragón. Estaba amarillado, y sus brazos, juntos, estaban alzados, como si, con sus manillas, en vez del golpeador fuera la víctima golpeada. Uno de sus pies, algo adelantado, estaba inserto debajo del cuerpo muerto, como en el acto de apartarlo de un puntapié.

La incertidumbre se extiende sobre lo que ocurrió a continuación.

Sería natural suponer que los magistrados, en un primer momento, retrocedieran eludiendo un inmediato contacto personal con lo que estaban viendo. Al menos, por un tiempo, debieron permanecer inmóviles en una involuntaria duda, quizás en una más o menos horrorizada alarma. Lo cierto es que de abajo fue llamado un arcabucero. Y algunos añaden que su subida fue seguida por un feroz zumbido, como el repentino liberar de un potente muelle, junto con un sonido acerado, como si un montón de espadas hubieran sido dejadas caer sobre el pavimento, y que esos sonidos, entremezclados, resonaron por toda la llanura, atrayendo todos los ojos hacia el campanario, de donde, a través de la celosía, brotaron pequeñas volutas de humo.

Algunos aseguraron que fue el spaniel, enloquecido por el miedo, el que recibió el disparo. Otros lo negaron. Lo cierto es que el spaniel no volvió a ser visto nunca; y probablemente, por alguna razón desconocida, compartió la sepultura del dominó que ahora se relatará. Porque, fueran cuales fuesen las anteriores circunstancias, una vez pasado el instintivo pánico inicial, o eliminados todos los fundamentos para un miedo razonable, los dos magistrados, con sus propias manos, envolvieron de nuevo la figura en el sudario caído a sus pies que antes lo había albergado. Aquella misma noche, fue bajado secretamente al suelo, trasladado subrepticiamente a la playa, llevado hasta mar abierto, y hundido allí. Sin que posteriormente, ni siquiera en las horas de más alegre camaradería, ninguno de los dos hombres revelara jamás todos los secretos del campanario.

La solución popular al insondable misterio del destino del fundidor implicaba más o menos algún elemento sobrenatural, pero algunas mentes menos acientíficas pretendieron hallar una cierta dificultad en aceptar esto. En la cadena de acontecimientos circunstanciales trazada, puede haber, o tal vez no, algún eslabón ausente. Pero, como la explicación en cuestión es la única que la tradición ha conservado de forma explícita, a falta de una mejor, aquí queda expuesta. Pero, en primer lugar, es de requisito presentar la suposición sostenida acerca del motivo y modo, con su origen, del designio secreto de Bannadonna que las mentes arriba mencionadas creyeron penetrar tanto en el alma como en el acontecimiento. La revelación implicará indirectamente referencia a asuntos peculiares, ninguno de ellos muy claro, más allá del tema inmediato.

En aquel período, ninguna gran campana había sido hecha sonar de otro modo distinto a como hasta el presente: por agitación de un badajo en su interior, mediante cuerdas; o por percusión desde el exterior, ya fuera por medio de una complicada maquinaria o fuertes hombres, armados con pesados martillos, estacionados en el campanario o en garitas de centinela al aire libre, según la campana estuviera expuesta o resguardada.

Fue observando estas campanas al aire libre, con los hombres de guardia en el campanario que las hacían sonar, que el fundidor derivó, se opinaba, la primera sugerencia de su esquema. Perchada sobre un gran pilón o espira, la figura humana vista desde abajo, se ve afectada por una reducción tal del tamaño aparente que sus rasgos inteligentes resultan borrados. No refleja ninguna personalidad. En vez de reflejar volición, sus gestos se parecen más bien a los automáticos brazos de un telégrafo.

En consecuencia, meditando acerca del aspecto puramente de Polichinela de la figura humana contemplada de este modo, se le ocurrió indirectamente a Bannadonna el diseñar algún agente metálico que diera la hora con su metálica mano, con una precisión aún mayor que una mano viva. Y más aún: puesto que el hombre de guardia en el campanario, saliendo de su refugio en los períodos determinados, caminaba hacia la campana con su maza alzada para golpearla, Bannadonna decidió que su invención poseyera también el poder de la locomoción y, junto con ella, la apariencia, al menos, de inteligencia y voluntad.

Si las conjeturas de aquellos que afirmaban conocer las intenciones de Bannadonna eran hasta aquí correctas, su espíritu no habría sido excesivamente emprendedor. Pero no se detenían en este punto; la idea básica era que, efectivamente, su diseño había sido promovido en primer lugar por la visión del guardia en el campanario, y confinada a la confección de un sutil sustituto para él; sin embargo, como es a menudo el caso con los creadores de proyectos, por insensibles gradaciones, avanzando desde metas comparativamente pigmeas hasta otras titánicas, el esquema original había alcanzado, en sus finalidades anticipadas, un grado de atrevimiento sin precedentes. Seguía dedicando sus esfuerzos a la figura locomotora para el campanario, pero solo como un tipo parcial de una criatura ulterior, una especie de enorme esclavo, adaptado además, en un grado que difícilmente puede ser imaginado, a las conveniencias y glorias universales de la humanidad; proporcionando nada menos que un suplemento a los Seis Días de Trabajo; proporcionando a la Tierra un nuevo siervo, más útil que el buey, más rápido que el delfín, más fuerte que el león, más astuto que el mono, más industrioso que la hormiga, más feroz que la serpiente, y, sin embargo, en paciencia, otro mulo. Todas las excelencias de las criaturas surgidas de las manos de Dios y que servían al hombre iban a ver allí una mejora, y además verse combinadas todas en una. Talus iba a ser el nombre del esclavo para todo. Talus, el esclavo de hierro de Bannadonna y, a través suyo, del hombre.

Aquí puede pensarse que, si estas últimas conjeturas acerca de los secretos del fundidor no eran erróneas, entonces debían estar irremediablemente infectadas por las más locas quimeras de aquella época; yendo más allá de Alberto Magno y Cornelio Agripa. Pero se demostró lo contrario. Pese a lo maravilloso de su diseño, pese a trascender aparentemente no solo los límites de la invención humana, sino también los de la creación divina, los medios propuestos para ser empleados se supone que se hallaban confinados dentro de las sobrias formas de la sobria razón. Se afirmaba que, hasta un grado que iba más allá del escéptico desdén, Bannadonna no había mostrado la menor simpatía por ninguna de las vanamente gloriosas irracionalidades de su tiempo. Por ejemplo, no había llegado a la conclusión, con los visionarios entre los metafísicos, de que entre las más delicadas fuerzas mecánicas y la más ruda vitalidad animal podía descubrirse algún germen de correspondencia. Esta idea compartía poco del entusiasmo de algunos filósofos naturales, que esperaban, mediante inducciones fisiológicas y químicas, llegar al conocimiento de la fuente de la vida, y así se calificaban a sí mismos como aptos para fabricarla y mejorarla. Mucho menos tenía algo en común con la tribu de los alquimistas que buscaban, a través de una especie de encantamiento, evocar alguna sorprendente vitalidad a partir del laboratorio.

Como tampoco había imaginado, siguiendo la corriente de algunos esperanzados teósofos, que, a través de la fiel adoración del Altísimo, algunos de sus poderes pudieran descender hasta el hombre. Bannadonna, un materialista práctico, había apuntado hacia lo que debía alcanzarse no por la lógica, no por el crisol, no por los conjuros, no por los altares, sino por los simples martillos y banco de trabajo. En pocas palabras, resolver la naturaleza, robarle algo, intrigar más allá de ella, procurarse algo que la atara a su mano… No; ésos, de una vez por todas, no habían sido sus objetivos; sino, sin pedirle favores a ningún elemento ni ningún ser, por sí mismo, rivalizar con la Naturaleza, ganarla y dominarla. Avanzaba hacia su conquista. Con él, el sentido común era teúrgia; la maquinaria, milagro. Prometeo, el nombre heroico para el maquinista; el hombre, el auténtico Dios.

Sin embargo, en este paso inicial, en lo que al autómata experimental para el campanario se refería, se permitió jugar un poco; o, quizá, lo que parecía juego no fuera más que una utilitaria ambición extendida colateralmente. En su figura, la criatura para el campanario no debía ser modelada según los esquemas humanos, ni los de ningún animal, ni siquiera según los ideales, por alocados que fueran, de las antiguas fábulas, sino igualándolo en aspecto al hecho de que cualquier organismo es un producto original; cuanto más terrible de contemplar, mejor.

Ésas, pues, eran las suposiciones respecto al esquema actual y sus reservadas intenciones. Cómo, en el umbral de todo ello, las cosas se desarrollaron hacia la catástrofe que lo estropeó todo, o, mejor dicho, cuál fue la conjetura ahí, es lo que veremos a continuación.

Se creía que el día anterior a la fatalidad, una vez se marcharon sus visitantes, Bannadonna había desembalado la imagen en el campanario, la había ajustado, y la había colocado en el lugar previsto: una especie de garita de centinela en un rincón del campanario; en pocas palabras, durante la noche y parte de la siguiente mañana, se había dedicado a arreglar todo lo relativo al dominó: la salida de la garita cada sesenta minutos; deslizarse a lo largo del sendero señalado, que formaba como un riel; avanzar hacia la campana del reloj, con las manillas alzadas; golpear en una de las doce uniones de las veinticuatro manos; luego dar la vuelta, rodear la campana, y retirarse a su puesto, donde debería aguardar otros sesenta minutos antes de repetir el mismo proceso; la campana, mientras tanto, a través de un hábil mecanismo, giraría sobre su eje vertical, a fin de presentar a la maza que descendería sobre ella las manos unidas de las dos figuras siguientes, cuando ésta debiera golpear las dos, las tres, y así sucesivamente, hasta el final. La musicalidad de aquella campana había sido tratada de tal modo en la fusión, mediante algún ignoto arte, que había perecido con su originador, que cada uno de los golpes sobre las veinticuatro manos emitiría su propia resonancia.

Pero el mágico y metálico extranjero nunca llegó a dar más de un golpe sobre el mágico metal en el cual Bannadonna había dejado clavada su ambiciosa vida. Porque, después de haber introducido la criatura en la garita del centinela, ajustándola para que, a partir de entonces, saliera de ella a las horas previstas, ésta no debería emerger de ella hasta la una, pero entonces emergería infaliblemente; y, después de aceitar diestramente el camino por el que debería deslizarse, se supone que el mecánico se apresuró hacia la campana, para dar los últimos toques a sus esculturas. Como cualquier auténtico artista, allá quedó absorto; y su ensimismamiento se vio intensificado, parece ser, por su deseo de eliminar aquella extraña expresión en Una, que ante los demás había tratado con tal despreocupación, pero que en secreto, posiblemente, debía estar desgarrando su alma.

Y así, en el intervalo, olvidó a su criatura; la cual, sin olvidar su deber, y según los dictados de su creación y el exacto desenrollar del resorte de su mecanismo, abandonó su puesto en el momento exacto; se deslizó silenciosa por su bien aceitado camino hacia su objetivo; y, apuntando a la mano de Una, para desgranar una clamorosa nota, golpeó sordamente el cerebro de Bannadonna que se hallaba interpuesto en su camino, vuelto de espaldas a ella; los amarillados brazos volvieron a alzarse instantáneamente a su posición anterior, listos para el segundo martillazo cuando llegara su momento. El cuerpo caído interrumpía el camino de regreso de la criatura; así que allí se quedó, inmóvil, medio inclinada sobre Bannadonna, como si estuviera susurrando algún terror post mórtem. El cincel yacía caído de la mano, pero al lado de la mano; el frasco de aceite estaba derramado a través del camino de hierro.

Ante aquel desgraciado final, consciente del raro genio del mecánico, la República decretó para él un solemne funeral. Se decidió que la gran campana —cuya fundición se había visto comprometida por la timidez del desgraciado trabajador— sonara en el momento de la entrada del ataúd en la catedral; el hombre más robusto de la región recibió el encargo de hacerla sonar.

Pero mientras los porteadores del féretro entraban en el pórtico de la catedral, lo único que llegó a sus oídos, procedente de la torre, fue un sonido roto y desastroso, como el de algún desprendimiento alpino. Luego, solo silencio.

Mirando hacia atrás, vieron que la parte superior del campanario se había hundido parcialmente de un lado. Después se supo que el fuerte campesino que tenía a su cargo la cuerda de la campana, deseando probar toda su gloria, había dado a la cuerda un concentrado tirón. La masa de estremecido metal, demasiado poderosa para su anclaje, y extrañamente débil en alguna parte en su extremo superior, se había soltado de sus ataduras, había reventado un lado del campanario, y había caído dando vueltas sobre sí misma por un lado de la torre y todos los cien metros hasta el blando césped de abajo, enterrándose boca arriba hasta la mitad.

Tras ser desenterrada, se vio que la fractura principal se había iniciado en un pequeño punto junto a su corona; el cual, al ser raspado, reveló un defecto, engañosamente diminuto, en la fundición; un defecto que posteriormente había sido empastado con algún producto desconocido.

El refundido metal pronto volvió a su lugar en la superestructura reparada de la torre. Durante un año, el coro metálico de pájaros cantó musicalmente por entre las esculpidas celosías y tracerías del campanario. Pero en el primer aniversario de la terminación de la torre —a primera hora de la mañana, apenas amanecido, antes de que la multitud la rodeara—, se produjo un temblor de tierra; se oyó un fuerte y sordo ruido. El pino de piedra, con toda su nidada de metálicos pájaros cantores, yacía derribado sobre la llanura.

Así el ciego esclavo obedeció a su amo cegador; pero, en obediencia, lo mató.

Así el creador fue muerto por la criatura.

Así la campana fue demasiado pesada para la torre.

Así la principal debilidad de la campana fue allá donde la sangre del hombre le había salpicado su imperfección.

Y así el orgullo se derrumbó en la caída.

EL PARAÍSO DE LOS SOLTEROS Y EL TÁRTARO DE LAS DONCELLAS

I. EL PARAÍSO DE LOS SOLTEROS

No queda lejos de la raya del Temple.

Ir hasta allí, por el camino de siempre, es como pasar de una calurosa llanura a algún valle fresco y profundo rodeado de montañas.

Asqueado del ruido y sucio del barro de Fleet Street —por donde pululan los negociantes recién casados, con las líneas de los libros de cuentas trazadas en el entrecejo, mientras cavilan acerca del aumento del precio del pan y el descenso de la natalidad—, uno dobla hábilmente al llegar a una esquina —no una calle— mística, se desliza por un pasaje sombrío y monástico flanqueado por edificios oscuros, sobrios y solemnes, y sigue adelante hasta escapar de las preocupaciones del mundo y plantarse libre ante los tranquilos claustros del Paraíso de los Solteros.

Los oasis del Sahara serán muy amenos; los bosquecillos en las praderas de agosto, encantadores; la fe pura entre mil perfidias, deliciosa; pero mucho más ameno, más encantador y delicioso es el soñado Paraíso de los Solteros que se encuentra en el pétreo corazón del asombroso Londres.

Paseen por los claustros mientras meditan tranquilamente; disfruten, paladeen su ocio junto al agua en el jardín; demórense en la antigua biblioteca; vayan a rezar junto a las esculturas de la capilla. Pero no habrán visto nada, ni sabrán nada, ni habrán saboreado la verdadera miga, hasta que no cenen con los solteros coaligados y vean brillar la jovialidad en sus ojos y en sus vasos. Y no me refiero a una cena en ruidosa compañía en la mesa común del comedor universitario, sino tranquilamente, por decisión propia, en un reservado, invitados hospitalariamente por algún templario.

¿Templario? He aquí una palabra romántica. Veamos. Tengo entendido que Brian de Bois-Guilbert era un templario. ¿Hemos de entender que insinúa usted que esos famosos templarios perduran en el Londres moderno? ¿Acaso se oye aún el repiqueteo de sus espuelas, y el resonar de sus escudos, cuando los caballeros monjes vestidos con sus cotas de malla se arrodillan ante la hostia consagrada para rezar? Sin duda, sería raro ver a un caballero monje caminando por el Strand, con el corselete bruñido y la nívea sobrevesta salpicados por un autobús. Y con luengas barbas, de acuerdo con las reglas de su orden, y el rostro indefinido como el de un leopardo. ¿Qué aspecto tendría ese triste fantasma entre tantos ciudadanos bien afeitados y con el pelo recién cortado? Sabemos —así nos lo enseña la historia— que una plaga moral acabó por corromper a aquella Hermandad sagrada. Aunque ningún enemigo pudiera derrotarlos por la espada, el gusano del lujo se arrastró por debajo de su guardia, y royó el núcleo de la fe caballeresca, mordisqueó los votos monásticos, hasta que por fin la austeridad de los monjes se relajó en forma de banquetes, y los célibes caballeros juramentados se volvieron hipócritas y disolutos.

Pero, pese a todo, no estábamos preparados para saber que los caballeros templarios (en caso de que sigan existiendo) se habían secularizado tanto como para pasar de labrarse una fama inmortal en las gloriosas batallas por Tierra Santa a trinchar piernas de cordero en la mesa a la hora de la cena. ¿Acaso estos templarios degenerados creen hoy, como Anacreonte, que es mejor caer en un banquete que en una batalla? Aunque, de lo contrario, ¿cómo iba a sobrevivir esa famosa orden? ¡Templarios en el Londres de hoy! ¡Templarios con cruces rojas en los mantos fumándose un cigarro en el diván! ¡Templarios apiñados en un tren que, abarrotado de yelmos, lanzas y escudos, parecería una locomotora alargada!

No. El auténtico templario hace mucho que desapareció. Vayan a ver las maravillosas tumbas en la iglesia del Temple; vean sus figuras rígidas y altaneras yaciendo con los brazos cruzados sobre sus quietos corazones en un descanso eterno y sin sueños. Como los años anteriores al Diluvio, los audaces caballeros templarios ya no están. Aun así, el nombre perdura, y la sociedad nominal, y sus antiguos feudos, y algunos de los edificios antiguos. Pero el calzado de hierro se ha transformado en una bota de charol. La espada a dos manos en una pluma para una sola mano; el monje limosnero que daba fantasmales consejos ahora asesora a cambio de dinero; el defensor del sarcófago (si está ejercitado en su arma) ahora tiene más de un caso que defender; el encargado de despejar los caminos que conducían al Santo Sepulcro ahora tiene la misión de estorbar, impedir, obstaculizar y obstruir todos los tribunales y avenidas de la Ley; el caballero combatiente contra los sarracenos que afrontaba las puntas de lanza en Acre, hoy combate contra las lanzas de la ley en

Westminster Hall. Su yelmo es una peluca. Tocado por la varita mágica del Tiempo, hoy el templario se ha convertido en un abogado.

Pero, como a muchos otros caídos desde las alturas de la orgullosa gloria —como la manzana, dura en la rama y madura en el suelo—, la caída del templario lo ha convertido en alguien mejor.

Me atrevería a decir que esos viejos guerreros sacerdotes eran, en el mejor de los casos, bruscos y destemplados; cubiertos de chatarra de Birmingham, ¿cómo iban a estrecharnos cordialmente entre sus envarados brazos? Con sus almas frailunas, ambiciosas y orgullosas, prietas como un misal cerrado, y los rostros batidos por los proyectiles, ¿qué clase de afabilidad iban a demostrar? Sin embargo, el templario moderno es el mejor de los camaradas, el más amable de los anfitriones y un comensal de primera. Su ingenio y su vino son igual de chispeantes.

La iglesia y los claustros, los patios, las bóvedas, las calles y pasajes, los salones de banquetes, los refectorios, las bibliotecas, las terrazas, los jardines, los amplios paseos, las habitaciones y los cuartos recoletos, ocupan mucho terreno y están todos cerca unos de otros y bastante apartados del estrépito de la ciudad vieja; y como todo se cuida con extrema minuciosidad de soltero, ningún otro lugar de Londres ofrece un refugio tan agradable para una persona tranquila.

El Temple es, de hecho, una ciudad en sí mismo. Una ciudad con todos los mejores accesorios, como demuestra la enumeración anterior. Una ciudad con un parque, y lechos de flores, y a la orilla del río..., pues el Támesis fluye junto a él tan francamente como el manso Éufrates junto al jardín primigenio del Edén. Los antiguos cruzados solían ejercitar sus corceles y sus lanzas en lo que hoy son los jardines del Temple; los modernos templarios se recuestan en los bancos bajo los árboles y, cruzando las botas de charol, se ejercitan en animadas réplicas.

Largas hileras de solemnes retratos en los salones de banquetes muestran qué grandes hombres —nobles famosos, jueces y cancilleres— fueron templarios en su día. Pero no todos los templarios tienen fama universal; no obstante, si el tener cálidos corazones y dar aún más cálidas bienvenidas, si la imaginación abundante y las bodegas aún más abundantes, y el ofrecer buen consejo y magníficas cenas especiadas con raros entretenimientos, diversiones y fantasías, merece una mención inmortal, anotad, oh musas, los nombres de R. F. C. y su imperial hermano.

Aunque para ser templario en sentido estricto haya que ser abogado, o estudiante de Derecho, y tenga uno que ser aceptado ceremoniosamente como miembro de la orden, hay muchos que, aunque templarios, no residen en el recinto del Temple, pese a que puedan tener allí sus despachos; por otro lado, también hay muchos residentes en sus viejas habitaciones que no son templarios reconocidos. Si uno es, digamos, un caballero retirado y soltero, o un tranquilo hombre de letras no casado, a quien atrae el suave aislamiento del lugar, y que desea plantar su umbrosa tienda entre las demás en este tranquilo campamento, es necesario trabar amistad con algún miembro de la orden, y pedirle que alquile a su nombre, pero a tu coste, una habitación que se ajuste a tus necesidades.

Supongo que eso hizo el doctor Johnson, ese recién casado y viudo nominal, pero soltero virtual, cuando vivió aquí una temporada. Lo mismo hizo ese indudable soltero de singular buen corazón, Charles Lamb. Y cientos de otros espíritus dorados, Hermanos de la Orden del Celibato, han comido, dormido y tenido aquí su santuario de cuando en cuando. Ciertamente el lugar es como un panal de despachos y habitaciones. Está perforado como un queso en todas las direcciones con las cómodas celdas de los solteros. ¡Querido y delicioso lugar! ¡Ah!, cuando pienso en las dulces horas que he pasado allí, disfrutando de la jovial hospitalidad bajo esos techos honrados por el tiempo, mi corazón solo sabe expresarse por medio de la poesía y con un suspiro canto suavemente: «¡Llevadme de vuelta a la vieja Virginia!».

Así es, a grandes rasgos, el Paraíso de los Solteros. Y así lo encontré una agradable tarde del sonriente mes de mayo, cuando salí de mi hotel en Trafalgar Square, y acudí a la cita que tenía para cenar con ese gran abogado, soltero y magistrado jefe, R. F. C. (es lo primero y lo segundo y debería ser lo tercero; así que lo propongo para el cargo), cuya tarjeta llevaba pellizcada entre mis enguantados dedos, para, de cuando en cuando, echarle otro vistazo a la agradable dirección escrita debajo del nombre: «Elm Court n.º…, el Temple».

En el fondo, era un inglés franco, despreocupado, agradable y simpático. Si en una primera cita parece reservado, y un poco gélido…, paciencia: ya se descongelará el champán. Y si no llega a ocurrir, siempre es mejor champán helado que vinagre líquido.

Había en la cena nueve caballeros, todos solteros. Uno del «Paseo del Tribunal Real n.º…, el Temple», y un segundo, un tercero, un cuarto y un quinto de varias plazas y calles bautizadas con sílabas igualmente sonoras. Era, de hecho, una especie de Senado de los Solteros enviado a aquella cena desde distritos muy distantes para representar el celibato general del Temple. Aunque, debido a su representatividad, más bien parecía un Parlamento de los mejores solteros del Londres cosmopolita; pues varios de los presentes procedían de barrios lejanos de la ciudad, famosos por ser la residencia de abogados y hombres no casados desde tiempo inmemorial: Lincoln's Inn, Furnival's Inn; y un caballero a quien yo contemplé con una suerte de respeto añadido, procedente del lugar donde en cierta ocasión lord Verulam vivió soltero: Gray's Inn.

El apartamento estaba bastante cerca del cielo. No sé cuántas viejas y extrañas escaleras escalé para llegar a él. Pero una buena cena, con una compañía famosa, hay que ganársela. Sin duda, nuestro anfitrión tenía su comedor tan alto para hacer el ejercicio previo que garantiza un disfrute y una digestión adecuados.

El mobiliario era maravillosamente sencillo, viejo y cómodo. Ni caoba nueva y brillante, pegajosa aún por el barniz fresco, ni otomanas lujosas e incómodas, ni sofás demasiado buenos para ser utilizados, le incomodaban a uno en aquel sobrio apartamento. Es algo que todos los norteamericanos sensatos deberían aprender de los ingleses sensatos: que el brillo y el lustre, las baratijas y las fruslerías no son indispensables para el solaz doméstico. El recién casado norteamericano engulle una chuleta reseca en una vitrina dorada del centro de la ciudad; el soltero inglés cena apaciblemente sobre una sencilla mesa de pino en su incomparable casa de las afueras.

El techo de la habitación era bajo. ¿Quién quiere cenar bajo la cúpula de San Pedro? ¡Techos altos! Si eso es lo que quieren, y opinan que cuanto más alto mejor, y son ustedes tan altos, váyanse a cenar al aire libre con las jirafas.

A su debido tiempo, los nueve caballeros se sentaron ante sus platos y no tardaron en ponerse manos a la obra.

Si no recuerdo mal, inauguró el banquete una sopa de rabo de buey. Pese a su profundo color rojizo, su agradable sabor disipó mis primeras sospechas de que su ingrediente principal fueran látigos de cochero y cueros sin curtir de los porteros. (Bebimos, a modo de interludio, un poco de clarete). Neptuno fue el siguiente en recibir tributo, pues de segundo plato se sirvió rodaballo, blanco como la nieve, desmenuzado y en su punto de gelatina, no demasiado atortugado en su untuosidad.

(En ese momento nos refrescamos con un vaso de jerez). Concluidas aquellas breves refriegas, comenzó su avance la artillería pesada del banquete, conducida por ese famoso generalísimo inglés: el rosbif. Como ayudas de campo, tuvimos unos cuartos traseros de cordero, un pavo cebón, un pastel de pollo y un sinfín de platos no menos sabrosos, mientras que de avanzadilla se presentaron nueve jarras de siseante cerveza. Cuando la artillería pesada desapareció tras los pasos de las avanzadillas, una brigada seleccionada de aves de caza acampó sobre la mesa y encendió sus fuegos de campamento con la más rojiza de las jarras.

Siguieron tartas y pudines, con innumerables golosinas; luego queso y galletas. (Por pura ceremonia, más que nada por mantener las buenas costumbres, nos bebimos un buen vaso de oporto cada uno).

Entonces retiraron el mantel; y, como el ejército de Blücher dirigiéndose hacia la muerte en el campo de batalla de Waterloo, avanzó un destacamento de refresco de botellas polvorientas tras las marchas forzadas.

Todas aquellas maniobras las supervisó un inesperado mariscal de campo (no logro obligarme a llamarlo por el nada glorioso nombre de camarero) de pelo cano, servilleta en ristre y un busto como el de Sócrates. En medio de la hilaridad del banquete, él, absorto en asuntos de tanta importancia, rehusó siquiera esbozar una sonrisa. ¡Qué hombre tan venerable!

Hasta ahora he tratado de trazar un esquema sencillo del plan general de las operaciones. Pero todo el mundo sabe que una cena buena y jovial es una especie de asunto confuso e indiscriminado, casi imposible de explicar en todos sus detalles. Así, cuando dije que, en determinados momentos, nos tomamos un vaso de clarete y un vaso de jerez y un vaso de oporto y una jarra de cerveza, me refería, por así decirlo, a las libaciones regulares. También se vaciaron innumerables vasos improvisados entre aquellos imponentes cálices.

Los nueve solteros parecían sentir la más tierna preocupación por la salud de los demás. Todo el tiempo que fluyó el vino, manifestaron sus más sinceros deseos de que los caballeros a su izquierda y a su derecha gozaran de una salud y un bienestar duraderos. Me di cuenta de que, cuando uno de aquellos amables solteros quería tomar un poco más de vino (para asentar el estómago, como Timoteo), no se servía a menos que se le uniera alguien más. Parecía que fuese una falta de delicadeza, una muestra de egoísmo y de poca camaradería que lo vieran a uno tomando una copa solo y apartado. Entretanto, a medida que corría el vino, el espíritu del grupo se iba haciendo más y más jovial y desinhibido. Relataron toda suerte de historias agradables. Sacaron a relucir las experiencias escogidas de su vida privada, como las marcas preferidas de vino de Mosela o del Rin reservadas solo a cierta compañía. Uno nos contó lo bien que vivía durante sus años de estudiante en Oxford, y varias anécdotas picantes de los francos y nobles señores con los que coincidió allí. Otro soltero, un hombre de pelo gris, de rostro luminoso, que, según nos dijo él mismo, aprovechaba cualquier momento de ocio para cruzar a los Países Bajos e inspeccionar la bella arquitectura flamenca, era un soltero erudito, cano y radiante, que destacaba por sus descripciones de los elaborados esplendores de los salones gremiales, los ayuntamientos y los edificios oficiales que pueden verse en el país de los antiguos flamencos. Un tercero era un asiduo del Museo Británico y lo sabía todo sobre cientos de maravillosas antigüedades, de manuscritos orientales y libros únicos y costosos. Un cuarto acababa de regresar de un viaje a Granada, y, por supuesto, estaba inmerso en los paisajes sarracenos. Un quinto contó un divertido caso judicial. Un sexto era entendido en vinos. Un séptimo conocía una anécdota extraña y característica sobre la vida privada del Duque de Hierro, nunca publicada ni narrada antes en público o en privado. Un octavo distraía sus noches traduciendo, de cuando en cuando, un poema cómico de Pulci, y nos citó los pasajes más divertidos.

Y así pasó la tarde, y fuimos contando las horas no con una clepsidra, como la del rey Alfredo, sino con un cronómetro de vino. Con el tiempo, la mesa fue pareciéndose a una especie de hipódromo de Epsom, un circuito por el que galopaban las botellas. Por temor a que alguna pudiera no llegar a su destino con la premura necesaria, se enviaba otra para meterle prisa; y luego una tercera para meterle prisa a la segunda; y, a continuación, una cuarta y una quinta. Y, durante todo ese tiempo, no sucedió nada ruidoso, inapropiado ni turbulento. Estoy convencido de que, si Sócrates, el mariscal de campo, hubiese reparado en la más leve falta de decoro por parte del grupo al que servía, se habría marchado sin avisar. Después supe que, durante la cena, un soltero inválido disfrutó en la habitación de al lado de su primer sueño profundo y reparador en tres largas y fatigosas semanas.

Fue la perfección misma en cuanto a concentración en la buena vida, la buena bebida, los buenos sentimientos y la buena conversación. Éramos una cofradía. El rasgo principal del banquete fue la comodidad fraterna y familiar. También se veía fácilmente que aquellos hombres desenfadados no tenían esposas ni hijos de los que preocuparse. Casi todos eran viajeros, pues solo los solteros pueden viajar libremente, y sin que les remuerda la conciencia por abandonar su hogar.

El dolor y el fantasma de la preocupación eran como dos leyendas absurdas para su imaginación de solteros. ¿Cómo iban a permitir unos hombres tan generosos y eruditos, con un entendimiento tan cordial, filosófico y capaz, que los afectaran semejantes leyendas frailunas? ¡Dolor! ¡Preocupación! Sería como hablar de los milagros de los católicos. Nada de eso. Páseme el jerez, señor. Vamos, vamos, no puede ser. El oporto, señor, si no le importa. Tonterías, ni me lo cuente. Creo que tiene usted la botella, señor.

Y así siguió.

Poco después de que retirasen los manteles, nuestro anfitrión miró significativamente a Sócrates, quien se dirigió a una repisa y volvió con un inmenso cuerno retorcido, una auténtica trompeta de Jericó, montada en plata bruñida, y curiosamente decorada con dos cabezas de cabra, con cuatro cuernos más de plata sólida que se proyectaban a ambos lados de la boca del cuerno principal.

Como no sabía que nuestro anfitrión supiera tocar la trompeta, me sorprendió verle levantarla de la mesa como si se dispusiera a dar un toque inspirador. Pero salí de mi error y comprobé los verdaderos propósitos del cuerno al verle insertar el pulgar y el dedo índice y notar un leve aroma y el olor del rapé escogido. Era una mezcla de rapé y dio la vuelta alrededor de la mesa. ¡Qué buena idea, pensé, tomar rapé en esta ocasión! ¡Esta buena costumbre habría que introducirla entre mis compatriotas!

El notable decoro de los nueve solteros —un decoro que no se vio afectado por el vino: un decoro inasequible a cualquier exhibición de alegría— volvió a hacerse evidente ante mis ojos al observar que, aunque todos inhalaban rapé con prodigalidad, nadie faltó a la corrección ni se permitió molestar al soltero inválido con sus estornudos. Inhalaban en silencio, como si se tratase de algún polvo inocuo tomado de las alas de una mariposa.

Pero por buenas que sean, las cenas de los solteros, como las vidas de los solteros, no pueden durar eternamente. Llegó la hora de volver a casa. Uno por uno, los solteros cogieron su sombrero, y de dos en dos, cogidos del brazo, descendieron al patio enfrascados todavía en la conversación; unos se retiraron a sus habitaciones a hojear el Decamerón antes de irse a dormir; otros a fumar un cigarro, mientras paseaban junto a la orilla del río; algunos salieron a la calle a buscar un coche que los condujera cómodamente a su lejana residencia.

Yo fui el último en marcharme.

—Bueno —dijo mi sonriente anfitrión—, ¿qué opina del Temple y del tipo de vida que llevan aquí los solteros?

—Señor —le dije yo con una explosión de candor y admiración—. ¡Señor, este es el mismísimo Paraíso de los solteros!

II. EL TÁRTARO DE LAS DONCELLAS

No queda lejos de la montaña Woedolor en Nueva Inglaterra. Yendo en dirección este, justo entre las brillantes granjas y los prados soleados, que acuna a principios de junio la hierba olorosa; se accede subiendo por unas montañas desoladas que se van cerrando gradualmente hasta formar un paso lóbrego, llamado el Fuelle de la Doncella Loca debido a la violenta corriente de aire del Golfo que sopla constantemente entre sus ásperas paredes de roca y a la leyenda de que, hace mucho tiempo, una solterona vivió en una cabaña por los alrededores.

Serpenteando por el fondo de la garganta hay un camino de carro peligrosamente estrecho que discurre por el lecho de un antiguo torrente. Si se sigue el camino hasta su punto más alto se llega a una especie de paso dantesco. A causa de lo empinado de las paredes, de su extraño color de ébano y de la súbita contracción de la garganta, ese lugar concreto se conoce como el Collado Negro. El barranco desciende entonces hacia un gran valle purpúreo, en forma de tolva, hundido entre muchas montañas plutónicas cubiertas de bosques hirsutos. Los lugareños llaman a ese valle la Mazmorra del Diablo. El ruido de los torrentes se precipita por doquier en los oídos. Dichas aguas se reúnen por fin en una corriente turbia de color ladrillo que bulle por la garganta entre enormes riscos. A este torrente de color tan extraño lo llaman el Río de Sangre. Al llegar a un negro precipicio se desvía bruscamente hacia el oeste y da un salto descabellado de veinte metros sobre un bosque marchito de pinos grisáceos entre los que discurre después hacia los valles invisibles.

Coronando visiblemente un acantilado rocoso, junto al borde de la catarata, está la ruina de un viejo aserradero, construido en los tiempos en los que abundaban enormes pinos y abetos en los alrededores. Las moles negras y musgosas de esos inmensos troncos toscamente tallados y atados como estacas, caídos aquí y allá unos sobre otros, abandonados y pudriéndose desde hace mucho tiempo, o dejados asomando solitaria y peligrosamente sobre el tenebroso borde de la catarata, le otorgan a esta tosca ruina de madera, no solo el aspecto de un bloque sin desbastar en una cantera, sino una especie de aire feudal renano o turingio, debido a los escarpados pináculos del paisaje circundante.

No muy lejos del fondo de la Mazmorra hay un gran edificio enjalbegado, que destaca como un gran sepulcro blanqueado contra el sombrío telón de fondo de los abetos de la ladera y otros árboles de hoja perenne que se alzan de forma inaccesible en sombrías terrazas hasta casi seiscientos metros de altura.

El edificio es una fábrica de papel.

Como me había embarcado en el negocio de las semillas a gran escala (tan extensa y ampliamente que mis semillas habían acabado por distribuirse en todos los Estados del este y el norte, e incluso llegaron al lejano suelo de Missouri y a las dos Carolinas), mis necesidades de papel se volvieron tan grandes que llegaron a ser uno de los gastos más considerables del total. No es necesario explicar que quienes nos dedicamos a vender semillas necesitamos el papel a causa de los sobres. La mayoría son de papel amarillento y de forma rectangular; una vez llenos no son demasiado gruesos, y tras sellarlos y anotar en ellos la naturaleza de las semillas que contienen, parecen cartas de negocios listas para el correo. Yo empleaba una cantidad increíble de sobrecitos, varios cientos de miles al año. Durante un tiempo, les compré el papel a los mayoristas de la ciudad vecina. Hasta que, en parte por economía y en parte por la aventura del viaje, decidí atravesar las montañas, unos ochenta kilómetros, y en el futuro encargar el papel en la fábrica de la Mazmorra del Diablo.

Como la nieve estaba insólitamente bien hacia finales de enero, y prometía seguir así durante no poco tiempo, me puse en marcha, a pesar del frío intenso, una tarde gris de viernes, bien equipado con pieles de búfalo y de lobo; y, tras pasar una noche en el camino, divisé la montaña de Woedolor al mediodía siguiente.

La cumbre lejana parecía humear a causa de la escarcha; blancos vapores se elevaban ondulantes como de una chimenea desde los árboles cubiertos de blanco. La intensa congelación hacía que toda la región pareciera petrificada. Los patines de acero de mi trineo crujían y rechinaban sobre la nieve vítrea y quebradiza como si se tratara de cristales rotos. Los bosques que aquí y allá flanqueaban el camino sufrían la misma influencia paralizadora: penetrados por el frío, sus fibras más íntimas se quejaban extrañamente —no solo las oscilantes ramas, sino también el tronco vertical—, mientras las ráfagas los barrían implacablemente. Frágiles por la helada excesiva, muchos arces colosales partidos en dos como la boquilla de una pipa obstaculizaban la tierra inerte.

Cubierto de pies a cabeza de copos de sudor congelado, blanco como un carnero de cuyas narices salieran dos chorros de aire caldeado en forma de cuerno, Negro, mi caballo, de apenas seis años, se sobresaltó al llegar a un recodo donde, atravesado en el camino —no haría ni diez minutos que había caído—, yacía un viejo abeto retorcido y ondulado como una anaconda.

Al llegar al Fuelle, un violento golpe de aire, llegado justo desde atrás, estuvo a punto de empujar cuesta arriba el trineo. La racha chilló a través del escalofriante paso, como cargada de espíritus encadenados a este triste mundo. Antes de alcanzar la cima, Negro, mi caballo, exasperado por el viento cortante, se impulsó con las patas traseras y arrastró el ligero trineo cuesta arriba, pasó rozando las rocas del estrecho collado y se lanzó enloquecido hacia abajo dejando atrás el aserradero en ruinas. El caballo y la catarata se precipitaron juntos hacia la Mazmorra del Diablo.

Tiré con todas mis fuerzas, dejé el asiento y las mantas, me eché hacia atrás con un pie en el pescante, tasqué el freno y logré detenerlo justo a tiempo de evitar colisionar en una curva contra el frío hocico de una roca, tumbada como un león en el margen del camino.

Al principio no pude encontrar la fábrica de papel.

Todo el valle refulgía de blanco excepto aquí y allá donde un pináculo de granito mostraba un ángulo desnudo y barrido por el viento. Las montañas parecían amortajadas como un paso entre cadáveres alpinos. ¿Dónde está la fábrica? De pronto, llegó a mis oídos un sonido zumbante como un remolino. Miré y allí, como una avalancha detenida, estaba la gran fábrica encalada. Estaba rodeada subsidiariamente por un grupo de edificios más pequeños, algunos de los cuales, por su aire neutro y vulgar, su gran longitud, sus ventanas apelotonadas y su aspecto incómodo, eran sin duda los alojamientos de los operarios. Un níveo villorrio en mitad de la nieve. Debido a la naturaleza escabrosa y rocosa del terreno, que impedía cualquier método en su distribución relativa, el agrupamiento algo pintoresco de los edificios formaba varias plazas y patios irregulares. Calles y callejones estrechos, en parte bloqueados por la nieve caída de los tejados, cruzaban el villorrio en todas las direcciones.

Cuando, al apartarme del transitado camino, donde resonaban las campanillas de los numerosos granjeros que aprovechaban las buenas condiciones de la nieve para llevar la leña al mercado y para ir de una taberna a otra por los pueblos dispersos, al apartarme, digo, del concurrido camino principal, recorrí el Fuelle de la Doncella y, algo más allá, vi el Collado Negro; entonces, algo latente, aparte de obvio en aquel momento y lugar, me trajo extrañamente a la memoria la primera vez que vi la lóbrega y mugrienta iglesia del Temple. Y cuando Negro, mi caballo, se lanzó disparado por aquel collado rozando peligrosamente sus paredes rocosas, recordé otra ocasión en que viajé en un autobús londinense desbocado, que más o menos del mismo modo, aunque ni mucho menos a la misma velocidad, atravesó el antiguo arco de Wren. Pese a que ambos objetos no se correspondían del todo, esa falta parcial de adecuación sirvió para teñir de viveza la similitud, igual que el desorden de un sueño. De modo que, cuando frené ante la roca saliente, vi por fin el extraño agrupamiento de los edificios de la fábrica y, dejando la carretera y el collado a mis espaldas, me interné discreta y silenciosamente por unos profundos desfiladeros en aquel apartado lugar y vi el largo y alto edificio principal de la fábrica, con una tosca torre —para izar cajas pesadas— en un extremo, entre los apelotonados edificios y alojamientos, igual que la iglesia del Temple entre sus oficinas y residencias, y cuando el maravilloso aislamiento de aquel misterioso escondrijo entre las montañas ejerció todo su hechizo sobre mí, la imaginación añadió todo lo que le faltaba a mi memoria y me dije: «He aquí la mismísima réplica del Paraíso de los solteros cubierta de nieve y congelada hasta convertirla en un sepulcro».

Desmonté y, abriéndome paso fatigosamente cuesta abajo por la peligrosa pendiente —pues tanto el hombre como el caballo resbalábamos de cuando en cuando sobre las placas de hielo—, llegué por fin, o la ventisca me hizo llegar, a la plaza mayor, ante el edificio principal. Las ráfagas soplaban punzantes y chillonas junto a la esquina, mientras el Río de Sangre bullía rojizo y demoníaco al otro lado. Atravesada en la plaza había una larga pila de leña de varias varas de longitud, brillante a causa de la malla de hielo que tenía incrustada. Una hilera de postes para atar al caballo, con el lado norte cubierto de nieve adhesiva, flanqueaba la pared de la fábrica. La cruda escarcha cubría y pavimentaba la plaza con una especie de metal resonante.

Se reprodujo la misma similitud inversa: «El dulce y tranquilo jardín del Temple, con el Támesis bordeando sus verdes orillas», medité extrañamente.

Pero ¿qué ha sido de los alegres solteros?

Entonces, cuando mi caballo y yo nos detuvimos temblando bajo la ventisca, una muchacha salió corriendo de la puerta de una vivienda cercana, se echó el fino delantal sobre la cabeza y se dirigió al edificio de enfrente.

—Un momento, muchacha, ¿no hay ninguna cabaña por aquí donde pueda refugiarme?

Se detuvo y volvió hacia mí un rostro lívido por la fatiga, y azulado por el frío; una mirada sobrenatural de una miseria indescriptible.

—No —balbucí yo—, la he tomado por otra persona. Siga, no tiene importancia.

Conduje mi caballo hasta la puerta de la que había salido. Llamé a la puerta. Otra muchacha pálida apareció temblando en el umbral y dejó la puerta entornada para evitar las ráfagas de viento.

—No, me he vuelto a confundir. En nombre de Dios, cierre la puerta. Pero espere, ¿no hay ningún hombre por aquí?

En ese momento un personaje de tez oscura y bien abrigado pasó de camino hacia la puerta de la fábrica y al verlo venir, la muchacha cerró rápidamente.

—¿No tienen ningún establo, señor?

—Allí, junto al cobertizo de la leña —replicó y desapareció en el interior de la fábrica.

Con mucho esfuerzo conseguí meter el caballo y el trineo entre las pilas de leña cortada y aserrada. Después cubrí al caballo con la manta, le eché encima las pieles de búfalo y remetí los bordes por debajo de la cincha para que el viento no pudiera desarroparlo. Lo até bien y corrí torpemente hacia la puerta de la fábrica, entumecido por la escarcha y entorpecido por mi sobre todo de cochero.

De pronto, me encontré en un lugar espacioso, intolerablemente iluminado por largas hileras de ventanas, que proyectaban en el interior la escena nevada de afuera.

Hileras de muchachas de aspecto descolorido se sentaban ante hileras de mostradores de aspecto descolorido, con plegadoras blancas en las manos descoloridas y plegaban papel blanco descolorido.

En un rincón había una enorme y pesada estructura de hierro, con un artilugio vertical parecido a un pistón que se elevaba y caía sobre un pesado bloque de madera. Ante él había una muchacha alta —su tímida cuidadora— que alimentaba al animal de hierro con pliegos de papel rosado que, a cada movimiento de descenso del pistón, recibía en una esquina la impresión de una guirnalda de flores. Miré del papel rosado a la pálida mejilla, pero no dije nada.

Sentada ante un aparato alargado, recorrido por largas cuerdas como las de un arpa, otra chica lo alimentaba con folios que otra muchacha recogía al otro extremo de la máquina tan pronto como se alejaban curiosamente de ella por las cuerdas. Llegaban a la primera en blanco, viajaban hasta la segunda rayados.

Miré la frente de la primera chica y vi que era joven y lozana; miré la frente de la segunda muchacha y vi que estaba rayada y arrugada. Entonces, mientras las miraba, las dos —para introducir alguna variedad en la monotonía— intercambiaron sus lugares, y donde antes estaba la joven de frente lozana se instaló la de la frente rayada y arrugada.

Sentada en lo alto, en un elevado taburete colocado sobre una estrecha plataforma, había otra figura que alimentaba a otro animal de hierro; debajo estaba una compañera que colaboraba con ella.

Nadie pronunciaba ni una sílaba. No se oía nada, salvo el rumor bajo, constante y dominador de los animales de hierro. La voz humana estaba proscrita en el lugar. La maquinaria —la ensalzada esclava de la humanidad— era atendida servilmente por seres humanos, que la servían tan silenciosos y sumisos como los esclavos del sultán. Las chicas no parecían tanto ruedas accesorias de la maquinaria general como los dientes de dichas ruedas.

Reparé en la escena de un vistazo, antes incluso de desenrollarme del cuello la pesada bufanda de piel. Pero no había acabado de quitármela cuando el hombre de la tez oscura se me acercó con un grito, me sujetó del brazo, me arrastró al aire libre y, sin dejarme decir una palabra, cogió un poco de nieve y comenzó a frotármela contra las mejillas.

—Tiene dos manchas blancas como el blanco de sus ojos —dijo—; señor, se le han helado las mejillas.

—Es muy posible —murmuré yo—; me sorprende que la helada de la Mazmorra del Diablo no produzca daños peores. Frote con ganas.

Pronto noté un dolor horrible y desgarrador en mis revividas mejillas. Fue como si dos sabuesos me las mordisquearan. Me sentí como Acteón.

Poco después, cuando pasó todo, volví a entrar en la fábrica, expliqué mi negocio, cerré el trato satisfactoriamente y después pedí que me mostraran el lugar.

—Cupido es el chico indicado —dijo el hombre de la tez oscura—. ¡Cupido! —y llamó por aquel extraño y caprichoso nombre a un chico rubicundo con hoyuelos, de aire despierto, que me pareció bastante descarado mientras se deslizaba, como un pez dorado por aguas incoloras, entre las pasivas muchachas; aunque no vi que hiciera nada, el hombre le pidió que le mostrara el edificio al extraño.

—Venga primero a ver el molino —dijo el animado muchacho, dándose humos.

Dejamos la sala de plegado y pasamos por unos tablones fríos y húmedos y llegamos debajo de un gran cobertizo mojado, incesantemente salpicado por la espuma, como la verde proa cubierta de conchas de un navío mercante de las Indias Orientales en mitad de una galerna. La negra y colosal rueda del molino giraba y giraba inexorable en sus enormes revoluciones con un único e inmutable propósito.

—Esto es lo que mueve toda nuestra maquinaria, señor; en todos los edificios, incluso donde trabajan las chicas.

Miré y vi que las aguas turbias del Río de Sangre no habían cambiado de color por haber sido utilizadas por el hombre.

—¿Ustedes tan solo fabrican papel blanco, no hacen impresiones de ningún tipo, ¿verdad? Solo papel blanco.

—Por supuesto, ¿qué otra cosa iba a hacerse en una fábrica de papel?

El muchacho me observó como si dudara de mi sentido común.

—¡Oh, claro! —dije yo tartamudeando, confuso—, es solo que me pareció raro que unas aguas tan rojas se conviertan en... papel.

Me llevó por una escalera mojada y endeble hasta una habitación grande y luminosa, amueblada tan solo con unos toscos receptáculos con aspecto de pesebres situados a lo largo de las cuatro paredes, y ante aquellos pesebres, como si fueran yeguas atadas al comedero, había hileras de muchachas. Cada una de ellas tenía ante sí una larga y brillante cizalla fijada verticalmente al borde del pesebre. La curva de la cizalla y su falta de mango hacían que pareciera exactamente una espada. Una y otra vez, las muchachas frotaban contra la afilada hoja largas tiras de trapos blancos que cogían de unas cestas que tenían a su lado y desgarraban así todas sus costuras hasta convertir los trapos en hilos. En el aire flotaban partículas finas y venenosas que volaban sutiles por doquier hacia los pulmones, como motas en los rayos de sol.

—Esta es la sala de trapos —tosió el muchacho.

—Parece bastante asfixiante —tosí yo como respuesta—; pero las chicas no tosen.

—Oh, están acostumbradas.

—¿De dónde sacan semejante cantidad de trapos? —dije, cogiendo un puñado de una cesta.

—Algunos de esta misma región; otros vienen de ultramar: de Leghorn y de Londres.

—O sea, que no es improbable —murmuré yo— que entre esos montones de trapos haya algunas camisas viejas, provenientes de los dormitorios del Paraíso de los solteros. Pero les han arrancado los botones. Dime, muchacho, ¿alguna vez has encontrado algunos botones de soltero por aquí?

—No crecen en esta parte del país. La Mazmorra del Diablo no es lugar para flores.

—¡Oh!, ¿se refiere a unas flores que se llaman así..., botones de soltero?

—¿No era eso por lo que preguntaba? ¿O se refería a los botones dorados de la chaqueta de nuestro jefe, el viejo solterón, como lo llaman nuestras chicas en sus cuchicheos?

—O sea, que el hombre que vi abajo es soltero, ¿no?

—Oh, sí, un solterón.

—Si veo bien, los filos de las cizallas están vueltos hacia las chicas, pero los trapos y los dedos vuelan de tal modo que se me hace difícil saberlo.

—Están vueltos hacia fuera.

«Sí —murmuré para mí—, ya lo veo, vueltos hacia fuera; cada espada erguida con el filo hacia cada chica. Si mis lecturas no me fallan, así es como iban los condenados desde la sala del tribunal hacia su fin: con un funcionario delante portando una espada con el filo hacia fuera que simbolizaba la fatídica sentencia. Y así, a juzgar por la tísica lividez de esta vida andrajosa y descolorida, van estas pálidas muchachas hacia la muerte».

—Esas cizallas parecen muy afiladas —dije, volviéndome otra vez hacia el muchacho.

—Sí; es necesario mantenerlas así. ¡Mire!

En ese momento, dos de las chicas soltaron los trapos y pasaron una piedra de afilar por la hoja de la espada. Mi sangre poco acostumbrada se heló al oír el agudo chillido del acero atormentado.

«Son como sus propios verdugos; ellas mismas tienen que afilar las espadas que las matan», medité yo.

—¿Por qué están tan pálidas, muchacho?

—Bueno —dijo con un guiño pícaro, haciendo una broma por pura ignorancia con un desconocimiento despiadado—, supongo que de tanto manejar papel blanco se vuelven blancas como el papel.

—Salgamos de la sala de trapos, muchacho.

La extraña inocencia de la crueldad de aquel chico endurecido por la costumbre resultaba más trágica e inescrutablemente misteriosa que ninguna otra visión mística, humana o mecánica, en toda la fábrica.

—Y ahora —dijo alegremente—, supongo que querrá ver la gran máquina, que nos costó 12.000 dólares el otoño pasado. Es la máquina que fabrica el papel. Por aquí, señor.

Le seguí y atravesé un lugar amplio y cubierto de salpicaduras, donde había dos grandes tinas llenas de una sustancia blanca, húmeda y de aspecto lanudo, no muy diferente de la parte albuminosa de un huevo pasado por agua.

—Ahí tiene —dijo Cupido, dando una palmada en las tinas con aire despreocupado—, ese es el inicio del papel, la pulpa blanca que ve. Mire cómo gira y burbujea impulsada por aquella pala. Luego se vierte desde las tinas a ese canal, y llega ya mezclada a la gran máquina. Vamos a verla.

Me condujo a una habitación, sofocante con un extraño calor sanguíneo y abdominal, como si allí se desarrollaran verdaderamente las partículas germinales que acabábamos de ver.

Ante mí, extendidos como un largo pergamino oriental, había una sucesión de bastidores de hierro, místicos y multitudinarios, con toda clase de rodillos, ruedas y cilindros que se movían lenta e incesantemente.

—La pulpa pasa primero por aquí —dijo Cupido, señalando a la parte más próxima de la máquina—. Vea; se vierte aquí y se extiende sobre este tablón inclinado tan ancho; y luego, fíjese, resbala, fina y temblorosa, por debajo de ese primer rodillo de ahí. Siga mirando y verá cómo se desliza por debajo del siguiente cilindro. Ahí. Vea cómo se ha vuelto un poco menos pulposa. Un paso más y va adquiriendo una consistencia un poco más sólida. Otro cilindro más y está tan entretejida (aunque no más que un ala de libélula) que forma un puente en el aire, como una telaraña suspendida entre esos dos rodillos tan separados; fluye por encima del último, luego por debajo, y desaparece un minuto de la vista entre esos cilindros de ahí que no se distinguen bien, reaparece aquí y ya no parece tanto pulpa como papel, pero aún muy delicado y algo defectuoso. Pero…, acérquese un poco, señor…, aquí, en este extremo, ya adopta el aspecto de algo que podría manejarse. Sin embargo, todavía no está lista, señor. Todavía le falta por recorrer un largo camino. Y tienen que pasarle por encima muchos cilindros.

—¡Bendita sea mi alma! —dije yo, maravillado por el estiramiento, las interminables circunvoluciones y la deliberada lentitud de la máquina—, la pulpa debe de tardar mucho en pasar de un extremo al otro y convertirse en papel.

—¡Oh!, no tanto —sonrió el precoz muchacho con superioridad y condescendencia—, solo nueve minutos. Pero mire; puede comprobarlo usted mismo. ¿Tiene un trocito de papel? ¡Ah!, ahí en el suelo hay un trozo. Escriba en él lo que usted quiera, deje que lo coloque aquí y ya veremos cuánto tarda en salir por el otro extremo.

—Déjeme ver —dije yo, cogiendo mi lápiz—, eso es, escribiré su nombre.

Cupido me pidió que sacara el reloj y echó hábilmente el papelito sobre la masa incipiente.

Mi mirada recayó en el minutero sobre la esfera.

Seguí lentamente el papelito, centímetro a centímetro; deteniéndome a veces durante medio minuto mientras desaparecía debajo de los inescrutables cilindros inferiores, para emerger gradualmente de nuevo; y así fue avanzando y avanzando, centímetro a centímetro, ora a la vista, deslizándose como una mota sobre la lámina temblorosa, ora volviendo a desaparecer; y avanzando, avanzando…, centímetro a centímetro, mientras la lámina principal iba adquiriendo más y más consistencia; hasta que, de pronto, vi una especie de cascada de papel, no muy distinta de una catarata; y un sonido cortante, como el chasquido de una cuerda, golpeó mis oídos; y allí cayó una hoja de papel de oficio sin plegar con mi «Cupido» casi borrado y todavía húmeda y tibia. Mis viajes habían llegado a su fin, pues allí estaba el final de la máquina.

—Bueno, ¿cuánto ha tardado? —dijo Cupido.

—Nueve minutos exactos —repliqué yo, reloj en mano.

—Se lo dije.

Por un momento me embargó una curiosa emoción, no muy diferente de la que podría experimentarse al presenciar el cumplimiento de alguna misteriosa profecía. «Pero qué absurdo —volví a pensar—, se trata de una máquina cuya esencia es la precisión y puntualidad invariables».

Mi atención, hasta entonces absorbida por los engranajes y cilindros, se dirigió a una mujer de aspecto triste que estaba de pie junto a la máquina.

—La persona que atiende el final de la máquina tan silenciosamente es bastante mayor. Y no parece muy acostumbrada a ella.

—Oh —susurró Cupido maliciosamente entre el estrépito—, solo lleva aquí una semana. Antes trabajaba de enfermera. Pero por aquí el trabajo escasea y lo dejó. Observe el papel que está apilando ahí.

—Sí, papel de oficio. —Y toqué las pilas de hojas tibias y húmedas que llegaban continuamente a las manos expectantes de la mujer—. ¿Solo fabrican papel de oficio con esta máquina?

—Oh, a veces, aunque no siempre, hacemos trabajos más finos, hojas crema y folios reales, los llamamos. Pero sobre todo fabricamos papel de oficio porque es lo más solicitado.

Curiosamente, al ver aquel papel en blanco caer y caer continuamente, mi imaginación comenzó a divagar acerca de los extraños usos que tendrían aquellos miles de páginas. En aquellas hojas vacías se escribirían toda suerte de cosas: sermones, informes jurídicos, recetas médicas, cartas de amor, licencias de matrimonio, actas de divorcio, registros de nacimiento, certificados de defunción y un sinfín de cosas más. Luego volví a pensar en ellas y no pude sino recordar la célebre comparación de John Locke, que para demostrar que el hombre no tenía ideas innatas comparó la mente humana en el momento de nacer con una hoja de papel en blanco, destinada a que escribieran en ella, aunque nadie pudiera decir qué clase de letras.

Mientras iba de aquí para allá junto a la máquina, que seguía funcionando con un ronroneo, me impresionó tanto la inevitabilidad como el desarrollo de todos sus movimientos.

—Y esa fina telaraña de ahí —dije, señalando a la lámina en su estado más imperfecto—, ¿nunca se rasga o se rompe? Es maravillosamente frágil, y la máquina por la que pasa parece tan poderosa...

—No tenemos noticia de que se haya desgarrado lo más mínimo.

—¿Y nunca se para... ni se atasca?

—No. Debe estar siempre en funcionamiento; justo tal y como funciona ahora. La pulpa no puede dejar de circular.

Entonces me embargó cierta aprensión mientras contemplaba aquel inflexible animal de hierro. Esa clase de maquinaria poderosa y compleja siempre produce, en mayor o menor grado, cierto temor en el corazón humano, igual que un Leviatán vivo y jadeante. Pero si aquella cosa me parecía tan terrible era a causa de la metálica necesidad y la fatalidad inamovible que la gobernaba. Aunque a veces no pudiera seguir el fino y etéreo velo de pulpa en el curso de su avance misterioso o enteramente invisible, era indudable que, allí donde lograba eludirme, seguía avanzando de acuerdo con los autocráticos dictados de la máquina. La fascinación hizo presa en mí. Me quedé en pie, hechizado y maravillado hasta el fondo de mi alma. Ante mis ojos, allí, circulando en una lenta procesión entre los cilindros rodantes, me pareció ver, unidos a los pálidos comienzos de la pulpa, los rostros aún más pálidos de todas las muchachas pálidas que había visto a lo largo de aquel nublado día. Lenta, triste, suplicantemente, aunque sin ofrecer resistencia, pasaban fulgurantes mientras su agonía quedaba oscuramente dibujada en el papel imperfecto, como la impresión del rostro atormentado en el manto de santa Verónica.

—¡Eh!, el calor de la habitación no parece sentarle bien —gritó Cupido mirándome fijamente.

—No…, en todo caso tengo algo de frío.

—Salgamos, señor…, fuera…, fuera. —Y el precoz muchacho me animó a salir de allí, con el aire protector de un padre preocupado.

Al poco rato, me sentí algo reanimado y fui a la sala de plegado; la primera sala en la que había estado y donde estaba el mostrador en el que cerraban los negocios, rodeado de los negros mostradores y de las pálidas muchachas que se ocupaban en ellos.

—Cupido me ha guiado por un extraño recorrido —le dije al hombre atezado que mencioné antes, y de quien había descubierto que no solo era un viejo solterón, sino también el principal propietario—. Su fábrica es extraordinaria. La máquina es un milagro de complejidad inescrutable.

—Sí, todos nuestros visitantes opinan igual. Aunque no tenemos demasiados. Estamos muy alejados de todo. También hay pocos habitantes. La mayoría de las chicas vienen de pueblos lejanos.

—Las chicas —repetí yo, observando sus siluetas silenciosas—. ¿Por qué en la mayoría de las fábricas a los operarios femeninos se las llama indiscriminadamente chicas y nunca mujeres?

—¡Oh!, pues…, no sé, supongo que se debe al hecho de que la mayoría no están casadas. Pero nunca se me había ocurrido pensarlo antes. En nuestra fábrica no contratamos a mujeres casadas porque faltan demasiado al trabajo. Aquí solo queremos trabajadoras fiables, doce horas al día, día tras día, durante los trescientos sesenta y cinco días del año, salvo los domingos, el día de Acción de Gracias y los días de Semana Santa. Es nuestra norma. Y, como no están casadas, solemos llamarlas chicas.

—Entonces son todas solteras —dije, a la vez que algún penoso homenaje a su pálida virginidad me hacía inclinarme involuntariamente.

—Todas solteras.

De nuevo me embargó aquella emoción.

—Sus mejillas siguen algo pálidas, señor —dijo el hombre, mirándome de cerca—. Deberá tener usted cuidado al volver. ¿Le duelen? Mala señal si lo hacen.

—No tengo ninguna duda, señor —contesté yo—, de que en cuanto salga de la Mazmorra del Diablo se sentirán mucho mejor.

—Sí, el aire invernal en los valles, en las quebradas o en cualquier hondonada es mucho más frío y punzante que en ningún otro sitio. Le costará creerlo, pero aquí hace más frío que en la cima de la montaña Woedolor.

—Estoy dispuesto a admitirlo, señor. Pero el tiempo apremia; debo partir.

Volví a embutirme en el sobretodo y la bufanda, metí las manos en mis enormes mitones de piel de foca, salí al aire cortante y encontré al pobre Negro encogido y acurrucado de frío.

Pronto, envuelto en pieles y meditaciones, salí de la Mazmorra del Diablo.

Al llegar al Collado Negro me detuve, y una vez más me vino a la memoria la iglesia del Temple. Entonces, al atravesar el paso a toda prisa, completamente a solas con la naturaleza inescrutable, exclamé: «¡Oh, Paraíso de los solteros!, y, ¡oh, Tártaro de las doncellas!».

EL PORCHE

Con flores de las más bellas,
Mientras dure el verano y viva yo aquí, Fidele.

Cuando me trasladé al campo, ocupé la anticuada casa de una granja, casa que no tenía porche, deficiencia ésta más de lamentar porque no solo me gustan los porches, que de alguna manera combinan la comodidad de los interiores con la libertad de los exteriores, siendo muy placentero el examinar allí el termómetro, sino que la región es tan bella, que en época de bayas ningún muchacho trepa colina o cruza cañada sin tropezar con caballetes asentados en todos los rincones, así como pintores ennegrecidos por el sol. Un verdadero paraíso de pintores. El círculo de las estrellas está cortado por el círculo de las montañas. Al menos, así parece desde la casa, aunque, una vez en las montañas, ningún círculo de éstas puede verse. De haberse elegido el solar ochenta pies más allá, no existiría ese anillo encantado.

La casa es vieja. Hace setenta años, en el corazón mismo de las colinas Hearth Stone tallaron la Caaba, o Piedra Sagrada, a la que, cada Día de Acción de Gracias, los peregrinos solían ir. Ocurrió esto hace tanto tiempo que, al cavar para los cimientos, los obreros usaron layas y hachas en su lucha contra los trogloditas de aquellas partes subterráneas: raíces vigorosas de un bosque vigoroso, situado en lo que hoy es un largo declive de prados adormilados, que van descendiendo desde mi macizo de amapolas. De aquel bosque apretado no queda sino un sobreviviente: un olmo, caído en soledad debido a su constancia.

Quien haya construido la casa, la construyó mejor de lo que supuso; o bien Orión, en el cenit, alguna noche estrellada hizo brillar su espada de Damocles ante ese hombre y le dijo: "Construye aquí". De otra manera, ¿cómo habría entrado en la mente de aquel edificador que, una vez terminado el claro, suya sería una perspectiva tan regia? Nada menos que Greylock con todas sus colinas, como si se tratara de Carlomagno entre sus pares.

Ahora bien, que una casa situada así en tal campo no tenga porche, para que desde él, quienes así lo deseen se agasajen con la vista y se tomen en el disfrute todo el tiempo del mundo, parece un descuido tan grande como el de una galería de pinturas que careciera de bancas, pues, ¿qué son los salones de mármol de esas colinas de piedra caliza sino galerías de exhibición? Galerías en las cuales, renovándose cada mes, cuelgan cuadros que se diluyen en los que vienen después. Y la belleza se parece a la piedad: no es posible correr mientras se la lee; se necesitan tranquilidad, constancia y, hoy en día, un sillón. Porque aunque, en los viejos tiempos, cuando la reverencia estaba de moda y no la indolencia, los devotos de la Naturaleza sin duda adoraban de pie —tal como, en las catedrales de aquellas épocas, lo hacían los adoradores de un Poder superior—, en estos días de fe insegura y rodillas débiles tenemos el porche y el banco de iglesia.

En el primer año de mi residencia allí, para más cómodamente presenciar la coronación de Carlomagno (de permitirlo el tiempo, lo coronaban cada amanecer y cada puesta), elegí, en un descanso de una ladera cercana, un canapé de hierba regio, un canapé de terciopelo verde con un amplio respaldo de musgo; a la altura de la cabeza, caso bastante extraño, crecían (por cuestiones de heráldica, supongo) tres matas de violetas azules sobre un campo argentado de fresas silvestres; como dosel levanté un enrejado de madreselva. Un canapé en verdad majestuoso. Tanto que, allí, como ocurriera con la yacente majestad de Dinamarca en su jardín, un taimado dolor de oído me invadió. Pero si en ocasiones abunda la humedad en la Abadía de Westminster, por ser tan antigua, ¿por qué no dentro de este monasterio de montaña, mucho más viejo?

Era necesario un porche.

La casa era amplia, mi fortuna estrecha. Así pues, imposible era construir un porche panorámico, que diera la vuelta al edificio; aunque, en verdad, vista la cuestión desde la perspectiva de la regla y la escuadra, los carpinteros, del modo más amable, estaban ansiosos de satisfacer mis menores deseos. He olvidado a cuánto por pie de construcción.

La prudencia me concedía lo que yo deseaba tan solo en uno de los cuatro lados. Ahora bien, ¿cuál de ellos?

Al este, ese largo campo de las colinas Hearth Stone, que se desvanece a lo lejos, hacia Quito. Cada otoño, un copillo blanco de algo indefinido mira de pronto, en las mañanas frías, desde el farallón más alto. Es la oveja recién creada por la estación, su vellocino más temprano; y luego el amanecer de Navidad, que cubre esas montañas pardas con lanas y tartanes rojizos, una vista placentera desde el porche. Una vista placentera, sí; pero al norte está Carlomagno, y no pueden preferirse las colinas de Hearth Stone cuando se tiene a Carlomagno.

Bueno, vayamos al lado sur. Allí hay manzanos. Es agradable sentarse, una fragante mañana del mes de mayo, a contemplar el huerto, lleno de flores blancas, como dispuesto a una boda. Y luego, en octubre, un campo verde, con enormes pilas de esferas rojas. Muy bello, lo confieso. Pero al norte está Carlomagno.

Miren ahora el lado oeste. Un pastizal en tierras altas, que se estrecha allá lejos en el bosque de arces que lo corona. Es grato, cuando abre la primavera, seguir por la ladera, en todo lo demás gris y desnuda, seguir por ella, digo, las sendas más antiguas, señaladas por las vetas de los primeros verdes. En verdad grato, no puedo negarlo. Pero al norte está Carlomagno.

Y Carlomagno ganó. Era poco después de 1848. Por alguna razón, alrededor de aquella época, y en todo el mundo, esos reyes tenían derecho al voto, y votaban por ellos mismos.

No terminaba de romperse el terreno cuando todos los vecinos, y en especial mi vecino Dives, también rompieron… pero en carcajadas. ¡Un porche con vista al norte! ¡Un porche de invierno! Desea, supongo yo, mirar la Aurora Boreal en las medianoches de invierno. Espero que tenga buena reserva de manguitos y guantes polares.

Fue esto en el mes de marzo. No se olvidan las narices azules de los carpinteros, y cómo escarnecían la inexperiencia del citadino, quien deseaba su porche al norte. Pero marzo no es eterno; con paciencia, agosto llega. Y entonces, en el fresco elíseo de mi cobertizo septentrional, como Lázaro cobijado en el seno de Abraham, lanzaba miradas compasivas al pobre Dives, quien sufría tormentos en el purgatorio de su porche meridional.

Pero incluso en diciembre no se rechaza este porche al norte, aunque el frío muerda y haya chubascos; aunque el viento norte, como cualquier molinero, pase por la nieve volviéndola una finísima harina, porque, una vez más, con la barba escarchada, me paseo por la resbalosa cubierta, doblando el Cabo de Hornos.

También cuando el verano, a lo Canuto, aquí sentado, suele venir a mientes el mar. Pues no solo las grandes olas mueven las espigas inclinadas, y breves ondas de pasto llegan al porche, como en una bahía, sino que los vilanos de los dientes de león flotan como rocío, y el morado de las montañas es como el morado de las olas, y una tranquila luna de agosto medita sobre los ricos prados, como una calma en la línea del

Ecuador. La vastedad y la soledad son tan oceánicas, siéndolo también el silencio y la uniformidad, que el primer atisbo de una casa extraña, más allá de los árboles, es para todo el mundo algo así como descubrir, en la costa de la Berbería, una vela desconocida.

Y esto me hace recordar mi viaje tierra adentro, al país de las hadas. Un viaje verdadero, pero, si visto en su totalidad, tan interesante como si lo hubiera inventado.

Desde el porche había captado algún objeto impreciso, misteriosamente cobijado, al parecer, en una especie de bolsillo morado, allá en lo alto de un hueco en forma de embudo, o ángulo hundido, en las montañas noroccidentales. Sin embargo, era imposible determinar si se encontraba en una ladera o en un pico, pues, aunque vista desde perspectivas favorables, una cima azul, que mira a la lejanía tras las otras, hablará por encima de sus cabezas, por así decirlo, y afirmará que si bien ella (la cima azul) parece hallarse entre las demás, no pertenece al grupo (¡Dios lo prohíba!) y, en verdad, hará saber que se considera —como, la verdad sea dicha, tiene todo el derecho a creer— superior a las otras por varios codos. No obstante, ciertas cadenas, aquí y allá en doble fila, como formando pelotones, de tal manera van hombro con hombro y se siguen unas a otras, con sus formas y alturas irregulares, que, desde el porche, una montaña cercana y baja se desvanecerá, en casi todas las condiciones atmosféricas, en otra más alta y alejada. Así, un objeto, solitario en la cresta de la primera, parecerá, por todas las razones dadas, estar anidado en el flanco de la segunda. De algún modo, esas montañas juegan al escondite delante de nuestros propios ojos.

Pero, sea como fuere y en todo caso, aquel punto en cuestión se encontraba de tal manera situado, que solo era visible, y muy vagamente, en ciertas condiciones de luz y sombra bastante embrujadoras.

A decir verdad, por un año o quizás más, no supe que existiera ese lugar; y tal vez nunca lo hubiera sabido de no ser por un hechicero atardecer de otoño, de fines del otoño, un atardecer hecho para un poeta loco. Ocurrió cuando los cambiantes bosques de arces situados en la amplia cuenca a mis pies, perdido ya su primer tinte bermellón, humeaban sordamente, como pueblos en pavesas, las llamas expirando sobre su presa; según los rumores, aquel humo visto en el aire no era todo producto del veranillo de San Martín —que nunca se presentaba tan viciado, por suave que fuera—, sino que, en gran medida, lo traía el viento desde los lejanos bosques de Vermont, hacía semanas en fuego. No extrañe entonces que el cielo se mostrara ominoso como la caldera de Hécate; dos cazadores, al cruzar un rojo campo de trigo sarraceno en rastrojo, parecían el culpable Macbeth y el condenado Banquo. Y, muy hacia el sur, como correspondía por la estación, un sol ermitaño, cobijado en la cueva de Adulam, poco más hacía que, por reflejo indirecto de los débiles rayos lanzados desde las nubes a través del desfiladero de Simplón, pintar estático un pequeño y redondo lunar, de color rojo, en la pálida mejilla de las colinas noroccidentales. Atraía como una señal. Era un punto de resplandor en medio de las sombras.

Allí hay unas hadas, pensé; un ruedo mágico donde las hadas danzan.

Pasó el tiempo. Al siguiente mayo, tras una lluvia ligera caída en las montañas —un breve aguacero vuelto isla en los mares brumosos de la luz solar; una lluvia lejana (y en ocasiones había dos, y tres, y hasta cuatro de ellas, visibles a la vez en distintos lugares), de las que me gusta mirar desde el porche, y no esas tormentas llenas de truenos que en el pasado me atraían, que envuelven al viejo Greylock como a un Sinaí, haciéndonos pensar que el atezado Moisés estuviera trepando por él entre arbustos de cicuta achicharrados—; tras esa lluvia ligera, decía yo, vi un arco iris cuyo extremo más lejano descansaba justo donde, el verano anterior, notara el lunar. Allí hay unas hadas, pensé, recordando a la vez que los arco iris hacen florecer y que, si se llega a su comienzo, una bolsa de oro nos volverá ricos. Ojalá estuviera donde comienza ese arco iris, pensé. Y en nada disminuyó mi deseo cuando, por primera vez, noté en el flanco de la montaña lo que parecía un valle pequeño o una gruta; fuera lo que fuere, brillaba como las minas de Potosí cuando se lo veía a través del arco iris. Un vecino prosaico afirmó que se trataba de algún viejo granero, abandonado, su costado caído y como fondo la cuesta. Sin haber estado allí nunca, supe que se equivocaba. A los pocos días, un amanecer alegre hizo brillar una chispa dorada en aquel mismo punto. Tan viva era la chispa, que solo un trozo de cristal parecía capaz de producirla. Entonces el edificio —si, después de todo, tal era— no podía ser un granero y, mucho menos, encontrarse abandonado, con una paja de heno rancio echando moho en él por diez años. No, de ser algo construido por mano mortal, debía tratarse de una cabaña, quizá vacía y desmantelada, pero aquella primavera misma reparada y provista de vidrios de un modo mágico.

Un mediodía, otra vez en esa misma dirección, noté, sobre los borrosos remates de la verdura dispuesta en terrazas, un brillo mayor, como el de un escudo de plata puesto al sol por encima de la cabeza de una persona acuclillada; ese brillo, nos ha enseñado la experiencia en casos similares, proviene necesariamente de un edificio recién tejado. Aquello me aseguró que la lejana cabaña en tierra de hadas había sido ocupada hacía poco.

A partir de entonces, un día tras otro, lleno de interés en mi descubrimiento, miraba anheloso hacia las colinas todo el tiempo que podía quitarle a mi lectura de El sueño de una noche de verano y de todo lo referente a Titania. En vano. O bien un ejército de sombras, una guardia imperial, de paso lento y aire solemne, desfilaba por las pendientes; o, derrotado por la luz acosadora, huía del este al oeste, dispersándose, como en las viejas batallas de Lucifer y San Miguel; o las montañas, aunque incólumes a esas luchas falsas ocurridas en el cielo, tenían una atmósfera por otras razones desfavorables a las imágenes encantadas. Lo lamenté. Sobre todo que, enfermo, hube de retirarme a mi habitación por un tiempo, y mi habitación no daba a esas colinas.

Cuando, bastante repuesto ya, estaba sentado una mañana de septiembre en mi porche, meditando, pasaron por allí en grupo los niños del granjero, quienes venían detrás de un rebañito de ovejas, traveseando, y me dijeron: "Hermoso día" —no pasaba de ser, después de todo, lo que sus padres llamaban una promesa de buen tiempo—; a decir verdad, me había vuelto muy sensible a causa de la enfermedad, al grado de no soportar el ver una enredadera china por mí sembrada que, para mi deleite, tras subir por una columna del porche había reventado en flores rutilantes; pero ahora, cuando se apartaban las hojas un poco, mostraba millones de extraños y corrosivos gusanos que, por alimentarse de aquellas flores, compartían su bendito color, volviéndolo maldito para siempre; gusanos cuyos gérmenes sin duda habían acechado en el bulbo mismo que, lleno de optimismo, plantara. Pues bien, allí estaba sentado, hundido en esa ingrata displicencia de mi enfadosa recuperación, cuando, al mirar de pronto a la lejanía, vi la dorada ventana montañesa, deslumbrante como un delfín en alta mar. Allí hay unas hadas, pensé una vez más; la reina de las hadas a su ventana encantada; o, en cualquier caso, alguna alegre montañesa; bien me hará, bien me curará de mi fastidio, el verla. Basta. Echaré al mar mi bote. ¡Ánimo pues, corazón! Vayamos al reino de las hadas, al fin del arco iris en el reino de las hadas.

Cómo llegar al reino de las hadas, por cuál senda, no lo sabía, ni nadie podía decírmelo, ni siquiera un tal Edmund Spenser, quien había estado allí —al menos, tal me escribió—, excepto para asegurar que, para alcanzar ese reino, es necesario navegar, y hacerlo con fe. Fijé la orientación de aquellas montañas hadadas y, el primer día hermoso, cuando las fuerzas me lo permitieron, monté en mi lancha —de cuerdo y de arzón alto—, liberé amarras y a navegar me lancé, viajero libre como una hoja de otoño. Era la madrugada. Como partía hacia el occidente, iba esparciendo por delante la mañana.

Unas millas después estaban cerca de las colinas, pero fuera de su perspectiva general. No me había extraviado, pues a la orilla del camino postes dorados, como señales, indicaban, no lo dudaba yo, la ruta hacia la ventana dorada. El seguirlos me llevó a una región solitaria y lánguida, donde por las sendas cubiertas de hierba solo andaba un ganado soñoliento, el que, más bien perturbado por el día que despierto, parecía caminar en sueños. Rozar, no lo hacía; los seres encantados nunca comen. Al menos, tal dice don Quijote, el más sabio de los ¡sabios que haya vivido!

Seguí adelante y, finalmente, llegué al pie de la montaña prodigiosa, aunque sin ver aún el anillo mágico. Delante de mí se levantaba un pastizal. Dejando caer cinco trancas mohosas —tan húmedas en su verdor que parecían sacadas de algún barco hundido—, un viejo Aries de lana abundante, rostro alargado y cuernos enroscados vino a oliscarme; después, retrocediendo, con decoro me guio por una vía láctea de malezas blancas, más allá de Pléyades y Hespérides agrupadas indistintamente, de pequeños nomeolvides. Y me hubiera llevado adelante por su senda astral de no ser por rubias bandadas de pájaros amarillos, pilotos, sin duda, hacia la ventana dorada, que volaban a un lado y delante de mí, de arbusto en arbusto, adentrándose en los bosques —bosques que en sí eran un señuelo— y, de alguna manera, hechizados también por la cerca, que cerraba una senda oscura que, no importa cuán oscura, subía. Seguí adelante. Aries, que renunciaba a mí por creerme un alma perdida, dio una vuelta en redondo y volvió por un camino para él más prudente. Terreno prohibitivo y prohibido… para él.

En el bosque, un camino de invierno, cubierto a todo lo largo por gaulterias. A orillas de aguas guijarrosas —incluso más alegres por solitarias, bajo las oscilantes ramas de los pinos, por ninguna estación mimados y, sin embargo, siempre verdes—, continuaba mi viaje, sobre mi caballo. Adelante, por un viejo aserradero, de tal manera oprimido y acallado por las enredaderas, que no se escuchaba ya su voz chirriante; adelante, por un profundo cauce abierto por las aguas en un mármol de nieve, teñido de primavera, donde los impulsos de las avenidas habían cavado en la roca viviente, en cada margen, capillas vacías; adelante, por donde Juan de la iglesia, como el Bautista de igual nombre, predicaba a la naturaleza; adelante, por donde una enorme roca de grano duro, hundida en helechos, mostraba los lugares en que, en tiempos ya olvidados, un hombre tras otro intentó dividirla, perdiendo sus cuñas en el esfuerzo, cuñas que seguían pudriéndose en los agujeros; adelante, por donde, a lo largo del tiempo, en los bordes escalonados de una caída de agua, se habían labrado chimeneas, huecas como cráneos, mediante el incesante movimiento de un pedernal, siempre desgastando sin desgastarse él mismo; adelante, por unos rápidos violentos que desembocaban en un estanque secreto, donde se pacificaban tras girar allí unos momentos, para seguir adelante serenos; adelante, por un terreno menos abrupto, a través de un claro donde, sin duda, bailaron hadas o donde se calentó una rueda, pues todo estaba allí desnudo; y adelante aún, hacia arriba, hasta un jardín colgante donde, aquella mañana, con ojos de doncella me miraba una luna en creciente.

Mi caballo agachaba la cabeza. Ante él rodaban manzanas rojas, las manzanas de Eva, las llamadas "no busques más"; probó una y otra yo; sabían a tierra. Aún no estamos en el reino de las hadas, pensé, lanzando la brida hacia un encorvado y viejo árbol, que dobló una rama para asirla. Porque el camino iba ahora por donde no había senda, y nadie sino yo podía transitarlo, y ello impulsado por el atrevimiento. Avancé entre matorrales de moras que trataron de detenerme, esforzándome yo por llegar a sembradíos estériles de laurel montañoso; por pendientes resbalosas hacia alturas desnudas, donde nadie estaba a recibirme. Aún no entramos en el reino de las hadas, pensé, aunque la mañana vino antes que yo.

Muy dolorido de los pies y cansado, no alcancé entonces el final de mi viaje, pero a poco llegué a un paso escabroso, que se hundía en regiones situadas más allá todavía. Un caminillo zigzagueante, a medias cubierto de matorrales de arándano, se perdía allí por entre los riscos. Una brecha había en sus filosos lados; de ella partía un senderillo que, trepando por aquel breve desfiladero, surgía garboso donde la cima de la montaña, en parte oculta hacia el norte por una hermana mayor, con suavidad subía por el espacio antes de precipitarse oscuramente. Y allí, entre rocas fantásticas, tras reposar en un hato, la senda se enroscaba, vencida a medias, hasta llegar a una cabañita gris, de un solo piso, coronada por un techo a dos aguas, como si fuera una monja.

En uno de sus lados el techo estaba muy manchado por la acción del tiempo y, cerca del enyerbado canalillo del alero, todo cubierto de velloso terciopelo; sin duda que allí fundaban musgosos prioratos los caracoles-monjes. El otro declive estaba recién tejado. Al lado norte, sin puertas y sin ventanas, las chillas, limpias de pintura, conservaban el verde, como el lado norte de los pinos cubiertos de liquen o los cascos, sin revestimiento de cobre, de los juncos japoneses cuando están al pairo. Todo el basamento, como el de las rocas vecinas, estaba rodeado por venas oscuras del césped más rico; porque, al igual que ocurre en el reino de las hadas con las piedras de un hogar, la roca natural, aunque empleada en una casa, conserva hasta el final su poder fertilizador, como si estuviera en el campo; solo por necesidad, cuando se derriba un edificio, pasa al pasto exterior. Al menos, tal dice Oberón, gran autoridad en cuestiones de hadas. Pero incluso haciendo de lado a Oberón, cierto es que, hasta en el mundo cotidiano, la tierra, cuando cercana a las granjas, como cuando cercana a las rocas de los pastizales, es, aunque no se haya procurado eso, más rica que unos cuantos metros más allá; así de suave y nutritivo es el calor que en ese lugar se irradia.

En lo que respecta a la cabaña, las venas oscuras eran más ricas en el frente y cerca de la entrada, donde el terreno y, en especial, el umbral de la puerta se habían ido asentando gradualmente, debido a su antigüedad.

No se veía cercado alguno, ni tampoco límites. Cerca había helechos, helechos y más helechos; un poco más allá, bosques, bosques y más bosques; más allá todavía, montañas, montañas y más montañas; después, cielo, cielo y más cielo. Tendidos en campos aéreos, pastos para la luna montañesa. Todo era naturaleza y solo naturaleza, incluyendo la casa; y hasta un montón no muy alto de madera de abedul, apilada a la intemperie para sazonarla, y encima de cuyos maderos plateados brotaban, como si a través de la cerca de una tumba apartada, vagabundos arbustos de frambuesa, decididos defensores de su derecho de paso.

La senda, tan delicadamente estrecha, como un caminillo para ovejas, pasaba entre helechos bien plantados. Por fin el reino de las hadas, pensé; aquí moran Una y su cordero. En verdad, una habitación pequeña, un mero palanquín, puesto en la cima, en un paso situado entre dos mundos, a ninguno de los cuales pertenecía.

Una hora sofocante, y yo con un sombrero delgado, de material amarillo, y blancos pantalones acampanados, ambas prendas reliquias de mis navegaciones por los trópicos. Atorado en los helechos silenciosos, caí suavemente, manchándome las rodillas de un verde mar.

Me detuve en el umbral o, más bien, en donde alguna vez estuvo el umbral, y vi, a través del vano de la puerta, una muchacha solitaria que cosía junto a una solitaria ventana. Una muchacha de mejillas pálidas y una ventana con manchas de moscas, con avispas en los arreglados paneles superiores. Hablé. Se sobresaltó tímidamente, como una muchacha tahitiana que, aislada para un sacrificio, a través de las palmeras viera por primera vez al capitán Cook. Tras recuperarse, me pidió que entrara; con su mandil sacudió un taburete; luego, en silencio, volvió al suyo. Dando las gracias, me senté; y ahora, por un tiempo, también estuve mudo. Entonces, ésta es la casa en la montaña de las hadas, y ésta la reina sentada a su mágica ventana.

Me acerqué. Allá abajo, enmarcado por aquel paso en forma de túnel, como si fuera un telescopio, vislumbré un mundo lejano, borroso, azul claro. Apenas lo reconocí, aunque de él venía.

—La vista debe serle muy placentera —dije finalmente.

—Ah, señor —y en sus ojos aparecieron unas lágrimas—, la primera vez que vi por esta ventana, me dije: "Nunca, nunca me cansaré de esto".

—¿Y qué la ha cansado ahora?

—No lo sé —y una lágrima cayó—. No es el paisaje, es Mariana.

Hace algunos meses su hermano, de apenas diecisiete años, había venido a esos lugares desde muy lejos, desde el otro lado, para cortar leña y volverla carbón; ella, su hermana mayor, lo acompañó. Huérfanos eran desde hacía mucho tiempo y, ahora, únicos habitantes de aquella casa solitaria en las montañas. Ningún huésped venía, ningún viajero pasaba. Solo en ciertas temporadas los vagones de carbón utilizaban aquella senda zigzagueante, peligrosa. El hermano se ausentaba todo el día y, en ocasiones, toda la noche. Cuando al anochecer volvía a casa, agotado, pronto dejaba el pobre chico su banco por la cama; tal como, finalmente, también se renuncia a eso para alcanzar un descanso más profundo. El banco, la cama, la tumba.

Silencioso estuve ante la ventana mágica mientras me contaban estas cosas.

—¿Sabe usted —dijo por fin, arrancándose a su relato— quién vive allá? Nunca he bajado a esa región, lejos de aquí, quiero decir. Esa casa, la de mármol —e indicó a la distancia en aquel paisaje de abajo—. ¿No la ve? Allí, en aquella pendiente larga, con el campo al frente y los bosques detrás; el blanco resalta sobre el azul, ¿no lo nota? Es la única casa a la vista.

Miré. Al cabo de un tiempo, y para mi sorpresa, reconocí, más por la posición que por el aspecto o la descripción de Mariana, mi morada, que brillaba muy parecido a ésta de la montaña vista desde el porche. La bruma engañadora la hacía aparecer más como el palacio del Rey Encantador que como una granja.

—Me he preguntado a menudo quién vive allí. Alguien feliz, desde luego. Eso pensé otra vez esta mañana.

—¿Alguien feliz? —repetí, sorprendido—. ¿Y por qué piensa eso? ¿Cree que viva allí alguien rico?

—Jamás me pregunté si rico o no. Pero tiene tal apariencia de felicidad, aunque no sepa decir por qué. Se halla tan lejos. En ocasiones me parece que la estoy soñando. Debiera verla al atardecer.

—Sin duda que el sol la dora bellamente, pero no más, tal vez, que el amanecer con esta casa.

—¿Esta casa? El sol es bueno, pero nunca dora esta casa. ¿Por qué habría de hacerlo? Esta vieja casa se pudre, y ello la vuelve sumamente musgosa. Claro, en las mañanas el sol entra por esta ventana, que estaba cancelada cuando llegamos, y que no puedo mantener limpia, haga lo que haga; y quema casi, y casi me ciega cuando coso, aparte de inquietar a las moscas y a las avispas; moscas y avispas como solo se las conoce en las casas solitarias de las montañas. Mire aquí esta cortina —este delantal— con la que trato de mantenerlo fuera. Desteñido, ¿lo ve? ¿Dorar el sol esta casa? Mariana nunca vio tal cosa.

—Porque cuando el tejado está lo más dorado, usted se encuentra recogida dentro.

—¿Quiere decir en la hora más cálida y sofocante del día? Señor, el sol no dora este tejado. De tal manera gotea, que mi hermano tejó todo un lado. ¿No lo vio? El lado norte, donde el sol golpea más sobre lo que la lluvia ha mojado. Este sol es bueno; pero el techo primero abrasa y luego se pudre. Una casa vieja. Quienes la construyeron se fueron al Oeste, donde, se dice, murieron hace mucho. Una casa de montaña. En invierno, ni los zorros se cobijarían en ella. Esa chimenea se ha bloqueado con la nieve, como un tocón hueco.

—Tiene usted extrañas fantasías, Mariana.

—No hacen sino ser reflejo de las cosas.

—Entonces debí decir "Estas cosas son extrañas" y no "Tiene usted extrañas fantasías".

—Como guste —y volvió a su costura.

Algo en aquellas palabras, o en aquella acción tranquila, me hizo enmudecer de nuevo. Al notar, a través de la ventana mágica, que caía una sombra grande, como la creada por un cóndor gigantesco que flotara con sus alas extendidas, en una pose de ensimismamiento, me di cuenta de que, debido a lo más profundo y definitivo de su tono, fundía en su interior todas las sombras menores de rocas y helecho.

—Mire usted la nube —dijo Mariana.

—No, una sombra, sin duda de una nube, aunque no puedo verla. ¿Cómo lo supo? Sus ojos no han dejado la labor.

—La oscureció. Bueno, la nube se ha ido y Tray regresa.

—¿Quién?

—El perro, el perro lanudo. Al mediodía se va, por voluntad propia, para cambiar de forma; luego regresa y yace por un rato cerca de la puerta. ¿No lo ve? Tiene la cabeza vuelta hacia usted, aunque, cuando usted llegó, miraba al frente.

—Sus ojos no han abandonado esa costura. ¿De qué habla usted?

—Por la ventana, cruzando.

—¿Quiere decir esa sombra lanuda, ésa cercana? Pues sí, ahora que la observo, no deja de parecerse a un gran perro de Terranova negro. Ida ya la sombra invasora, la invadida regresa. Pero no alcanzo a ver qué la produce.

—Para eso, necesita salir.

—Sin duda una de esas rocas llenas de hierba.

—¿Ve usted la cabeza, la cara?

—¿De la sombra? Habla como si usted la viera, y ha tenido todo el tiempo los ojos en el trabajo.

—Tray lo está mirando —y sin levantar la vista, agregó—; ésta es su hora; lo veo.

—Entonces, ¿tanto tiempo lleva sentada a esta ventana, por la que solo pasan nubes y vapores, que, para usted, las sombras son objetos, aunque hable de ellos como fantasmas? ¿Tan familiares le son que, por medio de una especie de sexto sentido, puede, sin mirarlos, decir dónde están, aunque, como si tuvieran patas de ratoncillo, a hurtadillas andaran y fueran y vinieran? ¿Son estas sombras sin vida, para usted, como amigos que, aunque fuera de su vista, no lo están de su mente, ni siquiera en sus caras? ¿Ocurre así?

—Nunca lo pensé de esa manera. Pero al más amistoso de ellos, que tanto calmaba mi hastío con su fresco temblar allí entre los helechos, me lo quitaron, para jamás devolvérmelo, como ahora sucedió con Tray. La sombra de un abedul. El árbol fue herido por un rayo, y mi hermano lo cortó; usted vio la madera amontonada fuera; bajo ella están enterradas las raíces, pero no la sombra. Ésta voló para nunca volver, y nunca temblará ya en lugar alguno.

Otra nube pasó por encima, borrando una vez más al perro y oscureciendo toda la montaña. Mientras la quietud se mostraba tan aquietada, bien pudo la sordera olvidarse de sí misma o bien creer que aquella sombra silenciosa hablaba.

—No escucho, Mariana, ave ninguna, ave canora ninguna. Nada escucho. ¿Jamás vienen por aquí muchachos o pájaros a recoger bayas?

—Muy rara vez oigo pájaros; muchachos, nunca. La mayoría de las bayas madura y cae, sin que nadie, sino yo, lo sepa.

—Pero unos pájaros amarillos me enseñaron el camino, o parte de él por lo menos.

—Y luego se volvieron. Supongo que vuelan por las laderas, pero nunca anidan en la cima. Sin duda usted piensa que, por vivir aquí solitaria, por no saber nada, por no escuchar nada —o muy poco, fuera del trueno y la caída de los árboles—, por no leer nada, por hablar muy rara vez y, sin embargo, estar siempre despierta, caigo en esos pensamientos extraños —porque así los llamó—, en este hastío y en esta vigilia. Mi hermano, que se mueve y trabaja al aire libre, quisiera que pudiera descansar como él; pero mi trabajo es mayoritariamente el de una mujer: sentarme, sentarme, sin cesar sentarme.

—Pero ¿no sale a caminar en ocasiones? Estos bosques son grandes.

—Y solitarios; solitarios de tan grandes. A veces, es cierto, al mediodía me alejo un poco, pero vuelvo en seguida. Es mejor sentirse sola al lado del hogar que al lado de una roca. Conozco las sombras que aquí me rodean; me son extrañas las de los bosques.

—¿Y las noches?

—Como los días. Pensar, pensar… una rueda que no puedo detener; y la hace dar vueltas la simple falta de sueño.

—Oí que, para ese hastío del insomnio, el decir nuestras plegarias y, luego, el posar la cabeza sobre una almohada de lúpulo fresco…

—¡Mire!

A través de la ventana mágica señaló ladera abajo, hacia un cercano jardincillo —un mero trozo de tierra removida, a medias rodeado por las rocas que le daban cobijo—, donde, una al lado de otra, separadas unos pies, encanijadas y marchitas, dos enredaderas de lúpulo trepaban por dos varas; al llegar a las puntas se hubieran unido en un abrazo ascendente, pero los perplejos brotes, tras tantear por un tiempo en el aire, volvían al lugar de donde habían surgido.

—Así que ya probó esa almohada.

—Sí.

—¿Y orar?

—Plegarias y almohada.

—¿Y no hay alguna otra cura o encantamiento?

—¡Ah, si una vez tan solo pudiera llegar a aquella casa y mirar al ser feliz que en ella vive! Una idea tonta: ¿por qué pienso en ella? ¿Será que vivo tan sola y nada conozco?

—Tampoco yo conozco nada y, por lo tanto, no puedo responder. Pero, en bien suyo, Mariana, mucho quisiera ser esa feliz persona de esa casa feliz que usted sueña estar viendo, porque entonces la vería y, como usted dice, este hastío tal vez desaparecería.

Basta. Nunca ya zarpo en mi bote hacia el reino de las hadas, y me conformo con mi porche. Es mi palco real y este anfiteatro mi teatro de San Carlos. Sí, el escenario es mágico y la ilusión completa. Y madama Alondra de los Prados, mi primera dama, interpreta aquí su gran papel; y, al beber de sus notas matinales que, como Memnón, parecen brotar de la ventana dorada, ¡cuán lejano me parece el rostro que tras ella se encuentra!

Pero cada noche, cuando cae la cortina, la verdad llega con la oscuridad. Ninguna luz surge en la montaña. Voy y vengo por el porche, acosado por el rostro de Mariana y por muchas otras historias igualmente reales.

ALEJANDRO DUMAS

EL VENDEDOR DE PARARRAYOS

¡Qué trueno extraordinario!, pensé, parado junto a mi hogar, en medio de los montes Acrocraunianos, mientras los rayos dispersos retumbaban sobre mi cabeza y se estrellaban entre los valles, cada uno de ellos seguido por irradiaciones zigzagueantes y ráfagas de cortante lluvia sesgada, que sonaban como descargas de puntas de venablos sobre mi bajo tejado. Supongo —me dije— que amortiguan y repelen el trueno, de modo que es mucho más espléndido estar aquí que en la llanura.

¡Atención! Hay alguien a la puerta.

¿Quién es este que elige tiempo de tormenta para ir de visita? ¿Y por qué no usa el llamador, en vez de producir ese lóbrego llamado de agente de pompas fúnebres, golpeando la puerta con el puño? Pero hagamos que entre. Ah, aquí viene.

—Buen día, señor —era un completo desconocido—. Le ruego que se siente.

¿Qué sería esa especie de bastón de extraña apariencia que traía consigo?

—Hermosa tormenta, señor.

—¿Hermosa? ¡Terrible!

—Está empapado. Siéntese aquí junto al hogar, frente al fuego.

—¡Por nada del mundo!

El extraño se erguía ahora en el centro exacto de la cabaña, donde se había plantado desde un comienzo. Su rareza invitaba a un escrutinio escrupuloso. Una figura enjuta, lúgubre. Cabello oscuro y lacio, enmarañado sobre la frente. Sus ojos hundidos estaban rodeados por halos de color índigo, y jugaban con una especie inofensiva de relámpago: un resplandor al que le faltaba el rayo. Todo él chorreaba agua. Estaba de pie sobre un charco en el desnudo piso de roble: su extraño bastón descansaba verticalmente a su lado.

Era una vara de cobre pulido, de cuatro pies de largo, unida longitudinalmente a un palo de madera bien trabajada, mediante inserciones en dos bolas de cristal verdoso, rodeadas por bandas de cobre. La vara de metal terminaba en un extremo como un trípode, con tres brillantes púas doradas. Él sostenía el conjunto solo por la parte de madera.

—Señor —le dije muy ceremoniosamente—, ¿tengo el honor de recibir una visita de ese dios ilustre, Júpiter Tonante? Así se erguía él en la estatua griega de antaño, empuñando el rayo. Si usted es él, o su virrey, tengo que agradecerle esta noble tormenta que ha lanzado sobre nuestras montañas. Escuche: ese fue un glorioso estruendo. ¡Ah, para un amante de lo majestuoso, es bueno tener al Tronador mismo de visita en la propia cabaña! Hace que los truenos suenen más hermosos. Pero le ruego que tome asiento. Es cierto que ese viejo sillón de mimbre es un pobre sustituto de su trono en el Olimpo, pero condescienda a sentarse.

Mientras yo así le hablaba, el extraño me miraba, medio maravillado, medio horrorizado, pero inmóvil.

—Vamos, señor, siéntese; necesita secarse antes de volver a salir.

Invitándolo con un gesto, puse una silla junto al hogar, donde esa tarde había encendido un pequeño fuego para disipar la humedad, no el frío, porque estábamos a principios de septiembre.

Pero, sin hacer caso de mi solicitud, y siempre de pie en medio de la sala, el extraño me miró ominosamente, y dijo:

—Señor, discúlpeme; pero, en vez de aceptar su invitación a sentarme allá junto al fuego, yo le advierto solemnemente que lo mejor que puede hacer usted es aceptar la mía y pararse a mi lado en medio de la habitación.

—¡Cielos! —añadió, con un respingo—. ¡Otro de esos atroces estruendos! ¡Se lo aviso, señor, aléjese del fuego!

—Señor Júpiter Tonante —dije yo, frotando tranquilamente mi cuerpo contra la piedra—, estoy muy bien aquí.

—¿Entonces usted es tan terriblemente ignorante —exclamó— como para no saber que la parte más peligrosa de una casa, durante una tempestad terrorífica como esta, es la chimenea?

—No, no lo sabía —respondí, alejándome involuntariamente un paso de la chimenea.

El forastero mostró tan desagradable aire de satisfacción por el éxito de su advertencia, que —otra vez involuntariamente— volví a acercarme al fuego, y me erguí en la posición más orgullosa que pude asumir. Pero no dije nada.

—¡En nombre del Cielo! —exclamó, con extraña mezcla de alarma e intimidación—. ¡En nombre del Cielo, aléjese del fuego! ¿No sabe que el aire caliente y el hollín son conductores? ¡Para no hablar de esos enormes morillos de hierro! ¡Deje ese lugar! ¡Se lo suplico! ¡Se lo ordeno!

—Señor Júpiter Tonante, no estoy acostumbrado a recibir órdenes en mi propia casa.

—No me llame con ese nombre pagano. Usted es profano en esta época de terror.

—Señor, ¿sería tan bondadoso como para decirme de qué se ocupa? Si busca refugio de la tormenta, es bienvenido, en la medida en que se muestre educado; pero si usted viene por algún negocio, dígalo abiertamente. ¿Quién es usted?

—Soy vendedor de pararrayos —dijo el extraño, suavizando su tono—, mi especialidad es... ¡El Cielo tenga piedad de nosotros! ¡Qué estrépito! ¿Lo alcanzó un rayo alguna vez... a su casa, quiero decir? ¿No? Lo mejor es estar prevenido —y haciendo sonar su vara metálica contra el piso, añadió—: las tormentas eléctricas no se detienen ante palacios, no se detienen ante nada en el mundo; y, sin embargo, sí, diga sólo una palabra, y podré hacer un Gibraltar de esta cabaña, con unos pocos pases de esta vara. ¡Escuche! ¡Qué conmociones como Himalayas!

—Usted se interrumpió; estaba por hablar de su especialidad.

—Mi especialidad consiste en viajar por el país en busca de órdenes de compra de pararrayos. Este es mi ejemplar de muestra —palmeando su vara—. El mes pasado coloqué en Criggan veintitrés pararrayos en sólo cinco edificios.

—Déjeme recordar. ¿No fue en Criggan donde la semana pasada, hacia la medianoche del sábado, fueron fulminados el campanario, el gran olmo y la cúpula del salón de actos? ¿Contaban con alguno de sus pararrayos?

—El árbol y la cúpula no; el campanario sí.

—¿Para qué sirve entonces su pararrayos?

—Usarlo es una cuestión de vida o muerte. Pero mi operario se descuidó. Al sujetar el pararrayos a la cumbrera del campanario, dejó que una parte metálica rozara la plancha de chapa. De ahí el accidente. No fue mi culpa, sino de él. ¡Escuche!

—No se moleste. Ese trueno sonó lo bastante fuerte como para ser escuchado sin que nadie lo señale con el dedo. ¿Supo algo de la catástrofe del año pasado en Montreal? Una criada fulminada junto a su lecho, con un rosario en la mano; las cuentas eran de metal. ¿Su recorrido se extiende hasta el Canadá?

—No. Y escuché que allí sólo usan pararrayos de hierro. Deberían usar el mío, que es de cobre. El hierro se funde fácilmente. Y la vara es tan delgada, que su grosor es insuficiente para conducir toda la corriente eléctrica. El metal se derrite; el edificio es destruido. Mis pararrayos de cobre nunca funcionan así. Esos canadienses son tontos. Algunos conectan el pararrayos por su extremo superior, corriendo el riesgo de provocar una mortífera explosión, en vez de llevar imperceptiblemente la descarga a tierra, como este pararrayos hace. El mío es el único pararrayos verdadero. ¡Mírelo! Sólo un dólar por pie.

—Su manera improcedente de presentarse bien podría suscitar desconfianza.

—¡Escuche! El trueno se vuelve menos rezongón. Se está acercando a nosotros, y acercándose a la tierra, también. ¡Escuche! ¡Un estruendo unísono! ¡Todas las vibraciones se hicieron una por la cercanía! ¡Otro relámpago! ¡Un momento!

—¿Qué hace? —dije, al ver que, renunciando en un instante a su vara, se dirigía resueltamente hacia la ventana, con sus dedos índice y medio de la mano derecha apoyados sobre la muñeca de la izquierda.

Pero antes de que la frase se me hubiera terminado de escapar, otra exclamación se le escapó:

—¡Ahí se estrelló! Sólo tres pulsos, a menos de un tercio de milla, en algún sitio en ese bosque. Por allí pasé junto a tres robles fulminados, arrancados de un tirón y chispeantes. El roble atrae el rayo más que cualquier otra madera, porque tiene hierro en solución en su savia. Su piso parece de roble.

—Corazón de roble. Dado el singular momento de su visita, supongo que usted elige a propósito el tiempo tormentoso para sus viajes. Cuando el trueno ruge, usted juzga que es la hora más favorable para producir impresiones favorables para su comercio.

—¡Escuche! ¡Atroz!

—Para tratarse de alguien que debería quitar el miedo a otros, usted parece desmedidamente miedoso. La gente común elige el buen tiempo para sus viajes: usted prefiere el tormentoso, y sin embargo...

—Acepto que viajo en medio de las tormentas; pero no sin adoptar muy especiales precauciones, que sólo un especialista en pararrayos puede conocer. ¡Escuche ese! Rápido... mire mi ejemplar de muestra. Sólo un dólar el pie.

—Un hermoso pararrayos, me atrevo a asegurarlo. Pero ¿cuáles son esas tan especiales precauciones suyas? Antes permítame cerrar esos postigos; la lluvia penetra a través del bastidor. La atrancaré.

—¿Está loco? ¿No sabe que esa tranca de hierro es un inmejorable conductor de la electricidad? Desista.

—Entonces me limitaré a cerrar los postigos, y llamaré a mi muchacho para que me traiga una tranca de madera. Por favor, haga sonar esa campanilla, allí.

—¿Perdió la cabeza? El tirador de alambre de esa campana podría electrocutarlo. Nunca toque la campana durante una tormenta eléctrica, ni esta ni ninguna otra.

—¿Ni siquiera la de los campanarios? ¿Me va a decir dónde y cómo puede uno estar a salvo en un tiempo como este? ¿Hay alguna parte de mi casa que yo pueda tocar con esperanzas de vida?

—La hay. Pero no donde usted está parado ahora. Aléjese de la pared. La corriente se descarga a veces por la pared, y como un hombre es mejor conductor que una pared, abandonará esta para abalanzarse sobre él. ¡Zas! Ese debe haber caído muy cerca. Tiene que haber sido un rayo globular.

—Muy probablemente. Dígamelo de una vez; ¿cuál es, en su opinión, la parte más segura de esta casa?

—Esta sala, y este sitio en el que estoy parado. ¡Arrímese!

—Las razones, primero.

—¡Oiga! Tras el relámpago, las rachas de viento… los bastidores tiemblan… ¡la casa, la casa!... ¡Acérquese a mí!

—Las razones, por favor.

—¡Venga y acérquese a mí!

—Gracias otra vez, pero creo que voy a probar mi sitio de siempre… junto al fuego. Y ahora, Señor del Pararrayos, entre las pausas de los truenos, sea bueno y dígame cuáles son sus razones para considerar esta única sala de la casa como la más segura, y ese preciso sitio en que usted está parado como el más seguro en ella.

Entonces se produjo una momentánea interrupción de la tormenta. El hombre del Pararrayos pareció aliviado, y replicó:

—La suya es una casa de un piso, con un ático y una bodega; esta sala está entre ellos. De aquí su seguridad relativa. Porque el rayo salta a veces de las nubes a la tierra, y a veces de la tierra a las nubes. ¿Comprende? Y yo elegí el medio de la sala porque si el rayo golpeara la casa entera, lo haría a través de la chimenea o las paredes, así que, obviamente, cuanto más lejos nos hallemos de ellas, mejor. Venga, acérquese ahora.

—Enseguida. Extrañamente, algo de lo que usted acaba de decir me ha inspirado confianza, en vez de alarmarme.

—¿Qué he dicho?

—Dijo que a veces los rayos saltan de la tierra a las nubes.

—Sí, el rayo inverso, se le llama; cuando la tierra, sobrecargada de electricidad, descarga sus sobras a las alturas.

—El rayo inverso; es decir, de la tierra al cielo. Mejor y mejor. Pero venga aquí, a secarse junto al fuego.

—Estoy mejor aquí, y mucho mejor mojado.

—¿Cómo?

—Es lo más seguro que puede hacer… ¡Escuche, otra vez!… empaparse de lo lindo durante una tormenta eléctrica. Las ropas mojadas son mejores conductores que el cuerpo; de modo que si un rayo lo alcanzara, podría pasar por las ropas mojadas sin tocar el cuerpo. La tormenta se intensifica nuevamente. ¿Tiene una alfombra? Las alfombras son aislantes. Traiga una, en la que ambos podamos pararnos. El cielo oscurece… parece de noche a mediodía… ¡Escuche! ¡La alfombra, la alfombra!

Le di una, mientras las montañas encapotadas parecían abalanzarse y precipitarse sobre la cabaña.

—Y ahora, ya que de nada nos servirá quedarnos mudos —le dije, volviendo a ocupar mi lugar—, cuénteme cuáles son las precauciones para adoptar cuando se viaja en tiempo tormentoso.

—Espere hasta que esta tormenta haya pasado.

—No, adelante con las precauciones. Está en el lugar más seguro, de acuerdo con su propia explicación. Continúe.

—Brevemente, entonces. Evito los pinos, las casas altas, los graneros apartados, las praderas elevadas, las corrientes de agua, los rebaños de ganado, los grupos humanos. Si viajo a pie, como hoy, no marcho a paso ligero. Si viajo en mi coche, no toco sus costados ni su parte trasera. Si viajo a caballo, desmonto y conduzco al caballo. Pero, por sobre todo, evito a los hombres altos.

—¿Sueño? ¿El hombre evita al hombre? ¿Y en momentos de peligro, para colmo?

Durante las tormentas eléctricas yo evito a los hombres altos. ¿Es usted tan groseramente ignorante como para no saber que la altura de un caminante de seis pies es suficiente para atraer la descarga de una nube eléctrica? ¡Cuántos de esos imponentes labradores de Kentucky fueron derribados sobre el surco inconcluso! Si un hombre de esos se aproximara a un arroyo, veces habría en que la nube lo escoge a él como conductor, desechando el agua. ¡Escuche! Seguro que dio en el pináculo negro. Sí, un hombre es un buen conductor. El rayo quema al hombre de punta a punta, pero apenas descorteza al árbol. Señor, me ha tenido tanto tiempo contestando sus preguntas, que no he hablado todavía de negocios. ¿Va a ordenar uno de mis pararrayos? ¿Ve este ejemplar de muestra? Es del mejor cobre. El cobre es el mejor conductor. Su casa es baja; más como está sobre las montañas, su poca altura no la pone a salvo. Ustedes, los montañeses, son los más expuestos. El vendedor de pararrayos debería hacer más negocios en las regiones montañosas. Mire esta muestra, señor. Un pararrayos será suficiente para una casa pequeña como esta. Examine esas recomendaciones. Sólo un pararrayos, señor; costo, sólo veinte dólares. ¡Escuche! Allá van esas moles de granito, arrojadas como guijarros. Por el ruido, deben haber destrozado algo. Puesto a una altura de cinco pies sobre la casa, protegerá un círculo de veinte pies de radio. Sólo veinte dólares, señor… un dólar el pie. ¡Escuche! ¡Espantoso! ¡Lo ordenará! ¿Va a comprarlo? ¿Anoto su nombre? ¡Imagine lo que es convertirse en un montón de vísceras carbonizadas, como un caballo atado que se incendia con su establo! ¡Todo en el tiempo que dura un rayo!

—Pretendido enviado extraordinario y ministro plenipotenciario de Júpiter Tonante —reí yo—, mero hombre que viene aquí a interponer su cuerpo y su artificio entre la tierra y el cielo, ¿cree que porque es capaz de arrancar un reverbero de luz verde de la botella de Leyden, puede eludir los rayos celestiales? Si esa varilla se oxida o se rompe, ¿qué es de usted? ¿Quién le ha dado el poder, a usted, Tetzel, para vender de puerta en puerta sus indulgencias a fin de sustraerse a las disposiciones divinas? Los cabellos de nuestras cabezas están contados, y contados están los días de nuestras vidas. Mientras retumbe el trueno o a la luz del sol, me pongo con confianza en manos de mi Creador. ¡Fuera, comerciante falso! Mire, la tormenta se repliega; la casa está intacta, y en el arco iris sobre el cielo azul leo que la Deidad no hará la guerra a la tierra del hombre.

—¡Canalla impío! —balbuceó el extraño, mientras su rostro se oscurecía en la misma medida en que resplandecía el arco iris—. ¡Revelaré sus ideas paganas!

Su rostro amenazante ennegreció aún más; los círculos de color índigo se agrandaron alrededor de sus ojos, como anillos de tormenta alrededor de la Luna de medianoche. Se arrojó sobre mí; las tres puntas de su artefacto apuntando a mi corazón.

Lo así; lo partí en dos; lo tiré al piso; lo pisoteé; y arrastrando al oscuro rey del rayo fuera de mi casa, arrojé tras él su informe cetro de cobre.

Pero a pesar de mi tratamiento, y a pesar de mis conversaciones disuasivas con mis vecinos, el vendedor de pararrayos todavía habita esta tierra; sigue viajando en tiempos de tormenta, y hace pingües negocios con los miedos del hombre.

CÓMO SAN ELOY FUE CURADO DE LA VANIDAD

Caí en Domodossola en medio de una procesión típicamente italiana: una corporación de herradores festejaba a San Eloy. En mi ignorancia, siempre había creído que este bienaventurado era el patrón de los orfebres y el amigo del rey Dagoberto, al que, en ocasiones, daba consejos bastante sensatos respecto a su atuendo; pero ignoraba por completo que hubiera sido alguna vez herrador. El estandarte, en el que estaba representado forjando su insignia, no me dejaba duda al respecto: lo único que me quedaba por esclarecer era a qué momento de su vida correspondía la acción que había inspirado al artista, pues esa vida santificada la conozco, más o menos, desde la entrada en casa del prefecto de la moneda hasta su nominación para ocupar el obispado de Noyon, y en todo eso no encontraba nada que pudiera aplicársele al espectáculo que tenía ante mis ojos. En consecuencia, me dirigí al jefe de posta pensando que, para una tradición relacionada con la herradura, él sería el mejor historiador que pudiera encontrar. Empezamos por acordar el precio del vehículo que debía llevarme de Domodossola a Baveno; luego, una vez concretado el precio por el doble de lo que valía —tanta prisa tenía por regresar a la procesión—, obtuve sobre el padre de Oculi las informaciones biográficas que siguen. Aquí tienen la tradición tal como me fue transmitida en su ingenuidad primordial y en su sencillez primitiva: es inútil advertir que no garantizamos en absoluto su autenticidad.

Hacia el año 610, Eloy, que era entonces un joven maestro de veintiséis a veintiocho años, vivía en la ciudad de Limoges, situada a sólo dos leguas de Cadillac, su ciudad natal. Desde su juventud, había mostrado gran aptitud para los oficios mecánicos, pero como no era rico, se había visto obligado a quedarse en simple herrador. Es verdad que había hecho progresar tanto entre sus manos este oficio que se había convertido casi en un arte: las herraduras que él forjaba, y que había logrado confeccionar en sólo tres caldas, se redondeaban con una curva maravillosamente elegante y brillaban como plata bruñida; los clavos por los que quedaban fijadas en los cascos de los caballos estaban tallados en diamante, y habrían podido ser engarzados como chatones de una sortija en una montura de oro. Esta habilidad de ejecución, que sorprendía a todo el mundo, terminó por exaltar al obrero mismo; la vanidad le trastornó el juicio y, olvidando que Dios nos eleva y nos hace bajar según su voluntad, mandó hacer un rótulo en el que estaba representado herrando un caballo, con este exergo, algo insolente para sus compañeros de oficio e hiriente para la humildad religiosa: Eloy, maestro de maestros, maestro sobre todos.

La inscripción dio bastante que hablar desde que se conoció, y como Eloy tenía una clientela formada sobre todo por comerciantes, jinetes y peregrinos que cruzaban incesantemente por delante de su taller, el orgulloso rótulo despertó pronto la susceptibilidad de los demás herradores no sólo de Francia, sino de Europa. Por todas partes se elevó entonces un clamor tan grande contra el orgulloso que llegó hasta el paraíso; el buen Dios, que en un primer momento no sabía el motivo que lo ocasionaba, se conmovió y miró a la Tierra; sus ojos, que por casualidad estaban dirigidos hacia Limoges, cayeron sobre el famoso rótulo, y todo quedó claro.

De todos los pecados mortales, el que siempre ha enfadado más a Dios es el orgullo: el orgullo fue el que sublevó a Satanás y a Nabucodonosor contra el Señor, y el Señor abatió a uno y le arrebató la razón al otro; por lo que Dios buscaba qué castigo podría infligir al nuevo Amán, cuando Jesucristo, viendo a su Padre preocupado, le preguntó qué le ocurría. Dios le respondió indicándole el rótulo; Jesucristo lo leyó.

—Sí, sí, Padre —le dijo—, es verdad que la inscripción es fuerte; pero es que Eloy es realmente muy hábil; sólo que ha olvidado que su fuerza le viene de lo alto; pero, dejando a un lado el orgullo, está lleno de buenos principios.

—Estoy de acuerdo —dijo el buen Dios— en que tiene excelentes cualidades, pero su orgullo las sobrepasa todas, como el cedro sobrepasa al hisopo, y las hará morir todas bajo su sombra. ¿Has leído: "Eloy, maestro de maestros, maestro sobre todos"? Es un desafío no sólo contra la habilidad humana, sino contra el poder del cielo.

—Y bien, Padre, que el poder del cielo responda con la bondad y no con el rigor. Vos queréis la conversión y no la muerte del pecador, ¿no es cierto? Pues bien, yo me encargo de convertirlo.

—¡Hum! —dijo el buen Dios, moviendo la cabeza—. Te encargas de una mala misión.

—¿Aceptáis? —preguntó Jesucristo.

—No lo lograrás —dijo el buen Dios.

—Dejadme al menos intentarlo.

—¿Y cuánto tiempo me pides?

—Veinticuatro horas.

—Concedidas —dijo el Señor.

Jesús no perdió el tiempo; se despojó de sus ropas divinas, se puso el sayal de peregrino, se dejó caer por un rayo de sol y descendió a las puertas de Limoges. Entró de inmediato en la ciudad, con el bastón en la mano, con el aspecto de un hombre que acaba de recorrer un largo camino; luego se dirigió hacia la casa de Eloy; lo encontró forjando: estaba en su tercera calda.

—¡Dios esté con usted, maestro! —dijo Jesús entrando en el taller.

—¡Así sea! —respondió Eloy sin mirarlo.

—Maestro —continuó Jesús—, acabo de darle la vuelta a Francia, y por todas partes he oído hablar de tus conocimientos, de manera que, pensando que no habría nadie sino tú que pudiera enseñarme algo nuevo...

—¡Ah! ¡Ah! —dijo Eloy echándole una mirada rápida y golpeando el hierro.

—¿Quieres tomarme como compañero? —dijo humildemente Jesucristo—. Vengo a ofrecerte mis servicios.

—¿Y qué sabes hacer? —dijo Eloy, soltando negligentemente el hierro al que acababa de darle el último martillazo y arrojando las tenazas.

—Pues —continuó Jesús— sé forjar y herrar tan bien, creo, como cualquiera en el mundo.

—¿Sin excepción? —dijo desdeñosamente Eloy.

—Sin excepción —respondió tranquilamente Jesús.

Eloy se echó a reír.

—¿Qué opinas de esta herradura? —preguntó Eloy, mostrando complacido a Jesús la herradura que acababa de terminar.

Jesús la miró.

—Opino que no está mal; pero creo que se puede hacer mejor.

Eloy se mordió los labios.

—¿Y en cuántas caldas harías tú una herradura como ésta?

—En una calda —dijo Jesús.

Eloy rompió a reír; como ya lo hemos dicho, él necesitaba tres, y los demás necesitaban cinco o seis, por lo que creyó que el compañero estaba loco.

—¿Quieres mostrarme cómo lo haces? —dijo con tono burlón.

—Con mucho gusto, maestro —respondió Jesús, cogiendo tranquilamente las tenazas y, de junto al yunque, una barra de hierro en bruto que introdujo en la fragua.

Luego le hizo una seña a Oculi, que se puso a tirar de la cuerda del fuelle. El fuego, asfixiado en un primer momento bajo el carbón, brotó en pequeños surtidores azules; millones de chispas crepitaron; pronto la llama enrojecida abrasó el alimento que se le ofrecía; de vez en cuando, el hábil compañero regaba el hogar, que, momentáneamente apagado, retomaba casi inmediatamente una nueva intensidad y un color más vivo; por fin, la brasa pareció una materia fundida. Al cabo de un instante, aquella lava palideció, hasta tal punto había sido devorada la parte combustible del carbón; entonces Jesús sacó de entre las brasas su hierro casi blanco, lo colocó sobre el yunque, girándolo con una mano mientras lo golpeaba y modelaba con la otra; en unos cuantos martillazos le dio una forma y un acabado que las de Eloy estaban lejos de alcanzar. La cosa había transcurrido tan rápidamente que el pobre maestro de maestros no había visto sino fuego.

—¡Ya está! —dijo Jesucristo.

Eloy cogió la herradura con la esperanza de descubrir en ella algún defecto; pero no lo encontró, por lo que la mala intención estaba presente, pero no pudo encontrar motivo para decir el más mínimo mal.

—Sí, sí —dijo dándole una y otra vuelta—, sí, no está mal… vamos, para un simple obrero, no está mal. Pero —continuó esperando coger a Jesús en algún error— no es todo saber confeccionar una herradura, además hay que saber colocarla en el pie del animal. Me has dicho que sabías herrar, ¿no?

—Sí, maestro —respondió tranquilamente Jesucristo.

—Colocad al caballo en el potro —gritó Eloy a los ayudantes.

—¡Oh! no merece la pena —interrumpió Jesús—, tengo una manera de hacerlo que ahorra mucho esfuerzo y abrevia mucho tiempo.

—¿Y cuál es esa manera? —preguntó Eloy sorprendido.

—Vas a verla —respondió Jesús.

Tras estas palabras, sacó un cuchillo del bolsillo, se dirigió hacia el caballo, levantó una de las patas traseras, le cortó el pie izquierdo por la primera coyuntura, puso el pie en el banco, y clavó la herradura con la mayor facilidad, se llevó el pie herrado, lo acercó a la pata, a la que se unió de inmediato; cortó el pie derecho, repitió la misma ceremonia con el mismo resultado, continuó así con las otras dos patas, y todo sin que el animal pareciera inquietarse lo más mínimo por todo lo que la forma de trabajar del nuevo compañero tenía de extraña e inusual. Por lo que respecta a Eloy, veía realizarse la operación con la más profunda estupefacción.

—¡Ya está, maestro! —dijo Jesucristo cuando repegó el cuarto pie.

—Ya veo —dijo San Eloy, esforzándose por ocultar su sorpresa.

—¿No conocías esta forma de hacerlo? —preguntó negligentemente Jesucristo.

—Sí, sí —respondió vivamente Eloy—, había oído hablar de ella… pero yo he preferido siempre la otra.

—Pues estás en un error, porque ésta es más cómoda y más expeditiva.

Como puede suponerse, a Eloy no se le ocurrió despedir a tan hábil compañero; además, temía que si no hacía un trato con él, se estableciera por los alrededores, y no se le ocultaba que sería un temible competidor. Por lo que fijó unas condiciones, que fueron aceptadas, y Jesús se instaló en el taller como primer ayudante.

A la mañana siguiente, Eloy envió a Jesucristo a dar una vuelta por los pueblos cercanos; se trataba de llevar a cabo algunos encargos que exigían ser realizados por un recadero inteligente. Jesús se marchó. Apenas había desaparecido por un recodo de la calle mayor cuando Eloy se puso a pensar seriamente en esta nueva forma de herrar los caballos, que no conocía. Había seguido la operación con el máximo interés; había observado en qué coyuntura se había hecho la amputación; como ya lo hemos dicho, no carecía de gran confianza en sí mismo, por lo que decidió aprovechar la primera ocasión que se le presentara para poner en práctica la lección que había recibido.

Ésta no tardó en presentarse: al cabo de una hora, un jinete completamente armado se detuvo ante la puerta de Eloy; su caballo había perdido la herradura de una pata trasera a un cuarto de legua de la ciudad y, atraído por la reputación del maestro, había espoleado directamente hasta allí; venía de España y regresaba a Inglaterra, donde tenía que arreglar grandes asuntos a propósito de Escocia con San Dunstan; ató su caballo a una de las argollas de hierro del taller, entró en una taberna próxima y pidió una jarra de cerveza, tras recomendarle a San Eloy que se diera prisa. Eloy pensó que, dado que había que darse prisa, era el momento de poner en práctica la manera expeditiva de la que el día anterior había visto hacer un ensayo que tan bien había resultado. Cogió su cuchillo más afilado, le dio una última pasada por la muela de afilar, levantó la pata del caballo y, cogiendo la unión con gran precisión, le cortó el pie por encima del casco. La operación había sido tan hábilmente realizada que el pobre animal, que no sospechaba nada, no había tenido tiempo de oponerse, y no se había percatado de la amputación sino por el dolor mismo que ésta le había causado; pero entonces lanzó un relincho tan quejumbroso y dolorido que su dueño se dio la vuelta y vio a su cabalgadura sin poder mantenerse en pie sobre las tres patas que le quedaban, y sacudiendo la cuarta, de la que brotaban ríos de sangre; salió de la taberna, se precipitó hacia el taller y encontró a Eloy herrando tranquilamente el cuarto pie sobre el banco; pensó que el maestro se había vuelto loco. Eloy lo tranquilizó diciéndole que era una nueva forma que había adoptado, le enseñó la herradura perfectamente adherida al casco y, saliendo del taller, se dirigió a pegar el pie al muñón de la pata, como lo había visto hacer la víspera a su compañero.

Pero en esta ocasión las cosas fueron distintas; el pobre animal que, desde hacía diez minutos, perdía toda su sangre, estaba tendido, sin fuerzas y a punto de morir; Eloy acercó el pie a la pata; pero, entre sus manos, nada se pegó, el pie estaba ya muerto, y el resto del cuerpo no estaba mucho mejor. Un sudor frío cubrió la frente del maestro; sintió que estaba perdido y, al no querer sobrevivir a su reputación, sacó de su bolsa de herramientas el cuchillo que tan bien había realizado su misión, e iba a clavárselo en el pecho cuando sintió que alguien le agarraba el brazo; se volvió: era Jesucristo. El divino recadero había acabado sus encargos con la misma rapidez y la misma habilidad que acostumbraba a poner en todo lo que hacía, y estaba de regreso dos horas antes de lo que Eloy esperaba.

—¿Qué estás haciendo, maestro? —le dijo con tono severo.

Eloy no respondió, pero le indicó con el dedo el caballo a punto de expirar.

—¿Sólo es eso? —dijo Cristo.

Recogió el pie, lo acercó a la pata y la sangre dejó de brotar, el pie se unió y el caballo se levantó relinchando de bienestar; de tal manera que, a no ser por la tierra ensangrentada, se habría podido jurar que no le había pasado nada al pobre animal tan débil hacía un instante y ahora tan vivo y tan sano.

Eloy lo miró un momento, confuso y anonadado, tendió el brazo, cogió el martillo de su taller y, rompiendo el rótulo, se acercó a Jesucristo y dijo humildemente:

—Tú eres el maestro, yo sólo soy tu ayudante.

—¡Bienaventurado el que se humilla —respondió Cristo con voz suave— porque será ensalzado!

Al escuchar aquella voz tan pura y armoniosa, Eloy levantó los ojos, y vio que su compañero tenía la frente ceñida por una aureola; reconoció a Jesús, y cayó de rodillas.

—Está bien, te perdono —dijo Jesucristo—, pues creo que te has curado del orgullo; continúa siendo maestro de maestros; pero recuerda que yo soy el único maestro sobre todos.

DESEO Y POSESIÓN

Las charadas ya no están de moda. ¡Qué buenos tiempos eran aquellos para los poetas, cuando Le Mercure proponía cada mes, cada quince días y, al final, cada semana una charada, un enigma o un logogrifo a sus lectores!

Pues bien, voy a revivir esa moda.

Dígame, pues, querido lector o hermosa lectora —las charadas están hechas, sobre todo, para la mente perspicaz de las lectoras—, dígame de qué lengua proviene la alegoría siguiente.

¿Es sánscrito, egipcio, chino, fenicio, griego, etrusco, rumano, galo, godo, árabe, italiano, inglés, alemán, español, francés o vasco?

¿Se remonta a la Antigüedad y está firmada por Anacreonte? ¿Es gótica y está firmada por Carlos de Orleáns? ¿Es moderna y la firma Goethe, Thomas Moore o Lamartine? ¿O no será, más bien, de Saadi, el poeta de las perlas, las rosas y los ruiseñores? ¿O bien...?

Pero no soy yo quien ha de adivinarlo. Es usted.

Así que, querido lector, adivine.

He aquí la alegoría en cuestión:

Una mariposa reunía en sus alas de ópalo la más dulce armonía de colores: blanco, rosa y azul.

Como un rayo de sol, iba revoloteando de flor en flor, y, cual flor voladora, subía y bajaba, jugando por encima de la verde pradera.

Un niño, que intentaba dar sus primeros pasos sobre el césped tornasolado, la vio y, de repente, se sintió invadido por el deseo de atrapar aquel insecto de vivos colores.

Pero la mariposa estaba acostumbrada a ese tipo de deseos. Había visto cómo generaciones enteras se quedaban sin fuerzas persiguiéndola. Revoloteó frente al niño y fue a posarse a dos pasos de él; y, cuando el niño, ralentizando sus pasos y conteniendo la respiración, extendía la mano para cogerla, la mariposa alzaba el vuelo y reanudaba su viaje desigual y deslumbrante.

El niño no se cansaba; el niño lo intentaba una y otra vez.

Tras cada intento fallido, el deseo de poseerla, en vez de apagarse, crecía en su corazón, y, con paso cada vez más rápido, con la mirada cada vez más encendida, el niño salía corriendo detrás de la linda mariposa.

El pobre niño había corrido sin mirar atrás, de modo que, cuando ya llevaba un buen trecho, estaba muy lejos de su madre.

Del valle fresco y florido, la mariposa pasó a una llanura árida y llena de zarzas.

El niño la siguió hasta esa llanura.

Y, aunque la distancia ya era larga y la carrera veloz, el niño —que no se sentía cansado— no dejaba de perseguir a la mariposa, que se posaba cada diez pasos, ya en un matorral, ya en un arbusto, o en una simple flor silvestre y sin nombre, y siempre alzaba el vuelo en el instante en que el muchacho creía tenerla ya.

Porque, mientras la perseguía, el niño se había convertido en muchacho.

Y, con el deseo invencible de la juventud y su indefinible necesidad de posesión, no dejaba de correr tras el brillante espejismo.

De vez en cuando, la mariposa se detenía como burlándose del muchacho, introducía voluptuosamente su trompa en el cáliz de las flores y batía amorosamente las alas.

Pero, en cuanto el muchacho se acercaba, jadeando de esperanza, la mariposa se entregaba a la brisa, y la brisa se la llevaba, ligera como un perfume.

Y así pasaron, en esa persecución insensata, minutos y más minutos, horas y más horas, días y más días, años y más años, y el insecto y el hombre llegaron a la cima de una montaña que no era otra cosa que el punto culminante de la vida.

Persiguiendo a la mariposa, el adolescente se había hecho hombre.

Allí, el hombre se detuvo un instante a considerar si no sería mejor volver atrás, pues la vertiente de la montaña que le quedaba por bajar le parecía demasiado árida.

Abajo, en la falda de la montaña —a diferencia del otro lado donde, en encantadores jardines, ricos vergeles y verdes parques, crecían flores perfumadas, plantas raras y árboles cargados de fruta—, en esa falda se extendía un gran espacio cuadrado, cercado por muros, al que se entraba por una puerta siempre abierta, y donde no crecían más que piedras: unas tendidas en el suelo, otras erguidas.

Pero la mariposa, más deslumbrante que nunca, se puso a revolotear ante los ojos del hombre y descendió hacia el recinto cerrado, siguiendo la pendiente de la montaña.

Y, ¡cosa extraña!, aunque aquella larguísima carrera debía haber fatigado al anciano —porque, por su cabello canoso, ya se reconocía como tal al insensato corredor—, su paso, a medida que avanzaba, se hacía más rápido; lo cual solo podía explicarse por la inclinación del terreno.

La mariposa se mantenía siempre a la misma distancia; solo que, como ya no había flores, se posaba en cardos espinosos o en ramas desnudas de los árboles.

El viejo, jadeando, no dejaba de perseguirla.

Al fin, la mariposa pasó por encima de los muros del triste recinto, y el anciano la siguió, entrando por la puerta.

Pero apenas había dado unos pasos, cuando, al mirar a la mariposa —que parecía fundirse en la atmósfera gris—, tropezó con una piedra y cayó.

Tres veces intentó levantarse, y tres veces volvió a caer.

Y, ya sin fuerzas para seguir corriendo detrás de su quimera, se contentó con tenderle los brazos.

Entonces la mariposa pareció apiadarse de él y, aunque había perdido sus colores más vivos, se puso a revolotear por encima de su cabeza.

Tal vez no eran las alas del insecto las que habían perdido sus colores brillantes; tal vez eran los ojos del viejo los que ya no podían verlos.

Los círculos que describía la mariposa se hicieron cada vez más estrechos, y finalmente fue a posarse sobre la pálida frente del moribundo.

En un último esfuerzo, este levantó el brazo, y con la mano tocó, por fin, la punta de las alas de aquella mariposa, objeto de tantos deseos y tantas fatigas; pero, ¡qué desilusión!, se dio cuenta de que lo que había estado persiguiendo no era una mariposa, sino un rayo de sol.

Y su brazo cayó frío y sin fuerzas, y su último suspiro hizo estremecer la atmósfera que pesaba sobre aquel camposanto...

Y, aun así, poeta, persigue, persigue tu desenfrenado deseo de ideal; intenta alcanzar, atravesando infinitos dolores, ese fantasma de mil colores que huye constantemente delante de ti, aunque se te rompa el corazón, aunque se te apague la vida, aunque exhales el último suspiro justo cuando logres tocarlo con la mano.

EL BIFTEC DE OSO

Llegué a la casa de postas de Martigny hacia las cuatro de la tarde.

Cuando entré, los viajeros estaban ya sentados a la mesa; lancé una mirada rápida e inquieta sobre los comensales: todas las sillas estaban juntas y todas ocupadas. ¡No tenía sitio!...

Un escalofrío recorrió todo mi cuerpo; me volví para buscar al hostelero. Estaba detrás de mí. En su rostro encontré una expresión mefistofélica. Sonreía.

—¿Y yo? —le dije—. ¿Y yo, desgraciado?

—Mire —me respondió, mientras señalaba con el dedo una mesita aparte—; ahí tiene su sitio. Un hombre como usted no debe comer con toda esa gente.

—¡Oh! ¡El buen hombre! ¡Y yo que había sospechado de él!...

Mi mesita estaba servida de maravilla. Cuatro fuentes formaban el primer servicio y en el centro había un bistec con un aspecto tal que haría sonrojar a cualquier bistec inglés... Mi hostelero se dio cuenta de que había captado toda mi atención. Se inclinó hacia mi oído con aire misterioso:

—No encontrará otro igual en todo el mundo —me dijo.

—¿De qué es ese bistec?

—¡Un filete de oso! ¡Nada menos!

Hubiera preferido que me dejara creer que era de vaca. Miré mecánicamente aquel manjar tan alabado, que me recordaba a esos pobres animales que, de niño, veía rugiendo, llenos de barro, con una cadena colgando de la nariz y un hombre sujetando el otro extremo, mientras los hacía bailar torpemente sobre un bastón. Aún oía el ruido sordo del tambor que golpeaba el hombre, el sonido agudo del octavín que tocaba, y todo ese recuerdo no me despertaba precisamente simpatía por la carne que tenía ante mí.

Había puesto el bistec en mi plato y, por la forma en que el tenedor se hundió triunfalmente en él, comprendí que al menos era tierno. Sin embargo, seguía dudando; lo volteaba una y otra vez por sus lados dorados, cuando mi hostelero, que me observaba sin comprender mi vacilación, me animó con un último:

—Pruebe eso y después me dice.

En efecto, corté un trozo del tamaño de una aceituna, lo embadurné con tanta manteca como podía absorber y, separando los labios, lo llevé a la boca, más por vergüenza que por esperanza de vencer mi repulsión. Mi hostelero, de pie detrás de mí, seguía todos mis movimientos con la benévola impaciencia de quien se complace anticipadamente con la sorpresa que va a provocar. La mía fue grande, lo confieso. Sin embargo, no me atreví a manifestar mi opinión de inmediato; temía haberme engañado. Corté en silencio un segundo trozo, aproximadamente el doble del primero, que siguió el mismo camino con las mismas precauciones. Y cuando lo hube tragado:

—¿Cómo? ¿Es oso? —pregunté.

—Oso.

—¿De verdad?

—Palabra de honor.

—Pues bien, es excelente.

En ese momento llamaron a mi digno hostelero a la mesa redonda. Tranquilizado por la certeza de que haría honor a su manjar favorito, me dejó frente a frente con mi bistec.

Tres cuartas partes habían ya desaparecido cuando volvió y, retomando la conversación donde la había dejado, me dijo:

—Es que el animal con quien se las vio era un ejemplar magnífico.

Asentí con la cabeza.

—¡Pesaba trescientos veinte kilos!

—¡Vaya peso! —respondí sin dejar de comer.

—No lo atraparon sin esfuerzo, se lo aseguro.

—¡Lo creo! —dije, mientras me llevaba el último trozo a la boca.

—Ese bribón se comió la mitad del cazador que lo mató.

El trozo de carne salió de mi boca como expulsado por un resorte.

—¡Que el diablo lo lleve! —exclamé, apartándome de él—. ¿Cómo puede hacerle semejantes bromas a un hombre que está comiendo?

—No bromeo, señor; es verdad lo que le digo.

Sentía revolverse el estómago.

—Era —continuó el hostelero— un pobre aldeano del pueblo de Fouly, llamado Guillermo Mona. El oso, del cual no queda más que ese pedazo que tiene en el plato, venía todas las noches a robarle las peras, porque para esos animales todo es bueno. Pero prefería, especialmente, un peral cargado de bergamotas. ¿Quién iba a imaginar que una bestia como esa tuviese gustos tan refinados y fuera a elegir, entre todo el huerto, precisamente las peras de agua?

Pues bien, el aldeano de Fouly también prefería las bergamotas sobre cualquier otra fruta. Al principio pensó que eran niños los que dañaban su cercado; así que tomó su escopeta, la cargó con gruesos granos de sal gorda y se puso al acecho. Hacia las once, un rugido retumbó en la montaña. "¡Ajá!", dijo, "hay un oso cerca"; diez minutos después, un segundo rugido se oyó, más fuerte y más próximo, y Guillermo entendió que no tenía tiempo de volver a casa, así que se tiró al suelo boca abajo, con la única esperanza de que el oso viniera por las peras y no por él.

Y en efecto, el animal apareció casi de inmediato en la esquina del huerto, avanzó en línea recta hacia el peral, pasó a diez pasos de Guillermo, trepó al árbol —cuyas ramas crujían bajo su peso— y se puso a devorar peras con tal fruición que era evidente que dos visitas como esa harían innecesaria una tercera.

Cuando estuvo saciado, el oso bajó lentamente, como con pena de dejar alguna fruta, volvió a pasar cerca de nuestro cazador —a quien la escopeta, cargada de sal, no le servía de mucho en ese momento— y se retiró tranquilamente hacia la montaña. Todo esto duró poco más de una hora, aunque para el hombre el tiempo pasó mucho más lento que para el oso.

Sin embargo, el hombre era valiente... y, viendo alejarse al oso, murmuró en voz baja: "Está bien, vete; pero esto no se quedará así: nos volveremos a ver".

Al día siguiente, uno de sus vecinos que fue a visitarlo lo encontró serrando los dientes de una horca para convertirlos en puntas de hierro.

—¿Qué haces ahí? —le preguntó.

—Me entretengo —respondió Guillermo.

El vecino cogió los trozos de hierro, los examinó como quien sabe del tema, y tras pensarlo un momento:

—Mira, Guillermo —dijo—, si quieres ser sincero, reconocerás que esos pedazos de hierro están destinados a perforar una piel más dura que la de un gamo.

—Tal vez —respondió Guillermo.

—Sabes que soy un buen amigo —dijo Francisco, que así se llamaba el vecino—. Si quieres, el oso será para los dos: dos hombres valen más que uno.

—Eso depende —dijo Guillermo, y siguió serrando su tercer trozo de hierro.

—Mira —insistió Francisco—, te dejo la piel solo para ti, y repartimos entre los dos la recompensa y la carne.

—Prefiero todo —dijo Guillermo.

—Pero no puedes impedirme que busque el rastro del oso en la montaña, y si lo encuentro, que me instale donde sé que pasará.

—Eres libre.

Y Guillermo, que había terminado de serrar sus tres lingotes, comenzó —mientras silbaba— a medir una carga de pólvora doble de la habitual para una escopeta.

—Parece que vas a usar la escopeta grande —comentó Francisco.

—¡Claro! Tres trozos de hierro son más seguros que una bala de plomo.

—Pero eso arruina la piel.

—Eso mata más rápidamente.

—¿Y cuándo piensas hacer la cacería?

—Te lo diré mañana.

—Por última vez: ¿no quieres?

—No.

—Te advierto que voy a seguir el rastro. Dime, ¿para los dos?

—Cada uno por su cuenta.

—¡Adiós, Guillermo!

—¡Buena suerte, vecino!

Y el vecino, al marcharse, vio a Guillermo colocar la doble carga de pólvora en su escopeta, meter las postas y dejar el arma en un rincón de su taller. Por la tarde, al pasar nuevamente por delante de la casa, lo vio sentado en el banco junto a la puerta, fumando tranquilamente su pipa. Se le acercó de nuevo.

—Mira —le dijo—, yo no guardo rencor. He encontrado el rastro de nuestro animal, así que no tengo necesidad de ti. Sin embargo, vengo a proponerte por última vez que lo hagamos juntos.

—Cada uno por su cuenta —dijo Guillermo.

—Es el vecino quien me contó esto anteayer —continuó mi hostelero, y me decía—: ¿Puede usted creerlo, capitán? —porque yo soy capitán en la milicia—. ¿Puede creer a este pobre Guillermo? Aún lo veo en su banco, frente a su casa, con los brazos cruzados, fumando su pipa, como yo lo veo a usted ahora. Y cuando pienso… ¡en fin!

—¿Y después? —dije, vivamente interesado en este relato, que despertaba todas mis simpatías de cazador.

—Después —continuó el hostelero—, el vecino no puede decir qué hizo Guillermo por la tarde.

A las diez y media, su esposa lo vio tomar la escopeta, enrollar un saco de tela gris bajo el brazo y salir. No se atrevió a preguntarle adónde iba, porque Guillermo no era hombre de dar explicaciones a una mujer.

Francisco, por su parte, había efectivamente encontrado el rastro del oso; lo había seguido hasta el punto en que se internaba en el huerto de Guillermo y, al no tener derecho a apostarse en las tierras de su vecino, se colocó entre el bosque de abetos a media ladera de la montaña y el jardín de Guillermo.

Como la noche estaba bastante clara, vio salir a este último por la puerta trasera. Guillermo avanzó hasta una roca grisácea que había rodado desde la montaña hasta la mitad de su terreno y que se encontraba, a lo sumo, a veinte pasos del peral. Se detuvo allí, miró a su alrededor para asegurarse de que nadie lo espiaba, desenrolló el saco, se metió dentro dejando fuera únicamente la cabeza y los brazos, y apoyándose contra la roca, se confundió muy pronto de tal modo con la piedra —por el color del saco y su inmovilidad— que el propio vecino, que sabía que estaba allí, no lograba distinguirlo.

Así pasó un cuarto de hora esperando al oso. Finalmente, un rugido prolongado lo anunció. Cinco minutos después, Francisco lo vio.

Pero, ya fuera por astucia o porque había descubierto al segundo cazador, el animal no siguió su camino habitual. Por el contrario, describió un círculo, y en vez de llegar por la izquierda de Guillermo, como había hecho la noche anterior, esta vez pasó por su derecha, fuera del alcance del arma de Francisco, pero a no más de diez pasos del extremo de la escopeta de Guillermo. Este no se movió. Podría haberse creído que ni siquiera veía al animal salvaje que había ido a cazar y que parecía desafiarlo al pasar tan cerca.

El oso, que tenía el viento desfavorable, pareció también ignorar la presencia de un enemigo y prosiguió con rapidez hacia el árbol. Pero en el momento en que, incorporándose sobre las patas traseras, abrazó el tronco con las delanteras, exponiendo su pecho, que ya no quedaba protegido por sus hombros, un destello repentino brilló sobre la roca y todo el valle retumbó con el disparo del fusil, cargado con doble carga, y con el rugido del animal, mortalmente herido.

Quizás no hubo una sola persona en todo el pueblo que no oyera el disparo de Guillermo y el rugido del oso.

El animal huyó, pasando de nuevo, sin advertirlo, a diez pasos de Guillermo, que había vuelto a meter los brazos y la cabeza en el saco y que, una vez más, se confundía con la roca.

El vecino observaba toda la escena apoyado sobre las rodillas y la mano izquierda, apretando la escopeta con la mano derecha, pálido y conteniendo el aliento. Sin embargo, es un cazador audaz. ¡Y aun así!, me confesó que en ese momento hubiera preferido estar en su cama antes que allí.

Lo peor fue cuando vio que el oso, herido, después de describir un círculo, intentaba retomar el rastro de la noche anterior, el cual lo conducía directamente hacia él. Verificó que su escopeta estaba montada. El oso se hallaba a cincuenta pasos, rugiendo de dolor, deteniéndose de vez en cuando para morderse el costado donde había recibido el disparo, y luego reanudaba su carrera. Seguía acercándose; ya estaba a menos de treinta pasos. En dos segundos más, tropezaría con el cañón de la escopeta del vecino, cuando, de pronto, se detuvo, aspiró el viento que venía desde el pueblo, lanzó un rugido terrible y volvió a internarse en el huerto.

—¡Ten cuidado, Guillermo, ten cuidado! —exclamó Francisco, lanzándose en persecución del oso y olvidando todo salvo a su amigo, pues comprendió que si Guillermo no había tenido tiempo de recargar su escopeta, estaba perdido: el oso lo había olfateado.

No había dado diez pasos cuando oyó un grito. Era un grito humano, mezcla de terror y agonía, un grito en el que quien lo lanzaba reunía toda la fuerza de su pecho, todas las súplicas a Dios y todos los pedidos de auxilio a los hombres.

—¡Auxilio!…

Luego, nada. Ni un quejido siguió al grito de Guillermo.

Francisco no corría, volaba; la pendiente del terreno aceleraba su carrera. A medida que se acercaba, distinguía con más claridad la silueta monstruosa del animal que se movía entre sombras, pisoteando con sus patas el cuerpo de Guillermo y despedazándolo en jirones.

Francisco estaba a solo cuatro pasos, y el oso, tan ensañado con su presa, no parecía haberlo notado. No se atrevía a disparar por temor de herir a Guillermo, si acaso aún vivía, pues temblaba tanto que no confiaba en su puntería. Tomó una piedra y se la arrojó al oso.

El animal se volvió, furioso, hacia su nuevo enemigo; estaban tan cerca uno del otro que el oso se alzó sobre las patas traseras para estrangularlo. Francisco sintió el pecho del animal presionando el cañón de su escopeta. Instintivamente apretó el gatillo, y el disparo se produjo.

El oso cayó de espaldas; la bala le atravesó el pecho y le rompió la columna vertebral.

Francisco lo dejó arrastrarse, aullando, sobre sus patas delanteras, y corrió hacia Guillermo. Ya no era un hombre, ni siquiera un cadáver; era un amasijo de carne y hueso destrozado; la cabeza había sido casi completamente devorada.

Entonces, al ver por el movimiento de las luces detrás de las ventanas que varios habitantes del pueblo estaban despiertos, llamó repetidas veces, indicando su ubicación. Algunos aldeanos acudieron armados, pues habían oído los gritos y los disparos. Muy pronto, todo el pueblo se reunió en el huerto de Guillermo.

Su esposa llegó con los demás. Fue una escena espantosa. Todos los presentes lloraban como niños.

Se organizó para ella una colecta en todo el valle del Ródano, que reunió seiscientos francos. Francisco renunció a la recompensa y mandó vender, en beneficio de la viuda, la piel y la carne del oso. En fin, todos se apresuraron a ayudarla y socorrerla.

EL BRAZALETE DE CABELLOS

...Iba de Estrasburgo al balneario de Louesche y, naturalmente, pasé por Basilea donde debía abandonar el transporte público y tomar un coche de alquiler.

Cuando llegué al Hotel de la Corona, que me habían recomendado, pregunté por algún cochero, rogando a mi anfitrión que se informara también si había en la ciudad alguien dispuesto a hacer el mismo trayecto que yo. Si encontraba a alguien, debía proponerle una asociación que, naturalmente, haría el viaje más agradable y menos costoso para ambos.

Por Basilea debía abandonar el transporte público y tomar un coche de alquiler.

Volvió por la tarde tras haber encontrado lo que le había solicitado: la esposa de un comerciante de Basilea, que acababa de perder a su bebé de tres meses, al que amamantaba, y que, a consecuencia de esta pérdida, había contraído una enfermedad para la cual le recomendaban las aguas de Louesche. Era el primer hijo de aquella pareja, casada desde hacía poco más de un año.

Mi anfitrión me contó que había costado mucho lograr que la señora se decidiera a separarse de su marido. Quería quedarse en Basilea o que él la acompañara a Louesche; pero si su estado de salud exigía que se marchara a las aguas, el estado del negocio exigía la presencia del esposo en la ciudad. Finalmente, se había decidido y partiría conmigo a la mañana siguiente. La acompañaba su doncella.

Un sacerdote católico, adscrito a la iglesia de un pueblito de los alrededores, se uniría al viaje y ocuparía la cuarta plaza en el vehículo. A la mañana siguiente, hacia las ocho, el coche vino a buscarme al hotel; el sacerdote ya estaba a bordo. Subí y fuimos a recoger a la señora y a su doncella.

Desde el interior del coche fuimos testigos de la despedida de los esposos, que había empezado al fondo del apartamento, continuado en la tienda y solo terminó en la calle. Sin duda, la mujer tenía algún presentimiento, pues no lograba consolarse. Se habría dicho que, en vez de marcharse a un viaje de unas cincuenta leguas, partía a dar la vuelta al mundo. El marido parecía más tranquilo, pero también estaba más emocionado de lo que sería razonable para una separación tan breve. Finalmente, partimos.

El sacerdote y yo habíamos ofrecido los mejores asientos a la señora y a su doncella; es decir, que nosotros íbamos delante y ellas al fondo. Tomamos la ruta de Soleure y esa primera jornada dormimos en Mundischwyll. Durante todo el día, nuestra acompañante estuvo atormentada, inquieta. Por la tarde, al ver pasar un coche de regreso, quiso volver a Basilea. Su doncella logró, no obstante, convencerla de continuar el viaje.

Al día siguiente salimos hacia las nueve de la mañana. La jornada sería corta, pues no pensábamos ir más allá de Soleure. Por la tarde, al comenzar a divisar esta ciudad, nuestra enferma se estremeció.

—¡Ah! —dijo—. Deténgase, alguien viene corriendo detrás de nosotros.

Me asomé por la ventanilla.

—Se equivoca, señora —respondí—. La carretera está completamente vacía.

—Es extraño —insistió—. Oigo el galope de un caballo.

Pensé que había escuchado mal. Me incliné aún más por fuera del coche.

—No hay nadie, señora —repetí.

Ella misma miró y, como yo, vio que la carretera estaba desierta.

—Me equivoqué —dijo, recostándose en el fondo del coche. Cerró los ojos como quien quiere concentrar su pensamiento en sí mismo.

Al día siguiente partimos a las cinco de la mañana. Esta vez, la jornada era larga: nuestro conductor quería llegar hasta Berna. A la misma hora que la víspera, hacia las cinco, nuestra compañera salió de una especie de sueño y, extendiendo los brazos hacia el cochero, dijo:

—¡Conductor, deténgase! Esta vez estoy segura: vienen corriendo detrás de nosotros.

—La señora se equivoca —respondió el cochero—. Solo veo a los tres campesinos que acaban de cruzarse con nosotros y que siguen su camino tranquilamente.

—¡Oh! Pero yo oigo el galope de un caballo.

Aquellas palabras fueron pronunciadas con tal convicción que no pude evitar mirar. Como el día anterior, la carretera estaba absolutamente desierta.

—Es imposible, señora —le dije—. No veo a ningún jinete.

—¿Cómo puede no verlo si yo veo la sombra de un hombre y un caballo?

Miré en la dirección que señalaba su mano y, efectivamente, vi la sombra de un caballo y de un jinete. Pero, por más que busqué, no encontré los cuerpos a los que esas sombras pertenecían. Llamé la atención del sacerdote sobre aquel extraño fenómeno. Se santiguó. Poco a poco, la sombra fue desvaneciéndose, volviéndose cada vez más tenue, hasta desaparecer por completo. Entramos en Berna.

Todos aquellos presagios le parecían fatales a la pobre señora; repetía que deseaba regresar, pero continuaba su camino. Ya fuera por inquietud moral o por un proceso natural de su enfermedad, lo cierto es que, al llegar a Thun, la enferma estaba tan mal que tuvo que continuar el trayecto en litera. Así cruzó el Khander-Thal y el Gemmi. Al llegar a Louesche, se le declaró una erisipela y estuvo más de un mes sorda y ciega.

Por lo demás, sus presentimientos no la habían engañado: apenas había recorrido veinte leguas cuando su marido fue víctima de una fiebre cerebral.

La enfermedad progresó tan rápidamente que, consciente de su gravedad, ese mismo día envió a un hombre a caballo para avisar a su esposa e instarla a volver. Pero entre Lauffen y Breinteinbach, el caballo cayó, el jinete se golpeó la cabeza con una piedra y tuvo que detenerse en una posada, sin poder hacer más por su mandante que enviar aviso del accidente. Entonces se mandó a un segundo mensajero; pero no había duda de que una fatalidad los perseguía, pues en el extremo del Khander-Thal dejó el caballo y tomó un guía para subir la meseta de Schwalbach, que separa el Oberland del Valais, y a mitad de camino, una avalancha que cayó del monte Attels lo arrastró al abismo. El guía se salvó por milagro.

Mientras tanto, la enfermedad del marido progresaba de forma horrorosa. Le raparon la cabeza, cubierta de una cabellera muy larga, para aplicarle hielo sobre el cráneo. Desde ese momento no conservó esperanzas. En un instante de lucidez, escribió a su esposa:

"Querida Bertha:
Voy a morir, pero no quiero separarme de ti por completo. Hazte un brazalete con los cabellos que acaban de cortarme y que he apartado. Llévalo siempre. Me parece que así seguiremos juntos.
Tu Frédéric".

Luego entregó la carta a un tercer mensajero, que debía partir en cuanto él muriera. Aquella misma noche falleció. Una hora después, el mensajero partió. Más afortunado que sus predecesores, llegó a Louesche al cabo de cinco días.

Pero encontró a la señora ciega y sorda; solo un mes más tarde, gracias a las aguas medicinales, ambas dolencias comenzaron a remitir. No fue hasta un mes después que se atrevieron a comunicarle la fatal noticia, aunque de algún modo ya había sido preparada por las visiones que había tenido. Permaneció allí un mes más para restablecerse y, tras tres meses de ausencia, estaba lista para regresar a Basilea.

Como yo también había terminado mi tratamiento —la dolencia que me había llevado a Louesche era un reumatismo, y ya estaba mucho mejor—, le pedí permiso para acompañarla en el regreso. Agradecida, aceptó. Había encontrado en mí alguien a quien hablarle de su esposo, a quien yo solo había visto al iniciar el viaje, pero al menos, lo había visto.

Dejamos Louesche y, al quinto día por la tarde, llegamos nuevamente a Basilea.

Nada hubo más triste ni más doloroso que el regreso de aquella pobre viuda a su hogar. Como los jóvenes esposos estaban solos en el mundo, muerto el marido, la tienda fue cerrada y el comercio cesó, como cesa el movimiento cuando se detiene el péndulo. Se hizo venir al médico que había atendido al enfermo, a las personas que lo habían acompañado en sus últimos momentos, y así, a través de ellas, se revivió aquella agonía, se reconstruyó esa muerte ya casi olvidada por los corazones indiferentes.

Ella pidió los cabellos que su marido le había legado. El médico recordaba haber ordenado que se los cortaran; el barbero recordaba haber rasurado al enfermo. Pero eso era todo: los cabellos habían sido tirados, dispersados, perdidos. La señora se desesperó; el único deseo del moribundo, que ella llevara un brazalete de sus cabellos, no podía ya cumplirse.

Pasaron varias noches profundamente tristes, durante las cuales la viuda, errando por la casa, parecía más una sombra que una persona viva. Apenas se acostaba —o, mejor dicho, apenas conciliaba el sueño—, sentía que el brazo derecho se le entumecía, y solo se despertaba cuando esa sensación parecía llegarle al corazón.

El entumecimiento comenzaba en la muñeca, precisamente en el lugar donde habría debido estar el brazalete, y allí sentía una presión semejante a la de un aro de hierro muy apretado; desde allí, como hemos dicho, la insensibilidad le subía al pecho.

Era evidente que el difunto esposo manifestaba su pesar porque sus últimas voluntades no se habían cumplido.

Ella comprendió ese pesar, que venía del otro lado de la tumba. Decidió abrirla y, si la cabeza del esposo no había sido completamente rasurada, recogería los cabellos necesarios para cumplir su deseo. Sin decírselo a nadie, llamó al sepulturero.

Pero el que había enterrado a su marido había fallecido. El nuevo enterrador solo llevaba quince días en el puesto y no sabía cuál era la tumba. Entonces, esperando una señal, ella —que tenía razones para creer en los prodigios, dada la aparición del caballo, del jinete y la presión del brazalete— se fue sola al cementerio, se sentó sobre un túmulo cubierto de hierba, verde y viva como la que crece sobre las tumbas, y pidió alguna señal que le indicara cómo proceder.

En el muro del cementerio había una pintura de la Danza Macabra. Sus ojos se detuvieron en la figura de la Muerte, burlona y terrible. Le pareció que la Muerte levantaba su brazo descarnado y señalaba una tumba entre las más recientes.

La viuda fue directo a ella y, una vez allí, le pareció ver que la Muerte dejaba caer el brazo, volviendo a su postura original. Hizo una marca en la tumba, fue por el sepulturero, lo llevó hasta el lugar señalado y le dijo:

—Cave, es aquí.

Yo presencié la exhumación. Quise seguir aquella aventura fantástica hasta el final. El sepulturero cavó. Al llegar al féretro, dudó. Pero la viuda le dijo con voz firme:

—Ábralo. Es el ataúd de mi esposo.

Obedeció, tal era la confianza que inspiraba aquella mujer. Entonces apareció algo milagroso que vi con mis propios ojos: no solo era el cadáver de su esposo —no solo aquel esposo estaba, salvo por la palidez, como dormido—, sino que desde el día en que fue rasurado, es decir, desde el día de su muerte, los cabellos habían crecido tanto que salían por todas las rendijas del ataúd, como raíces.

La pobre mujer se inclinó hacia el cuerpo, lo besó en la frente, cortó una larga mecha de aquellos cabellos milagrosamente crecidos y mandó hacer un brazalete.

Desde aquel día, el entumecimiento nocturno desapareció. Pero cada vez que estaba a punto de correr un peligro grave, una suave presión —un abrazo amistoso del brazalete— le advertía para que estuviera alerta.

¡Y bien! ¿Creen ustedes que aquel difunto estaba realmente muerto? ¿Que aquel cadáver era realmente un cadáver? Yo no lo creo.

EL CONTRABANDISTA A PESAR SUYO

Entre todas las capitales de Suiza, Ginebra representa la aristocracia del dinero: es la ciudad del lujo, de las cadenas de oro, de los relojes, de los coches y de los caballos. Sus tres mil obreros surten a Europa entera de joyas. El más elegante de los almacenes de joyería de Ginebra es sin disputa el de Beautte.

Estas joyas pagan un derecho por entrar en Francia, pero, mediante una comisión de un cinco por ciento, el señor Beautte se encarga de hacerlas llegar de contrabando. El negocio entre el comprador y el vendedor se hace con esta condición, a la luz del día y públicamente, como si no hubiese aduaneros en el mundo. Es verdad que el señor Beautte posee una maravillosa destreza para desbaratarles los planes; una anécdota entre mil vendrá en apoyo del elogio que nosotros le hacemos.

Cuando el señor conde de Saint-Cricq era director general de Aduanas oyó tan a menudo hablar de esta habilidad, gracias a la cual se engañaba la vigilancia de sus agentes, que resolvió asegurarse por sí mismo de si todo lo que se decía era verdad. Fue, en consecuencia, a Ginebra, se presentó en el almacén del señor Beautte y compró joyas por valor de treinta mil francos, con la condición de que le serían entregadas sin derechos de aduanas en su hotel de París. El señor Beautte aceptó la condición como hombre habituado a estas clases de negocios, y únicamente presentó al comprador una especie de contrato privado, por el cual se obligaba a pagar, además de los treinta mil francos de adquisición, el cinco por ciento de costumbre; este sonrió, tomó una pluma, firmó de Saint-Cricq, director general de las Aduanas Francesas, y entregó el papel a Beautte, quien miró la firma y se contentó con responder inclinando la cabeza:

—Señor director de Aduanas, los objetos que usted me ha hecho el honor de comprar llegarán tan pronto como usted a París.

El señor de Saint-Cricq, picado en su amor propio, se tomó apenas el tiempo necesario para comer, envió a buscar unos caballos a la posta, y partió una hora después de haber cerrado el trato.

Al pasar la frontera, el señor de Saint-Cricq se hizo reconocer por los empleados que se aproximaron a visitar su coche, contó al jefe de Aduanas lo que acababa de sucederle, recomendó la vigilancia más activa en toda la línea y prometió una gratificación de cincuenta luises a aquel de los empleados que consiguiese coger las joyas prohibidas. Ni un aduanero durmió en tres días.

Durante este tiempo, el señor de Saint-Cricq llega a París, entra en su hotel, abraza a su mujer y a sus hijos y sube a su habitación para quitarse el traje de viaje.

La primera cosa que ve sobre la chimenea es una elegante caja, cuya forma le es desconocida. Se acerca a ella y lee sobre el escudo de plata que la adorna: Señor conde de Saint-Cricq, director general de Aduanas; la abre y encuentra las joyas que ha comprado en Ginebra.

Beautte se había entendido con uno de los mozos de la posada, que, al ayudar a los criados del señor de Saint-Cricq a hacer los paquetes de su amo, deslizó entre ellos la caja prohibida.

Llegado a París, el ayuda de cámara, viendo la elegancia del estuche y la inscripción particular allí grabada, se había apresurado a depositarlo sobre la chimenea de su amo.

El señor director de Aduanas era el primer contrabandista de Francia.

EL HOMBRE DEL ALFANJE

En Ferdj'Ouah vive un jeque llamado Bou Akas ben Achour. Es uno de los nombres más antiguos de la región y puede encontrársele en la historia de las dinastías árabes y bereberes de Ibu Khaldoun.

Bou Akas tiene cuarenta y nueve años de edad. Viste a la usanza de los cabilas, esto es, una gandoura de lana ceñida por un cinturón de cuero y ajustada a la cabeza por un fino cordón. Lleva un par de pistolas en el tahalí, en el lado izquierdo usa la flissa de los cabilas y, colgando del cuello, un pequeño alfanje negro. Ante él camina el negro portaespadas y a su lado va un enorme podenco.

Cuando una tribu vecina a cualquiera de las doce que él gobierna le inflige alguna pérdida, no se toma el trabajo de lanzarse contra ella. Se contenta con enviar al negro a la ciudad principal para exhibir el arma de Bou Akas y la injuria es inmediatamente reparada.

Tiene a su disposición dos o tres tolbas que leen el Corán al pueblo. Todas las personas que pasan por su casa en peregrinación a la Meca reciben tres francos, permaneciendo en Ferdj'Ouah por cuenta del jeque durante el tiempo que deseen. Pero si por ventura Bou Akas descubre que hospedó a un falso peregrino, ordena enseguida a sus emisarios que lo sigan, lo detengan donde quiera que lo encuentren, y que allí mismo le apliquen veinte bastonazos en las plantas de los pies.

Bou Akas a veces alimenta a trescientas personas y, en lugar de participar del banquete, camina por entre los comensales con una vara en la mano, dirigiendo a los criados. Después, en caso de que haya sobrado algo, come, pero siempre el último.

Cuando el gobernador de Constantina, único hombre cuya supremacía reconoce, le envía un viajero, si el viajero es persona destacada o si la recomendación fuera insistente, Bou Akas le ofrece su arma, y el viajero se la echa al hombro; si le ofrece el perro, el viajero le pone la correa; si el alfanje, el viajero se lo cuelga al cuello. Con cualquiera de estos talismanes —cada uno de ellos representa un escalón de honores que deberán serle dispensados— el viajero pasa por las doce tribus sin correr el menor riesgo. En todas partes es alojado y alimentado sin pagar nada y luego es huésped de Bou Akas. Al abandonar Ferdj'Ouah le basta con devolver el mosquete, el perro o el alfanje al primer árabe que encuentre. Si estuviere cazando, el árabe se detiene. Si arando la tierra, abandona el arado. Si en el seno de la familia, parte inmediatamente y, tomando el alfanje, el perro o el mosquete, corre a devolvérselos a Bou Akas.

En verdad, el pequeño alfanje de cachas negras es muy conocido. Tan conocido que dio nombre a Bou Akas: Bou D'Jenoui o el Hombre del Alfanje. Con este alfanje es con el que Bou Akas corta la cabeza de las personas, cuando, para apresurar la justicia, resuelve actuar con sus propias manos.

Cuando Bou Akas recibió el poder, existía un gran número de ladrones en el país. Halló manera de exterminarlos. Se vestía como un simple mercader y dejaba caer una moneda, teniendo cuidado de no perderla de vista. Una moneda perdida no permanece mucho tiempo en el suelo. Si el que la cogía se la guardaba, Bou Akas hacía señas a sus hombres, también disfrazados, para que prendiesen al culpable. Sus secuaces, conocedores de la intención del jeque, degollaban al individuo sin más contemplaciones. El efecto de tal rigor fue que se asegurase entre los árabes que un niño de doce años, con una corona de oro, podía pasar entre las tribus de Bou Akas sin que nadie osara robarle.

Un día Bou Akas oyó decir que el cadí de una de sus doce tribus se había revelado como juez digno de ser comparado con el rey Salomón. Como un nuevo Harún Al Rashid, resolvió averiguar la verdad de las historias que le habían contado. Por eso, vestido como un tratante de caballos, sin las armas que en general lo identificaban, sin ninguna clase de emblema de nobleza ni ningún séquito, montó en un animal que nadie diría que pertenecía al gran jeque.

Quiso la casualidad que, el día de su llegada a la feliz ciudad en la que el cadí ejercía su cargo de juez, se celebrase una feria y, como consecuencia de eso, la corte estaba en sesión. También por obra del azar —Mahoma cuida de los siervos en todos los sentidos—, a las puertas de la ciudad Bou Akas encontró un lisiado que, agarrándose a su albornoz, como los pobres se agarraban a la capa de san Martín, le pidió una limosna. Bou Akas le entregó la limosna, como era de esperar de un honrado musulmán, pero el lisiado continuó agarrado a él.

—¿Qué más quieres? —preguntó Bou Akas—. Me pediste una limosna y yo te la di.

—Sí —repuso el lisiado—, pero la ley no dice solamente "darás una limosna a tu hermano", sino "harás por él todo lo que estuviese a tu alcance".

—Bueno, ¿qué puedo hacer por ti? —preguntó Bou Akas.

—Podrás impedir que el pobre desgraciado que soy sea aplastado bajo los pies de los hombres, de las mulas y de los camellos, lo que no dejará de suceder si me arriesgo a entrar en la ciudad.

—¿Y cómo impedirlo?

—Dejándome subir a la grupa de tu caballo y llevándome hasta el mercado, donde tengo necesidad de acudir.

—Pues sea —replicó Bou Akas.

Dando la mano al lisiado, lo ayudó a montar a la grupa. La operación resultó un tanto dificultosa, pero pudo llevarse a cabo. Y, jinetes en un solo caballo, ambos hombres atravesaron la ciudad, no sin atraer la curiosidad general. Finalmente llegaron al mercado.

—¿Era aquí donde deseabas venir? —preguntó Bou Akas al lisiado.

—Sí.

—Entonces, desmonta.

—Desmonta tú.

—¿Para ayudarte a bajar? Está bien.

—No, para que me dejes el caballo.

—¿Cómo? ¿Por qué motivo he de dejarte el caballo? —preguntó el jeque, atónito.

—Porque el caballo es mío.

—¿Ah, sí? Pues pronto veremos si eso es cierto.

—Óyeme y reflexiona —dijo el lisiado.

—Te oigo, y después reflexionaré.

—Estamos en la ciudad del justo cadí.

—Ya lo sé —asintió el jeque.

—¿Pretendes llevarme a presencia de él?

—Es muy probable.

—¿Y piensas que al vernos a los dos, tú con tus fuertes piernas que Dios destinó a los caminos y a las fatigas, y yo con las mías quebradas, piensas realmente que no decidirá que el caballo pertenece a aquel que más necesidad tiene de él?

—Si así fuere —replicó Bou Akas—, dejará de ser el más justo de los cadíes, pues su decisión será equivocada.

—Le llaman justo —retrucó el lisiado, riendo—, pero no infalible.

"Esta es una buena ocasión de juzgar al juez", pensó Bou Akas. Y en voz alta:

—Ven, vamos a presencia del cadí.

Bou Akas abrió la marcha por entre la multitud, conduciendo el caballo sobre cuya grupa el lisiado se agarraba como un macaco. Y fue a presentarse ante el tribunal donde el juez, de acuerdo con las costumbres del Oriente, dispensaba justicia en público.

Dos casos iban a presentarse a la corte de justicia, y por tanto tenían precedencia. Bou Akas buscó un lugar entre el público y prestó atención. El primer caso se refería a un litigio entre un taleb y un labrador, o lo que es igual, entre un sabio y un campesino. El punto de fricción era la mujer del sabio, con quien el labrador había huido y que afirmaba ser la suya, en oposición al sabio, que también reclamaba la posesión de la mujer. Esta no admitía estar casada con ninguno de ellos, o mejor, reconocía a los dos como maridos, circunstancia que complicaba extremadamente la cuestión. El juez oyó a ambas partes, reflexionó un instante y dijo:

—Dejen la mujer conmigo y vuelvan mañana.

El sabio y el labriego hicieron una genuflexión y se retiraron.

Se pasó entonces al segundo caso. Se trataba de una cuestión entre un carnicero y un vendedor de aceite. El vendedor estaba cubierto de aceite y el carnicero completamente manchado de sangre. Fue este el primero en hablar:

—Fui a comprar aceite a casa de este hombre. Al pagar el aceite con que me llenara la botella, saqué de la bolsa un puñado de monedas. El dinero lo tentó. Me agarró por la muñeca. Grité "ladrón", pero él no me hizo caso. Por eso hemos acudido ante este tribunal, yo agarrado a mi dinero y él agarrado a mi muñeca. Ahora bien: juro por Mahoma que este hombre es un mentiroso cuando dice que le robé el dinero, pues en verdad el dinero es mío.

—Este hombre fue a comprar una botella de aceite a mi casa —dijo el comerciante—. Cuando la botella estuvo llena, él preguntó: "¿Tienes cambio para una moneda de oro?" Metí la mano en la bolsa y saqué de ella un puñado de monedas, colocándolas encima del mostrador. Él se apoderó en seguida de ellas e iba a salir con todo, cuando lo agarré por la muñeca y lo llamé ladrón. A despecho de mis gritos, se negó a devolverme el dinero que era mío y por eso lo traje aquí a fin de que puedas resolver nuestro caso. Juro por Mahoma que este hombre está mintiendo cuando afirma que le robé el dinero, pues en verdad el dinero es mío.

El juez hizo repetir su historia a cada uno de los litigantes. Ninguno de ellos la modificó. Entonces el juez reflexionó un instante y dijo:

—Dejen el dinero conmigo y vuelvan mañana.

El carnicero depositó en un doblez del manto del juez el dinero que se negaba a entregar antes. En seguida, ambos hombres hicieron una reverencia y cada cual siguió su camino.

Tocó entonces el turno a Bou Akas y al lisiado.

—Mi señor Cadí —dijo Bou Akas—. Acabo de llegar de una ciudad lejana con intención de comprar mercaderías en esta plaza. A las puertas de la ciudad encontré a este lisiado, que al principio me pidió limosna y finalmente me rogó que le dejase montar conmigo a caballo, pues como lisiado corría el riesgo de ser pisoteado por los hombres, por las mulas y por los camellos. Así, le di la limosna y le hice subir a la grupa de mi caballo. Habiendo llegado al mercado, él se negó a bajar, diciendo que el animal era suyo y no mío; y cuando le amenacé con la ley, replicó: "¿Qué ley? ¡El Cadí es un hombre demasiado sensato para saber que el caballo pertenece a aquel de nosotros que no puede andar sin él!" ¡Este es el caso, mi señor Cadí, te lo juro por Mahoma!

—Mi señor Cadí —comenzó el lisiado—, yo venía a negocios en el mercado de esta ciudad y montaba este caballo que me pertenece, cuando vi sentado en el suelo a este hombre, que me pareció pronto a expirar. Me acerqué a él y le pregunté si había sufrido algún accidente. "No, no he sufrido ningún accidente —respondió—, pero estoy muerto de fatiga y si tuvieses caridad me llevarías a la ciudad, donde tengo que atender algunos asuntos. Al llegar al mercado desmontaré y pediré a Mahoma que colme de gracias a quien tan gran servicio me prestó." Hice lo que me pedía, pero grande fue mi sorpresa cuando, habiendo llegado a destino, él me pidió que desmontase, diciendo que el caballo era suyo. Ante tan extraña actitud, lo traje a tu presencia, a fin de que juzgues nuestro caso. Esta es la cuestión, expuesta con toda sinceridad. Lo juro por Mahoma.

El Cadí hizo repetir la historia a cada uno de ellos, y después de reflexionar un instante, observó:

—Dejen el caballo y vuelvan mañana.

El caballo fue entregado al Cadí, y Bou Akas y el lisiado se retiraron.

Al día siguiente, no solo las partes interesadas, sino un gran número de curiosos estaban presentes en el tribunal.

El Cadí siguió el orden del día anterior. El taleb y el labriego fueron llamados.

—Aquí tienes a tu esposa —dijo el Cadí al taleb—. Llévatela, que te pertenece por derecho. —Y volviéndose hacia los guardias, señalando al campesino, ordenó—: Denle cincuenta bastonazos en las plantas de los pies a ese hombre.

Fue entonces tratado el caso del mercader de aceites y del carnicero.

—Ahí tienes tu dinero —dijo el Cadí al último—. En verdad, lo sacaste del bolso y nunca perteneció a ese hombre. —Y volviéndose hacia los guardias, señaló al comerciante de aceite y ordenó—: Den cincuenta bastonazos en los pies de ese individuo.

Siguió el tercer caso, y Bou Akas y el lisiado fueron llamados.

—¿Serás capaz de reconocer tu caballo entre veinte? —preguntó el juez a Bou Akas.

—Sí, señor juez —replicaron Bou Akas y el lisiado al mismo tiempo.

—Entonces, ven conmigo —dijo el juez a Bou Akas; y ambos salieron juntos.

Bou Akas reconoció el caballo entre veinte animales.

—¡Muy bien! —exclamó el juez—. Espérame dentro y mándame a tu oponente.

Bou Akas volvió al tribunal y esperó el regreso del Cadí.

El lisiado llegó al establo tan de prisa como le permitieron sus piernas. Como sus ojos eran buenos, fue derecho al caballo y lo señaló.

—¡Muy bien! —dijo el juez—. Te veré en el tribunal.

El Cadí volvió a sentarse en la estera y todos esperaron impacientes la llegada del lisiado, el cual apareció, jadeante, al cabo de cinco minutos.

—El caballo es tuyo —dijo el Cadí a Bou Akas—. Ve a buscarlo. —Y volviéndose hacia los guardias, señaló al lisiado y ordenó—: Denle cincuenta bastonazos en las plantas de los pies.

De regreso hacia su casa, el Cadí encontró a Bou Akas, que lo estaba esperando.

—¿No estás satisfecho? —preguntó.

—Por el contrario —replicó el Jeque—, pero quisiera hablarte para saber bajo qué inspiración haces justicia, pues dudo que tus otras dos decisiones hayan sido tan exactas como en mi caso.

—Es muy sencillo, mi señor —replicó el juez—. Como viste, guardé por una noche la mujer, el dinero y el caballo. A medianoche mandé despertar a la mujer y traerla a mi presencia. Después le ordené: "Llena mi tintero". Ella, entonces, como persona que hiciera aquello centenares de veces en la vida, tomó el recipiente de cristal, lo lavó, volvió a colocarlo en el tintero y renovó la tinta. En seguida me dije: "Si fuese la mujer del labrador, no sabría cómo se limpia un tintero. Por tanto, es la esposa del taleb".

—Así sea —replicó Bou Akas—. Eso en cuanto a la mujer. Pero, ¿qué me dices del dinero?

—El dinero es otra cosa. ¿Te diste cuenta de que el mercader estaba cubierto de aceite y que tenía las manos engrasadas?

—Sí, claro.

—¡Muy bien! Cogí el dinero y lo sumergí en un vaso lleno de agua. Ni una partícula de aceite salió a la superficie. Por tanto, me dije: "Este dinero pertenece al carnicero. Si fuese del comerciante de aceite, estaría manchado y el aceite habría aparecido sobre el agua".

Bou Akas volvió a inclinar la cabeza.

—Bien —dijo—, eso en cuanto al dinero. Pero ¿qué me dices de mi caballo?

—¡Ah, eso es otra cosa, y hasta hoy por la mañana me encontraba intrigado!

—Entonces ¿el lisiado logró reconocer el caballo? —sugirió Bou Akas.

—Lo reconoció, sí.

—¿En ese caso…?

—Al llevarlos a los dos al establo, no fue con la intención de comprobar quién de ustedes reconocía el caballo, sino para ver a cuál de los dos el caballo reconocía. Pues bien: cuando te aproximaste tú, el animal relinchó. Cuando lo hizo el lisiado, le coceó. Por eso me dije: "El caballo pertenece al hombre de piernas sanas y no al lisiado". Y te lo entregué a ti.

Bou Akas reflexionó un instante y después exclamó:

—El Señor es contigo. Tú eres quien deberías estar en mi lugar, pues estoy seguro de que sabrías ser jeque. Pero no sé si yo sería capaz de sustituirte como Cadí.

EL SILBATO ENCANTADO

Había una vez un rey rico y poderoso que tenía una hija de belleza notable. Cuando ésta llegó a la edad de casarse, se ordenó, mediante un edicto proclamado a son de trompa y pegado en todas las paredes, que quienes tuvieran intenciones de desposarla se reuniesen en una vasta pradera.

Allí la princesa arrojaría al aire una manzana de oro, y quien lograra apoderarse de ella no tendría más que resolver tres problemas, tras lo cual se convertiría en esposo de la princesa y, por consiguiente, en el heredero del trono, puesto que el rey no tenía hijos.

El día fijado se celebró la reunión; la princesa arrojó la manzana al aire, pero los tres primeros que la cogieron no habían hecho sino la tarea más fácil, y ninguno de los tres trató siquiera de emprender lo que quedaba por hacer.

Finalmente, la manzana lanzada por cuarta vez por la princesa cayó en manos de un joven pastor, que era el más hermoso pero también el más pobre de todos los pretendientes.

El primer problema, mucho más difícil de resolver que un problema de matemáticas, era el siguiente:

El rey había hecho encerrar en una cuadra cien liebres; quien consiguiera llevarlas a pacer en la pradera donde tenía lugar la reunión y, habiéndolas conducido por la mañana, las devolviera todas por la noche, habría resuelto el primer problema.

Cuando al joven pastor le fue hecha esta proposición, pidió un día para reflexionar; al día siguiente respondería afirmativa o negativamente.

La petición le pareció tan justa al rey que le fue concedida.

Inmediatamente se encaminó al bosque para allí meditar a su gusto sobre los medios que debía emplear para tener éxito.

Seguía lentamente y con la cabeza gacha un estrecho sendero a orillas de un riachuelo cuando, en aquel mismo sendero, encontró a una viejecita de cabellos completamente blancos, pero de mirada todavía viva, que le preguntó la causa de su tristeza.

Mas el joven pastor respondió moviendo la cabeza.

—¡Ay!, nadie puede ayudarme, y sin embargo, tengo deseos de casarme con la hija del rey.

—No desesperes tan pronto —respondió la viejecita—; cuéntame lo que te apena, y quizá yo pueda librarte del apuro.

Nuestro pastor tenía el corazón tan apesadumbrado que no se hizo rogar mucho y le contó todo.

—¿Y sólo es eso? —preguntó la viejecita—; en tal caso haces mal en desolarte.

Y sacó de su bolsillo un silbato de marfil y se lo dio.

Aquel silbato se parecía a todos los silbatos; por eso el pastor, pensando que, sin duda, había alguna forma particular de utilizarlo, se volvió hacia la viejecita para hacerle algunas preguntas, pero ella ya había desaparecido.

Mas, lleno de confianza en aquella a la que consideraba un genio bueno, fue al día siguiente al palacio y le dijo al rey:

—Acepto, señor, y vengo en busca de las liebres para llevarlas a pastar a la pradera.

Entonces el rey se levantó y dijo a su ministro del Interior:

—Haz salir todas las liebres de la cuadra.

El joven pastor se puso en el umbral de la puerta para contarlas; pero la primera estaba ya muy lejos cuando la última fue puesta en libertad; de modo que cuando el pastor llegó a la pradera no había ni una sola liebre junto a él.

Se sentó pensativo, sin atreverse a creer en la virtud de su silbato. Pero, sin embargo, tenía que recurrir a este último recurso; por eso lo apoyó en sus labios y sopló en él con todas sus fuerzas.

El silbato emitió un sonido agudo y prolongado.

Al punto, para gran asombro suyo, de la derecha, de la izquierda, de delante, de atrás, de todas partes en fin, acudieron las cien liebres, que se pusieron a pastar tranquilamente a su alrededor.

Fueron a anunciar al rey lo que ocurría, y cómo el joven pastor iba a resolver probablemente el problema de las cien liebres.

El rey se lo contó a su hija.

Los dos se sintieron muy contrariados, porque si el joven pastor triunfaba en los otros dos problemas como sin duda iba a hacerlo en el primero, la princesa se convertiría en mujer de un simple patán, que era lo más humillante que podía ocurrirle al orgullo real.

—Está bien —dijo la princesa a su padre—, pensad por vuestro lado; yo voy a pensar por el mío.

La princesa volvió a sus habitaciones, se disfrazó de forma irreconocible, tras lo cual hizo traer un caballo, montó en él y se dirigió en busca del joven pastor.

Las cien liebres caracoleaban alegremente a su alrededor.

—¿Queréis venderme una de vuestras liebres? —preguntó la joven princesa.

—No os vendería una de mis liebres por todo el oro del mundo —respondió el pastor—, pero podéis ganaros una.

—¿A qué precio? —preguntó la princesa.

—Descendiendo de vuestro caballo, sentándoos sobre el césped y pasando un cuarto de hora conmigo.

La princesa puso algunas dificultades, pero como no había otro medio para obtener la liebre, echó pie a tierra y se sentó junto al joven pastor.

Al cabo de un cuarto de hora, durante el cual el joven pastor le dijo mil cosas tiernas, ella se levantó exigiendo su liebre, y, fiel a su promesa, el joven pastor se la dio.

La princesa la encerró contenta en un cesto atado al arzón de su silla y emprendió el camino de palacio.

Pero apenas hubo hecho un cuarto de legua cuando el pastor acercó el silbato a sus labios y sopló, y a este ruido que la llamaba imperiosamente, la liebre levantó la tapa del cesto, saltó al suelo y echó a correr.

Un instante después, el pastor vio venir hacia él a un campesino montado sobre un asno; era el viejo rey que también se había disfrazado y que había salido de su palacio con el mismo objetivo que su hija.

Un gran saco colgaba de la albarda de su asno.

—¿Quieres venderme una de tus liebres? —le preguntó al pastor.

—Mis liebres no están en venta —dijo el pastor—; hay que ganarlas.

—¿Y qué hay que hacer para ganar una?

El pastor pensó un instante.

—Tenéis que besar tres veces el trasero de vuestro asno —dijo.

Esta extravagante condición repugnaba mucho al anciano rey, que no quería someterse a ella de buenas a primeras. Ofreció incluso cincuenta mil francos por una de las liebres, pero el pastor se mantuvo en sus trece.

Finalmente el rey, que quería por encima de todo su liebre, pasó por la condición impuesta, por humillante que fuera para un rey. Besó tres veces el trasero de su asno, muy asombrado éste de que un rey le hiciera semejante honor, y el pastor, fiel a su promesa, le dio la liebre pedida con tanta insistencia.

El rey metió la liebre en su saco y partió a galope tendido en su asno.

Pero apenas había recorrido un cuarto de legua, cuando se dejó oír el toque de un silbato, y a este toque la liebre arañó de forma que hizo un agujero en el saco y huyó.

—¿Y bien? —preguntó la princesa al rey viéndole volver a palacio.

—¿Qué puedo deciros, hija mía? —respondió el rey—. Es un muchacho muy obstinado, que no ha querido venderme una liebre a ningún precio. Pero estad tranquila, no saldrá de las otras pruebas tan fácilmente como de ésta.

Por supuesto, el rey no habló para nada de la condición con cuya ayuda había tenido por un instante su liebre, como tampoco la princesa había hablado de la suya.

—Me ha pasado exactamente lo mismo —dijo la princesa—, no he podido conseguir ni una de sus liebres por oro ni por plata.

Por la noche, el pastor volvió con sus liebres; las contó delante del rey; no había ni una de más ni una de menos; fueron entregadas al ministro del Interior, que las hizo meter en su cuadra.

El rey dijo entonces:

—La primera prueba está resuelta. Ahora se trata de triunfar en la segunda. Presta mucha atención, joven.

El pastor prestó oídos.

—Tengo ahí arriba, en mi granero —continuó el rey—, cien medidas de guisantes y cien medidas de lentejas; lentejas y guisantes están mezclados unos con otros; si consigues, durante esta noche, separarlos sin luz, habrás resuelto el segundo problema.

—Lo haré —respondió el pastor.

Y el rey llamó a su ministro del Interior, que le condujo al granero, le encerró allí y entregó la llave al rey.

Como ya era de noche y para semejante tarea no había tiempo que perder, el pastor cogió su silbato y silbó.

Al punto acudieron cinco mil hormigas que se pusieron a remover las lentejas y los guisantes hasta separarlos en dos montones.

Al día siguiente, con gran asombro, el rey vio que el trabajo estaba realizado; hubiera querido poner dificultades, pero no había la menor objeción que hacer.

Tras las dos primeras victorias, tenía pues que contar con una posibilidad cada vez más dudosa de que el pastor sucumbiera en la tercera prueba.

Sin embargo, como era la más difícil de todas, el rey no desesperó.

—Ahora se trata —le dijo— de que vayas a la caída de la noche a la panadería de palacio y comas en una noche el pan cocido para toda la semana; si mañana por la mañana no queda ni una sola miga, estaré contento contigo y te casarás con mi hija.

Aquella misma noche el joven pastor fue conducido a la panadería, que estaba tan llena que sólo quedaba un pequeño hueco vacío junto a la puerta.

Pero a medianoche, cuando todo estuvo tranquilo en palacio, el pastor cogió su silbato y silbó.

Inmediatamente acudieron diez mil ratones que se pusieron a roer el pan de tal forma que al día siguiente no quedaba ni una sola miga.

Entonces el joven golpeó con todas sus fuerzas en la puerta, gritando:

—Abrid de prisa, por favor; tengo hambre.

La tercera prueba, por tanto, se había pasado victoriosamente como las otras dos. Sin embargo, el rey trató de buscarle las vueltas. Se hizo traer un saco conteniendo seis medidas de trigo y, tras haber reunido a un buen número de sus cortesanos, le dijo:

—Cuéntanos tantas mentiras como puedan caber en este saco, y cuando el saco esté lleno tendrás a mi hija.

Entonces el pastor contó todas las mentiras que pudo recordar; pero estaba a la mitad de la jornada, sus mentiras se le acababan y al saco le faltaba mucho para estar lleno.

—Pues bien —continuó—, mientras estaba guardando mis liebres, la princesa vino en mi busca disfrazada de campesina, y para conseguir una de mis liebres, me permitió robarle un beso.

La princesa, que al no sospechar lo que el pastor iba a decir no había podido cerrarle la boca, se puso roja como una cereza, por lo que el rey empezó a creer que la mentira del joven pastor bien podría ser verdad.

—El saco todavía no está lleno —exclamó el rey—, aunque acabas de dejar caer en él una mentira bien gorda, continúa.

El pastor saludó y prosiguió:

—Un instante después de que la princesa se hubiera marchado, vi a Su Majestad disfrazado de campesino y montado sobre un asno. También venía para comprarme una liebre; pero cuando me di cuenta de que tenía gran deseo de ella, figuraos que obligué al rey a...

—¡Basta, basta! —exclamó el rey—, el saco está lleno.

Ocho días después, el joven pastor se casó con la princesa.

UN VIAJE A LA LUNA

En mis Memorias e incluso en otros lugares, he hablado con frecuencia de un guarda de mi padre con el que hice mis primeras armas. Aquel guarda se llamaba Mocquet. Era un buen hombre, muy crédulo. No se podía discutir con él acerca de la leyenda del bosque de Villers-Cotterêts. Él había visto a la dama blanca de la Tour du Mont, había llevado sobre sus hombros el cordero fantástico de la Butte-aux-Chèves, y es sabido que fue él quien me había contado la historia de Thibault, conductor de lobos, que he puesto recientemente ante los ojos de mis lectores.

En los últimos tiempos en los que mi padre, ya gravemente enfermo del mal del que murió, vivió en el pequeño castillo de Fossés, Mocquet fue víctima de una extraña alucinación. Se imaginaba que una anciana de Haramont, pequeña aldea distante de Fossés una media legua, lo pesadillaba. No sé si el verbo pesadillar existe en el diccionario de Boiste, de la Academia o de Napoleón Landais, pero si no existe, Mocquet lo había creado. En esta ocasión, Mocquet tenía razón, puesto que si existe el sustantivo pesadilla, ¿por qué no podía existir el verbo pesadillar?

Mocquet era, pues, pesadillado por una anciana llamada Durand. Según Mocquet, tan pronto como se quedaba dormido, la vieja venía a sentarse sobre su pecho, y empujando cada vez más sobre él, lo asfixiaba. Entonces comenzaba para él, con toda la fuerza y todas las emociones de la realidad, una serie de acontecimientos encadenados unos a otros con una determinada lógica, que desmoralizaba a Mocquet hasta tal punto, que estaba convencido al despertarse de que lo que acababa de soñar no era en absoluto un sueño. Su convicción al respecto era tal, que vi más de una vez impresionados a quienes lo escuchaban y que yo, de niño, no dudaba jamás de que Mocquet no viniera efectivamente de los países de los que él decía regresar.

Tras esos sueños, Mocquet se despertaba normalmente jadeante, pálido, destrozado; daba pena ver al pobre diablo, empleando todos los medios conocidos para no dormir, hasta tal extremo temía el sueño, suplicando a los vecinos que fueran a jugar con él a las cartas; diciéndole a su mujer que le pellizcara hasta hacerle un hematoma si cerraba los ojos, y bebiendo café, como otros habrían bebido cerveza, para batirse la sangre.

Pero de poco servía, porque los vecinos de Mocquet, que tenían que levantarse al día siguiente al amanecer, no prolongaban su partida de cientos más allá de las once. Su mujer, después de haberle pellizcado hasta la una, terminaba por dormirse. Finalmente, el café, que en un primer momento había producido un efecto satisfactorio, poco a poco, había dejado de actuar y, para el infortunado Mocquet, había vuelto a pertenecer a la clase de bebidas ordinarias.

Mocquet luchaba entonces todo cuanto podía —caminaba, cantaba, limpiaba su escopeta— pero, poco a poco, las piernas se negaban a hacer su papel, la voz se le apagaba entre los labios y la batería de su arma se le caía de las manos. Y todo eso no se realizaba sin que Mocquet, previendo lo que iba a ocurrir, no lanzara las quejas más amargas, quejas que degeneraban en una especie de ronquido que indicaba que la pesadilla empezaba y que la bruja, que cabalgaba sobre el pobre guarda como sobre su escoba, estaba en su puesto.

Era entonces cuando el durmiente perdía la noción del tiempo, del espacio y de la duración, según su sueño se hubiera prolongado más o menos. Afirmaba que había dormido doce horas, ocho días, un mes, y los objetos que había visto, las localidades que había recorrido, los actos que había realizado permanecían tan presentes en su memoria que, pese a lo que se le pudiera decir, pese a la prueba que se le intentara mostrar, nada podía hacer dudar la convicción de la que ya he hablado.

Un día llegó tan jadeante, tan pálido, tan destrozado a la habitación de mi padre, que mi padre se dio cuenta de que debía haberle ocurrido, no en la realidad —la realidad se había convertido en algo más o menos indiferente para Mocquet— sino en sueños, alguna cosa formidable.

Efectivamente, cuando se le preguntó, Mocquet respondió que volvía de la luna. Mi padre pareció poner la cosa en duda. Mocquet la mantuvo y, como sus afirmaciones no parecían causar gran impresión en el espíritu de mi padre, Mocquet le contó el sueño completo. Yo, que me encontraba en un rincón, lo escuché todo, y como siempre he sido gran amigo de lo maravilloso, no perdí ni una palabra del relato fantástico que van a leer a continuación y que es contemporáneo —si no rival— de los poéticos y febriles relatos de Hoffmann.

—¿Recuerda usted bien, general, que hace siete u ocho días me envió usted a llevarle una carta al general Charpentier, a Oigny?

Mi padre interrumpió:

—Te equivocas, Mocquet —le dijo— fue ayer.

—General, yo sé lo que me digo —continuó Mocquet.

—¡Pardiez! Y yo también —dijo mi padre— y la prueba es que ayer era domingo y hoy es lunes.

—Ayer era domingo y hoy es lunes —insistió Mocquet—; sólo que no fue ayer, sino ayer hizo ocho días cuando usted me envió a Oigny.

Mi padre sabía que, en semejantes circunstancias, era inútil discutir con Mocquet.

—Vale —dijo—, supongamos que fue hace ocho días.

—No hay nada que suponer, general, he tardado ocho días en hacer el viaje que acabo de realizar, y ya verá que ocho días no son demasiado y que he tenido el tiempo muy justo.

—Efectivamente, si has estado en la luna, Mocquet.

—Allí he estado, general, tan cierto como que no hay más que un Dios en el cielo.

—¡Está bien! Cuéntanos eso, Mocquet, debe ser un viaje muy interesante.

—¡Ah, por supuesto! Va usted a verlo. Debo decirle pues, general, que la casualidad quiso que el domingo de hace ocho días se casara en segundas nupcias el tío Berthelin; me encuentra justo en el momento en que salía de la iglesia, y me dice:

—¡Bueno! No te habría molestado por tan poco, pero puesto que estás aquí, cenarás con nosotros en el puerto de Perches.

—Me parece muy bien —contesté—, el general me ha dado permiso hasta mañana y con tal de que mañana a las nueve esté de vuelta, hasta entonces dispongo de mi tiempo libremente.

—¡Bueno! Conoces el camino, ¿verdad?

—Creo que sí.

—Te dejaremos a medianoche y antes de que sea de día estarás en Fossés.

—Entonces, de acuerdo —dije.

Tomé del brazo a la gruesa Berchu, que no tenía acompañante, y ahí me tienen en la boda.

Era el tío Tellier, de Corcy, el que había preparado la comida; el general Charpentier había enviado cincuenta botellas de marca; Tellier había llevado otras cincuenta; éramos veinticinco invitados, siete de ellos mujeres; calculando a botella de vino por mujer, caíamos pues a ocho o nueve botellas por hombre; era más que razonable. Yo le decía a Berthelin:

—Cincuenta botellas para veinticuatro, Berthelin, créeme, es suficiente.

Pero él me contestó categóricamente:

—¡Bueno!, pero como el vino ya estaba sacado, hay que bebérselo.

Y nos bebimos el vino.

Usted comprende bien, general, que cuando un hombre lleva sus ocho botellas en el vientre, no camina muy recto y no ve muy claro; por lo que no sé cómo ocurrió la cosa, pero lo cierto es que me encontré de repente que tenía que atravesar el río Ourcq. Yo conocía un lugar donde había, no un puente, sino un tronco de árbol que unía las dos orillas; bordeé la margen hasta encontrarlo, me subí buenamente encima, pero cuando estaba en la mitad, de repente me falla un pie y ¡cataplún! Mocquet al agua.

Afortunadamente, nado como un pez; braceé hacia la orilla, pero sea porque el río cediera como algo flexible; sea porque la corriente fuera demasiado fuerte; sea porque la orilla se alejara a medida que yo me acercaba a ella, lo cierto es que nadé hacia delante, siguiendo el curso del río, pero sin poder poner un pie en la orilla. Al amanecer, entré en un río más ancho. Era el Marne. Seguí nadando. A medida que la mañana iba avanzando, había más gente en las márgenes del río; todo el mundo me miraba pasar diciendo:

—He ahí un valiente nadador, ¿dónde irá?

Los otros contestaban:

—Probablemente a Le Havre, o a Inglaterra, o a América.

Y yo les gritaba:

—No, amigos míos, no voy tan lejos: voy al castillo de Fossés a llevarle a mi general la respuesta del conde Charpentier. En nombre del cielo, amigos míos, enviadme una barca; yo no tengo nada que hacer ni en América, ni en Inglaterra, ni siquiera en Le Havre.

Pero ellos se echaban a reír y contestaban:

—No, no, tú nadas demasiado bien. Nada, nada, Mocquet, sigue nadando.

Yo me preguntaba cómo es que aquellas personas, que yo no había visto jamás, conocían mi nombre, pero como no podía resolver la cuestión y que, por muchos esfuerzos que hiciera por acercarme a la orilla, no ganaba ni una pulgada, continué nadando. Hacia las cuatro de la tarde, entré en otro río más ancho y, como vi en la parte superior de una pequeña barraca el rótulo: Au pont de Charenton, matelote et friture, supuse que estaba en el Sena. No tuve duda cuando, hacia las cinco, divisé Bercy.

Iba a cruzar París. Estaba muy contento, pues me decía a mí mismo: «Mal han de irme las cosas si, a lo largo de toda la ciudad, no encuentro un barco al que agarrarme, un alma caritativa que me lance una cuerda o un perro terranova que me rescate.» Pues bien, general, no encontré nada de eso; los muelles y los puentes estaban repletos de gente que parecía haberse reunido allí para verme pasar; les grité a todos aquellos hombres, a todas aquellas mujeres, a todos aquellos niños:

—Amigos míos, estáis viendo que acabaré por ahogarme si no me socorréis; ¡ayuda! ¡ayuda!

Pero los hombres, mujeres y niños se echaban a reír y gritaban:

—¡Ah! sí, ahogarte, ¡pierde cuidado! Nada, Mocquet, nada.

Y oía a otros que decían:

—Si sigue a ese ritmo, mañana por la tarde llegará a Le Havre, pasado mañana a Inglaterra, y dentro de dos meses a América.

De nada me servía gritar: «No me interesa nada de eso; le llevo una respuesta al general; está esperando la respuesta. ¡Detenedme pues! ¡Detenedme pues!» Me contestaban: «¿Detenerte, Mocquet? No tenemos derecho, no eres un ladrón. Nada, Mocquet, nada.»

Y, efectivamente, sin poder detenerme en las almadías, en los pilares de los puentes, en los barcos de las lavanderas, seguí nadando, viendo sucesivamente: a la derecha la plaza del Hôtel-de-Ville, a la izquierda la Conciergerie, a la derecha el Louvre, a la izquierda la Academia, luego el jardín de Tullerías, luego los Campos Elíseos, hasta que, por fin, dejé atrás París.

Llegó la noche y nadé toda la noche. Por la mañana me encontré en Rouen. Cuanto más avanzaba, más se ensanchaba el río y, por consiguiente, más se alejaban las orillas de mí. Y me decía: «Y a esto le llaman el Sena inferior, ¡qué ingenuos!»

En Rouen, excité la misma curiosidad que en Charenton y en París; pero, como en Charenton y en París, me invitaron a seguir nadando, calculando, como en Charenton y en París, el tiempo que emplearía, si seguía siempre a aquel ritmo, para llegar a Le Havre, a Inglaterra o a América.

A las tres de la tarde, divisé una inmensa extensión de agua ante mí, con una gran ciudad a la derecha construida en anfiteatro y otra pequeña a la izquierda. Supuse que la pequeña ciudad de la izquierda era

Honfleur, la gran ciudad en anfiteatro a la derecha Le Havre, y la inmensa extensión de agua, el mar. Me encontraba demasiado lejos de las orillas como para despertar la curiosidad de la población; sólo encontré a pescadores en sus barcas que interrumpían su pesca para verme pasar mientras decían:

—¡Mirad cómo nada ese dichoso Mocquet! ¡Es peor que un pato!

Y yo les decía rechinando los dientes: «¡Atajo de gentuza, vete...!» Pero mientras tanto, el que se iba era yo, y con muy buen ritmo, se lo aseguro. Por lo que no tardé mucho en comprender, por el movimiento de las olas, que me encontraba en alta mar.

Cayó la noche. Habría podido dirigirme a derecha o a izquierda; pero, como no había nada que me atrajera más particularmente a izquierda que a derecha, seguí nadando en línea recta. Hacia el amanecer, vi ante mí algo como una sombra. Hice un esfuerzo para levantarme del agua y para ver por encima de las olas. Lo logré y me pareció que era una isla. Redoblé esfuerzos, y como cada rato había más luz, me di cuenta de que no me había equivocado. Una hora más tarde, ponía pie en tierra. Ya era hora: estaba empezando a cansarme.

Al llegar a la isla, mi primera preocupación fue buscar a alguien a quien poder preguntarle dónde me encontraba. Como usted puede comprender, general, deseaba aprovechar la primera ocasión que se me presentara para volver a Francia. Y me decía: «Mi mujer va a estar inquieta y el general furioso, puesto que cuando les cuente lo que me ha sucedido, no querrán creerme.» Y observe bien que no estaba sino al comienzo de mis aventuras.

La isla me pareció desierta. Afortunadamente, había cenado tanto en el puerto de Perches, que no tenía hambre en absoluto. Sólo tenía sed; pero eso no me inquietaba: yo siempre tengo sed. Encontré un manantial y bebí.

Luego pensé que debía visitar la isla pues, en fin, si estaba destinado, como Robinson, a vivir en una isla, más valía conocerla más pronto que tarde. La isla era llana, sin una sola colina. Avancé atravesando un pantano diez veces más ancho que el de Value. A medida que avanzaba, me iba hundiendo cada vez más en la turba y sentía la tierra temblar a mi alrededor. Intenté ir hacia la izquierda, intenté volver sobre mis pasos, la tierra cedía por todas partes amenazando con tragarme. Entonces decidí ir en línea recta para tratar de alcanzar una gruesa piedra que veía a unos cincuenta pasos de mí más o menos. Lo logré... ¡Pardiez! Y a punto, porque sentía que la tierra se hundía bajo mis pies, como el día en que, cerca de Poudron, me vi obligado a poner mi fusil entre las piernas. Sólo que, en esta ocasión, no tenía fusil, de tal manera que me faltaba este último recurso.

Subí a la piedra y me senté en un extremo. Pero tan pronto como me instalé, me pareció que mi peso, añadido al de la piedra, la hacía hundirse poco a poco en el pantano. Me incliné, y poco después no tuve más dudas: la piedra se hundía a razón de una pulgada aproximadamente por minuto, y podía calcular, a seis pies por hora, que dentro de dos horas, si no encontraba una forma de salvarme, me habría hundido.

Una o dos veces intenté bajar para encontrar un lugar más seguro, pero hay que pensar que la tierra se reblandecía cada vez más: la primera vez, me hundí hasta la rodilla, la segunda hasta la mitad del muslo, de tal forma que no tuve tiempo sino de agarrarme a la roca y volver a subirme encima.

La roca misma seguía hundiéndose. Comprendí que todo había acabado para mí; intenté recordar alguna de las oraciones que mi madre me había enseñado cuando era muy pequeño; pero hacía tanto tiempo de eso que lo había olvidado todo. Estaba sentado; dejé caer la cabeza sobre las rodillas y cerré los ojos. No necesitaba ver para darme cuenta de la situación. Sentía que la roca seguía hundiéndose con un movimiento casi insensible cuando, de repente, una gran sombra rozó mis ojos, incluso a través de los párpados, y me pareció que algo pasaba entre el sol y yo. Abrí rápidamente los ojos.

Lo que pasaba entre el sol y yo era una magnífica águila, de más de diez pies de envergadura. Voló unos minutos alrededor de mi cabeza. Creí que tenía malas intenciones y estaba buscando un arma cualquiera para defenderme, cuando, en lugar de abatirse sobre mí, se abatió delante de mí, dobló sus alas, alisó sus plumas y, mirándome con aire burlón, me dijo: «Así que tú eres Mocquet».

Confieso que me quedé atónito al oír a un águila dirigirme la palabra y llamarme por mi nombre; pero, como de un tiempo a esta parte me ocurren cosas tan extraordinarias, mis sorpresas son de corta duración.

—Sí, señora —contesté educadamente—, soy yo.

—¿Cómo estás?

—Bastante bien por el momento. ¿Y usted?

—Yo, como ves, estoy de maravilla. —Luego, tras un momento de silencio—: Me pareces inquieto —me dijo—, ¿qué te ocurre?

—¡Pardiez! Señora —le contesté—, no voy a ocultarte que preferiría estar de vuelta en casa del general, al que debo llevarle una respuesta de parte del conde Charpentier, antes que estar aquí.

—Es decir, mi querido Mocquet, que estás buscando un medio de transporte, y no lo encuentras.

—Así es, señora —dije.

Y me puse a contarle que me había enviado usted a Oigny, que había encontrado a Berthelin, que me había invitado a su boda, que me había emborrachado, que me había caído al Ourcq, que del Ourcq había pasado al Marne, del Marne al Sena y del Sena al mar; que, finalmente, había llegado a la isla donde tenía el honor de encontrarme con ella, y ello justamente en el momento en el que la posición se hacía suficientemente crítica como para causarme graves inquietudes.

—Efectivamente —dijo el águila echando una ojeada a mi roca que se hundía cada vez más—, no hay ninguna posibilidad de que puedas evitar el peligro, mi pobre Mocquet.

—¿Usted cree? —le pregunté.

—¡Ah! —dijo—, eres el décimo séptimo que veo morir así.

Yo dejé escapar un gemido.

—¡Bueno! —dijo—, no te desesperes demasiado: tienes la suerte de dar con un tipo de muerte de las más rápidas y menos dolorosas, mientras que si siguieras viviendo, estarías expuesto a un montón de enfermedades cada cual más dolorosa: a los reumatismos, a la gota, a las neuralgias, a la tisis, a la parálisis.

Yo le interrumpí.

—Con todos los respetos, señora —le dije— usted que sabe tanto ¿no conocería pues una forma de que yo pudiera abandonar esta isla?; pues, por muy dulce que sea la muerte que usted me promete, preferiría vivir, incluso cien años, corriendo todas las malas suertes de la vida, antes que morir en una hora, por muy agradable que ello sea.

—¿Le tienes miedo a la muerte, pues?

—No es por mí, es por mi familia; y además tengo que llevarle al general una respuesta de parte del conde Charpentier.

—Está bien, voy a ser buena chica, aunque no sea correcto emborracharse como tú lo has hecho, y sobre todo en el santo día del domingo. Sube a mi espalda.

—¿Cómo? —exclamé— ¿qué me suba a su espalda?

—Sí, y agárrate bien, no vayas a caerte.

—Está usted bromeando.

—¡Palabra de águila! —dijo el animal poniendo su pata derecha sobre su pecho— estoy hablando en serio. Así que, acepta mi ofrecimiento o prepárate a morir asfixiado en el barro como un sapo; pues ahí tienes tu pedestal que se hunde y no concedo más de un cuarto de hora sin que le toque el turno a la estatua.

Efectivamente, no había más parte de la roca fuera del barro que la parte sobre la que descansaban mis dos pies, y la turba líquida estaba empezando ya a mojar la suela de mis zapatos. Miré a mi alrededor y comprendí que no había más medio de salvación que aceptar la propuesta que me hacía el águila; por lo que, adoptando una decisión:

—Agradezco la oferta que me hace, señora —le dije— y la acepto de buena gana, sólo que temo ser algo pesado.

—¡Bueno! —dijo el águila— no te preocupes por eso, soy fuerte.

Se acercó a mí, levantó las alas de forma que yo pudiera colocarme a horcajadas sobre su espalda sin molestar los movimientos de las mismas, la agarré por el cuello y se elevó rápidamente en el aire. Al principio, le apretaba demasiado porque temía caerme; pero, por un movimiento que hizo, comprendí que no le dejaba respirar, y abrí un poco la mano.

—Así está mejor—dijo—; ahora todo marcha de maravilla.

—Perdón, —le dije lo más correctamente que pude, dado que me veía totalmente en sus manos— si le place a Su señoría, y con todo el respeto que le debo a su juicio superior, pero creo que no estamos tomando el camino que conduce a mi casa.

—Más tarde, más tarde —dijo él águila—; por el momento tengo algo que hacer en la luna, y vamos a pasarnos primero por allí.

¡Puede comprender mi estupefacción! Estuve a punto de perder el equilibrio y caerme.

—¡En la luna! —exclamé—, pero yo no tengo nada que hacer en la luna, yo no conozco a nadie allí. Debería haberme advertido. Pasar por la luna me retrasa mucho.

—¡Bah! —dijo el águila— veinticuatro horas más o menos ¿qué pueden significar? Si te hubiera dejado en la isla habrías tenido un retraso mucho mayor. Decídete pues, o vienes conmigo o te vas.

—¿Irme? —le dije—. A usted le resulta fácil hablar. Pero ¿por dónde quiere que me vaya?

—Por donde quieras. Como puedes comprender, la ruta es libre.

—No, ¡caray! Prefiero ir con usted a la luna. Esperaré en la puerta mientras usted hace sus gestiones.

Mientras tanto, continuábamos subiendo, la tierra ya no me parecía sino bruma y el mar un espejo, mientras que, por encima de mi cabeza veía la luna agrandarse a medida que la tierra disminuía. Se hizo de noche, la tierra se cubrió de oscuridad, mientras que, al contrario, la luna se iluminaba por el reflejo del sol, que yo veía desportillado por la tierra. El águila seguía ascendiendo. Llegó un momento en el que la tierra me ocultó por completo el sol; entonces me encontré en la más completa oscuridad; había perdido de vista la luna totalmente. El águila seguía ascendiendo. Poco a poco la tierra destapó el sol y volvió la luz.

Por la tarde, no estaba ya a más de dos o tres leguas de la luna; se ofrecía a mis ojos como una gran bola amarillenta de la forma de un queso de Holanda que tenía un grueso bastón clavado en un lateral como el mango de una sartén. Pensé que era por ahí por donde la cogía el buen Dios cuando tenía que tratar con ella.

—Mi querido Mocquet, —me dijo el águila— ya hemos llegado; colócate a caballo sobre ese bastón y espérame.

Como puede comprender, no era cuestión de discutir; hice lo que el águila deseaba y me agarré lo mejor que pude a aquella especie de palo de escoba. Me pareció que la luna se bamboleaba; además, el peso de mi cuerpo le hizo inclinarse de tal manera que pronto me encontré como sobre un caballo que se encabrita.

—¡Que el diablo te lleve, maldita águila! —murmuré en dialecto picardo, para que no me comprendiera. Pero se echó a reír y dijo:

—¡Buenas noches, Mocquet! Si te encuentras bien ahí, quédate, amigo mío.

—¿Cómo que me quede?

—Sin duda.

—En primer lugar, no me encuentro bien aquí.

—Peor para ti; pero no seré yo quien te lleve a otro lugar.

—¿Entonces era una burla? —exclamé— ¡Bonita burla!

—No, Mocquet, no es una burla, es una venganza.

—¿Una venganza? ¿Y por qué se venga de mí? Yo no le he hecho nada.

—¿Cómo que no me has hecho nada? El año pasado sacaste del nido a mis crías en la torre más alta del castillo de Vez.

—¡Venga pues! lo que yo saqué del nido fueron dos gavilanes, y usted no es un gavilán.

—¡Sí, hazte el inocente!

—Señora águila, yo le juro…

—¡Hasta la vista, Mocquet!

—Señora águila…

—Pásalo bien.

—En el nombre del cielo…

—Diviértete. —Y, batiendo sus alas, emprendió el vuelo riendo.

Yo no me reía, como puede comprender; el bastón se inclinaba cada vez más: si hubiera podido agarrarme a la luna, habría podido sentarme encima, al menos, y me habría encontrado más a gusto; pero como agarraba el bastón con las dos manos no me atrevía a soltarlo con una, por miedo a que me faltaran las fuerzas en la otra, y me precipitara al vacío. En aquel momento justamente se abrió la puerta de la luna, chirriando sobre sus goznes como una puerta que no ha sido engrasada desde hace más de tres meses, y apareció el hombre de la luna…

—¿Qué hombre? —pregunté yo desde mi rincón.

—¡Caramba! —respondió Mocquet— probablemente el que la guarda.

—¿Entonces hay un hombre en la luna?

—¡Oh! eso puedo certificarlo: lo vi como lo estoy viendo a usted, y además, me habló.

—¿Qué te dijo?

—Me dijo: «¿Qué estás haciendo ahí, haragán?»

—¿Cómo haragán? —le dije— le aseguro que hay pocos seres de nuestra especie que hagan un esfuerzo semejante al que yo estoy haciendo en este momento.

—Y ¿con qué fin realizas ese esfuerzo?

—¡Oh! no he tenido otra opción —le dije. Y le conté que usted me había enviado a casa del conde Charpentier, que había encontrado a Berthelin, que me había invitado a su boda, que yo me había emborrachado, que me había caído en el Ourcq, que del Ourcq había pasado al Marne, del Marne al Sena, y del Sena al mar. Luego vino la historia de la isla, de la roca, del águila; luego le conté que aquel miserable animal me había abandonado sobre mi bastón como un loro sobre su aseladero, deseándome que lo pasara bien, deseo que estaba lejos de realizarse; finalmente, le supliqué que me alargara la mano y me ayudara a subirme sobre la luna.

Pero él, empezó por sacar su tabaquera del bolsillo, la abrió, introdujo los dedos, cogió una toma, y aspirándola, sacudió la cabeza.

—¿Cómo, sacude usted la cabeza? —exclamé.

—Sí, Mocquet, la sacudo, —respondió el aficionado al rapé.

—Y ¿qué significa eso?

—Significa que no puedes quedarte aquí.

—¿Cómo que no puedo quedarme aquí?

—No; estás viendo perfectamente que haces que la luna se incline.

—Sí, así es, lo estoy viendo.

—Entonces comprenderás que si la luna se inclina un grado o dos más, vas a derramar mi agua, que se encuentra en el hueco de una roca. Y como aquí no llueve sino cada tres meses y llovió ayer, antes de las próximas lluvias me habré muerto de sed.

—Pero, —exclamé— yo tampoco quiero permanecer aquí, como puede suponer. Aprovecharé la primera ocasión que se presente para volver a la tierra.

—No se presenta nunca una ocasión para volver a la tierra.

—¿No hay nunca ocasión?

—Nunca…

—Entonces, ¿qué puedo hacer?

—Vas a soltar el bastón; y, como la tierra está justo por dejabo de la luna en este momento, dentro de dos o tres horas, habrás llegado.

—Pero me romperé como un vaso de cristal. ¡Venga pues!

—¿Qué quiere decir con «¡Venga pues!»

—Jamás

—Jamás ¿qué?

—No soltaré el bastón jamás.

—¡Ah! no lo soltarás.

—No, no lo soltaré.

—¡Ah, bien! Vamos a verlo.

El hombre de la luna, que aún tenía la tabaquera en la mano, la metió en el bolsillo, entró en su casa, y cinco minutos después salió con un hacha. Al verla, adiviné su intención y me puse a temblar con todo mi cuerpo.

—¡Ah! mi querido señor, —le dije— espero que no va usted a partir mi bastón. Eso sería sencillamente un crimen, un asesinato. ¡Ah! viejo bribón, ¡ah! viejo bellaco, ¡ah! viejo…

Un terrible crujido me cortó la voz: al tercer hachazo, el bastón se había partido y yo caía, con el palo entre las piernas, con tal rapidez que me faltó el habla. Cuado se vio libre de mí, la luna recuperó el equilibrio, y vi que el hombre seguía con la mirada mi caída a través del espacio con una satisfacción que ni siquiera se tomaba la molestia de ocultar. Al cabo de diez minutos, más o menos, de una caída vertiginosa, me pareció oír un gran ruido de alas acompañado de formidables ¡cuac! ¡cuac! ¡cuac! Estaba atravesando una bandada de ocas salvajes.

—¡Cómo! —me dijo el ganso que dirigía la bandada— ¿es usted, Mocquet?

Confieso que me alegró mucho encontrarme entre amigos. Sólo que, ¿de qué me conocía aquel ganso? Es algo que no he podido saber jamás.

—¡Caramba!, sí, soy yo —contesté.

—¿Se encuentra usted bien de salud?

—Por el momento la cosa no va mal —contesté—; pero temo de que aquí a nada, se produzca algún cambio.

—Sin querer ser demasiado curioso, —prosiguió el ganso— ¿puedo preguntarle cómo es que lo encuentro a usted a veinte mil leguas de la luna y a sesenta mil leguas de la tierra?

Entonces le conté que usted me había dado un encargo para el conde Charpentier, que había encontrado a Berthelin, que me había invitado a su boda, que me había emborrachado, que me había caído al Ourcq, que del Ourcq había pasado al Marne, del Marne al Sena, y del Sena al mar. Luego llegó la historia de la isla, del pantano, de la roca, del águila. Le conté que aquel miserable animal me había llevado a la luna. Me había abandonado sobre el mango de la luna y que el hombre de la luna, viendo que yo la hacía inclinarse, había temido que yo derramara su agua, había cogido un hacha y había partido el bastón. En prueba de lo cual le enseñé el trozo del palo que aún llevaba entre las piernas.

Posiblemente, me pregunten ustedes cómo podía contar todo eso mientras caía, puesto que, impulsado por mi peso, yo debía caer más rápido de lo que las ocas pueden volar. Pero, a la orden de ¡cuac-cuac-cuac!, que en el lenguaje de las ocas significa: ¡replieguen las alas!, toda la tropa había replegado sus alas; y al no tener ya nada para sostenerse, cada oca caía, al mismo tiempo que yo, como un grueso granizo.

—¡Ah! ¡ah! —dijo el ganso después de haberme escuchado con atención— así que te precipitas al suelo.

—Me precipito, ésa es la palabra.

—Y ¿qué le darías al que te garantizara depositarte en el suelo tan suavemente como sobre un lecho de plumas?

—En primer lugar, le daría mi bendición y ¡palabra de hombre! añadiría una buena moneda.

—¡Pues bien! yo te depositaré en el suelo por nada.

—¿Por nada? Eso está todavía mejor.

—Pero con una condición, no obstante.

—¿Cuál?

—Que me jures que no cazarás jamás ocas salvajes.

—¡Oh! si no es más que eso, se lo juro.

—¡Cuac! —dijo el ganso salvaje. Lo que significa: ¡Atención!

—¡Listas! —contestaron las ocas.

—Coged cada una un extremo del palo con el pico —ordenó el ganso. Y las ocas obedecieron.

—¡Está bien! y ahora, extended las alas.

Las dos ocas en cuestión extendieron las alas y yo noté que me detenía en mi caída. «¡Ah! ¡caramba!» exclamé. Era la respiración que me volvía.

Hice un movimiento sobre el bastón y me encontré sentado de lado, como una mujer sobre una borrica. Yo sujetaba el bastón con las dos manos y, como me daba vértigo mirar hacia abajo, el ganso ordenó al resto de la banda que volaran por debajo de mí y formaran con sus cuerpos una especie de alfombra. Durante toda esta conversación y toda esta operación, habíamos descendido sin darnos cuenta y la tierra, no sólo había vuelto a hacerse visible, sino que aparecía ante mí con todos sus detalles. Nos dirigimos hacia el Sur, lo que era mi camino directo, y volví a ver Le Havre, Rouen, París.

Cuando llegamos a París, le grité al ganso que nos servía de guía: «¡Un poco hacia la izquierda, amigo mío, un poco hacia la izquierda!». Él repitió en su idioma: «¡Un poco hacia la izquierda!» Y fuimos en línea oblicua. Confieso que me produjo gran alegría volver a ver Dammartin, Nanteuil, Crépy. «¡Un poco hacia la derecha!» dije cuando llegamos a esta última ciudad. Y el ganso tomó un poco hacia la derecha. De repente, me di cuenta de que la bandada, en lugar de descender estaba elevándose.

—Es aquí —grité— amigo ganso, es aquí; bájeme pues, ahí está Value a mi derecha, Haramont a mi izquierda y Fossés justamente por debajo de mí. ¡Bájeme pues! ¡bájeme pues!

Pero él gritaba: «¡Más arriba! ¡Arriba!» Y, sin escucharme, la banda lo obedecía. Yo alargué la mano para atraparlo, tenía unas ganas terribles de retorcerle el cuello. Se me escapó, pero comprendió perfectamente mi intención.

—¡Ah! ¿así eres de agradecido Mocquet? —me dijo.

Yo estaba exasperado.

—¿Pero no se da cuenta pues —le dije— que nos estamos alejando de la casa del general, para ir no se sabe dónde? No sé… al diablo.

—Mocquet, —dijo el ganso con voz suave— por el hecho de ser un ganso, uno no es imbécil. ¿No has visto pues?

—Claro que sí; he visto el castillo del general; he visto Villers-Cotterêts, y ahora que vamos hacia la derecha veo La Ferté-Milon, y veo Melun, Montargis, Moulin.

—Sí, has visto muchas cosas, pero no has visto a Pierre, el jardinero, que estaba escondido tras un seto con su escopeta, y nos estaba esperando para disparar.

—¡Bah! Pierre es un torpe, no les habría dado.

—Mi querido Mocquet, entre las ocas existe un proverbio que dice : «No hay peores disparos que los de un torpe.»

—¡Oh! ¡Dios mío! ¡Dios mío! —dije— pero ¿hacia dónde vamos ahora? ¡Bueno! He ahí que vuelvo a ver el mar. ¿Qué mar es ése?

—Es el mar Mediterráneo, que los antiguos llamaban mar Interior, porque está completamente encerrado entre tierra y no tiene más comunicación con el gran Océano que por el estrecho de Gibraltar.

—¿Sabe que está muy bien instruido para ser un ganso? —le dije.

—He viajado mucho —contestó modestamente.

—Pero, en fin, ¿adónde vamos?

—Vamos al lago Chad.

—Y ¿dónde está el lago Chad?

—En el centro de África.

—¿Cómo en el centro de África? ¿en el país de los negros?

—Exactamente.

—Pero yo no tengo nada que hacer allí; yo no quiero ir allí. ¡Alto! ¡Alto! Mire, ahí va un buque que va a arribar a Marsella; bájeme sobre cubierta, bájeme rápido.

—No puede bajarte abiertamente, ya sabes que en todas partes donde hay hombres corremos peligro.

—Bueno pues acérqueme lo más posible y yo me dejaré caer.

—Eres libre de hacerlo.

—Es una suerte… Así, creo que ya estoy.

—No, todavía no.

—¿Y ahora?

—Todavía no.

—Desde aquí, caería justamente sobre cubierta.

—Desde aquí, caerías al mar.

—¿Y desde aquí?

—Ahora sí, pero no pierdas tiempo. Está pasando… Ha pasado. ¡Buen viaje!

Efectivamente, había soltado mi palo pero un segundo más tarde de lo necesario. En lugar de caer sobre el buque, caí sobre su estela. Como caía de una altura de cien pies, fui hasta el fondo del mar. Afortunadamente había hecho provisión de aire, retuve la respiración y volví a la superficie. Me habían visto caer desde el buque, por lo que me esperaba una barca con cuatro remeros y un contramaestre.

¡Oh! general, no sabría decirle la satisfacción que sentí cuando toqué una mano de hombre en lugar de una pata de oca, y cuando me vi transportado en un buque en lugar de viajar a horcajadas a lomos de un águila, o sentado sobre un palo llevado por ocas.

Dos horas después, estábamos en Marsella. Corrí hasta el correo, por suerte quedaba una plaza junto al conductor, la reservé, y aquí me tiene. Ahora, general, le pido perdón por mi retraso pero estará de acuerdo conmigo en que se necesitaba por lo menos ocho días para ir del puerto de Perches, al Havre, del Havre a la isla del Marais, de la isla del Marais a la luna, de la luna al Mediterránero, del Mediterráneo a Marsella y de Marsella aquí. Aquí tiene la respuesta del conde Charpentier, general.»

Y Mocquet le entregó la carta a mi padre.

Mocquet creyó siempre que había estado en la luna. De nada sirvió asegurarle que no había abandonado su cama y había tenido una pesadilla, él siempre mantuvo categóricamente que había realizado el viaje que acabo de contar. Mocquet me tomó afecto, sobre todo porque yo era el único que no se reía en sus narices cuando hablaba del águila vengativa, del hombre de la luna y del ganso erudito. Yo no me reía en sus narices porque yo creía firmemente que había realizado aquel viaje a la luna, y sólo lamentaba una cosa: no haber ido con él.

—Pero quédese tranquilo, —me decía Mocquet— si regreso, lo llevaré conmigo y haremos el viaje juntos.

Mocquet murió sin volver allá. Ahora, ¿hay alguien que esté buscando un compañero de viaje para ir a la luna? Aquí me tiene.

UN BAILE DE MÁSCARAS

Había dado la orden de que se dijese que no estaba en casa para nadie: uno de mis amigos forzó la consigna.

Mi criado me anunció al señor Antony R... Descubrí, detrás de la librea de José, el cuerpo de una levita negra. Era probable, por lo tanto, que el que la llevaba hubiese visto, por su parte, la falda de mi bata de casa. Siendo imposible ocultarme:

—¡Muy bien! Que entre —dije en alta voz.

"¡Que se vaya al diablo!", dije en voz baja.

Cuando se trabaja, sólo la mujer que se ama puede interrumpir a uno impunemente; pues, hasta cierto punto, siempre está ella de algún modo en el fondo de lo que se hace.

Me fui, pues, hacia él con el aspecto medio irritado de un autor interrumpido en uno de los momentos en que más teme serlo, cuando le vi tan pálido y tan descompuesto que las primeras palabras que le dirigí fueron estas:

—¿Qué tenéis? ¿Qué os ha ocurrido?

—¡Oh! Dejadme respirar —dijo—. Voy a contároslo; pero, ¡qué digo!, esto es un sueño o, sin duda, estoy loco.

Se arrojó sobre un sofá y dejó caer la cabeza entre sus manos.

Le miré asombrado: sus cabellos estaban mojados por la lluvia; sus botas, sus rodillas y la parte baja de su pantalón estaban cubiertos de barro. Me asomé a la ventana y vi a la puerta a su criado con el cabriolé: nada comprendía de aquello.

Él vio mi sorpresa.

—He estado en el cementerio del Père-Lachaise —me dijo.

—¿A las diez de la mañana?

—Estaba allí a las siete... ¡Maldito baile de máscaras!

Yo no podía adivinar la relación que podía tener un baile de máscaras con el Père-Lachaise. Así es que me resigné, y volviendo la espalda a la chimenea, empecé a envolver un cigarrillo entre mis dedos, con la flema y paciencia de un español.

Cuando terminé de hacerlo, se lo ofrecí a Antony, el cual sabía yo que de ordinario agradecía mucho esta clase de atención.

Me hizo un signo de agradecimiento, pero rechazó mi mano. Por mi parte, me incliné a fin de encender el cigarrillo: Antony me detuvo.

—Alejandro —me dijo—, escuchadme: os lo ruego.

—Pero si hace un cuarto de hora que estáis aquí y no me decís nada.

—¡Oh! ¡Es una aventura muy rara!

Me enderecé, puse mi cigarro sobre la chimenea y me crucé de brazos como un hombre resignado; únicamente que empezaba a creer como él que muy bien podía haberse vuelto loco.

—¿Os acordáis de aquel baile de la Ópera, en que os encontré? —me dijo, después de un instante de silencio.

—¿El último, en el que había a lo más doscientas personas?

—Ese mismo. Os dejé con la intención de irme al de Variedades, del cual me habían hablado como cosa curiosa en medio de nuestra curiosa época: usted quiso disuadirme de que fuese; la fatalidad me empujaba a aquel sitio. ¡Oh! ¿Por qué no ha visto usted aquello; usted, dedicado a describir las costumbres? ¿Por qué Hoffmann o Callot no estaban allí para pintar aquel cuadro fantástico y burlesco a la par que se desarrolló ante mis ojos? Acababa de dejar la Ópera vacía y triste y encontré una sala llena y gozosa: corredores, palcos, plateas, todo estaba lleno.

"Di una vuelta por el salón: veinte máscaras me llamaron por mi nombre y me dijeron el suyo. Eran celebridades aristocráticas o financieras bajo innobles disfraces de pierrots, de postillones, de payasos o de verduleras.

"Eran todos jóvenes de nombre, de corazón, de mérito; y allí, olvidando familia, artes y política, reedificaban una tertulia del tiempo de la Regencia en medio de nuestra época grave y severa. ¡Ya me lo habían dicho y, sin embargo, yo no había querido creerlo! Subí algunas gradas y, apoyándome sobre una columna, y medio escondido por ella, fijé los ojos en aquella ola de criaturas humanas que se movían a mis pies. Aquellos dominós de todos los colores, aquellos vestidos pintorreados y aquellos grotescos disfraces, formaban un espectáculo que no tenía semejanza con nada humano. La música empezó a tocar. ¡Oh! Entonces fue ella. Aquellas extrañas criaturas se agitaron al son de aquella orquesta cuya armonía llegaba a mis oídos en medio de gritos, de risas y de algazara; se cogieron unos a otros por las manos, por los brazos, por el cuello: se formó un gran círculo, empezando entonces un movimiento circular; bailadores y bailadoras pateando, haciendo levantar con ruido un polvo cuyos átomos hacía visibles la pálida luz de las arañas; dando vueltas con velocidad creciente y con extrañas posturas, con gestos obscenos, con gritos desordenados: dando vueltas cada vez con más rapidez, tirados por tierra como hombres borrachos, dando alaridos como mujeres perdidas, con más delirio que alegría, con más rabia que placer: semejantes a una cadena de condenados que hubiesen cumplido, bajo el látigo de los demonios, una penitencia infernal. Aquello ocurría en mi presencia y a mis pies. Sentía el viento que producían en su carrera: cada uno de los que me conocía me decía, al pasar, alguna palabra que me hacía enrojecer. Todo aquel ruido, todo aquel murmullo, toda aquella confusión, toda aquella música, estaban en mis oídos como en la sala. Muy pronto llegué a no saber si lo que tenía ante mis ojos era sueño o realidad; llegué a preguntarme si no era yo el insensato y ellos los razonables: se apoderaban de mí extrañas tentaciones de arrojarme en medio de aquella bacanal, como Fausto a través de las regiones infernales, y sentí entonces que tendría gritos, gestos, posturas y risas como las suyas. ¡Oh! De aquello a la locura no hay más que un paso. Quedé asombrado y me lancé fuera de la sala, perseguido hasta la puerta de la calle por aullidos que parecían aquellos rugidos de amor que salen de la caverna de las bestias feroces.

"Me detuve un instante bajo el pórtico para tranquilizarme. No quería aventurarme en la calle lleno mi espíritu de tanta confusión: es muy fácil que no hubiese conocido el camino: es muy fácil que hubiese sido atropellado por un coche sin quererlo yo mismo. Me encontraba en ese estado en que se encuentra un hombre borracho que empieza a recobrar la razón suficiente en su cerebro ofuscado para darse cuenta de su estado y que, sintiendo que recobra la voluntad, pero no aún el poder, se apoya, inmóvil, con los ojos fijos y extraviados, contra un poyo de la calle o contra un árbol de un paseo público.

"En este momento, un coche se detuvo ante la puerta: una mujer salió de su puertecilla o, más bien, se precipitó fuera de ella.

"Entró bajo el peristilo, volviendo la cabeza a derecha e izquierda como una persona perdida. Vestía un dominó negro y tenía la cara cubierta con un antifaz de terciopelo. Llegó hasta la puerta.

"—¿Vuestro billete? —le dijo el portero.

"—¿Mi billete? —respondió ella—. No lo tengo.

"—Pues, entonces, tomadlo en la taquilla.

"La mujer del dominó volvió bajo el peristilo, registrando vivamente todos sus bolsillos.

"—¡No traigo dinero! —exclamó—. ¡Ah! Este anillo… Un billete de entrada por este anillo —dijo ella.

"—Imposible —respondió la mujer que vendía los billetes—; no hacemos negocios de ese género.

"Y rechazó el brillante, que cayó a tierra y rodó hacia mi lado.

"La mujer del dominó permaneció inmóvil, olvidando el anillo y abismada, sin duda, en algún pensamiento.

"Yo recogí el anillo y se lo presenté.

"Vi, a través de su antifaz, que sus ojos se fijaban en los míos; me miró un instante con indecisión. Después, de repente, pasando su brazo alrededor del mío:

—Es necesario que me paguéis la entrada —me dijo—. ¡Por piedad, es necesario!

—Yo salía ya, señora —le dije.

—Entonces dadme seis francos por este anillo, y me habréis hecho un servicio por el que os bendeciré toda mi vida.

Volví a poner el anillo en su dedo; fui a la taquilla y tomé dos billetes. Entramos juntos.

Una vez llegados al corredor, sentí que vacilaba. Formó entonces con su segundo brazo una especie de anillo alrededor del mío.

—¿Sufrís? —le dije.

—No, no: esto no es nada —repuso ella—. Un desvanecimiento: eso es todo.

Y me condujo hacia el salón. Entramos en aquel gozoso Charenton. Tres veces dimos la vuelta abriéndonos paso con gran pena por entre aquella multitud de máscaras que se empujaban las unas a las otras: ella, estremeciéndose a cada palabra obscena que escuchaba; yo, avergonzado de que me viesen dando el brazo a una mujer que se atrevía a escuchar tales palabras. Después nos volvimos al extremo del salón. Ella se dejó caer sobre un banco. Yo permanecí de pie ante ella, con la mano apoyada en el respaldo de su asiento.

—¡Oh! Esto debe pareceros muy extravagante —me dijo—: pero no más que a mí: os lo juro. Yo no tenía idea alguna de esto —miraba al baile—, pues ni aun en sueños he podido ver tales cosas. Pero, vea usted, me han escrito que estaría aquí con una mujer. Y ¿qué mujer será esa que se atreve a venir a un sitio semejante?

Yo hice un gesto de asombro; ella lo comprendió.

—Quiere usted decir que yo también estoy aquí, ¿no es verdad? ¡Oh! pero ya es otra cosa: yo lo busco, yo soy su mujer. Estas gentes vienen aquí impulsadas por la locura y el libertinaje. ¡Oh! Pero yo vengo por celos infernales. Hubiera ido a buscarle a cualquier parte: por la noche, a un cementerio, hubiera ido a Grève el día de una ejecución, y, sin embargo, os lo juro, cuando era joven, no he salido ni una sola vez a la calle sin mi madre. Mujer ya, no he dado un paso fuera de casa sin ir seguida de un lacayo; y, sin embargo, heme aquí, como todas estas mujeres perdidas: heme aquí dando el brazo a un hombre a quien no conozco, enrojeciendo, bajo mi antifaz, de la opinión que de mí habéis podido formaros. ¡Yo comprendo todo esto!... Caballero, ¿habéis estado alguna vez celoso?

—Atrozmente —respondí.

—Entonces, seguramente que me perdonáis y que lo comprendéis todo. Conocéis aquella voz que os grita, como si lo hiciese a la oreja de un insensato: "¡Ve!". Conocéis el brazo que, como el de la fatalidad, os empuja a la vergüenza y al crimen. Sabéis ya que en tales momentos uno es capaz de todo, con tal que pueda vengarse.

Iba a responderle; pero se levantó de repente con la mirada fija en dos dominós que pasaban en aquel momento ante nosotros.

—¡Callaos! —me dijo.

Y me arrastró en su persecución.

Yo estaba metido en una intriga de la que no comprendía nada; sentía vibrar todas sus cuerdas y ninguna me la hacía comprender; pero aquella pobre mujer parecía tan agitada que estaba verdaderamente interesante. Tan imperiosa es una pasión verdadera, que obedecí como un niño, y nos pusimos en persecución de las dos máscaras, de las que la una era evidentemente un hombre y la otra una mujer. Hablaban a media voz; sus palabras apenas llegaban a nuestros oídos.

—¡Es él! —murmuraba ella—. Es su voz. Sí, sí, es su estatura…

El más alto de los dos que vestían dominó empezó a reírse.

—¡Es su risa! —dijo ella—. ¡Es él, señor, es él! La carta decía la verdad. ¡Oh Dios mío! ¡Dios mío!

Sin embargo, las máscaras avanzaban y nosotros salimos detrás de ellas. Tomaron la escalera de los palcos, y nosotros la subimos en su persecución. No se detuvieron hasta que llegaron a la de la gran bóveda: nosotros parecíamos sus dos sombras. Un pequeño palco enrejado se abrió; entraron en él y la puerta se cerró tras ellos.

La pobre criatura que yo llevaba del brazo me asustaba con su agitación: no podía ver su cara; pero, apretada contra mí como estaba, sentía latir su corazón, temblar su cuerpo y estremecerse sus miembros. Había algo de extraño en la manera como llegaban a mí los sufrimientos inauditos cuyo espectáculo se desarrollaba ante mis ojos, cuya víctima no conocía y cuya causa ignoraba por completo. Sin embargo, por nada del mundo hubiese abandonado a aquella mujer en semejante momento.

Cuando ella vio a las dos máscaras entrar en el palco y el palco cerrarse tras ellos, permaneció un momento inmóvil y como herida de un rayo. Después se abalanzó sobre la puerta para escuchar. Colocada como estaba, el menor movimiento denunciaba su presencia y la perdía: yo la tomé violentamente por el brazo, abrí el pestillo del palco contiguo, la arrastré allí conmigo, eché la cortina y cerré la puerta.

—Si queréis escuchar —le dije—, hacedlo de aquí al menos.

Ella se dejó caer sobre una rodilla y aproximó la oreja al tabique, y yo me mantuve de pie al lado opuesto, con los brazos cruzados, cabizbajo y pensativo.

Todo lo que yo había visto de aquella mujer me había hecho creer que era un verdadero tipo de belleza. La parte baja de su cara, que no ocultaba el antifaz, era fresca, aterciopelada y llena; sus labios rojos y finos; sus dientes, a los que el terciopelo que llegaba hasta ellos hacía parecer más blancos, pequeños, separados y brillantes; su mano parecía un modelo; su talle podía abrazarse con las manos; sus cabellos negros, sedosos, se escapaban con profusión de la cofia de su dominó, y su pequeño pie, que apenas se dejaba ver fuera de la bata, parecía no poder apenas sostener aquel cuerpo, ligero, gracioso y aéreo. ¡Oh! ¡Debía ser una maravillosa criatura! ¡Oh, el que la hubiese tenido en sus brazos, el que hubiese visto todas las facultades de aquella alma empleadas en amarle, el que hubiese sentido sobre su corazón aquellas palpitaciones, aquellos estremecimientos, aquellos espasmos neurálgicos, y el que hubiese podido decir: "¡Todo esto, todo esto, es producido por el amor que por mí siente; por el amor que tiene para mí solo entre todos los hombres y es el ángel para mí predestinado!" ¡Oh! ¡Este hombre... este hombre...!

Estos eran mis pensamientos, cuando de repente vi a aquella mujer levantarse, volverse hacia mí y decirme con voz entrecortada y furiosa:

—Caballero, soy hermosa: os lo juro. Soy joven, pues tengo diecinueve años. Hasta ahora, he sido pura como el ángel de la creación. Pues bien... —echó sus brazos a mi cuello— pues, bien: soy vuestra... ¡Tomadme!...

En el mismo instante sentí sus labios pegarse a los míos, y la impresión de un mordisco, más bien que la de un beso, corrió por todo su cuerpo tembloroso y enloquecido por la pasión: una nube de fuego pasó por mis ojos.

Diez minutos después, la tenía entre mis brazos, desmayada, medio muerta, sollozando.

Poco a poco volvió en sí. Yo distinguía, a través de su antifaz, sus ojos extraviados; vi la parte inferior de su cara pálida, vi que sus dientes chocaban unos con otros, como si estuviese poseída de un temblor febril. Toda esta escena se presenta aún ante mi vista.

Recordó lo que acababa de pasar y cayó a mis pies.

—Si os inspiro alguna compasión —me dijo sollozando—, alguna piedad, no fijéis en mí vuestros ojos, no procuréis nunca reconocerme: dejadme marchar y olvidadlo todo. ¡Ya me acordaré yo de ello por los dos!

A estas palabras se levantó, rápida como el pensamiento que huye de nosotros; se abalanzó hacia la puerta, la abrió, y, volviéndose aún una vez, me dijo:

—¡Caballero, no me sigáis; en nombre del Cielo, no me sigáis!

La puerta, empujada con violencia, se cerró entre mí y ella, ocultándomela como una aparición. ¡No he vuelto a verla!

¡No he vuelto a verla! Y en los diez meses que han pasado desde entonces la he buscado por todas partes, en los bailes, en los espectáculos, en los paseos. Cuantas veces veía de lejos una mujer de fino talle, de pie pequeño y de cabellos negros, la seguía, me aproximaba a ella, la miraba de frente, esperando que su rubor la descubriese. ¡En ninguna parte la he vuelto a encontrar; en ninguna parte la he vuelto a ver… nada más que en mis noches de insomnio y en mis sueños! ¡Oh! Entonces ella volvía a venir allí; allí la sentía, sentía sus abrazos, sus mordiscos, sus caricias tan ardientes, que tenían algo de infernal; después, el antifaz caía, y la cara más extraña se presentaba a mis ojos, ya velada, como si estuviese cubierta por una nube; ya brillante, como rodeada de una aureola; ya pálida, con el cráneo blanco y pelado, con las órbitas de los ojos vacías, y con los dientes vacilantes y raros. En fin, que desde aquella noche no he vivido, abrasado de un amor insensato por una mujer a quien no conocía, esperando siempre y siempre engañado en mis esperanzas, celoso sin tener el derecho de serlo, sin saber de quién debía estarlo, sin atreverme a manifestar a nadie tamaña locura, y, sin embargo, perseguido, acabado, consumido y devorado por ella.»

Al acabar estas palabras, sacó una carta de su pecho.

—Ahora que te lo he contado todo, toma esta carta y léela —me dijo.
La tomé y leí:

Acaso hayáis olvidado a una pobre mujer que no ha olvidado nada y que muere porque no puede olvidar. Cuando recibáis esta carta ya habré dejado de existir. Entonces, id al cementerio del Père-Lachaise, decid al conserje que os enseñe, de las últimas tumbas, una que llevará sobre su piedra funeraria el sencillo nombre de María, y cuando estéis en presencia de esta tumba arrodillaos y rezad.

—Pues bien —continuó Antony—; he recibido esta carta ayer y he estado allí esta mañana. El conserje me condujo a la tumba y he permanecido ante ella dos horas, arrodillado, rezando y llorando. ¿Comprendes? ¡Aquella mujer estaba allí!... ¡Su alma ardiente había volado; su cuerpo, consumido por ella, se había doblado hasta romperse bajo el peso de los celos y de los remordimientos! ¡Estaba allí, a mis pies, y había vivido y muerto desconocida para mí, desconocida… y ocupando un lugar en mi vida como lo ocupa en la tumba; desconocida… y encerrando en mi corazón un cadáver frío e inanimado como el que se había depositado en el sepulcro! ¡Oh! ¿Conoces cosa alguna semejante? ¿Has oído algún acontecimiento tan extraño? Así es que ahora, adiós mis esperanzas, pues jamás volveré a verla. Cavaría su fosa y no podría encontrar ya allí los restos con que poder recomponer su cara. ¡Y continúo amándola! ¿Comprendes, Alejandro? La amo como un insensato; y me mataría al momento para unirme a ella si no supiese que ha de permanecer desconocida para mí en la eternidad, como lo ha sido en este mundo.

A estas palabras, me quitó la carta de las manos, la besó varias veces y se puso a llorar como un niño.

Yo lo abracé, y, no sabiendo qué responderle, lloré con él.

UN ALMA POR NACER

Hace seis mil años aproximadamente...

El mundo estaba creado hacía medio siglo. Dios ya había expulsado a Adán y Eva del paraíso terrestre. No había, pues, en el cielo, más que almas que un día debían descender a la tierra y animar sucesivamente los cuerpos que nacerían.

La primera que se presentó a Dios fue la de Abel, y los cantos de los arcángeles y la bendición del Señor acogieron el retorno del alma exiliada y mártir que debió la luz a una falta y la muerte a un crimen.

La segunda fue la de Eva, y cuando las puertas del cielo volvieron a abrirse ante esta alma pecadora, mancillada por el pecado pero depurada por el dolor, todas las almas del futuro se apiñaron a su alrededor para saber algo de la tierra.

Eva se había limitado a responder: «He pecado, he sufrido, he rezado; la vida tiene muchas pasiones, muchos dolores y muchas alegrías». Luego se había retirado a la diestra de Dios, para acabar junto a él su plegaria iniciada en el mundo.

Para todas estas almas que no conocían más que el cielo, pasiones y dolores eran dos palabras completamente desconocidas. No comprendían más que una eternidad de calma, puesto que no veían más que una extensión de serenidad; por eso se paseaban soñadoras por los jardines de estrellas que Dios hizo abrir bajo sus pasos, preguntándose unas a otras qué podían ser las cosas ignoradas que en la tierra se denominaban pasiones y dolores.

Entonces, a veces se alejaban del grupo que forman los elegidos junto al Señor, y seguían misteriosamente un sendero aislado hasta que, llegadas a un lugar en que ninguna otra las había seguido, podían inclinarse sobre la bóveda del cielo y tratar de ver lo que pasaba entre los hombres; pero las tinieblas de las pasiones eran tan impenetrables a sus ojos celestes como los resplandores de la eternidad a nuestra ciencia humana.

Y entre todas estas almas serias de esta tierra nueva, había una a la que su ángel bueno le había dicho:

—Nacerás un día del seno de una mujer, abandonarás tu forma inmortal para el mundo que el Señor acaba de hacer.

—¿Y cuándo debo nacer? —había preguntado el alma.

—Espera y reza esperando —había respondido el ángel.

Y había echado a volar hacia el oriente del cielo, dejando a la pobre alma más curiosa todavía que antes.

Un día, el sol se veló en los cielos: otra alma acababa de dejar la tierra, pero cuando se presentó a la puerta del Señor, el ángel de justicia la expulsó.

Todo el cortejo radiante del Señor se había puesto de rodillas redoblando las alabanzas y plegarias y preguntando qué había hecho aquel a quien Dios expulsaba.

Dios respondió:

—Se llamaba Caín, y mató a Abel.

Y el cielo se veló por el primer crimen, como se había velado por la primera falta.

—¿Qué puede haber en el mundo —se preguntaba el alma que debía nacer— para que un hermano mate a su hermano?

Y seguía esperando, y rezaba mientras esperaba.

Sin embargo, la primera falta y el primer crimen habían excitado la cólera de Dios, aunque los muertos se sucedían con rapidez y aunque al cielo volvían muchas menos almas de las que habían partido. Pero cada vez que llegaba una, le pedían noticias de la tierra; a lo que ella respondía: «Ante Dios se pierde el recuerdo de los hombres; pero todo lo que Dios ha hecho, es hermoso, y la tierra, en medio de sus dolores, tiene muchas alegrías».

E iba a rendir cuenta al Señor de los dolores y plegarias que tenía que oponer a las faltas que había cometido.

Los siglos transcurrían, y el alma seguía esperando.

Un día, los ángeles, inclinados ante el trono eterno, vieron no cólera, sino una lágrima en los ojos del Señor, y aquella lágrima fue el diluvio.

Durante cuarenta días, el cielo lloró sobre las faltas de la tierra, y la tierra desapareció.

Desde lo alto de la bóveda celeste los ángeles seguían con la mirada y con la plegaria, como aquí abajo nosotros seguimos una estrella, algo que se deslizaba sobre las aguas: era el arca de Noé.

La pobre alma que esperaba su nacimiento creyó por un momento que el mundo se había desvanecido para toda la eternidad y que ella no nacería nunca; el arca le devolvió la esperanza: el mundo se rehízo.

Cada vez que un alma dejaba el cielo para la tierra, la que esperaba la acompañaba lo más lejos que podía y le decía:

—Hermana mía, al regreso me contarás lo que se hace en el mundo.

Y desaparecía.

Cada vez que durante la oración el alma del futuro se encontraba junto a su ángel bueno, le decía:

—¿Naceré pronto?

—Espera y reza.

Y los siglos pasaban.

Sin embargo, el mundo se volvía completamente malvado. Las alabanzas se redoblaban en el cielo a medida que el culto se perdía en la tierra. Apenas si de vez en cuando volvía un alma exiliada, pero ésta era recibida con cantos y flores y Dios la bendecía.

Como el castigo no había detenido los crímenes, Dios quiso probar el perdón. Hizo un alma a imagen de su pureza, y la envió a la tierra. Los ángeles la acompañaban cantando, y se quedaron mucho tiempo arrodillados tras ella cuando la perdieron de vista.

Apenas esta alma, a quien Dios había dado el nombre de Hijo suyo, y a quien la tierra había dado el nombre de Jesús, hubo pasado treinta años en su exilio, las almas comenzaron a volver al cielo purificadas por este hombre divino. Todos los días había fiesta, todos los días la eternidad de la felicidad recomenzaba radiante y espléndida, y cada día el cielo se poblaba de vírgenes y de mártires.

Finalmente el Hijo de Dios reapareció tras su misión, con su corona de espinas en sus manos desgarradas.

Dios le dijo:

—Ven, hijo mío, tus pies se han magullado en las piedras del camino, pero tu corazón ha permanecido puro ante las tentaciones.

Y le hizo sentarse a su diestra.

—¿Cómo puede ser ese mundo —se decía el alma soñadora— donde se atreven a hacer morir al Hijo de Dios?

En el cielo no se hablaba de otra cosa que de una gran pecadora a la que Cristo había convertido y a la que se esperaba con impaciencia.

Llegó.

La primera alma que fue a su encuentro fue la que esperaba siempre su nacimiento. Ella le dijo:

—Hermana mía, ¿cuál era tu nombre?

—Magdalena —respondió la pecadora.

—¿Y la tierra tiene muchas alegrías?

—Sí, pero son pasajeras, y las del Señor son eternas.

Y Magdalena fue a arrodillarse a los pies de Dios.

El alma continuaba esperando; había oído al Señor diciendo a Magdalena: «Te será perdonado mucho, porque has amado mucho». Y se preguntaba qué sería el amor, del que nada se sabía en el cielo, que había perdido a Eva y que salvaba a Magdalena.

Por eso estaba cada vez más impaciente por ver desvelarse los misterios de ese mundo donde Dios exiliaba tantas almas; de ese mundo alejado y desconocido, donde por algunos años de pasiones se sacrificaba una eternidad de felicidad. No era deseo, porque su naturaleza le impedía tenerlo, era la esperanza. Quizá quería sufrir como otras su martirio, para volver a Dios ceñida con una doble corona; quizá, después de todo, era ella de una esencia menos divina que sus hermanas, y había sentido el soplo de cólera que al dejar el paraíso el ángel caído lanzó sobre ellas. Lo cierto es que en medio de la beatitud inmensa, ella esperaba con esa alegría temporal.

Y cada vez que encontraba a su ángel, le hacía la misma pregunta, a la que él daba la misma respuesta.

Las noticias que se recibían de la tierra no eran muy halagüeñas, sin embargo, para una hija del cielo. Los apóstoles habían seguido muy de cerca a Cristo y, si llegaban con el alma pura, estaban muy desfigurados de cuerpo. Los hombres no parecían querer seguir el camino trazado por la mano divina. Las vírgenes que volvían al cielo agradecían a Dios haberlas despojado de su envoltura terrestre, y cuando hablaban de la tierra lo hacían sin nostalgia.

El alma seguía esperando.

Los siglos pasaban.

Por fin la ley del Señor prevaleció. La luz había sido al principio demasiado fuerte, por lo que, en lugar de iluminar, había cegado; era un momento encantador para ir a la tierra. Ya no había emperadores crueles; ya no había apóstoles mártires; todo parecía marchar según la voluntad eterna, y para el alma solitaria que se contentara con sombra y amor, la tierra tendría muchas alegrías; es, al menos, lo que decían algunas almas cuyo primer cuidado, al llegar al cielo, era buscar a aquellas que habían perdido en la tierra, y continuar bajo la mirada de Dios el amor comenzado entre los hombres.

«Sólo allá abajo se encuentra ese amor —se decía el alma—. ¿Cuándo naceré?»

—Espera y reza —respondía el ángel.

Era desolador, tanto más cuanto que el cielo se había iluminado de pronto con un astro maravilloso que se llamaba cometa y que todavía era ignorado por los hombres; el alma temía que fuera para destrucción del mundo por lo que Dios había hecho aquel nuevo instrumento de justicia, puesto que había dicho que el mundo perecería por el fuego.

El alma comprendió que tenía que darse prisa. Fue en busca de su ángel y le dijo:

—¿Permitirá pronto Dios mi nacimiento?

—Pronto —contestó el ángel.

—¿Y cuándo?

—Dentro de un siglo, o dentro de siglo y medio aproximadamente.

¿Dónde puede ser uno paciente si no es en el cielo? El alma esperó.

Decididamente el mundo se volvía feliz y parecía retornar a la edad de oro. Cristo se había servido del amor terrestre para llegar a la fe. Había hecho una revelación en aquel primer pecado de la primera mujer, y gracias a esto, se podían pasar algunos meses en la tierra sin comprometerse.

Sin embargo, el alma comprendía que esta esperanza de otro mundo distinto al de Dios era ya un pecado, y que ella llegaría mancillada por una falta original tanto mayor cuanto que era cometida en medio de la inocencia eterna. Por eso, cuando rezaba por los demás, rezaba un poco por ella.

El tiempo caminaba rápidamente, porque ante los ojos del Señor y ante la eternidad cada siglo no tarda más en pasar que el grano de arena que cae del reloj.

El alma veía llegar feliz el momento tan esperado. Cuanto más se acercaba, más preguntaba a las que volvían sobre nuestro mundo, más sed tenía de ese amor terrestre y casi de esos dolores que romperían la monotonía de la beatitud.

Por eso se paseaba, a la hora en que la noche desciende sobre la tierra, por los caminos más ocultos del cielo tratando de levantar un pico del velo diamantino que cada noche Dios extiende sobre el cielo. Ella seguía soñando la vía láctea, diciéndose: «¿Qué castigo me hará sufrir Dios por la falta que cometo a su lado, cuando no debería tener más que un deseo, su vista; sólo una felicidad, la plegaria; sólo una alegría, la eternidad?»

De vez en cuando el ángel pasaba a su lado y le decía:

—Paciencia.

El alma esperaba.

Por fin, una noche en que ella soñaba, como de costumbre, contemplando una revolución que se operaba en una estrella, el ángel se acercó a ella.

—Tu madre ha nacido hoy —le dijo.

—¡Mi madre! —exclamó el alma.

—Sí.

—Entonces sólo me quedan dieciocho años que esperar; porque espero que mi madre se casará joven.

—Espera, y reza mientras esperas.

El alma estaba triunfante. Dejó su soledad, olvidó la revolución de su estrella y fue a mezclarse con las demás, participando por todas partes el nacimiento de su madre.

Ahora que tenía la certeza de nacer, le inquietaba una cosa todavía: saber si nacería hombre o mujer. Pero en esto los misterios del futuro eran impenetrables; había que esperar.

Todos los días le preguntaba al ángel:

—¿Cómo va mi madre hoy?

—Acaba de salirle el primer diente.

—¡Qué suerte! —decía el alma.

Y al día siguiente seguía con sus preguntas.

Sin embargo, cada día profundizaba más y más en su pasado; incluso antes de nacer, ya tenía algo que expiar.

Una mañana el ángel fue a su encuentro y le dijo:

—Tu madre se ha casado hoy.

—¡Mi madre se ha casado!

—Hace una hora.

—¿Y sólo tengo que esperar…?

—Nueve meses —dijo el ángel.

El alma fue a dar parte del matrimonio de su madre, como había dado parte de su nacimiento y de su primer diente. Recibió las felicitaciones de todo el cielo. La crónica dice incluso que recibió comisiones de las que habían olvidado o dejado algo en la tierra.

Por lo demás, como un pecado no va nunca solo, se iba volviendo de un orgullo insoportable; no había medio de acercarse a ella, y desde que tenía que ir a la tierra, esto le había enloquecido de tal modo la cabeza que había hecho muchos enemigos y se había peleado para siempre con dos profetas y cinco mártires.

¿Qué castigo reservaba Dios a esta alma que perturbaba así la serenidad del firmamento?

Cuanto más se acercaba al momento tan esperado desde hacía seis mil años, más quería saber algo del mundo que iba a habitar; pero se hubiera dicho que, a medida que se acercaba a su nacimiento, avanzaba en la sombra; tanto que no sospechaba lo que iba a encontrar.

En estos tejemanejes encontró al ángel.

—¿Y bien? —le dijo.

—Tu madre está encinta.

—¿De mí?

—De ti.

El alma lanzó una exclamación que sobre la tierra sería un pecado y que en el cielo sería un crimen.

Jamás se había visto un alma más ocupada y más deseosa de la vida corporal; por eso, las que no tenían más amor que Dios la dejaban con sus amores terrestres y empezaban a rezar por ella.

Su alegría aumentaba, por tanto, a medida que pasaba el tiempo, y un día que estaba más alegre, porque acababa de calcular que sólo le quedaban unas horas de espera, el ángel fue hacia ella.

—¿Y bien? —dijo el alma.

—Ay —dijo el ángel—, tu madre ha muerto de parto.

—¿Y yo? —exclamó el alma egoísta.

—Tú has muerto al venir al mundo.

El castigo siguió de cerca a la falta. El alma sintió que el cielo le faltaba bajo sus pies: se había precipitado en el limbo.

HISTORIA DE UN MUERTO CONTADA POR SÍ MISMO

Una noche de diciembre estábamos reunidos tres amigos en el taller de un pintor. Hacía un tiempo sombrío y frío, y la lluvia golpeaba los cristales con un ruido continuo y monótono.

El taller era inmenso y estaba débilmente iluminado por la luz de una chimenea en torno a la que conversábamos.

Aunque todos fuéramos jóvenes y joviales, la conversación había tomado, a pesar nuestro, un aire de aquella noche triste, y las palabras alegres se habían agotado rápidamente.

Uno de nosotros reanimaba constantemente la hermosa llama azul de un ponche que arrojaba sobre todos los objetos circundantes una claridad fantástica. Los inmensos bosquejos, los Cristos, las bacantes, las madonas, parecían moverse y danzar sobre las paredes, como grandes cadáveres fundidos en el mismo tono verdoso. Aquel vasto salón, resplandeciente de día por las creaciones del pintor, lleno de sus sueños, había tomado aquella noche en la penumbra un carácter extraño.

Cada vez que la pequeña cuchara de plata volvía a caer en el tazón lleno de licor encendido, los objetos se reflejaban sobre los muros con formas desconocidas y con tintes inauditos; desde los viejos profetas de barbas blancas hasta esas caricaturas que cubren las paredes de los talleres y que parecen un ejército de demonios como los que aparecen en sueños o como los que dibujaba Goya. Además, la calma brumosa y fría del exterior aumentaba lo fantástico del interior; cada vez que mirábamos aquella claridad por un instante, nos veíamos a nosotros mismos con rostros de un gris verdoso, con los ojos fijos y brillantes como rubíes, los labios pálidos y las mejillas hundidas.

Quizá lo más impresionante era una máscara de yeso, moldeada sobre el rostro de uno de nuestros amigos, muerto hacía algún tiempo, máscara que, colgada cerca de la ventana, recibía en su perfil el reflejo del ponche, lo que le daba una fisonomía extrañamente burlona.

Todo el mundo ha sufrido como nosotros la influencia de salones vastos y tenebrosos, como los describe Hoffmann o como los pinta Rembrandt; todo el mundo ha experimentado, al menos una vez, esos miedos sin causa, esas fiebres espontáneas a la vista de objetos a los que el rayo pálido de la luna o la luz dudosa de una lámpara otorgan una forma misteriosa; todo el mundo se ha encontrado en una habitación grande y sombría, junto a un amigo, escuchando algún cuento inverosímil y experimentado ese terror secreto que puede cesar de golpe encendiendo una lámpara o hablando de otra cosa; lo que evitamos hacer, porque es muy grande la necesidad de emociones, verdaderas o falsas, que tiene nuestro pobre corazón.

En fin, aquella noche éramos tres. La conversación, que nunca toma la línea recta para llegar a su meta, había seguido todas las fases de nuestras ideas veinteañeras: unas veces ligera como el humo de nuestros cigarrillos, otras vivaz como la llama del ponche, en las demás, sombría como la sonrisa de aquella máscara de yeso.

Habíamos llegado a un punto en el que no hablábamos siquiera; los cigarros, que seguían el movimiento de las cabezas y de las manos, brillaban como tres aureolas girando en la sombra.

Era evidente que el primero que abriera la boca y que turbara el silencio, aunque fuera para una broma, causaría inquietud a los otros dos; hasta tal punto estábamos sumidos, cada uno por nuestro lado, en una ensoñación miedosa.

—Henri —dijo el que vigilaba el ponche, dirigiéndose al pintor—, ¿has leído a Hoffmann?

—¡Por supuesto! —respondió Henri.

—Y, ¿qué piensas de él?

—Pienso que es admirable, y tanto más, porque creía evidentemente en lo que escribía. Por lo que a mí respecta, sólo sé que cuando lo leía por la noche, me iba a la cama, frecuentemente, sin cerrar mi libro y sin atreverme a mirar detrás de mí.

—¿O sea, que te gusta lo fantástico?

—Mucho.

—¿Y a ti? —preguntó dirigiéndose a mí.

—También.

—Pues bien, voy a contarles una historia fantástica que me ocurrió.

—Esto no podía acabar de otro modo; cuenta.

—¿Es una historia que te ocurrió a ti mismo? —pregunté.

—A mí mismo.

—Pues cuenta, hoy estoy dispuesto a creer todo.

—Tanto más, cuanto que, palabra de honor, puedo afirmar que soy el héroe.

—Bueno, adelante, te escuchamos.

Dejó caer la pequeña cuchara en el tazón. La llama se apagó poco a poco, y permanecimos en una oscuridad casi completa, con sólo las piernas iluminadas por el fuego de la chimenea.

Él comenzó:

—Una noche, hará aproximadamente un año, hacía el mismo tiempo que hoy, el mismo frío, la misma lluvia, la misma tristeza. Yo tenía muchos enfermos, y después de haber hecho mi última visita, en lugar de ir un instante a Les Italiens como tenía por costumbre, hice que me llevaran a mi casa. Vivía en una de las calles más desiertas del barrio Saint-Germain. Estaba muy cansado y me acosté pronto. Apagué la lámpara y, durante algún tiempo, me entretuve mirando el fuego, que ardía y hacía danzar grandes sombras sobre la cortina de mi cama; finalmente, mis ojos se cerraron y me dormí.

Hacía aproximadamente una hora que dormía cuando sentí una mano que me sacudía vigorosamente. Me desperté sobresaltado, como quien espera dormir mucho tiempo, y observé con asombro al visitante nocturno. Era mi criado.

—Señor —me dijo—, levántese inmediatamente, le buscan para que visite a una joven que se muere.

—¿Y dónde vive esa joven? —le pregunté.

—Casi enfrente; además, ahí está la persona que ha venido por usted para acompañarle.

Me levanté y me vestí apresuradamente, pensando que la hora y la circunstancia harían perdonar mi vestimenta; cogí mi lanceta y seguí al hombre que me habían enviado.

Llovía a cántaros.

Afortunadamente, no tuve más que atravesar la calle y al instante estuve en casa de la persona que reclamaba mis cuidados. Vivía en un palacete vasto y aristocrático. Crucé un gran patio, subí los peldaños de una escalinata y pasé por un vestíbulo donde se hallaban unos criados aguardándome. Me hicieron subir un piso y pronto me encontré en la habitación de la enferma. Era una gran habitación con viejos muebles de madera negra esculpida. Una mujer me introdujo en aquella habitación a la que nadie nos siguió. Fui dirigido hacia una gran cama de columnas, tapizada con una antigua y rica tela de seda, y vi, sobre la almohada, la más encantadora cabeza de madona que jamás haya soñado Rafael. Tenía unos cabellos dorados como una ola del Pactolo, enmarcando un rostro de un perfil angelical, los ojos semicerrados y la boca entreabierta dejaba ver una doble hilera de perlas.

Su cuello resplandecía de blancura, puro de líneas; su camisa entreabierta insinuaba un pecho hermoso capaz de tentar a San Antonio y, cuando cogí su mano, recordé esos brazos blancos que Homero da a Juno. En fin, aquella mujer era una mezcla del ángel cristiano y de la diosa pagana; todo en ella revelaba la pureza del alma y la fogosidad de los sentidos. Hubiera podido pasar al mismo tiempo por la santa Virgen o por una bacante lasciva, enloquecer a un sabio y dar la fe a un ateo. Cuando me acerqué a ella, sentí a través del calor de la fiebre ese perfume misterioso hecho de todos los perfumes que emana la mujer.

Permanecí sin recordar la causa que me había llevado allí, mirándola como una revelación y sin encontrar nada semejante ni en mis recuerdos ni en mis sueños. Cuando ella volvió la cabeza hacia mí, abrió sus grandes ojos azules y me dijo:

—Sufro mucho.

Sin embargo, no tenía casi nada. Una sangría y estaba salvada. Cogí mi lanceta y en el momento de tocar aquel brazo tan blanco, mi mano tembló. Pero el médico se impuso al hombre. Cuando abrí la vena, corrió una sangre pura como de coral en fusión, y ella se desvaneció.

Ya no quise dejarla. Me quedé a su lado. Experimentaba una secreta felicidad por tener la vida de aquella mujer entre mis manos. Detuve la sangre, ella volvió a abrir poco a poco los ojos, se llevó la mano que tenía libre a su pecho, se giró hacia mí, y mirándome, con una de esas miradas que condenan o salvan, me dijo:

—Gracias, sufro menos.

Había tanta voluptuosidad, tanto amor y tanta pasión alrededor de ella, que yo estaba clavado en mi sitio, contando cada latido de mi corazón por los latidos del suyo, escuchando su respiración todavía un poco febril, y diciéndome que si había alguna cosa del cielo en esta tierra, debía ser el amor de aquella mujer.

Se durmió.

Yo estaba arrodillado sobre los peldaños de su cama, como un sacerdote en el altar. Una lámpara de alabastro colgada del techo lanzaba una claridad encantadora sobre todos los objetos. Estaba solo a su lado. La mujer que me había introducido había salido para anunciar que su ama estaba bien y que no se necesitaba a nadie. Era verdad, su ama estaba allí, tranquila y hermosa como un ángel dormido en su plegaria. En cuanto a mí, yo estaba loco…

Pero no podía quedarme en aquella habitación toda la noche. Por tanto, salí también sin hacer ruido para no despertarla. Receté algunos cuidados al irme y dije que volvería al día siguiente.

Cuando regresé a mi casa, estuve desvelado por su recuerdo. Comprendí que el amor de aquella mujer debía ser un encantamiento eterno hecho de ensoñación y de pasión; que debía ser pudorosa como una santa y apasionada como una cortesana; concebí que debía ocultar al mundo todos los tesoros de su belleza, y que a su amante debía entregarse desnuda por entero. En fin, su imagen quemó mi noche, y cuando llegó la claridad yo estaba locamente enamorado.

Más tarde, tras los pensamientos locos de una noche agitada, llegaron las reflexiones. Me dije que un abismo infranqueable me separaba de aquella mujer; que era demasiado bella para no tener un amante; que debía ser demasiado amada para que ella le olvidase, y me puse a odiar sin conocer a aquel hombre, a quien Dios daba tanta felicidad en este mundo, para que pudiera sufrir, sin protestar, una eternidad de dolores.

Esperaba impaciente la hora a la que podía presentarme en su casa, y el tiempo que pasé esperándola me pareció un siglo.

Finalmente, llegó la hora y salí.

Cuando llegué, me hicieron entrar en una reducida habitación exquisita, de un rococó furioso, de un pompadour sorprendente; estaba sola y leía. Un gran vestido de terciopelo negro la ceñía por todas partes, no dejando ver, como en las vírgenes del Perugino, más que las manos y la cabeza. Tenía el brazo que yo había sangrado coquetamente en cabestrillo y extendía ante el fuego sus pequeños pies, que no parecían hechos para caminar sobre esta tierra. Esa mujer era tan completamente bella que Dios parecía haberla dado al mundo como un esbozo de los ángeles.

Me tendió la mano y me hizo sentar a su lado.

—¿Tan pronto levantada, señora? —le dije—. Usted es imprudente.

—No, soy fuerte —me contestó sonriendo—. He dormido muy bien y, además, no estaba enferma.

—Sin embargo, decía que sufría.

—Más del pensamiento que del cuerpo —dijo con un suspiro.

—¿Tiene alguna pena, señora?

—Oh, una profunda. Afortunadamente, Dios también es médico y ha encontrado la panacea universal: el olvido.

—Pero hay dolores que matan —le dije.

—Y bien, la muerte o el olvido, ¿no es lo mismo? La una es la tumba del cuerpo, la otra la tumba del corazón. Eso es todo.

—Pero usted, señora —dije—, ¿cómo puede tener una pena? Está demasiado alta para que la alcance, y los dolores deben sentirse bajo sus pies como las nubes bajo los pies de Dios; las tormentas para nosotros, para usted la serenidad.

—Eso es lo que le engaña —continuó ella—, y lo que prueba que toda su ciencia se detiene ahí, en el corazón.

—Y bien —le dije—, trate de olvidar, señora. Dios permite a veces que una alegría suceda a un dolor, que la sonrisa suceda a las lágrimas, ¿cierto? Y cuando el corazón de aquel que prueba está demasiado vacío para llenarse solo, cuando la herida es demasiado profunda para cerrar sin ayuda, envía al camino de aquella a la que quiere consolar otra alma que la comprende porque sabe que se sufre menos sufriendo a dúo; y llega un momento en que el corazón vacío se llena de nuevo o la herida cicatriza.

—¿Y cuál es el dictamen, doctor —me dijo ella—, con qué cura semejante herida?

Se hizo un silencio bastante largo durante el cual admiré aquel rostro divino, sobre el que la media luz filtrada a través de las cortinas de seda arrojaba tintes encantadores, y admiré también aquellos hermosos cabellos de oro, no sueltos como en la víspera, sino alisados sobre las sienes y cogidos en la nuca.

Desde el principio, la conversación había adoptado un aire triste; por eso aquella mujer me pareció más radiante aún que la primera vez, con su triple corona de belleza, pasión y dolor. Dios la había probado con el dolor y era preciso que aquel a quien ella diera su alma aceptara la misión, doblemente santa, de hacerle olvidar el pasado y esperar el futuro.

Por eso permanecí ante ella, no ya loco como lo estaba la víspera ante su fiebre, sino recogido ante su resignación. Si me hubiera sido dada en aquel momento, habría caído a sus pies, le habría cogido las manos y hubiera llorado con ella como con una hermana, respetando al ángel y consolando a la mujer.

Pero ¿cuál era aquel dolor que había que hacer olvidar, que había causado aquella herida sangrante todavía? Era lo que yo ignoraba, lo que debía adivinar, porque ya existía entre la enferma y el médico suficiente intimidad para que me confesase una pena, pero no la suficiente para que me contara la causa. Nada a su alrededor podía ponerme sobre la pista.

En la víspera, nadie había ido a su cabecera para inquietarse por ella; al día siguiente, nadie se presentaba para verla. Aquel dolor debía estar, pues, en el pasado y reflejarse sólo en el presente.

—Doctor —me dijo de pronto, saliendo de su ensoñación—, ¿podré bailar pronto?

—Sí, señora —le dije yo, asombrado por aquella transformación.

—Es que tengo que dar un baile hace mucho tiempo programado —continuó ella—; ¿vendrá, verdad? Debe tener una opinión malísima de mi dolor que, haciéndome soñar de día, no me impide bailar de noche. Es que verá, es uno de esos pesares que hay que empujar al fondo del corazón para que el mundo no sepa nada; una de esas torturas que debemos enmascarar con una sonrisa para que nadie las adivine. Quiero guardar para mí sola lo que sufro, como otro guardaría su alegría. Este mundo, que tiene envidia y celos al verme bella, me cree feliz, y es una convicción que no quiero quitarle. Por eso bailo, con riesgo de llorar al día siguiente, pero de llorar sola.

Me tendió la mano con una mirada indefinible de candor y de tristeza, y me dijo:

—¿Hasta pronto, verdad?

Yo llevé su mano a mis labios y salí.

Llegué a mi casa atontado.

Desde mi ventana veía las suyas; y me quedé todo el día mirándolas, oscuras y silenciosas. Me olvidaba de todo por aquella mujer; no dormía, no comía; por la noche tenía fiebre, al día después por la mañana, delirio, y a la noche siguiente estaba muerto.

—¡Muerto! —exclamamos nosotros.

—Muerto —contestó nuestro amigo con un acento de convicción imposible de transcribir—, muerto como Fabien, cuya máscara está ahí.

—Continúa —le dije.

La lluvia golpeaba contra los cristales. Volvimos a echar leña en la chimenea, cuya llama roja y viva disminuía un poco la oscuridad que invadía el taller.

Él continuó:

—A partir de ese momento, sólo experimenté una conmoción fría. Fue, sin duda, el momento en que me arrojaron a la fosa.

Ignoro desde hacía cuánto tiempo estaba sepultado, cuando oí confusamente una voz que me llamaba por mi nombre. Me estremecí de frío sin poder responder. Algunos instantes después, la voz volvió a llamarme; hice un esfuerzo para hablar, pero, al moverse, mis labios sintieron el sudario que me cubría de la cabeza a los pies. A pesar de ello, conseguí articular débilmente estas palabras:

—¿Quién me llama?

—Yo —respondió.

—¿Quién eres tú?

—Yo.

Y la voz iba debilitándose, como si se hubiera perdido en el viento o como si no hubiera sido más que un ruido pasajero de las hojas.

Por tercera vez, todavía mi nombre llegó a mis oídos, pero esta vez el nombre pareció correr de rama en rama, de tal modo que el cementerio entero lo repitió sordamente, y oí un ruido de alas, como si mi nombre, pronunciado de pronto en el silencio, hubiera hecho volar una bandada de pájaros nocturnos.

Mis manos se elevaron hasta mi rostro como movidas por resortes misteriosos. Aparté silenciosamente el sudario que me cubría y traté de ver. Me pareció que despertaba de un largo sueño. Sentía frío.

Siempre recordaré el espanto sombrío del que estaba rodeado. Los árboles no tenían hojas y sus ramas descarnadas se retorcían dolorosamente como grandes esqueletos. Un débil rayo de luna, que penetraba a través de las nubes negras, iluminaba un horizonte de tumbas blancas que parecían una escalera hacia el cielo. Todas aquellas voces indefinidas de la noche que presidían mi despertar parecían cargadas de misterio y terror.

Volví la cabeza y busqué a quien me había llamado. Estaba sentado junto a mi tumba, espiando todos mis movimientos, la cabeza apoyada en las manos y una sonrisa extraña bajo su mirada horrible.

Tuve miedo.

—¿Quién es? —le dije reuniendo todas mis fuerzas—, ¿por qué me ha despertado?

—Para prestarte un servicio —me respondió.

—¿Dónde estoy?

—En el cementerio.

—¿Quién es?

—Un amigo.

—Déjeme en mi sueño.

—Escucha —me dijo—, ¿te acuerdas de la tierra?

—No.

—¿No echas de menos nada?

—No.

—¿Cuánto hace que duermes?

—Lo ignoro.

—Yo te lo diré. Estás muerto desde hace dos días, y tu última palabra ha sido el nombre de una mujer en lugar de ser el del Señor. Hasta el punto de que tu cuerpo sería de Satán, si Satán quisiera cogerlo. ¿Comprendes?

—Sí.

—¿Quieres vivir?

—¿Usted es Satán?

—Satán o no, ¿quieres vivir?

—¿Nada más que vivir?

—No, volverás a verla.

—¿Cuándo?

—Esta noche.

—¿Dónde?

—En su casa.

—Acepto —dije yo tratando de levantarme—. ¿Cuáles son tus condiciones?

—No te las pongo —me respondió Satán—; ¿crees acaso que de cuando en cuando no soy capaz de hacer el bien? Esta noche ella da un baile y te llevo a él.

—Vayamos, pues.

—Vayamos.

Satán me tendió la mano y me encontré de pie.

Describir lo que experimenté sería cosa imposible. Sentía que un frío terrible helaba mis miembros; es todo cuanto puedo decir.

—Ahora —continuó Satán—, sígueme. Comprende que no te haga salir por la puerta principal, el portero no te dejaría pasar, querido; una vez aquí, no se sale. Sígueme, pues. Vamos primero a tu casa, donde te vestirás; porque no puedes ir al baile con el traje que llevas, tanto más cuanto que no es un baile de disfraces; pero envuélvete bien en tu sudario, porque la noche es fría y podrías enfermar.

Satán se echó a reír como ríe Satán, y yo seguí caminando tras él.

—Estoy seguro —continuó— de que pese al servicio que te hago, no me amas todavía. Así están hechos los hombres, ingratos con sus amigos. No es que censure la ingratitud; es un vicio que yo inventé y es uno de los más difundidos, pero me gustaría verte menos triste. Es la única gratitud que te pido.

Yo le seguía, blanco y frío como una estatua de mármol que un resorte oculto hace moverse; sólo que en los momentos de silencio habría podido oírse a mis dientes chocar bajo un estremecimiento glacial y a los huesos de mis miembros crujir a cada paso.

—¿Llegaremos pronto? —dije con esfuerzo.

—¡Impaciente! —dijo Satán—. ¿Es muy hermosa?

—Como un ángel.

—Ay, querido —continuó riendo—, hay que confesar que adoleces de delicadeza en tus palabras; acabas de hablarme de ángel, a mí, que lo he sido; tanto más, cuanto que ningún ángel haría por ti lo que yo hago hoy. Pero te perdono; hay que perdonarle algo a un hombre muerto hace dos días. Además, como te decía, esta noche estoy muy alegre; hoy han ocurrido en el mundo cosas que me encantan. Creía que a los hombres degenerados algo los había vuelto virtuosos desde hace algún tiempo, pero no, son siempre los mismos, tal como los creé. Y bien, querido, rara vez he visto jornadas como esta. He cosechado, desde ayer, seiscientos veintidós suicidas solo en Europa, y entre ellos hay más jóvenes que viejos, lo cual es una pérdida porque mueren sin hijos; dos mil doscientos cuarenta y tres asesinatos, solo en Europa; en las demás partes del mundo, ni llevo la cuenta. Con ellas me pasa lo que a los mayores capitalistas, no puedo enumerar mi fortuna. Dos millones seiscientos veintitrés mil novecientos setenta y cinco nuevos adulterios; eso es menos sorprendente debido a los bailes; doscientos jueces que se han vendido, ordinariamente tenía más. Pero lo que mayor placer me ha dado son veintisiete muchachas, la mayor de las cuales no tenía dieciocho años, que han muerto blasfemando de Dios. Cuenta, querido, todo eso es un ingreso aproximado de dos millones seiscientas veintiocho mil almas solo en Europa. No cuento los incestos, las falsificaciones de moneda, las violaciones: pura calderilla. Por eso, haciendo una media de tres millones de almas que se pierden al día, calcula en cuánto tiempo el mundo entero será mío. Me veré obligado a comprarle a Dios el paraíso para agrandar el infierno.

—Comprendo tu alegría —murmuré yo, acelerando el paso.

—Me dices eso —continuó Satán— con aire sombrío y de duda; ¿tienes miedo de mí porque me ves cara a cara? ¿Soy tan repulsivo? Razonemos un poco, por favor. ¿Qué sería del mundo sin mí? ¿Un mundo que tuviera sentimientos procedentes del cielo y no pasiones procedentes de mí? El mundo moriría de rencor, querido. ¿Quién ha inventado el oro? Yo. ¿El juego? Yo. ¿El amor? Yo. ¿Los negocios?

También yo. Y no comprendo a los hombres que parecen odiarme tanto. Sus poetas, por ejemplo, que hablan de amor puro, no comprenden que al mostrar el amor que salva, inspiran la pasión que pierde, porque gracias a mí, lo que siempre buscan no es una mujer como la Virgen, sino una pecadora como Eva. Y tú mismo, en este momento, tú que todavía tienes el frío de un cadáver y la palidez de un muerto, no es un amor puro lo que vas a buscar junto a aquella a la que te llevo, sino una noche de voluptuosidad. Ves, pues, que el mal sobrevive a la muerte, y que si el hombre tuviera que escoger, preferiría la eternidad de la pasión a la dicha, y la prueba es que, por algunos años de pasión sobre la tierra, pierde la eternidad de la dicha en el cielo.

—¿Llegaremos pronto? —dije yo, porque el horizonte iba renovándose siempre y caminábamos sin avanzar.

—Siempre impaciente —replicó Satán—, aun cuando trato de abreviar la ruta cuanto puedo. Comprende que no puedo pasar por la puerta, hay una gran cruz y esta es mi aduana. Cuando viajo y me tropiezo con ella, me detendría, me vería obligado a santiguarme; y puedo cometer un crimen, pero no un sacrilegio, y además, como ya te he dicho, no te dejarían pasar. ¿Crees que te mueres, que te entierran, y que un buen día te puedes marchar sin decir nada? Te equivocas, querido; sin mí habrías tenido que esperar a la resurrección eterna, cosa que habría sido larga. Sígueme y estate tranquilo, llegaremos. Te he prometido un baile y lo tendrás; yo cumplo mis promesas y mi firma es conocida.

Había en esa ironía de mi siniestro compañero un fatalismo que me helaba; todo cuanto acabo de decirles, creo oírlo todavía.

Caminamos algún tiempo más, luego llegamos a un muro ante el que estaban amontonadas tumbas formando escalera. Satán puso el pie en la primera y, contra su costumbre, caminó sobre las piedras sagradas hasta que estuvo en la cima de la muralla.

Yo vacilé en seguir el mismo camino, tenía miedo.

Me tendió la mano diciéndome:

—No hay peligro; puedes poner el pie encima, son conocidos.

Cuando estuve a su lado, me dijo:

—¿Quieres que te haga ver lo que sucede en París?

—No, sigamos.

Saltamos del muro a tierra.

La luna, bajo la mirada de Satán, se había velado como una joven bajo una mirada descarada. La noche estaba fría, todas las puertas se hallaban cerradas, todas las ventanas oscuras, todas las calles silenciosas;

se hubiera dicho que nadie había pisado hacía mucho tiempo el suelo sobre el que caminábamos; todo a nuestro alrededor tenía un aspecto fantasmal. Se podía creer que, cuando el día llegase, nadie abriría las puertas, ninguna cabeza se asomaría a las ventanas y nadie turbaría el silencio. Creía caminar por una ciudad muerta hacía siglos y reencontrada en unas excavaciones; en fin, la ciudad parecía estar despoblada en provecho del cementerio.

Caminábamos sin oír un ruido, sin encontrar una sombra; la caminata fue larga a través de aquella ciudad espantosa de silencio y de reposo; finalmente, llegamos a nuestra casa.

—¿La reconoces? —me dijo Satán.

—Sí —respondí sordamente—, entremos.

—Espera, tengo que abrir. También fui yo el que inventó el robo; tengo una segunda llave de todas las puertas, excepto la del paraíso, por supuesto.

Entramos.

La calma exterior continuaba en el interior; era horrible.

Yo creía soñar, no respiraba ya. Imagínense volviendo a entrar en su habitación donde habían muerto hace dos días, encontrando todas las cosas tal como estaban durante su enfermedad, con el sello de ese aire sombrío que da la muerte; volviendo a ver los objetos ordenados, como si ya no tuvieran que ser tocados por ustedes. La única cosa animada que había visto desde mi salida del cementerio fue mi gran péndulo, a cuyo lado había un ser humano muerto, y continuaba contando las horas de mi eternidad como había contado las de mi vida.

Fui a la chimenea, encendí una vela para cerciorarme de la verdad, porque todo cuanto me rodeaba se me aparecía a través de una claridad pálida y fantástica que me daba, por así decir, una visión interior. Todo era real; aquella era mi habitación. Vi el retrato de mi madre, sonriéndome como siempre; abrí los libros que leía algunos días antes de mi muerte; solamente la cama no tenía ropa, y había sellos en todas partes.

En cuanto a Satán, se había sentado al fondo y leía atentamente la Vida de los Santos.

En aquel momento pasé ante un gran espejo y me vi en mi extraño atuendo, cubierto de un pálido sudario con los ojos apagados. Dudé de aquella vida que me devolvía un poder desconocido y me llevé la mano al corazón.

Mi corazón no latía.

Me llevé la mano a la frente y estaba fría como el pecho, el pulso mudo como el corazón; reconocía todo lo que había abandonado; así pues, solo el pensamiento y los ojos vivían en mí.

Lo horrible además era que no podía apartar mi mirada de aquel espejo que me devolvía mi imagen sombría, helada y muerta. Cada movimiento de mis labios se reflejaba como la horrible sonrisa de un cadáver. No podía moverme del sitio; no podía gritar.

El reloj dejó oír ese zumbido sordo y lúgubre que precede al campaneo de los viejos péndulos, y dio las dos; luego todo recuperó la calma.

Algunos instantes después, una iglesia vecina sonó a su turno, luego otra, luego una más.

En un rincón del espejo veía a Satán, que se había dormido sobre la Vida de los Santos.

Conseguí volverme. Había un espejo frente a aquel en el que miraba, de modo que me veía repetido millares de veces con esa claridad pálida que da una sola vela en una sala grande.

El miedo había llegado a su colmo; lancé un grito.

Satán se despertó.

—He aquí, sin embargo —me dijo mostrándome el libro—, con qué se quiere dar virtud a los hombres. Es tan aburrido que me he dormido, yo que velo desde hace seis mil años. ¿Todavía no estás preparado?

—Sí —repliqué maquinalmente—, ya estoy.

—Date prisa —contestó Satán—, rompe los sellos, coge tus ropas y oro sobre todo, mucho oro; deja tus cajones abiertos, y mañana la justicia encontrará el modo de condenar a algún pobre diablo por rotura de sellos; será mi pequeña ganancia.

Me vestí. De vez en cuando me tocaba la frente y el pecho; los dos estaban fríos.

Cuando estuve preparado, miré a Satán.

—¿Vamos a verla? —le dije.

—Dentro de cinco minutos.

—¿Y mañana?

—Mañana —me dijo— recuperarás tu vida ordinaria; yo no hago las cosas a medias.

—¿Sin condiciones?

—Sin condiciones.

—Salgamos —le dije.

—Sígueme.

Bajamos.

Al cabo de unos instantes estábamos en la casa a la que me habían llamado cuatro días antes.

Subimos.

Reconocí la escalinata, el vestíbulo, la antecámara. Los accesos al salón estaban llenos de gente. Era una fiesta deslumbrante de luces, flores, pedrerías y mujeres.

Estaban bailando.

A la vista de aquella alegría, creí en mi resurrección.

Me incliné al oído de Satán, que no me había abandonado.

—¿Dónde está ella? —le dije.

—En su coqueta.

Esperé a que la contradanza hubiera terminado. Crucé el salón; los espejos con luces de velas reflejaron mi imagen pálida y sombría. Volví a ver aquella sonrisa que me había helado; pero allí ya no había soledad, estaba la gente; no era el cementerio, era un baile; no era la tumba, era el amor. Me dejé embriagar y olvidé por un instante de dónde venía, sin pensar en otra cosa que en aquello por lo que había ido.

Llegado a la puerta de la habitación, la vi; se veía más bella y encantadora que nunca. Me detuve un instante como en éxtasis; iba ceñida por un vestido de blancura resplandeciente, con los hombros y los brazos desnudos. Volví a ver, más con la imaginación que en realidad, un pequeño punto rojo en el lugar que yo había sangrado. Cuando apareció, estaba rodeada de jóvenes a los que apenas escuchaba; alzó indolentemente sus hermosos ojos llenos de voluptuosidad, me vio, pareció dudar al reconocerme, luego, poniendo una sonrisa encantadora, dejó a todo el mundo y se acercó a mí.

—Ya ve que soy fuerte —me dijo.

La orquesta se dejó oír.

—Y para probárselo —continuó cogiéndome del brazo— vamos a bailar el vals juntos.

Dijo algunas palabras a alguien que pasaba a su lado. Yo vi a Satán junto a mí.

—Has cumplido tu promesa —le dije—, gracias; pero necesito esta mujer esta misma noche.

—La tendrás —me dijo Satán—, pero límpiate el rostro, tienes un gusano en la mejilla.

Y desapareció dejándome todavía más helado que antes. Como para volver a la vida, apreté el brazo de aquella a la que iba a buscar desde el fondo de la tumba y la arrastré al salón.

Era uno de esos valses embriagadores en los que todo cuanto nos rodea desaparece, en los que no se vive más que uno para otro, en los que las manos se encadenan, en los que los cuerpos se confunden y los pechos se tocan. Yo bailaba con los ojos clavados en sus ojos, y su mirada, que me sonreía eternamente, parecía decirme: "¡Si supieras los tesoros de amor y de pasión que daré a mi amante! ¡Si supieras cuánta voluptuosidad hay en mis caricias, cuánto fuego tienen mis besos! A quien ame, daré ¡todas las bellezas de mi cuerpo, todos los pensamientos de mi alma, porque soy joven, porque soy amante, porque soy bella!".

Y el vals nos arrastraba en un torbellino lascivo y veloz.

Esto duró mucho tiempo. Cuando la música cesó, éramos los únicos que seguíamos bailando.

Ella cayó en mis brazos, con el pecho oprimido, flexible como una serpiente, y alzó sobre mí sus grandes ojos que parecieron decirme: "¡Te amo!".

La llevé a la habitación, donde estábamos solos. Los salones iban quedando desiertos.

Ella se dejó caer sobre un asiento alargado y mullido, cerrando a medias los ojos bajo la fatiga, como bajo un abrazo de amor.

Me incliné sobre ella y le dije en voz baja:

—¡Si supiera cuánto la amo!

—Lo sé —me dijo ella—, y también yo lo amo.

Era para volverse loco.

—Daría mi vida —dije— por una hora de amor con usted, y mi alma por una noche.

—Escuche —dijo ella abriendo una puerta oculta en la tapicería—, dentro de un instante estaremos solos. Espéreme.

Ella me empujó suavemente, y me encontré solo en su dormitorio, todavía alumbrado por la lámpara de alabastro.

Todo tenía allí un perfume de misteriosa voluptuosidad imposible de describir. Me senté cerca del fuego porque tenía frío; me miré en el espejo, seguía estando muy pálido. Oí los coches que partían uno a uno; luego, cuando el último hubo desaparecido, se hizo un silencio solemne. Poco a poco mis terrores regresaron; no me atrevía a volverme, tenía frío.

Me sorprendía que ella no viniese; contaba los minutos y no oía ningún ruido. Tenía los codos sobre las rodillas y la cabeza entre mis manos.

Entonces me puse a pensar en mi madre, en mi madre que lloraba en aquel momento a su hijo muerto, en mi madre para quien yo era toda la vida, y para la que no había tenido más que mis pensamientos secundarios. Todos los días de mi infancia volvieron a pasar ante mis ojos como un sueño. Vi que siempre que había tenido una herida que curar, un dolor que apagar, fue siempre a mi madre a quien recurrí. Quizá en el momento en que yo me preparaba para una noche de amor, ella se preparaba para una noche de insomnio, sola, silenciosa, junto a objetos que le recordaban a mí, o velando con mi solo recuerdo. ¡Qué horrible pensamiento! Tenía remordimientos; las lágrimas vinieron a mis ojos. Me levanté. En el momento en que me miraba en el espejo, vi una sombra pálida y blanca detrás de mí, mirándome fijamente.

Me volví; era mi hermosa amada.

Afortunadamente, mi corazón no latía, porque de emoción habría terminado por romperse.

Todo estaba silencioso, tanto fuera como dentro.

Me atrajo a su lado y pronto olvidé todo. Fue una noche imposible de contar, con placeres desconocidos, con voluptuosidades tales que se acercan al sufrimiento. En mis sueños de amor no encontré nada parecido a aquella mujer que tenía en mis brazos, ardiente como una Mesalina, casta como una madona, flexible como una tigresa, con besos que quemaban los labios, con palabras que quemaban el corazón. Había en ella algo tan potentemente atractivo, que hubo momentos en que tuve miedo.

Por fin, la lámpara comenzó a palidecer cuando el día empezaba.

—Escucha —me dijo aquella mujer—, hay que marcharse; ya llega el día, no puedes quedarte aquí; pero por la tarde, a primera hora de la noche te espero, ¿sí?

Por última vez, sentí sus labios sobre los míos. Ella apretó de modo convulso mis manos, y me marché.

Fuera seguía la misma quietud.

Caminaba como un loco, creyendo apenas en mi vida, sin pensar en ir a casa de mi madre o volver a la mía, ¡tanto embriagaba mi corazón aquella mujer!

Sólo sé de una cosa que se desea más que una primera noche pasada junto a una amante: una segunda.

La luz se había levantado, triste, pálida, fría. Caminé al azar por el campo desierto y desolado, para esperar la noche.

La noche llegó temprano.

Corrí a la casa del baile.

En el momento en que franqueaba el umbral de la puerta, vi a un viejo pálido y achacoso que bajaba la escalinata.

—¿Dónde va el señor? —me detuvo el portero.

—A casa de la señora de P… —le dije.

—¿La señora de P…? —dijo él mirándome asombrado y señalándome al viejo—. Ese señor es quien vive en este palacete; ella murió hace dos meses.

Lancé un grito y caí de espaldas.

—¿Y después? —pregunté yo, ansioso por saber más.

—¿Después? —dijo él, gozando de nuestra atención y sopesando sus palabras—, después me desperté, porque todo eso no era más que un sueño.

LA DAMA NEGRA

Hacía ya doscientos años que el castillo no era sino un montón de piedras derruidas; en mitad de aquellas piedras había crecido un magnífico arce que en numerosas ocasiones los campesinos de los alrededores habían intentado derribar sin lograrlo, pues su madera era muy dura y nudosa. Finalmente, un joven llamado Wilhelm vino a su vez a intentar la aventura como los demás, y después de haberse desprendido de su chaqueta, asiendo un hacha que había mandado afilar a propósito, golpeó el tronco del árbol con todas sus fuerzas, pero el árbol repelió el hacha como si hubiera sido de acero. Wilhelm no se desanimó y propinó un segundo golpe, el hacha rebotó de nuevo; por fin, levantó el brazo, y reuniendo todas sus fuerzas, dio un tercer golpe, pero como al propinar ese tercer golpe oyó algo semejante a un suspiro, levantó los ojos y vio delante de él a una mujer entre veintiocho y treinta años, vestida de negro y que habría sido perfectamente bella si su palidez no hubiera dado a toda su persona un aspecto cadavérico que indicaba que desde hacía mucho tiempo aquella mujer ya no pertenecía a este mundo.

—¿Qué quieres hacer con este árbol? —preguntó la Dama Negra.

—Señora —respondió Wilhelm mirándola sorprendido, pues no la había visto llegar y no podía adivinar de dónde salía—; señora, quiero hacer una mesa y unas sillas, pues me caso en la próxima fiesta de San Martín con Roschen, mi prometida, que amo desde hace tres años.

—Prométeme que harás una cuna para tu primer hijo —dijo la Dama Negra—, y levantaré el hechizo que defiende este árbol del hacha del leñador.

—Se lo prometo, señora —dijo Wilhelm.

—¡Muy bien! ¡Pues golpea ahora! —dijo la dama.

Wilhelm levantó su hacha, y del primer golpe hizo en el tronco una incisión profunda; tras el segundo golpe, el árbol tembló de la copa a las raíces; tras el tercero, cayó completamente separado de su base y rodó por el suelo. Wilhelm levantó la cabeza para darle las gracias a la Dama Negra, pero ésta había desaparecido.

Wilhelm cumplió la promesa que había hecho, y aunque se burlaron bastante de él al ver que construía una cuna para su primer hijo antes de que se hubiera realizado el matrimonio, no por eso puso menos ardor y atención en su trabajo hasta el punto que, antes de que hubieran transcurrido ocho días, ya había acabado una encantadora cuna.

Poco después se desposó con Roschen y nueve meses después, Roschen dio a luz a un hermoso niño que colocaron en su cuna de arce. Aquella misma noche, cuando el niño lloraba y su madre, desde su cama, lo mecía, la puerta de la habitación se abrió y la Dama Negra apareció en el dintel, llevando en la mano una rama de arce seca; Roschen quiso gritar, pero la Dama Negra puso un dedo sobre sus labios, y Roschen, por temor a irritar a la aparecida, permaneció muda e inmóvil, con los ojos clavados en ella. La Dama Negra se acercó entonces a la cuna con paso lento y que no producía ruido alguno. Cuando llegó junto al niño, unió las manos, rezó un momento en voz baja, besó al bebé en la frente y dijo a la pobre madre aterrorizada:

—Roschen, coge esta rama seca que procede del mismo arce del que está hecha la cuna de tu hijo, guárdala con cuidado, y tan pronto como tu hijo haya alcanzado los dieciséis años, introdúcela en agua pura; luego, cuando le hayan salido hojas y flores, dásela a tu hijo y pídele que vaya a tocar con ella la torre del lado de Oriente: eso le traerá a él felicidad y a mí la liberación.

Luego, tras haber pronunciado estas frases, dejando la rama seca en las manos de Roschen, la Dama Negra desapareció.

El niño creció y se convirtió en un hermoso joven; un buen genio parecía protegerlo en todo cuanto hacía; de vez en cuando, Roschen le echaba una mirada a la rama del arce que había colocado por debajo del crucifijo, junto al boj bendecido el Domingo de Ramos. Y como la rama estaba cada día más seca, ella sacudía la cabeza dudando que una rama tan seca pudiera llegar a tener hojas y flores. No obstante, el mismo día en que su hijo cumplió los dieciséis años, no dejó de obedecer las órdenes expresas de la Dama Negra y, cogiendo la rama de debajo del crucifijo, fue a colocarla en medio de un manantial que brotaba en el jardín. Al día siguiente fue a ver la rama y le pareció que la savia empezaba a circular por debajo de la corteza; dos días después vio que se le formaban brotes; al día siguiente esos brotes se abrieron, luego crecieron las hojas, aparecieron las flores, y al cabo de ocho días de haber estado en el manantial, la rama estaba como si acabaran de cortarla del arce vecino.

Entonces Roschen buscó a su hijo, lo condujo al manantial, y le contó lo que había sucedido el día de su nacimiento. El joven, aventurero como un caballero andante, cogió de inmediato la rama e inclinándose ante su madre le pidió su bendición, pues quería iniciar su aventura en aquel mismo instante. Roschen lo bendijo y el joven se dirigió de inmediato hacia las ruinas.

Era ese momento del día en el que el sol, al ocultarse en el horizonte, hace subir la sombra de los lugares profundos a los más elevados. El joven, pese a ser valiente, no estaba exento de esa inquietud que experimenta el hombre más animoso en el momento en el que se enfrenta a un acontecimiento sobrenatural e inesperado; cuando puso el pie en las ruinas, su corazón latía con tanta intensidad que tuvo que detenerse un instante para respirar. El sol se había ocultado por completo y la oscuridad empezaba a alcanzar el pie de las murallas cuya cima estaba aún dorada por los últimos rayos de luz. El joven avanzó con la rama de arce en la mano hacia la torre del Oriente, y al oriente de la torre encontró una puerta; llamó tres veces, y a la tercera la puerta se abrió y apareció la Dama Negra en el dintel. El joven dio un paso hacia atrás pero la aparecida tendió una mano hacia él y con voz dulce y rostro sonriente:

—No temas, joven —dijo—, pues hoy es un día feliz para ti y para mí.

—Pero ¿quién es usted, señora, y qué puedo hacer por usted?

—Soy la dama de este castillo —prosiguió el fantasma— y como ves, nuestra suerte es similar; él no es sino una ruina y yo no soy sino una sombra. De joven, estuve comprometida con el joven conde de Windeck, que vivía a unas leguas de aquí, en el castillo cuyos restos llevan aún su nombre. Después de haberme dicho que me amaba, y haberse asegurado de que yo compartía su amor, me abandonó por otra mujer que convirtió en su esposa; pero su felicidad no duró mucho. El conde de Windeck era ambicioso; entró en la Liga contra el emperador y murió en un combate en el que su partido fue derrotado; entonces, los partidarios del emperador se desperdigaron por las montañas, pillando e incendiando los castillos de sus enemigos. El castillo de Windeck fue pillado e incendiado como los demás, y la joven condesa huyó con su hijo en los brazos; agotada por la fatiga, cogió una rama de arce para usarla de cayado. Había visto desde lejos las torres de mi castillo y, como ignoraba lo que había habido entre su marido y yo, venía a pedirme hospitalidad; pero si ella no me conocía, yo sí la conocía a ella; la había visto pasar en silla de mano, embriagada de amor, ardiente en el placer, seguida de lejos por muchos jóvenes guapos que, como si fueran eco de mi ingrato enamorado, le decían que era hermosa. Al verla, en lugar de apiadarme de ella como debía hacerlo una cristiana, todo mi odio se despertó. La vi con gusto, abrumada por el peso de su tierno fardo subir con los pies descalzos y malheridos por el sendero rocoso que conducía a la entrada de mi castillo. Pronto se detuvo sobre la colina que domina aquel lago de agua oscura que ahí ves; haciendo un esfuerzo, hundiendo su cayado en tierra para apoyarse en él, tendió hacia mí sus brazos en los que estaba su hijo y, moribunda, se dejó caer exhausta abrazando a su pobre hijito sobre su pecho. Entonces, sí, lo sé muy bien, yo habría debido descender de mi balcón, ir a su encuentro, levantarla con mis manos, sostenerla sobre mi hombro, conducirla a este castillo y convertirla en mi hermana. Eso habría sido hermoso y caritativo a los ojos de Dios; sí, lo sé, pero yo me sentía celosa del conde, incluso después de su muerte. Quise vengarme en su pobre esposa inocente de lo que yo había sufrido. Llamé a mis criados y les ordené que la echaran como si fuera una vagabunda. Desgraciadamente, me obedecieron: los vi acercarse a ella, insultarla, y negarle hasta el trozo de tierra en la que reposaba un instante sus miembros fatigados. Entonces, se levantó como una loca, y cogiendo a su hijo en brazos, la vi correr con el cabello al viento hacia la roca que domina el lago, subir a la cima y luego, profiriendo una terrible maldición contra mí, precipitarse al agua, ella y su bebé. Lancé un grito. Me arrepentí al instante, pero era demasiado tarde. La maldición de mi víctima había llegado hasta el trono de Dios. Había pedido venganza y la venganza debería realizarse.

Al día siguiente, un pescador que había arrojado sus redes al lago sacó a la madre y al hijo aún abrazados. Como, según la declaración de mis criados, había atentado contra su propia vida, el capellán del castillo se negó a enterrarla en tierra consagrada y fue depositada en el lugar en el que había hundido su cayado de arce; muy pronto, aquel cayado, que aún estaba verde, echó raíces y, a la primavera siguiente, dio flores y frutos.

Por lo que a mí respecta, devorada por el arrepentimiento, sin tranquilidad durante mis días ni reposo durante mis noches, pasaba el tiempo rezando de rodillas en la capilla, o deambulando en torno al castillo. Poco a poco sentí que mi salud se deterioraba y fui consciente de que padecía una enfermedad mortal. Muy pronto, una languidez insuperable se adueñó de mí y me obligó a permanecer en cama. Hicieron venir a los mejores médicos de Alemania pero, al verme, todos movían la cabeza y decían: «No podemos hacer nada, la mano de Dios está sobre ella.» Tenían razón, yo estaba condenada. Y el día del tercer aniversario de la muerte de la condesa, yo morí a mi vez. Por sugerencia mía, me vistieron con el vestido negro que había usado en vida con el fin de llevar, incluso después de mi muerte, luto por mi crimen; y como, pese a ser muy culpable, me habían visto morir como una santa, me depositaron en la cripta funeraria de mi familia y sellaron sobre mí la losa de mi tumba.

La misma noche del día en el que allí me depositaron, en medio de mi sueño mortal, me pareció oír sonar la hora en el reloj de la capilla. Conté las campanadas y oí doce. Tras la última, me pareció que una voz me decía al oído:

—Mujer, levántate.

Reconocí la voz de Dios y exclamé:

—¡Señor! ¡Señor! ¿no estoy muerta pues, y aunque creía haberme dormido en vuestra misericordia para siempre, vais a devolverme a la vida?

—¡No! —dijo la misma voz— no temas, sólo se vive una vez; sí, estás muerta, pero antes de implorar mi misericordia, es necesario que des satisfacción a mi justicia.

—¡Dios mío, Señor! —exclamé temblando— ¿qué vais a ordenar sobre mí?

—Errarás, pobre alma en pena —respondió la voz— hasta que el arce que da sombra a la tumba de la condesa sea lo suficientemente grueso como para proporcionar tableros para la cuna del niño que te liberará. Levántate pues de tu tumba y cumple mi designio.

Entonces, con la punta de un dedo levanté la losa de mi sepulcro, y salí, pálida, fría, inanimada, y deambulé alrededor de mi castillo hasta que se oyó el primer canto del gallo; entonces, como impulsada por un brazo irresistible, entré en esta torre cuya puerta se abrió sola ante mí, y me tendí en mi tumba, cuya tapa se cerró sola. La segunda noche fue igual, y todas las noches que siguieron a la segunda.

Esto duró casi tres siglos. Vi cada año caer una tras otra las piedras del castillo, y brotar una a una todas las ramas del arce. Finalmente, del edificio y de sus cuatro torres sólo quedó ésta; el árbol creció y se hizo robusto hasta el punto que vi que se acercaba el momento de mi liberación.

Un día tu padre vino con un hacha en la mano. El arce, que hasta entonces había resistido al acero más afilado, ablandado por mí, cedió ante el metal de su hacha; a petición mía, hizo del tronco una cuna en la que te recostaron el día que naciste. El Señor ha cumplido lo que me prometió, ¡bendito sea Dios todopoderoso y misericordioso!

El joven hizo la señal de la cruz y preguntó: «¿Y ya no me queda nada más que hacer?»

—Sí —respondió la Dama Negra—, sí, joven, debes concluir tu obra.

—Ordene, señora —contestó— y yo obedeceré.

—Excava al pie del arce y encontrarás los huesos de la condesa de Windeck y de su hijo: haz que los entierren en tierra consagrada, y cuando estén enterrados, levanta la losa de mi tumba y ponme una rama de boj bendecido en la última Pascua en la mano, luego clava totalmente la tapa, pues no volveré a levantarme hasta el día del Juicio Final.

—Pero ¿cómo reconoceré su tumba?

—Es la tercera de la derecha al entrar; además —añadió la Dama Negra tendiendo hacia el joven una mano que habría sido perfecta de no ser por su extrema palidez— mira este anillo, lo reconocerás cuando lo veas en mi dedo.

El joven miró y vio un carbúnculo tan puro que iluminaba no sólo la mano de la dama, sino además su bello y melancólico rostro al que, lo mismo que a la mano, sólo podía reprochársele una excesiva blancura.

—Se hará como desea —dijo el joven cubriéndose con la mano, porque estaba deslumbrado por el brillo que irradiaba el carbúnculo— y desde mañana mismo.

—¡Que así sea! —respondió la Dama Negra y desapareció como si se la hubiera tragado la tierra.

El joven sintió que acababa de producirse algo extraño, retiró la mano de los ojos y miró a su alrededor, pero estaba solo en mitad de las ruinas, con la rama de arce en la mano, frente a la puerta de la torre del Oriente, y esta puerta estaba cerrada.

El joven regresó a su casa y se lo contó todo a su padre y a su madre, que reconocieron en ello la mano de Dios; al día siguiente, avisaron al párroco de Achern, que acudió al lugar indicado por el joven entonando el Magnificat, mientras dos enterradores excavaban al pie del arce. A cinco o seis pies de profundidad, como lo había dicho la Dama Negra, se encontraron los dos esqueletos; los huesos de los brazos de la madre apretaban aún a su hijo contra los huesos de su pecho. Ese mismo día, la condesa y su hijo fueron inhumados en tierra consagrada.

Luego, al salir de la iglesia, el joven cogió de los pies de un crucifijo una rama bendecida en la última Pascua, y llamando a dos de sus amigos, uno de los cuales era albañil y el otro cerrajero, los llevó consigo a la torre del Oriente. Cuando vieron dónde los conducía, dudaron, pero el joven les dijo con tal confianza que al obedecerlo a él obedecían a Dios, que no dudaron más y lo siguieron.

Al llegar a la puerta de la torre, el joven se percató de que había olvidado la rama de arce con la que la había tocado la víspera, pero pensó que su rama bendecida tendría sin duda el mismo poder; y no se equivocó. Apenas el extremo de la rama seca hubo rozado la maciza puerta, ésta giró sobre sus goznes, como si la hubiera empujado un gigante, y una escalera surgió ante ellos. Encendieron las antorchas de las que se había provisto y descendieron; tras el vigésimo escalón llegaron a la cripta. El joven se dirigió a la tercera tumba, y llamó a sus dos acompañantes para que le ayudaran a levantar la tapadera; una vez más dudaron, pero su compañero les aseguró que lo que iban a hacer, lejos de ser una profanación, era un acto de piedad; unieron pues sus fuerzas y destaparon la tumba. Contenía un esqueleto descarnado en el que el joven no logró reconocer a la bella mujer que le había hablado la víspera, y a la que, como ya hemos mencionado, sólo podía reprochársele una palidez excesiva. Pero en los huesos de su dedo, vio brillar el magnífico carbúnculo sin par en el mundo. Le colocó en la mano la rama bendecida, cerraron la tumba e invitó a sus amigos a sellarla lo más fuerte posible. Los dos acompañantes así lo hicieron.

Es en esa tumba, que aún hoy se muestra a los visitantes suficientemente animosos como para atreverse a penetrar bajo las bóvedas de la capilla subterránea, donde reposa la Dama Negra, esperando el Juicio Final.

LA HERMOSA VAMPIRIZADA

Soy polaca, nacida en Sandomir, vale decir en un país donde las leyendas se tornan artículos de fe, donde creemos en las tradiciones de familia como y —acaso más que— en el Evangelio. No hay castillo entre nosotros que no tenga su espectro, ni una cabaña que no tenga su genio familiar. En la casa del rico como en la del pobre, en el castillo como en la cabaña, se reconoce el principio amigo y el principio enemigo.

A veces estos dos principios entran en lucha y se combaten. Entonces se escuchan ruidos tan misteriosos en los corredores, rugidos tan horrendos en las antiguas torres, sacudidas tan formidables en las murallas, que los habitantes huyen de la cabaña como del castillo, y aldeanos y nobles corren a la iglesia en procura de la cruz bendita o de las santas reliquias, únicos resguardos contra los demonios que nos atormentan. Pero otros dos principios más terribles aún, más furiosos e implacables, se encuentran allí enfrentados: la tiranía y la libertad.

El año 1825 vio empeñarse entre Rusia y Polonia una de esas luchas en las cuales creyérase agotada toda la sangre de un pueblo, como a menudo se agota la sangre de una familia entera. Mi padre y mis dos hermanos, rebelados contra el nuevo zar, habían ido a alinearse bajo la bandera de la independencia polaca, postrada siempre, siempre renacida. Un día supe que mi hermano menor había sido muerto; otro día me anunciaron que mi hermano mayor estaba mortalmente herido; y por fin, después de una jornada angustiosa, durante la cual yo había escuchado aterrorizada el tronar siempre más cercano del cañón, vi llegar a mi padre con un centenar de soldados de a caballo, residuo de tres mil hombres que él comandaba.

Había venido a encerrarse en nuestro castillo con la intención de sepultarse bajo sus ruinas. Mientras no temía nada por él, temblaba por mí. Y en efecto, para él era único riesgo la muerte, porque estaba segurísimo de no caer vivo en manos del enemigo; pero a mí me amenazaba la esclavitud, el deshonor, la vergüenza. Mi padre escogió diez hombres entre los cien que le quedaban, llamó al intendente, le hizo entrega de cuanto dinero y objetos preciosos poseíamos y, recordando que —en ocasión de la segunda división de Polonia— mi madre, casi niña aún, había encontrado un asilo inaccesible en el monasterio de Sabastru, situado en medio de los montes Cárpatos, le ordenó conducirme a aquel monasterio que abriría a la hija, como hacía tiempo a la madre, sus hospitalarias puertas.

A despecho del gran amor que mi padre alimentaba por mí, nuestros saludos no fueron largos. Según todas las probabilidades, los rusos debían llegar el día siguiente a la vista del castillo, por lo que no había tiempo que perder. Me puse de prisa un vestido de amazona, con el que solía acompañar a mis hermanos en la caza. Me trajeron ensillado el mejor caballo de la cuadra; mi padre me puso en los bolsillos del arzón sus propias pistolas, obras maestras de las fábricas de Tula, me abrazó y dio la orden de partida.

Durante aquella noche y el día siguiente recorrimos veinte leguas, costeando uno de esos ríos sin nombre que desembocan en el Vístula. Esta primera doble etapa nos había sustraído al peligro de caer en manos de los rusos. El sol se dirigía al tramonto, cuando vimos brillar las nevadas cimas de los Cárpatos.

Hacia la noche del día siguiente llegamos a su pie; al fin, en la mañana del tercer día, comenzamos a avanzar por una de sus gargantas. Nuestros Cárpatos no se parecen a los fértiles montes del occidente de ustedes. Cuanto la naturaleza tiene de extraordinario y grandioso se presenta allí en toda su majestad. Sus tempestuosas cumbres se pierden en las nubes cubiertas de eternas nieves; sus inmensos bosques de abetos se inclinan sobre el terso espejo de lagos que por su vastedad semejan mares; y de aquellos lagos, jamás navecilla alguna ha surcado sus ondas, jamás redes de pescadores turbaron su cristal profundo como el azul del cielo; apenas, de tiempo en tiempo, resuena allí la voz humana, haciendo escuchar un canto moldavo al que contestan los gritos de los animales selváticos: y cantos y gritos van a desvelar algún solitario eco, atónito de que un ruido cualquiera le haya revelado su propia existencia. Por millas y millas se viaja allí bajo la umbría bóveda de los bosques entrecruzados de las inesperadas maravillas que la soledad nos descubre a cada instante, y que hacen pasar nuestro ánimo del estupor a la admiración. Ahí doquiera hay peligro, y el peligro se compone de mil riesgos diversos; pero no se tiene tiempo para atemorizarse, tan sublimes son aquellos riesgos. Aquí hay alguna cascada a la que dio origen imprevistamente la licuefacción de los hielos y que, saltando de roca en roca, invade de pronto el angosto sendero que se recorre, trazado por el paso de las fieras en fuga y del cazador que las persigue; allí hay árboles minados por el tiempo, que se desprenden del suelo y se derrumban con horrible estrépito semejante al de un terremoto; en otra parte, en fin, son los huracanes los que nos envuelven de nubes, en medio de las cuales se ve centellear, extenderse y contorsionarse el relámpago, como sierpe inflamada. Luego, tras haber superado aquellas moles agrestes, aquellos bosques primitivos, tras encontrarnos en medio de gigantescas montañas y bosques interminables, nos vemos ante inmensos páramos, como mares que tienen también sus ondas y sus tempestades, áridas y gibosas estepas, donde la vista se pierde en un horizonte sin límite. Entonces no es terror lo que experimentamos, sino una triste y profunda melancolía, de la cual nada hay que pueda distraernos, porque el aspecto de la región, por lejos que se alargue nuestra mirada, es siempre el mismo. Ascendamos o descendamos las cien veces iguales pendientes, buscando en vano un camino trazado: al hallarnos tan perdidos en aquel aislamiento, en medio de desiertos, nos creemos solos en la naturaleza, y nuestra melancolía se convierte en desolación. Nos parece inútil caminar más adelante, porque no vemos una meta para nuestros pasos; no encontramos una aldea, ni un castillo, ni una cabaña, ni en suma vestigio de humana morada. Sólo de cuando en cuando, como una tristeza más en aquella región melancólica, un pequeño lago sin cañas, sin arbustos, dormido en el fondo de un barranco, casi otro mar Muerto, nos cierra el camino con sus verdes aguas, sobre las cuales se levantan al acercarnos algunas aves acuáticas de gritos prolongados y discordantes. Rodeamos ese lago, trasponemos el collado que está delante de nosotros, descendemos a otro valle, superamos otra colina, y así sucesivamente, hasta que hayamos llegado a los comienzos de la cadena de montes que van siempre disminuyendo más. Pero si al concluir esa cadena nos volvemos hacia el mediodía, la región recobra un carácter majestuoso, se nos presenta una naturaleza más grandiosa y descubriremos otra cadena de montañas más altas, de forma más pintoresca, de más rica vegetación, toda cubierta de espesos bosques, toda surcada de arroyos: con la sombra y con el agua renace también la vida en aquella comarca; se escucha ya el tañido de la campana de una ermita, y sobre el flanco de aquella montaña se ve serpentear una caravana. Por fin, a los últimos rayos del sol poniente se perciben desde lejos, a guisa de bandada de pájaros blancos, apoyándose las unas en las otras, las casas de una aldea, que parece que se hubieran agrupado en cierto modo para defenderse de un asalto nocturno; pues con la vida ha vuelto el peligro: aquí no se luchará con osos y lobos, como en aquellas altas montañas, sino con hordas de bandidos moldavos.

Entretanto nos acercábamos a nuestra meta. Diez días de camino habían transcurrido sin ningún incidente. Ya distinguíamos la cumbre del monte Pion, que se eleva sobre toda aquella familia de gigantes, y sobre cuya vertiente meridional está situado el convento de Sabastru al cual yo me trasladaba. Tres días más, y nos hallábamos al término de nuestro viaje. Eran los últimos días de julio. Habíamos tenido una jornada muy cálida, y hacia las cuatro respirábamos con ansioso deleite las primeras brisas del atardecer. Habíamos dejado atrás hacía poco las torres ruinosas de Niantzo. Bajábamos a una llanura que empezábamos a ver a través de una hendidura de la montaña.

Desde el sitio donde estábamos, ya podíamos seguir con la vista el curso del Bistriza, de riberas esmaltadas de bermejeantes viñedos y de altas campánulas de flores blancas. Bordeábamos un abismo en cuyo fondo corría el río, que en aquel lugar tenía apenas forma de torrente, y nuestras cabalgaduras tenían escaso espacio para caminar dos de frente. Nos precedía un guía, quien, inclinado de flanco sobre la grupa de su caballo, cantaba una canción morlaca, cuyas palabras seguía con singular atención. El cantor era también al mismo tiempo el poeta. Necesitaría ser uno de aquellos montañeses para poder expresarnos la melancolía de su canción con su salvaje tristeza, con toda su profunda sencillez. Las palabras de la canción eran poco más o menos las siguientes:

"¡Vean allí ese cadáver en la palude de Stavila, donde corriera tanta sangre de guerreros! No es un hijo de Iliria, no; es un feroz bandido, que después de haber engañado a la gentil María, robó, exterminó, incendió.

"Rauda como el relámpago una bala ha venido a atravesar el corazón del bandido; un yatagán le ha tronchado el cuello. Pero, oh misterio, después de tres días, su sangre, tibia aún, riega la tierra bajo el pino tétrico y solitario y ennegrece el pálido Ovigan.

"Sus ojos turquíes brillan siempre; huyamos, huyamos: guay de quien pase por la palude cerca de él: ¡es un vampiro! El feroz lobo se aleja del impuro cadáver, y el fúnebre buitre huye al monte de calvo frontis."

De pronto se oyó la detonación de un arma de fuego y el silbar de una bala. La canción quedó interrumpida, y el guía, herido de muerte, se precipitó al abismo, mientras su caballo se detenía temblando y tendiendo la inteligente testa hacia el fondo del precipicio, donde desapareciera su dueño. Al mismo tiempo, se levantó por los aires un grito estridente, y sobre los flancos de la montaña vimos aparecer una treintena de bandidos: estábamos completamente rodeados. Cada uno de los nuestros empuñó un arma, y bien que tomados inopinadamente, mis acompañantes, como que eran viejos soldados avezados al fuego, no se dejaron intimidar, y se pusieron en guardia. Yo misma, dando el ejemplo, empuñé una pistola, y conociendo bien cuán desventajosa era nuestra situación, grité: ¡Adelante!, y di con la espuela a mi caballo que se lanzó a toda carrera hacia la llanura. Pero teníamos que vérnosla con montañeses que brincaban de roca en roca como verdaderos demonios de los abismos, que aun saltando, hacían fuego, manteniendo a nuestros flancos la posición tomada. Por lo demás, nuestro plan había sido previsto. En un punto donde el camino se ensanchaba y la montaña se allanaba un poco, aguardaba nuestro paso un joven a la cabeza de diez hombres a caballo. Cuando nos vieron, pusieron al galope sus cabalgaduras, y nos asaltaron de frente, mientras aquellos que nos perseguían bajaban saltando en gran cantidad, y, cortada de tal modo nuestra retirada, nos rodeaban por todas partes.

La situación era grave; sin embargo, acostumbrada desde niña a las escenas de guerra, pude apreciarla sin que se me escapara una sola circunstancia. Todos aquellos hombres, vestidos de pieles de carnero, llevaban inmensos sombreros redondos, coronados de flores naturales al modo de los húngaros. Cada uno de ellos manejaba un largo fusil turco, que agitaban vivamente luego de haber disparado, dando gritos salvajes, y en la cintura portaba un sable corvo y dos pistolas. Su jefe era un joven de apenas veintidós años, de tez pálida, de ojos negros y cabellos ensortijados que le caían sobre las espaldas. Vestía la casaca moldava guarnecida de piel y ajustada al cuerpo por una faja con listas de oro y seda. En su mano resplandecía un sable corvo, y en su cintura relucían cuatro pistolas. Durante la lucha daba gritos roncos e inarticulados que parecían no pertenecer al habla humana, y sin embargo eran una eficaz expresión de sus deseos, pues a aquellos gritos obedecían todos sus hombres, ora echándose a tierra boca abajo para esquivar nuestras descargas, ora levantándose para disparar a su vez, haciendo caer a aquellos de nosotros que aún estaban de pie, matando a los heridos, haciendo en suma de la lucha una carnicería. Yo había visto caer uno después del otro los dos tercios de mis defensores. Cuatro estaban aún ilesos y se apretaban a mi alrededor, no pidiendo una gracia que tenían la certidumbre de no conseguir, y pensando sólo en vender la vida lo más cara que fuese posible. Entonces el joven jefe dio un grito más expresivo que los anteriores, tendiendo la punta de su sable hacia nosotros. En verdad, aquella orden significaba que debía rodearse nuestro último grupo de un cerco de fuego y fusilarnos a todos juntos, pues de un golpe vimos apuntarnos todos aquellos largos mosquetes.

Comprendí que había llegado la hora final. Alcé los ojos y las manos al cielo, murmurando una última plegaria, y aguardé la muerte. En ese instante vi, no descender sino precipitarse de peña en peña, un joven que se detuvo enhiesto sobre una roca que dominaba la escena, semejante a una estatua en un pedestal, y, extendiendo la mano hacia el campo de batalla, pronunció esta sola palabra: "¡Basta!" Todas las miradas se volvieron a esa voz, y cada uno pareció obedecer al nuevo amo. Sólo un bandido apuntó de nuevo su fusil e hizo el disparo. Uno de nuestros hombres dio un grito; la bala le había roto el brazo izquierdo. Se volvió al punto para lanzarse sobre el que le hiriera, pero aún no había hecho cuatro pasos su caballo, que un relámpago brilló por encima de nosotros y el bandido rebelde cayó herido por una bala en la cabeza… Tantas y tan diversas emociones habían acabado mis fuerzas; me desvanecí. Cuando recobré los sentidos, me hallé acostada sobre la hierba, con la cabeza apoyada en las rodillas de un hombre, de quien no veía sino la mano blanca y cubierta de anillos rodeándome el cuerpo, mientras ante mí estaba parado, de brazos cruzados y la espada bajo la axila, el joven jefe moldavo que dirigiera el asalto contra nosotros.

—Kostaki —decía en francés y con gesto autoritario el que me sostenía— que tus hombres se retiren de inmediato. Déjame al cuidado de esta joven.

—Hermano, hermano —respondió aquel a quien eran dirigidas tales palabras, y que parecía contenerse con esfuerzo— cuídate de no cansar mi paciencia; yo te dejo el castillo, déjame a mí el bosque. En el castillo tú eres el amo, pero aquí yo soy todopoderoso. Aquí me bastaría una sola palabra para obligarte a obedecerme.

—Kostaki, yo soy el mayor; lo que quiere decir que soy amo en todas partes, así en el bosque como en el castillo, allá y aquí. Como a ti, me corre por las venas la sangre de los Brankovan, sangre real que tiene el hábito de mandar, y yo mando.

—Manda a tus servidores, Gregoriska, no a mis soldados.

—Tus soldados son bandidos, Kostaki… bandidos que haré ahorcar en las almenas de nuestras torres si no me obedecen al instante.

—Bien, intenta darles una orden.

Sentí entonces que quien me sostenía retiraba su rodilla, y colocaba suavemente mi cabeza sobre una piedra.

Lo seguí ansiosa con la mirada y pude examinar a aquel joven que cayera, por así decirlo, del cielo en medio de la refriega, y que yo había podido ver apenas, estando desmayada, mientras aparecía a punto en escena. Era un joven de veinticuatro años, de alta estatura y con dos grandes ojos celestes y resplandecientes como el relámpago, en los que se leía una extraordinaria decisión y firmeza. Los largos cabellos rubios, indicio de la estirpe eslava, le caían sobre las espaldas como los del arcángel Miguel, circundando dos mejillas rubicundas y frescas; sus labios, realzados por una sonrisa desdeñosa, dejaban ver una doble hilera de perlas. Vestía una especie de túnica de velludo negro, calzones ceñidos a las piernas y botas bordadas; en la cabeza tenía un gorro puntiagudo ornado de una pluma de águila; en la cintura portaba un cuchillo de caza, y al hombro una pequeña carabina de dos caños, cuya precisión había aprendido a apreciar uno de los bandidos. Extendió la mano, y con ese gesto imperioso pareció imponerse hasta a su hermano. Pronunció algunas palabras en lengua moldava, las cuales parecieron causar profunda impresión sobre los bandidos. Entonces, a su vez, habló en la misma lengua el joven jefe, y me pareció que su discurso estaba lleno de amenazas y de imprecaciones. A aquel largo y vehemente discurso el hermano mayor contestó con una sola palabra. Los bandidos se sometieron; hizo un gesto, y los bandidos se sometieron; hizo un gesto, y los bandidos se reunieron detrás de nosotros.

—¡Bien! Sea, pues, Gregoriska —dijo Kostaki volviendo a hablar en francés—. Esta mujer no irá a la caverna, pero no por ello será menos mía. La encuentro hermosa, la he conquistado yo y la quiero yo.

Así diciendo, se lanzó hacia mí y me levantó entre sus brazos.

—Esta mujer será llevada al castillo y entregada a mi madre, yo no la abandonaré —dijo mi protector.

—¡Mi caballo! —gritó Kostaki en lengua moldava.

Varios bandidos se apresuraron a obedecer, condujeron a su señor la cabalgadura pedida… Gregoriska miró en torno, asió las bridas de un caballo sin dueño, y saltó a la silla sin tocar los estribos. Kostaki, bien que me tenía aún apretada entre sus brazos, montó en la silla casi tan ágilmente como su hermano, y partió a todo galope. El caballo de Gregoriska pareció haber recibido el mismo impulso y fue a ponerse pegado al flanco y al pescuezo del corcel de Kostaki. Extraño de verse eran aquellos dos caballeros que volaban el uno junto al otro, taciturnos, silenciosos, sin perderse de vista un solo instante, aun cuando aparentaran no mirarse, y se entregaban por entero a sus cabalgaduras, cuya impetuosa carrera los llevaba a través de bosques, rocas y precipicios.

Tenía la cabeza caída, y esto me permitía ver los bellos ojos de Gregoriska fijos en mí. Kostaki lo advirtió, me levantó la cabeza, y ya no vi más que su tétrica mirada devorándome. Bajé los párpados, pero en vano; a través de su velo, veía no obstante siempre aquella mirada relampagueante que me penetraba hasta las vísceras y me punzaba el corazón. Entonces me acaeció una extraña alucinación; me parecía ser la Leonora de la balada de Bürger, llevada por el caballo y el caballero fantasmas, y cuando sentí que se me cerraban, abrí los ojos amedrentada, tan persuadida estaba de ver alrededor mío sólo cruces rotas y tumbas abiertas. Vi algo un poco más alegre; era el patio interno de un castillo moldavo construido en el siglo XIV.

Kostaki me dejó resbalar a tierra, bajando casi en seguida después que yo; pero, por rápido que hubiera sido su acto, Gregoriska le había precedido. Como lo dijera, en el castillo él era el amo. Al ver llegar a los dos jóvenes y a la extranjera que llevaban con ellos, acudieron los servidores; pero, aunque dividieron sus diligencias entre Kostaki y Gregoriska, aparecía claro que los mayores miramientos, el respeto más profundo eran para el segundo. Se aproximaron dos mujeres, Gregoriska les dio una orden en lengua moldava, y con la mano me indicó que las siguiera. La mirada que acompañaba aquel gesto era tan respetuosa que yo no vacilé absolutamente en obedecerle. Cinco minutos después me encontraba en una cámara que, aun cuando pudiera parecer desnuda y triste a una persona de menos fácil contentamiento, era sin embargo evidentemente la más hermosa del castillo. Una gran habitación cuadrada, con una especie de diván de sayal verde, asiento de día, lecho de noche. Había también allí cinco o seis sillones de encina, un inmenso cofre, y en un ángulo un trono semejante a una gran silla de coro.

No había que hablar de cortinas en las ventanas y en el lecho. A los costados de la escalera que llevaba a aquella cámara, se erguían, dentro de nichos, tres estatuas de los Brankovan de tamaño superior al natural. Al poco rato trajeron nuestros bagajes, entre los cuales se encontraban también mis maletas. Las mujeres me ofrecieron sus servicios. Pero no obstante, reparando el desorden que lo sucedido causara en mi tocado, conservé mi vestimenta de amazona, la cual, más que cualquier otra, acordaba con el modo de vestir de mis huéspedes. Apenas había hecho los pocos cambios necesarios en mis ropas, cuando oí golpear levemente en la puerta.

—Adelante —dije en francés, siendo esta lengua para nosotros los polacos, como saben, casi una segunda lengua materna.

Entró Gregoriska.

—¡Ah! señora, cuánto me complace que hables francés.

—Y yo también —respondí— estoy contenta de saber esta lengua, porque de tal modo he podido, gracias a este hecho, apreciar toda la generosidad de tu conducta conmigo. En esa lengua me defendiste de los designios de tu hermano, y en esa lengua te ofrezco yo la expresión de mi sincero reconocimiento.

—Te lo agradezco, señora. Era cosa muy natural que me preocupara de una mujer que se encontraba en tu situación. Andaba de caza por los montes cuando llegaron a mi oído algunas detonaciones anormales y continuas; comprendí que se trataba de un asalto a mano armada, y marché al encuentro del fuego, como decimos nosotros en términos guerreros. A Dios gracias, llegué a tiempo, pero ¿sería tal vez demasiado atrevido si te preguntara, oh señora, por cuál motivo una mujer de alto linaje, como eres tú, se ha visto reducida a aventurarse en nuestros montes?

—Soy polaca —contesté—. Mis dos hermanos sucumbieron, no ha mucho, en la guerra contra Rusia; mi padre, a quien dejé yo mientras se preparaba a defender su castillo, sin duda se les ha reunido ya a esta hora, y yo, huyendo por orden de mi padre de todos aquellos estragos, iba en busca de refugio al monasterio de Sabastru, donde mi madre, en su juventud y en circunstancias semejantes, había encontrado asilo seguro.

—Eres enemiga de los rusos, tanto mejor —dijo el joven— este título te será poderosa ayuda en el castillo, y nosotros necesitaremos de todas nuestras fuerzas para sostener la lucha que se prepara. Pero ante todo, señora, pues que ya sé quién eres, debes saber también quiénes somos nosotros: el nombre de los Brankovan no te es desconocido, ¿verdad, señora? —Yo me incliné—. Mi madre es la última princesa de este nombre, la última descendiente del ilustre jefe mandado matar por los Cantimir, los viles cortesanos de Pedro I. Casó en primeras nupcias con mi padre, Serban Waivady, príncipe también él, pero de estirpe menos ilustre. Mi padre había sido educado en Viena, y allí pudo apreciar las ventajas de la civilización. Decidió hacer de mí un europeo. Partimos para Francia, Italia, España y Alemania. Mi madre —no le toca a un hijo, lo sé, narrarte lo que te diré, pero, ya que por nuestra salvación es necesario que nos conozcamos bien, reconocerás justos los motivos de esta revelación— mi madre, digo, que durante los primeros viajes de mi padre, mientras era yo aún niño, había tenido culpables relaciones con un jefe de parciales (que con tal nombre, agregó sonriendo Gregoriska, se llaman en este país a los hombres por quienes fuiste agredida), cierto conde Giordaki Koproli, medio griego y medio moldavo, escribió a mi padre confesándole todo y pidiéndole el divorcio, apoyando su demanda en que no quería ella, una Brankovan, continuar siendo por más tiempo mujer de un hombre que se tornaba día a día más extranjero a su patria. ¡Ay! Mi padre no tuvo necesidad de dar su asentimiento a esa petición, que te podrá parecer extraña, pero entre nosotros es cosa muy natural. Él había muerto de un aneurisma que desde mucho tiempo lo atormentaba, y la carta de mi madre la recibí yo. A mí ahora no me quedaba otra cosa que hacer votos sinceros por la felicidad de mi madre, y le escribí una carta, en la que le comunicaba estos votos míos junto con la noticia de su viudez. En aquella carta le pedía también permiso para poder continuar mis viajes, que me fue concedido. Tenía yo la firme intención de establecerme en Francia o Alemania para no encontrarme cara a cara con un hombre que aborrecía, y que no podía amar, quiero decir al marido de mi madre; cuando he aquí que, de improviso, vine a saber que el conde Giordaki Koproli había sido asesinado, según decires, por los viejos cosacos de mi padre. Amaba yo demasiado a mi madre para no apresurarme a regresar a la patria, comprendía su aislamiento y la necesidad en que debía encontrarse de tener junto a ella en tales circunstancias las personas que podían serle queridas. Aun cuando ella nunca se hubiera mostrado muy tierna conmigo, era su hijo. Una mañana llegué inesperadamente al castillo de mis padres. Allí encontré a un joven, a quien al principio tomé por un extranjero, pero luego supe que era mi hermano. Era Kostaki, el hijo del adulterio, legitimado por un segundo matrimonio; Kostaki, la indomable criatura que viste, para quien son leyes sólo sus pasiones, que nada tiene por sagrado aquí abajo fuera de su madre, que me obedece como la tigresa obedece al brazo que la ha domado, pero rugiendo por siempre, en la vaga esperanza de poder devorarme un día. En el interior del castillo, en el hogar de los Brankovan y de los Waivady, yo soy aún el amo; pero fuera de este recinto, en la abierta campiña, él se convierte en el salvaje hijo de los bosques y de los montes, que quiere doblegarlo todo bajo su férrea voluntad. Cómo hoy él y sus hombres hicieron para ceder, no lo sé; quizá por antigua costumbre, o por un resto de respeto que me tienen. Pero no quisiera arriesgar otra prueba. Permanece aquí, no salgas de esta cámara, del patio, del castillo en suma, y respondo de todo; si das un paso fuera del castillo, no puedo prometerte otra cosa que hacerme matar por defenderte.

—¿No podré entonces —dije yo— según el deseo de mi padre, continuar el viaje hacia el convento de Sabastru?

—Obra, intenta, ordena, yo te acompañaré, pero quedaré en mitad del camino, y tú… tú ciertamente no alcanzarás la meta de tu viaje.

—Pero ¿qué hacer, entonces?

—Quédate aquí, aguarda, toma consejo de los hechos y aprovecha las circunstancias. Suponte haber caído en una caverna de bandidos, y que sólo tu valor podrá sacarte del apuro, tu calma salvarte. Mi madre, a despecho de la preferencia que concede a Kostaki, hijo de su amor, es buena y generosa. Por otra parte, es una Brankovan, vale decir una verdadera princesa. La verás: ella te defenderá de las brutales pasiones de Kostaki. Ponte bajo la protección de ella: sé cortés y te amará. Y en realidad (agregó él con expresión indefinible), ¿quién podría verte y no amarte? Ven ahora al comedor donde mi madre te espera. No demuestres fastidio ni desconfianza: habla polaco: aquí nadie conoce esta lengua; yo traduciré a mi madre tus palabras, y estate tranquila, que sólo diré aquello que sea conveniente decir. Sobre todo ni una palabra de cuanto te he revelado: nadie debe sospechar que estamos de acuerdo. Tú no sabes aún de cuánta astucia y disimulación es capaz el más sincero de entre nosotros. Ven.

Lo seguí por la escalera iluminada de antorchas de resina ardiendo, puestas dentro de manos de hierro que sobresalían del muro. Era evidente que aquella insólita iluminación había sido dispuesta para mí. Llegamos al comedor. Apenas Gregoriska hubo abierto la puerta de aquella sala y pronunciado en el umbral una palabra en lengua moldava, que después supe significaba "la extranjera", vino a nuestro encuentro una mujer de alta estatura. Era la princesa Brankovan. Tenía cabellos blancos entrelazados alrededor de la cabeza, la cual estaba cubierta de un gorro de cibelina, ornado de un penacho, signo de su origen principesco. Vestía una especie de túnica de brocado, el corpiño sembrado de piedras preciosas, sobrepuesta a una larga hopalanda de estofa turca, guarnecida de piel igual a la del gorro. Tenía en la mano un rosario de cuentas de ámbar, que hacía correr rápidamente entre los dedos. Junto a ella estaba Kostaki, vestido con el espléndido y majestuoso traje magiar, en el cual me pareció aún más extraño. Su traje estaba compuesto de una sobrevesta de velludo negro, de anchas mangas, que le caía hasta debajo de la rodilla, calzones de casimir rojo, y los largos cabellos de color negro tirando a azulado le caían sobre el cuello desnudo, rodeado solamente por la orla blanca de una fina camisa de seda. Me saludó torpemente, y pronunció en moldavo algunas palabras para mí ininteligibles.

—Puedes hablar en francés, hermano mío —dijo Gregoriska—; la señora es polaca y comprende esta lengua.

Entonces Kostaki dijo en francés algunas palabras casi tan incomprensibles para mí como las que pronunciara en moldavo; pero la madre, tendiendo gravemente el brazo, interrumpió a los dos hermanos. Aparecía claro que intimaba a sus hijos que esperaran a que sólo ella me recibiera. Comenzó entonces en lengua moldava un discurso de cumplimiento, al cual la movilidad de sus facciones daba un sentido fácil de explicarse. Me indicó la mesa, me ofreció una silla cerca de ella, señaló con un gesto la casa toda, como diciendo que estaba a mi disposición, y, sentándose antes que los demás con benévola dignidad, hizo la señal de la cruz y pronunció una plegaria. Entonces cada uno ocupó su lugar propio, establecido por la etiqueta, Gregoriska cerca de mí. Como extranjera, yo había determinado que a Kostaki le tocara el puesto de honor junto a su madre Smeranda. Así se llamaba la condesa. También Gregoriska había mudado de vestimenta. Llevaba él igualmente la túnica magiar y los calzones de casimir, pero aquella de color granate y estos turquíes. Tenía colgada del cuello una espléndida condecoración, el nisciam del sultán Mahmud. Los otros comensales de la casa cenaban en la misma mesa, cada uno en el sitio que le correspondía según el grado que ocupaba entre los amigos o los servidores. La cena fue triste: Kostaki no me dirigió nunca la palabra, si bien su hermano tuvo siempre la atención de hablarme en francés. La madre me ofrecía de todo con sus propias manos con ese ademán solemne que le era natural; Gregoriska había dicho la verdad: era una verdadera princesa. Luego de la cena, Gregoriska se acercó a su madre, y le explicó en lengua moldava el deseo que yo debía tener de estar sola, y cuán necesario me sería el reposo después de las emociones de aquella jornada. Smeranda hizo un gesto de aprobación, me tendió la mano, me besó en la frente, como lo hubiera hecho con una hija suya, y me deseó buena noche en su castillo. Gregoriska no se había engañado: yo ansiaba ardientemente aquel instante de soledad. Agradecí por eso a la princesa, quien me condujo hasta la puerta, donde me esperaban las dos mujeres que antes ya me acompañaran en mi cámara. Saludado que hube a la madre y a los dos hijos, volví a mi aposento, de donde saliera una hora antes.

El sofá estaba transformado en lecho. Otros cambios no se habían hecho. Agradecí a las mujeres: les hice comprender que me desvestiría sola, y ellas salieron en seguida con mil testimonios de respeto que querían significar tener órdenes de obedecerme en todo y por todo. Quedé sola en aquella inmensa cámara, que mi candela podía alumbrar apenas en parte. Era un singular juego de luces, una especie de lucha entre el resplandor trémulo de mi cirio y los rayos de la luna que pasaban a través de la ventana sin cortinados. Además de la puerta por la que entrara, y que caía sobre la escalera, había otras dos en la cámara; pero sus gruesos cerrojos, que se cerraban por dentro, bastaban para tranquilizarme. Miré la puerta de entrada; también ella tenía medios de defensa. Abrí la ventana: daba sobre un abismo. Comprendí que Gregoriska había elegido aquella cámara calculadamente. De vuelta por fin a mi sofá, encontré sobre una mesita puesta junto a la cabecera una tarjeta doblada. La abrí y leí en polaco: Duerme tranquila: nada tienes que temer mientras permanezcas en el interior del castillo. Seguí el buen consejo, y como el cansancio vencía sobre las preocupaciones que me tenían desazonada, me acosté y en seguida me dormí.

Desde aquel momento quedaba fijada mi permanencia en el castillo y tenía principio el drama que voy a narrarles.

Los dos hermanos se enamoraron de mí, cada uno según su índole. Kostaki me confesó de improviso, al día siguiente, que me amaba, y declaró que sería suya y no de otro, y que me mataría antes que cederme a quienquiera que fuese. Gregoriska no me dijo nada, pero se mostró lleno de amor y de consideraciones conmigo. Para complacerme puso en práctica todos los medios de su refinada educación, todos los recuerdos de una juventud transcurrida en las más nobles Cortes de Europa. ¡Ay! No era cosa tan difícil, pues ya el primer sonido de su voz me había acariciado el alma, y ya su primera mirada me había serenado el corazón. Al cabo de tres meses Kostaki me había repetido cien veces que me amaba, y yo lo odiaba; Gregoriska aún no me había dicho una palabra de amor y yo sentía que cuando él lo deseara sería toda suya.

Kostaki había renunciado a sus incursiones. Encerrado siempre en el castillo, había cedido momentáneamente el mando a un lugarteniente, quien de cuando en cuando venía a pedirle órdenes, y en seguida desaparecía. También Smeranda había concebido por mí una amistad apasionada, cuyas expresiones me causaban temor. Protegía ella visiblemente a Kostaki, y parecía celosa de mí más aún de lo que él lo fuera. Pero como no hablaba polaco ni francés, y yo no comprendía el moldavo, ella no tenía modo de insistir ante mí en favor de su hijo predilecto. Había, sin embargo, aprendido a decir en francés unas palabras que me repetía siempre cuando posaba sus labios en mi frente:

—¡Kostaki ama a Edvige!…

Un día recibí una noticia horrible que colmó mi desventura. Los cuatro hombres sobrevivientes del combate habían sido puestos en libertad y regresado a Polonia, prometiendo que uno de ellos, antes de que pasaran tres meses, volvería para darme noticias de mi padre. En efecto, una mañana se presentó de nuevo uno de ellos. Nuestro castillo había sido tomado, incendiado, destruido, y mi padre se había hecho matar defendiéndolo. En adelante estaba sola en el mundo. Kostaki redobló sus insinuaciones, y Smeranda sus ternuras; pero esta vez aduje como pretexto mi duelo por la muerte de mi padre. Kostaki insistió diciendo que cuanto más sola me encontraba tanto más necesidad tenía de apoyo, y su madre insistió al par y acaso más que él.

Gregoriska me había hablado del poder que los moldavos tienen sobre sí mismos, cuando no quieren que otros lean en su corazón. Él era un vivo ejemplo de ello. Estaba segurísima de su amor, y sin embargo, si alguien me hubiera preguntado en qué prueba se fundaba tal certidumbre, me habría sido imposible decirlo: nadie en el castillo había visto nunca que su mano tocara la mía, o que sus ojos buscaran los míos. Sólo los celos podían hacer clara a Kostaki la rivalidad del hermano, como sólo el amor que alimentaba yo por Gregoriska podía hacerme claro su amor. Sin embargo, lo confieso, me inquietaba mucho aquel poder de Gregoriska sobre sí mismo. Yo tenía fe en él, pero no bastaba; necesitaba ser convencida; cuando he aquí que una noche, de vuelta apenas en mi cámara, oí golpear levemente a una de las dos puertas que se cerraban por dentro. Por el modo de golpear adiviné que era una llamada amiga. Me acerqué, preguntando quién estaba allí.

—Gregoriska —contestó una voz cuyo acento no podía engañarme.

—¿Qué queréis de mí? —le pregunté toda temblorosa.

—Si tienes fe en mí —dijo Gregoriska— si me crees hombre de honor, ¿me permites una pregunta?

—¿Cuál?

—Apaga la luz como si te hubieras acostado, y de aquí a media hora, ábreme esta puerta.

—Vuelve dentro de media hora… —fue mi única respuesta.

Apagué la luz y aguardé. El corazón me palpitaba con violencia, pues comprendía que se trataba de un hecho importante. Transcurrió la media hora: oí golpear más levemente aún que la primera vez. Durante el intervalo había descorrido los cerrojos; no me quedaba, pues, sino abrir la puerta. Gregoriska entró, y sin que me dijera, cerré la puerta tras él y eché los cerrojos. Él permaneció un instante mudo e inmóvil, imponiéndome silencio con el gesto. Luego, cuando estuvo seguro de que ningún peligro nos amenazaba por el momento, me llevó al centro de la vasta cámara, y sintiendo, por mi temblor, que no habría podido sostenerme de pie, me buscó una silla. Me senté o, más bien, me dejé caer sobre el asiento.

—¡Dios mío! —le dije— ¿qué hay de nuevo, o por qué tantas precauciones?

—Porque mi vida, que no contaría para nada, y acaso también la tuya, dependen de la conversación que tendremos.

Amedrentada, le aferré una mano. Se la llevó él a los labios, mirándome como si quisiera pedir excusas por tanta audacia. Bajé yo los ojos, era un tácito consentimiento.

—Yo te amo —me dijo con aquella voz melodiosa como un canto— ¿me amas tú?

—Sí —le respondí.

—¿Y consentirías en ser mi mujer?

—Sí.

Llevó la mano a la frente con profunda expresión de felicidad.

—Entonces, ¿no rehusarás seguirme?

—Te seguiré doquiera.

—Pues comprenderás bien que no podemos ser felices sino huyendo de estos lugares.

—¡Oh sí! Huyamos —exclamé.

—¡Silencio! —dijo él estremeciéndose—. ¡Silencio!

—Tienes razón.

Y me le acerqué toda tremante.

—Escucha lo que he hecho —continuó Gregoriska— escucha por qué he estado tanto tiempo sin confesarte que te amaba. Quería yo, cuando estuviera seguro de tu amor, que nadie pudiera oponerse a nuestra unión. Yo soy rico, querida Edvige, inmensamente rico, pero como lo son los señores moldavos: rico en tierras, en ganados, en servidores. Ahora bien, he vendido por un millón, tierras, rebaños y campesinos al monasterio de Hango. Me han dado trescientos mil francos en muchas piedras preciosas, cien mil francos en oro, el resto en letras de cambio sobre Viena. ¿Te bastará un millón?

Le apreté la mano.

—Me hubiera bastado tu amor, Gregoriska, júzgalo tú.

—¡Bien! Escucha; mañana voy al monasterio de Hango para tomar mis últimas disposiciones con el superior. Él me tiene listos caballos que nos esperarán de las nueve de la mañana en adelante ocultos a cien pasos del castillo. Después de la cena, subiré de nuevo como hoy a tu cámara; como hoy apagarás la luz; como hoy entraré yo en tu aposento. Pero mañana, en vez de salir solo, tú me seguirás, saldremos por la puerta que da sobre los campos, encontraremos los caballos, montaremos, y pasado mañana por la mañana habremos recorrido treinta leguas.

—¡Oh! ¡Por qué no será ya pasado mañana!

—¡Querida Edvige!

Gregoriska me apretó sobre el corazón, y nuestros labios se encontraron. ¡Oh! Lo había dicho él, yo había abierto la puerta de mi cámara a un hombre de honor; pero comprendió bien que si no le pertenecía en cuerpo, le pertenecía en alma. Transcurrió la noche sin que pudiera cerrar los ojos. Me veía huir con Gregoriska, me sentía transportada por él como ya lo había sido por Kostaki: sólo que aquella carrera terrible, espantable, fúnebre, se trocaba ahora en un apuro suave y delicioso, al que la velocidad del movimiento agregaba deleite, pues también el movimiento veloz tiene un deleite propio... Nació el día. Bajé. Me pareció que el ademán con que me saludó Kostaki era aún más tétrico que de costumbre. Su sonrisa era irónica y amenazadora. Smeranda no me pareció cambiada. Durante la colación, Gregoriska ordenó sus caballos. Parecía que Kostaki no pusiera ni la mínima atención en aquella orden. Hacia las once, Gregoriska nos saludó, anunciando que estaría de regreso recién a la noche, y rogando a su madre que no lo esperase a cenar; después, se volvió hacia mí y me rogó quisiera admitir sus excusas.

Salió. La mirada de su hermano lo siguió hasta cuando dejó la cámara, y en ese momento le brotó de los ojos un tal relámpago de odio que me estremecí. Pueden imaginarse con qué inquietud pasé aquel día. A nadie había confiado nuestros designios, a duras penas le hablé a Dios de ello en mis plegarias, y me parecía que todos los conocieran, que cada mirada puesta en mí pudiera penetrar y leer en lo íntimo de mi corazón... La cena fue un suplicio; hosco y taciturno, Kostaki, por costumbre, hablaba raramente: esta vez no dijo más que dos o tres palabras en moldavo a su madre, y siempre con tal acento que hacía estremecer. Cuando me levanté para subir a mi aposento, Smeranda, como de ordinario, me abrazó, y al abrazarme repitió aquella frase que desde ya ocho días no le saliera de la boca: ¡Kostaki ama a Edvige!

Esta frase me siguió como una amenaza hasta mi cámara, y aun allí me parecía que una voz fatal me susurrase al oído: ¡Kostaki ama a Edvige! Ahora, el amor de Kostaki, me lo había dicho Gregoriska, equivalía a la muerte. Hacia las siete de la noche vi a Kostaki atravesar el patio. Se volvió para verme, pero me aparté para que no pudiera descubrirme. Estaba inquieta, pues por cuanto podía yo ver desde mi ventana, me parecía que él iba directamente hacia la caballeriza. Me arriesgué a correr los cerrojos de una de las puertas internas de mi cámara y pasar a la cámara vecina, desde donde podía ver todo lo que él estaba por hacer. Se dirigía, en efecto, hacia la caballeriza, y cuando hubo llegado a ella, sacó él mismo su caballo favorito, ensillándolo de su propia mano con el cuidado de un hombre que da la mayor importancia a cada detalle. Vestía el mismo traje que cuando se me apareciera la vez primera, pero no llevaba otra arma que el sable. Cuando hubo ensillado el caballo, miró otra vez hacia la ventana de mi cámara. No habiéndome visto, saltó sobre la silla, se hizo abrir la misma puerta por la que saliera y debía volver su hermano, y se alejó a todo galope en dirección del monasterio de Hango. Se me apretó entonces terriblemente el corazón; un fatal presentimiento me decía que Kostaki iba al encuentro de su hermano. Estuve en la ventana hasta cuando pude distinguir el camino que, a un cuarto de legua de distancia del castillo, hacía un recodo a la izquierda y se perdía en el comienzo de un bosque. Pero la noche se tornaba cada vez más cerrada, y pronto no pude distinguir más el camino.

Me quedé todavía.

Finalmente, la inquietud que me atormentaba renovó, precisamente por exceso, mis fuerzas, y pues las primeras noticias, de uno o de otro hermano, debían llegarme en la sala inferior, bajé.

Miré ante todo a Smeranda. En la tranquilidad de su rostro advertí que no tenía ninguna aprensión; daba órdenes para la acostumbrada cena, y los cubiertos de los hermanos estaban en los lugares habituales. No me atreví a interrogar a nadie. Por otra parte, ¿a quién hubiera podido dirigirme? En el castillo ninguno, excepto Kostaki y Gregoriska, hablaban las dos lenguas que yo sabía. Me sobresaltaba al mínimo rumor. Por costumbre, nos poníamos a la mesa a las nueve.

Había bajado a la sala a las ocho y media, y seguía con la mirada la aguja de los minutos, cuyo avance era casi visible sobre el amplio cuadrante del reloj. La viajera aguja transitó la distancia que nos separaba del cuarto de hora.

El cuarto golpeó, y las vibraciones resonaron profundas y tristes; en seguida, la aguja continuó su girar silencioso, y la vi recorrer de nuevo la distancia con la regularidad y la lentitud de la punta de un compás. Algunos minutos antes de dar las nueve me pareció oír el pataleo de un caballo en el patio. Lo oyó también Smeranda, y volvió el rostro hacia la ventana; pero la noche era demasiado oscura para poder distinguir objeto alguno. ¡Oh! Si me hubiera mirado en aquel momento, cuán presto habría adivinado lo que pasaba en mi corazón…

Se había oído el patalear de un solo caballo, y era cosa muy natural, pues estaba yo bien segura de que habría regresado un solo caballero. ¿Pero cuál? Resonaron algunos pasos en la antecámara; pasos lentos, como los de un hombre que camina hesitando: cada uno de ellos me parecía transitarme el corazón. La puerta se abrió, y en la oscuridad vi delinearse una sombra.

La sombra se detuvo un instante en la puerta; el corazón se me quedó en suspenso. La sombra avanzó, y a medida que entraba en el círculo de la luz, recobraba yo el aliento.

Reconocí a Gregoriska. Algunos momentos más, y el corazón se me quebraba. Reconocí a Gregoriska, pero estaba pálido como un cadáver. Con sólo verle se podía adivinar que había acontecido algo terrible.

—¿Eres tú, Kostaki? —preguntó Smeranda.

—No, madre mía —contestó Gregoriska con sorda voz.

—¡Ah, al fin! —dijo ella— ¿y desde cuándo acá toca a tu madre esperarte?

—Madre mía —dijo Gregoriska mirando la péndola— apenas son las nueve. Y efectivamente, en ese mismo momento sonaron las nueve.

—Es verdad —dijo Smeranda—. ¿Dónde está tu hermano?

A pesar mío se presentó en mi mente el pensamiento de que Dios había hecho la misma pregunta a Caín. Gregoriska no contestó.

—¿Nadie ha visto hasta ahora a Kostaki? —preguntó Smeranda.

El vatar, o sea el mayordomo, fue a informarse.

—Hacia las siete —dijo él de regreso— el conde ha estado en las caballerizas, ha ensillado con propia mano su caballo, y ha partido por el camino de Hango.

En ese instante mis ojos se encontraron con los de Gregoriska. No sé si fue realidad o alucinación, pero me pareció notar una gota de sangre en medio de su frente. Me llevé lentamente el dedo a la frente indicando el punto donde creía yo ver aquella mancha, Gregoriska me comprendió: sacó el pañuelo y se secó.

—Sí, sí —murmuró Smeranda— habrá encontrado algún lobo u oso, y se habrá entretenido en perseguirlo. He aquí por qué un hijo hace esperar a su madre. ¿Dónde le has dejado, Gregoriska?

—Madre mía —respondió éste con voz conmovida pero firme— mi hermano y yo no hemos salido juntos.

—Bien —dijo Smeranda—. Vamos a la mesa, cada uno póngase en su lugar, y luego ciérrense las puertas; quien esté afuera, dormirá afuera.

Las dos primeras partes de estas órdenes fueron estrictamente ejecutadas. Smeranda se puso en su lugar, Gregoriska se sentó a su diestra, yo a su siniestra. Después los servidores salieron para cumplir la tercera parte de las órdenes, es decir, para cerrar las puertas del castillo. En ese momento mismo se escuchó un gran estrépito en el patio, y un servidor entró espantado diciendo:

—Princesa, ha entrado en este instante al patio el caballo del conde Kostaki, solo y por entero cubierto de sangre.

—¡Oh! —murmuró Smeranda, levantándose pálida y amenazadora— de tal modo volvió una noche al castillo el caballo de su padre.

Dirigió una mirada a Gregoriska: no estaba pálido ya, estaba lívido. El caballo del conde Koproli, en efecto, había regresado una noche al castillo todo manchado de sangre, y una hora después los servidores encontraron y trajeron el cuerpo del amo cubierto de heridas. Smeranda tomó una antorcha de manos de un criado, se acercó a la puerta y, abriéndola, bajó al patio. El caballo, espantado, era retenido trabajosamente por tres o cuatro servidores que hacían toda clase de esfuerzos para tranquilizarlo. Smeranda se aproximó al animal, examinó la sangre que cubría la silla y vio una herida en su testuz.

—Kostaki fue muerto de frente —dijo ella— en duelo y por un solo enemigo. Busquen su cuerpo, hijos míos; más tarde buscaremos al homicida.

Así como el caballo había entrado por la puerta de Hango, todos los servidores se precipitaron afuera por ella, y se vieron sus antorchas perderse en la campiña y entrar en lo profundo del bosque, como en una hermosa noche de estío se ven centellear las luciérnagas en la llanura de Niza o de Pisa.

Smeranda, como si hubiera estado segura de que la búsqueda no duraría mucho, aguardó enhiesta en la puerta. Ni una lágrima humedecía las mejillas de aquella madre desolada, sin embargo, se veía que la desesperación rugía tempestuosa en lo profundo de su corazón... Gregoriska estaba detrás de ella, y yo cerca de Gregoriska. Al abandonar la sala, pareció querer ofrecerme su brazo, pero no se había atrevido a hacerlo. De ahí en cerca de un cuarto de hora se vio aparecer en el recodo del camino una antorcha, luego una segunda, una tercera, y finalmente se distinguieron todas. Sólo que ahora, en vez de dispersarse, estaban agrupadas en torno a un centro común. Ese centro era, como bien pronto se pudo advertir, unas parihuelas con un hombre tendido sobre ellas. El fúnebre cortejo avanzaba lentamente, pero al cabo de diez minutos quienes lo llevaban se descubrieron instintivamente la cabeza, y taciturnos entraron en el patio, donde fue depositado el cuerpo.

Entonces, con un majestuoso gesto, Smeranda ordenó que se le abriera paso, y acercándose al cadáver puso una rodilla en tierra ante él, apartó los cabellos que le formaban un velo sobre el rostro, y estuvo contemplándolo largamente, sin derramar una lágrima. Le abrió luego la vestimenta moldava y apartó la camisa ensangrentada. La herida se hallaba en la parte diestra del pecho. Debía haber sido hecha con una hoja recta y de dos filos. Recordé haber visto esa mañana misma al costado de Gregoriska el largo cuchillo de caza que servía de bayoneta a su carabina. Busqué con los ojos el arma: no estaba ya allí. Smeranda se hizo llevar agua, mojó en ella su pañuelo y lavó la llaga. Una sangre pura y tibia todavía enrojeció los labios de la herida. El espectáculo que tenía bajo los ojos era a un tiempo atroz y sublime.

Aquella vasta cámara ahumada por las antorchas de resina, aquellos rostros bárbaros, aquellos ojos centelleantes de ferocidad, aquellos ropajes singulares, aquella madre que, a la vista de la sangre aún cálida, calculaba cuánto tiempo hacía que la muerte arrebatara a su hijo, aquel profundo silencio interrumpido sólo por los sollozos de los bandidos cuyo jefe era Kostaki, todo eso, repito, tenía en sí algo de atroz y de sublime. Smeranda acercó sus labios a la frente de su hijo, y se levantó; en seguida, echándose a las espaldas las largas trenzas de blancos cabellos que se le habían desunido:

—¡Gregoriska! —dijo.

Gregoriska se estremeció, sacudió la cabeza y, saliendo de su atonía:

—Madre mía —respondió.

—Ven aquí, hijo mío, y escúchame.

Gregoriska obedeció, temblando, pero obedeció.

A medida que se aproximaba al cuerpo de Kostaki, la sangre brotaba de la herida más abundante y más roja. Afortunadamente, Smeranda no miraba más hacia aquel lado, pues a la vista de aquella sangre no habría tenido ya necesidad de buscar al asesino.

—Gregoriska —dijo ella— bien sé que Kostaki y tú no se miraban con buenos ojos, bien sé que tú eres un Waivady por parte de tu padre, y él un Koproli por parte del suyo, pero por parte de madre son ambos de la sangre de los Brankovan. Sé que tú eres un hombre de ciudad occidental y él un hijo de las montañas orientales; pero por el seno que los llevó a ambos, son hermanos. ¡Pues bien! Gregoriska, quiero saber si mi hijo será llevado a yacer junto a la tumba de su padre sin que haya sido pronunciado el juramento, si yo en fin podré llorar tranquila, como mujer, descansando en ti, vale decir en un hombre, para el castigo.

—Dime, señora, el nombre del homicida, y ordena; te juro que dentro de una hora, si tú lo exiges, habrá dejado de vivir.

—¿Juras, so pena de mi maldición, lo has entendido, hijo mío? ¿Juras que el asesino morirá, que no dejarás piedra sobre piedra de su casa; que su madre, sus hijos, sus hermanos, su mujer o su prometida perecerán por tu mano? Júralo, y, al jurarlo, invoca sobre ti la cólera celeste si faltas a la sacra promesa. Si faltas a esta sacra promesa, padecerás la miseria, la execración de los amigos, la maldición de tu madre.

Gregoriska extendió la mano sobre el cadáver, y:

—¡Juro que el asesino morirá! —dijo.

A aquel singular juramento, cuyo verdadero sentido yo sola y el muerto quizá podíamos comprender, vi o creí ver cumplirse un horrendo prodigio. Los ojos del cadáver se abrieron, se fijaron sobre mí más vivos cual nunca los viera, y, como si aquella mirada hubiera sido palpable, sentí penetrarme hasta el corazón un hierro candente. No resistí tanto dolor, y me desvanecí.

Cuando recobré los sentidos me encontré acostada sobre el lecho de mi cámara: una de las dos mujeres velaba cerca de mí. Pregunté dónde estaba Smeranda; me fue contestado que velaba junto al cuerpo de su hijo. Pregunté dónde estaba Gregoriska: se me dijo que en el monasterio de Hango.

Ahora no era preciso huir: ¿no había muerto Kostaki? No se debía ya hablar de boda, ¿podía yo casarme con el fratricida? Transcurrieron así tres días y tres noches en medio de extraños sueños. En la vigilia y en el sueño veía siempre aquellos dos ojos vivos en ese rostro de muerto: era una visión horrenda. Kostaki debía ser sepultado al tercer día.

Por la mañana me fue traído de parte de Smeranda un vestido completo de viuda. Me lo puse y bajé. La casa parecía vacía, todos estaban en la capilla. Me encaminé hacia ella, y al tiempo que trasponía su umbral, vino a mi encuentro Smeranda, a quien no había visto desde hacía tres días.

Se hubiera dicho que era la imagen del Dolor. Con lento movimiento, como el de una estatua, posó sobre mi frente sus helados labios, y con voz que parecía salir ya de la tumba, pronunció las habituales palabras: ¡Kostaki te ama!… No se pueden imaginar el efecto que produjeron en mí aquellas palabras. Esa protesta de amor expresada en presente en vez de en pasado, que decía te ama, y no ya te amaba; ese amor de ultratumba que venía a buscarme en la vida, hizo sobre mi corazón una impresión terrible. Al mismo tiempo se apoderaba de mí un extraño sentimiento, tal como si fuera verdaderamente la mujer de aquel que había muerto, no la prometida del vivo. Aquel ataúd me atraía a mi pesar, dolorosamente, como la sierpe atrae al pajarillo por ella fascinado.

Busqué con los ojos a Gregoriska; lo vi pálido y enhiesto contra una columna: miraba hacia lo alto. No sé decir si me vio. Los monjes del convento de Hango rodeaban el cuerpo cantando salmos del rito griego, a veces armoniosos, con frecuencia monótonos. También yo hubiera querido orar, pero la plegaria expiraba en mis labios; mi mente estaba tan confusa que me parecía antes bien presenciar un consistorio de demonios que una reunión de monjes. Cuando fue sacado el cuerpo de allí, quise seguirlo, pero desfallecieron mis fuerzas. Sentí doblárseme las piernas, y me apoyé en la puerta. Entonces Smeranda se me acercó e hizo una seña a Gregoriska. Este se aproximó. Smeranda me habló en moldavo:

—Mi madre me ordena repetirte palabra por palabra lo que va a decir —me expresó Gregoriska.

Smeranda habló de nuevo; cuando hubo terminado:

—He aquí las palabras de mi madre —dijo él—: Lloras a mi hijo, Edvige, tú lo amabas, ¿verdad? Te agradezco las lágrimas y tu amor; de ahora en adelante tienes una patria, una madre, una familia. Derramemos las muchas lágrimas debidas a los muertos, luego seamos de nuevo dignas ambas de aquel que ya no es… ¡yo su madre, tú su mujer! Adiós, vuelve a tu cámara; yo acompañaré a mi hijo hasta su última morada; cuando regrese, me encerraré en mi estancia con mi dolor, y me volverás a ver sólo cuando lo haya vencido; estate tranquila, mataré este dolor, porque no quiero que me mate a mí.

A estas palabras de Smeranda, traducidas por Gregoriska, no pude responder sino con un gemido. Subí a mi cámara: el fúnebre cortejo se alejó, y lo vi desaparecer en el ángulo del camino. El convento de Hango estaba a sólo media legua de distancia del castillo en línea recta; pero los obstáculos del suelo hacían dar muchas vueltas al camino, de modo que se empleaban dos horas en recorrer aquel espacio. Era el mes de noviembre. Las jornadas se habían tornado frías y breves, y a las cinco ya era noche oscura. Hacia las siete vi reaparecer las antorchas; el cortejo fúnebre había regresado. El cadáver reposaba en la tumba de sus padres; todo estaba concluido.

Les dije ya en qué singular pesadilla vivía presa luego del fatal suceso que nos sumergiera a todos en el duelo, y sobre todo después que viera reabrirse y fijarse sobre mí los ojos cerrados del muerto. La noche que siguió, oprimida por las emociones experimentadas durante el día, estaba aún más triste. Escuchaba sonar todas las horas del reloj del castillo, y a medida que el tiempo fugitivo me acercaba al momento en que había muerto Kostaki, me sentía cada vez más desconsolada. Sonaron las nueve menos cuarto.

Entonces se apoderó de mí una extraña sensación. Me corría por todo el cuerpo un terror, un estremecimiento que me helaba; luego una especie de sueño invencible entorpecía mis sentidos, me oprimía el pecho y me velaba los ojos. Tendí el brazo y fui a caer de espaldas sobre el lecho. Sin embargo, no había perdido totalmente los sentidos como para que no pudiera oír como unos pasos acercándose a mi puerta; después me pareció abrirse la puerta, en seguida no vi ni escuché más nada. Sólo sentí un vivo dolor en el cuello. Luego de lo cual caí en profundo letargo.

Me desperté a medianoche; mi lámpara ardía aún; intenté levantarme, pero estaba tan débil que hube de repetir la tentativa dos veces. Finalmente logré superar mi debilidad, y como despierta sentía en el cuello el mismo dolor que experimentara en el sueño, me arrastré, apoyándome en el muro, hasta el espejo, y miré. Algo que semejaba la punzadura de un alfiler marcaba la arteria de mi cuello. Creí que algún insecto me hubiera picado durante el sueño, y como me sentía abatida por la extenuación, me acosté de nuevo y me dormí. A la mañana me desperté como de costumbre; pero entonces sentí una tal debilidad como la experimentara sólo una vez en mi vida, a la mañana siguiente de un día en que fuera sangrada. Me miré en el espejo, y me sorprendí de mi extraordinaria palidez. La jornada transcurrió triste y oscura; experimentaba yo una cosa singular: cuando me encontraba en un lugar sentía necesidad de quedarme allí; cualquier cambio de posición me fatigaba.

Llegada la noche, me trajeron la lámpara; mis mujeres, según podía yo comprender por sus gestos, se ofrecieron a quedarse conmigo. Se lo agradecí y salieron. A la misma hora que la noche precedente experimenté los mismos síntomas. Quise levantarme entonces y pedir ayuda; pero no pude llegar a la salida. Oí vagamente dar las nueve menos cuarto; los pasos resonaron, se abrió la puerta, pero yo no veía ni escuchaba nada, y, como la noche anterior, caí de espaldas sobre el lecho. Como el día anterior, experimenté un dolor en el mismo sitio. Como el día anterior, me desperté a medianoche; pero más pálida y más débil aún. Al día siguiente se renovó la horrible pesadilla.

Estaba decidida a bajar a la estancia de Smeranda por muy débil que me sintiera, cuando entró en la cámara una de mis mujeres y pronunció el nombre de Gregoriska. El joven la seguía. Intenté levantarme para recibirle, pero volví a caer en mi sillón. Él dio un grito al verme, y quiso lanzarse hacia mí; pero tuve la fuerza de tender el brazo hacia él.

—¿Qué vienes a hacer aquí? —le pregunté.

—¡Ay! —dijo él— ¡venía a decirte adiós! A decirte que abandono este mundo que me es insoportable sin tu amor y tu presencia; a anunciarte que me retiro al monasterio de Hango.

—Gregoriska —le respondí— estás privado de mi presencia, pero no de mi amor. ¡Ay! Te amo siempre, y mi mayor pena es que este amor sea en adelante casi un delito.

—Entonces, ¿puedo esperar que rogarás por mí, Edvige?

—Sí, pero no lo podré hacer por largo tiempo —repliqué yo con una sonrisa.

—¿Por qué no? Pero en verdad te veo muy abatida. Dime, ¿qué tienes? ¿Por qué tan pálida?

—Porque… Dios tiene ciertamente piedad de mí, y a él me llama.

Gregoriska se me acercó, me tomó una mano que no tuve fuerza de sustraerle, mirándome fijo al rostro:

—Esa palidez no es natural, Edvige —me dijo— ¿cuál es la causa?

—Si te la dijera, Gregoriska, creerías que estoy loca.

—No, no, habla, Edvige, te lo suplico; estamos en un país que no se parece a ningún otro país, en una familia que no se asemeja a ninguna otra familia. Dime, dímelo todo, te lo encarezco.

Se lo narré todo: la extraña alucinación que me poseía a la hora en que Kostaki debió morir; ese terror, ese letargo, ese frío glacial, esa postración que me hacía caer de espaldas sobre el lecho, ese ruido de pasos que me parecía oír, esa puerta que creía ver abrirse, y finalmente ese agudo dolor en el cuello seguido de una palidez y de una debilidad siempre crecientes. Creía yo que mi relato parecería a Gregoriska un comienzo de locura, y lo terminaba con una cierta timidez, cuando por el contrario advertí que me prestaba gran atención.

Cuando hube terminado de hablar, Gregoriska reflexionó un instante.

—¿De manera —preguntó él— que te duermes cada noche a las nueve menos cuarto?

—Sí, por muchos que sean los esfuerzos que haga para resistir al sueño.

—¿Y a esa misma hora crees ver abrirse la puerta?

—Sí, aunque eche el cerrojo.

—¿Y luego experimentas un agudo dolor en el cuello?

—Sí, aunque sea apenas visible la señal de la herida.

—¿Me permites ver?

Doblé la cabeza hacia atrás. Examinó él la cicatriz.

—Edvige —dijo Gregoriska después de un breve momento de reflexión—, ¿tienes confianza en mí?

—¿Me lo preguntas? —contesté.

—¿Crees en mi palabra?

—Como creo en el Evangelio.

—¡Bien! Edvige, por mi fe, te juro que no tienes ocho días de vida si no aceptas hacer, hoy mismo, lo que voy a decirte.

—¿Y si consiento?

—Si consientes, quizás te salves.

—¿Quizás? —él se calló—. Suceda lo que fuere, Gregoriska —continué diciendo yo—, haré cuanto me ordenes hacer.

—Escucha entonces —dijo él— y ante todo no te espantes. En tu país, como en Hungría y en nuestra Rumanía, existe una tradición.

Temblé porque esa tradición ya había vuelto a mi memoria.

—¡Ah! ¿Sabes lo que quiero decir?

—Sí —contesté— en Polonia vi algunas personas padecer el horrendo hecho.

—Quieres hablar del vampiro, ¿no es verdad?

—Sí, niña aún, me sucedió ver desenterrar en el cementerio de una aldea perteneciente a mi padre cuarenta personas muertas en quince días, sin que se hubiera podido en ninguna ocasión acertar con la causa de su muerte. Diecisiete de esos cadáveres expusieron todos los signos de vampirismo, es decir, fueron encontrados frescos como si hubieran estado vivos; los otros eran sus víctimas.

—¿Y qué se hizo para liberar de eso a la región?

—Se les clavó un palo en el corazón, y luego los quemaron.

—Sí, así se acostumbra hacer; pero para nosotros eso no basta. Para librarte de tu fantasma antes quiero conocerlo, y ¡por Dios! lo conoceré. Sí, y si es preciso, lucharé cuerpo a cuerpo con él, quienquiera fuere.

—¡Oh, Gregoriska! —exclamé espantada.

Dijo:

—Quienquiera que fuere, lo repito. Mas para llevar a buen fin esta terrible aventura, es necesario que hagas todo lo que te exigiré.

—Di.

—Estate preparada a las siete. Desciende a la capilla, pero desciende sola; es necesario que venzas a toda costa tu debilidad, Edvige. Allí recibiremos la bendición nupcial. Consiéntemelo, amada mía: para velar por ti. Luego subiremos de nuevo a esta cámara, y entonces veremos.

—¡Oh! Gregoriska —exclamé— ¡si es él, te matará!

—No temas, amada Edvige. Consiente solamente.

—Sabes bien que haré todo lo que quieras, Gregoriska.

—Entonces, hasta luego a la noche.

—Sí, haz lo que creas más oportuno, y te secundaré yo cuanto mejor pueda; adiós.

Se fue. Un cuarto de hora después vi a un caballero precipitarse a toda carrera por el camino del monasterio; era él.

Apenas le hube perdido de vista, caí de rodillas y oré, oré como ya no se reza en nuestras tierras sin fe, y aguardé a las siete, ofreciendo a Dios y a los santos el holocausto de mis pensamientos; no me levanté sino al sonar las siete. Estaba débil como una moribunda, pálida como una muerta. Me eché sobre la cabeza un gran velo negro, descendí la escalera, apoyándome en el muro, y me dirigí a la capilla sin encontrar a nadie.

Gregoriska me esperaba con el padre Basilio, prior del monasterio de Hango. Ceñía una espada santa, reliquia de un antiguo cruzado que asistiera a la toma de Constantinopla con Ville-Hardouin y Baldouin de Flandes.

—Edvige —dijo él golpeando con la mano su espada— con la ayuda de Dios, esta romperá el encantamiento que amenaza tu vida. Acércate, pues, resueltamente; este santo hombre, que ya ha recibido mi confesión, recibirá nuestros juramentos.

Comenzó la ceremonia; quizá nunca otra fue más sencilla y a un tiempo más solemne. Nadie asistía al monje; él mismo nos puso sobre la cabeza las coronas nupciales. Vestidos ambos de luto, giramos en torno al altar con un cirio en la mano; luego el monje, tras pronunciar las sacras palabras, agregó:

Váyanse ahora, hijos míos, y el Señor les dé fuerza y valor para luchar contra el enemigo del humano género. Armados de la inocencia de ustedes y defendidos por Su justicia, vencerán al demonio. Vayan, y benditos sean.

Besamos los libros santos y salimos de la capilla. Entonces por vez primera me apoyé en el brazo de Gregoriska, y me pareció que al contacto de aquel fuerte brazo, de aquel noble corazón, volvía a mis venas la vida. Estaba segura del triunfo, porque Gregoriska estaba conmigo; subimos a mi cámara. Sonaban las ocho y media.

—Edvige —me dijo entonces Gregoriska— no tenemos tiempo que perder. ¿Quieres dormir, como de costumbre, para que todo suceda durante tu sueño, o bien permanecer desvelada y verlo todo?

—Junto a ti nada temo: quiero permanecer despierta y verlo todo.

Gregoriska extrajo de su pecho un boj bendito, húmedo aún de agua santa, y me lo dio:

—Toma entonces esta ramita —me dijo— acuéstate en tu lecho, recita las preces de la Virgen y aguarda sin temor. Dios está con nosotros. Cuida ante todo de no dejar caer la ramita; con ella podrás ordenar aun en el infierno. No me llames, no des ningún grito; reza, confía y aguarda.

Me acosté en el lecho. Crucé las manos sobre el seno, y puse sobre él la ramita bendecida. Gregoriska se ocultó tras del trono de que ya hablé. Contaba yo los minutos, y de seguro mi esposo hacía lo mismo. Sonaron los tres cuartos. Vibraba aún el tañir del martillo, cuando me sentí presa del mismo entorpecimiento, del mismo terror y del mismo frío glacial de los días precedentes; acerqué a mis labios la rama bendita, y aquella primera sensación se desvaneció. Oí entonces muy claro el ruido de aquel conocido paso lento y medido que subía los peldaños de la escalera y se aproximaba a la puerta. Luego la puerta se abrió despaciosamente, sin ruido, como empujada por sobrenatural fuerza, y entonces… —La voz se apagó a medias, casi sofocada en la garganta de la narradora—. Y entonces —continuó haciendo un esfuerzo— vi a Kostaki, pálido como se me apareciera en las parihuelas; los largos cabellos negros, cayéndole sobre las espaldas, goteaban sangre; vestía como de costumbre, pero tenía descubierto el pecho y dejaba ver su sangrante herida. Todo estaba muerto, todo era cadáver… carne, ropas, porte… solamente los ojos, aquellos terribles ojos, estaban vivos.

Ante aquella aparición, ¡extraño es decirlo!, en vez de sentir duplicárseme el espanto, sentí crecerme el valor. Dios me lo enviaba de seguro para decidir mi situación y defenderme del infierno. Al primer paso que el espectro dio hacia mi lecho, le clavé intrépidamente los ojos en el rostro y le presenté la rama bendita. El espectro intentó avanzar, pero un poder más fuerte que él lo retuvo en el sitio. Se detuvo.

—¡Oh! —murmuró— ella no duerme, lo sabe todo.

Pronunció él estas palabras en lengua moldava, y sin embargo, las comprendí yo como si hubieran sido pronunciadas en lengua por mí sabida.

Estábamos así uno frente al otro, el fantasma y yo, sin que pudiera apartar mis miradas de las suyas, cuando con el rabillo del ojo vi a Gregoriska salir detrás del baldaquino, semejante al ángel exterminador y con la espada en el puño. Se hizo la señal de la cruz con la mano siniestra, y avanzó lentamente con la espada tendida vuelta hacia el fantasma; este, al ver al hermano, desenvainó también el sable, soltando una horrible carcajada; pero apenas su sable tocó el hierro bendito, el brazo le cayó inerte junto al cuerpo. Kostaki exhaló un suspiro de rabia y desesperación.

—¿Qué quieres de mí? —preguntó al hermano.

—En nombre del Dios verdadero y viviente —dijo Gregoriska— te conjuro a que respondas.

—Habla —dijo el espectro, rechinando los dientes.

—¿Te he tendido yo una emboscada?

—No.

—¿Te he asaltado yo?

—No.

—¿Te he herido yo?

—No.

—Te arrojaste tú mismo sobre mi espada y tú mismo corriste al encuentro de la muerte. Luego, ante Dios y los hombres, no soy culpable yo del delito de fratricidio; luego no has recibido una misión divina sino infernal; luego has salido de tu tumba no como una sombra santa sino como un espectro maldito, y volverás a tu tumba.

—¡Con ella, sí! —exclamó Kostaki haciendo un supremo esfuerzo para apoderarse de mí.

—¡Volverás allá solo! —exclamó a su vez Gregoriska—. Esta mujer me pertenece.

Y al pronunciar tales palabras, tocó con la punta del hierro bendito la llaga viva. Kostaki exhaló un grito como si le hubiera tocado una espada de fuego y, llevándose una mano al pecho, dio un paso atrás. Al mismo tiempo, Gregoriska, con un movimiento que parecía coordinado con el del hermano, dio un paso adelante; entonces, con los ojos fijos en los ojos del muerto, con la espada contra el pecho de su hermano, comenzó una marcha lenta, terrible, solemne. Era algo semejante al pasaje de don Juan y el comendador; el espectro retrocedía bajo la presión de la sacra espada, bajo la voluntad irresistible del campeón de Dios, que lo seguía paso a paso, sin pronunciar una palabra, ambos anhelantes, ambos lívidos del rostro, el vivo arrojando al muerto y obligándolo a abandonar el castillo, su anterior morada, para volver a la tumba, su morada futura… Lo aseguro, a fe mía, ¡era cosa horrenda de verse! Y sin embargo, yo misma, movida por una fuerza superior, invisible, desconocida, sin saber lo que hacía, me levanté y los seguí. Bajamos la escalera, iluminados solo por las ardientes pupilas de Kostaki. Atravesamos la galería y el patio, y luego traspusimos la puerta, siempre con el mismo paso medido, el espectro retrocediendo, Gregoriska con el brazo tendido, yo detrás de ellos.

Esta marcha fantástica duró una hora, pues era necesario volver el cadáver a su tumba; pero en vez de seguir el camino acostumbrado, Kostaki y Gregoriska atravesaron el terreno en línea recta, cuidándose poco de los obstáculos, que para ellos ya no existían; ante ellos el suelo se allanaba, los torrentes se secaban, los árboles se apartaban, las rocas se abrían. El mismo milagro se operaba para mí: solo que el cielo me parecía todo cubierto de un negro velo, las lunas y las estrellas habían desaparecido y en medio de las tinieblas solo veía resplandecer los ojos llameantes del vampiro. Llegamos de tal modo a Hango y pasamos a través del seto vivo de madroños que servía de cerco al cementerio. Apenas entrada, distinguí entre las sombras la tumba de Kostaki, junto a la de su padre, no sabía que estuviera allí y, sin embargo, la reconocí. Nada me era desconocido en aquella noche.

Gregoriska se detuvo al borde de la fosa abierta.

—Kostaki —dijo él—, aún no está todo terminado para ti, y una voz del cielo me avisa que puede concebirse el perdón si te arrepientes; ¿prometes retornar a la tumba?, ¿no salir de ella más?, ¿consagrar a Dios el culto que consagraste al infierno?

—¡No! —respondió Kostaki.

—¿Te arrepientes? —preguntó Gregoriska.

—¡No!

—Por última vez, ¿te arrepientes?

—¡No!

—¡Bien! Invoca la ayuda de Satanás, como invoco yo la de Dios, y veremos quién saldrá esta vez aún victorioso.

Resonaron simultáneamente dos gritos; los hierros se cruzaron, despidiendo centellas, y la lucha duró un minuto que me pareció un siglo. Kostaki cayó; vi alzarse la terrible espada de su hermano, introducírsela en el cuerpo, y clavar ese cuerpo sobre la tierra recién removida. Un último grito que nada tenía de humano se alzó por el aire. Acudí: Gregoriska estaba en pie, pero vacilante. Le di apoyo con mis brazos.

—¿Estás herido? —le pregunté ansiosamente.

—No —me respondió— pero en tal duelo, querida Edvige, la lucha, no la herida, mata. He luchado con la muerte, y a ella pertenezco.

—Amigo, amigo —exclamé— aléjate de aquí y acaso vuelvas a la vida.

—No, esta es mi tumba, Edvige, pero no perdamos tiempo; toma un poco de esta tierra impregnada de su sangre y aplícala a la mordedura que te hizo; es el único medio que puede preservarte en el porvenir de su horrendo amor.

Obedecí temblando. Me incliné para recoger aquella tierra sanguinosa, y al doblarme vi el cadáver clavado al suelo: la espada bendita le atravesaba el corazón, y una sangre oscura le brotaba abundante de la herida, como si hubiera muerto en aquel momento.

Amasé un poco de tierra con la sangre, y apliqué a mi herida el espantoso talismán.

—Ahora, mi adorada Edvige —dijo Gregoriska con voz semiapagada— escucha bien mi último consejo. Abandona el país apenas te sea posible. Solo la distancia es una seguridad para ti. El padre Basilio recibió hoy mi suprema voluntad y la cumplirá. ¡Edvige, un beso! ¡El último, el único beso! ¡Edvige, me muero!

Y así diciendo, Gregoriska cayó junto al hermano.

En cualquier otra circunstancia, en medio de aquel cementerio, cerca de aquella tumba abierta, con aquellos dos cadáveres yaciendo uno junto al otro, hubiera enloquecido; pero como dije ya, Dios me había inspirado una fuerza igual a los acontecimientos, de los que él me hacía no solo testigo sino también actriz. Mientras miraba a mi alrededor en busca de ayuda, vi abrirse la puerta del monasterio y avanzar los monjes de a dos conducidos por el padre Basilio, llevando cirios ardientes y cantando las preces de difuntos. El padre Basilio había llegado hacía poco al convento, y previendo lo sucedido, se dirigía al cementerio con toda la congregación. Me encontró viva cerca de los dos muertos. Una última convulsión había retorcido el rostro de Kostaki; Gregoriska, en cambio, estaba tranquilo y casi sonriente. Fue sepultado, como lo deseara él, junto al hermano, el cristiano junto al maldito. Smeranda, cuando tuvo noticia de la nueva desdicha, quiso verme, fue a buscarme al convento de Hango, y supo de mis labios cuanto había acontecido en aquella tremenda noche.

Le referí todos los detalles de la fantástica historia, pero ella me escuchó, como ya me escuchara Gregoriska, sin mostrar estupor ni espanto.

—Edvige —me contestó ella después de un instante de silencio—, por muy extraño que sea lo que me has narrado, dijiste solo la verdad. La estirpe de los Brankovan está maldita hasta la tercera y cuarta generación, porque un Brankovan mató a un sacerdote. El término de la maldición ha llegado, pues tú, aunque esposa, eres virgen, y en mí se extingue el linaje. Si mi hijo te ha dejado en herencia un millón, tómalo. Después de mi muerte, salvo los píos legados que tengo la intención de hacer, recibirás el resto de mis bienes. Y ahora sigue el consejo de tu esposo. Vuelve lo más presto que puedas a aquellas tierras donde Dios no permite que se cumplan tan horrendos prodigios. No necesito de nadie para llorar conmigo a mis hijos. Mi dolor quiere soledad. Adiós, no me tengas ya en cuenta. Mi suerte futura me pertenece a mí sola y a Dios.

Y luego de besarme en la frente como de costumbre, me dejó y fue a encerrarse en el castillo de Brankovan.

Ocho días después partí para Francia. Como lo esperara Gregoriska, mis noches no fueron turbadas ya por el terrible fantasma. Se restableció mi salud, y de aquel suceso no me quedó otro recuerdo fuera de esta palidez mortal que suele acompañar hasta la tumba a toda humana criatura que haya sufrido el beso de un vampiro.